中公文庫

落　　花

澤田瞳子

中央公論新社

目次

『落花』の舞台

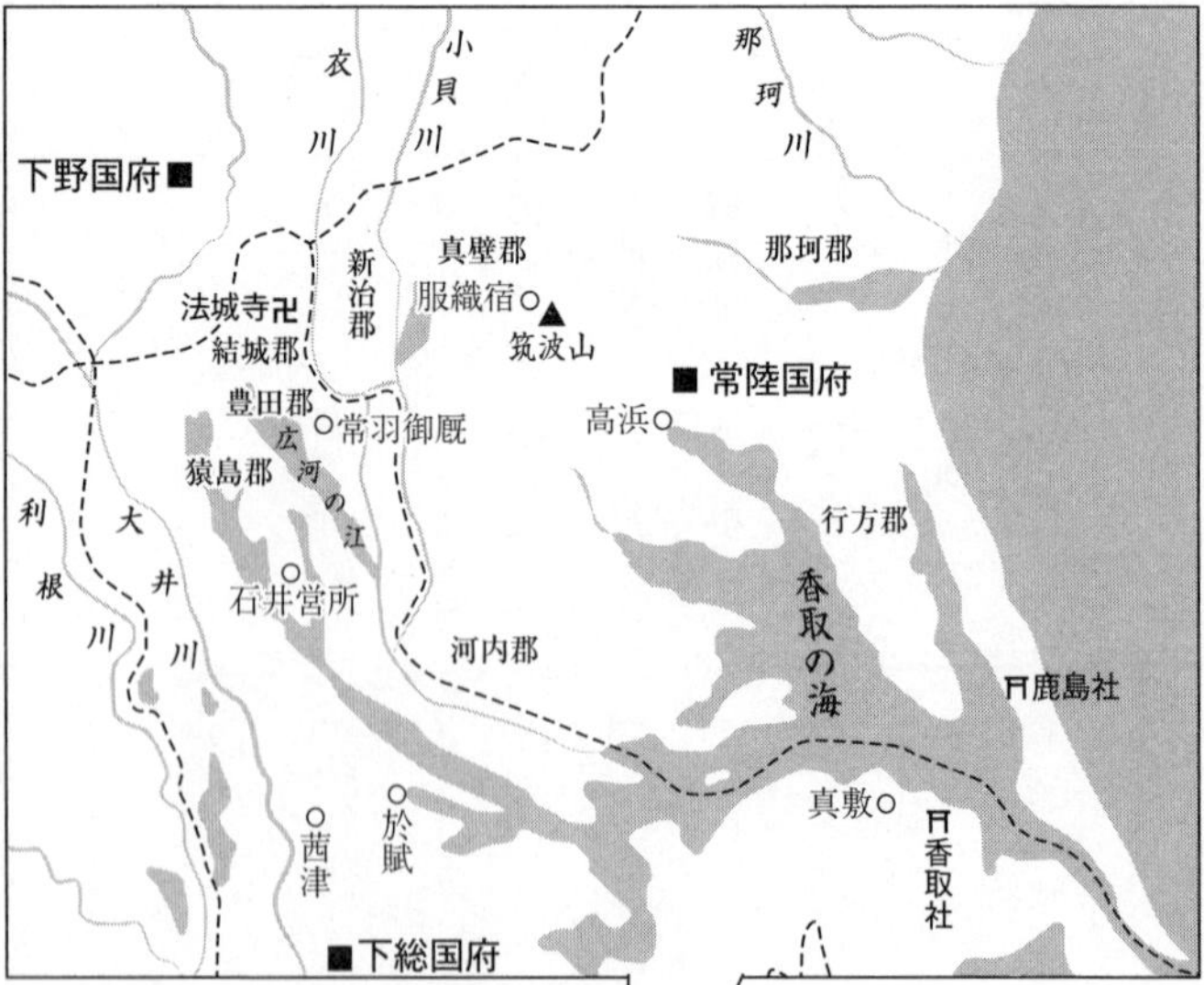

衣川
小貝川
那珂川
下野国府
新治郡
真壁郡
那珂郡
法城寺
服織宿
筑波山
結城郡
常陸国府
豊田郡
常羽御厩
高浜
広河の江
猿島郡
行方郡
利根川
大井川
石井営所
香取の海
河内郡
鹿島社
真敷
於賦
西津
香取社
下総国府

下野
上野
常陸
武蔵
下総
相模
上総
安房
■：国府

落花

第一章　行旅

湿気を孕《はら》んだ暴風が、古びた蔀戸《しとみど》をきしませている。どこからともなく聞こえてくる調子はずれの笛の音が、まるで激しく揺れる客館の悲鳴のようだ。

寛朝《かんちょう》は薄い衾《ふすま》の中で、寝返りを打った。その途端、水と土の臭い、それに腐臭や馬糞《ばふん》の臭気までを含んだ隙間風が顔を叩く。あまりの気持ち悪さに苦いものがぐうと喉にこみ上げ、寛朝は慌てて枕元の角盥《つのだらい》に顔を突っ込んだ。

寛朝が十一歳の春から暮らしてきた仁和寺《にんなじ》では、涼風の吹く夕刻は炎熱の季節の貴重な憩《いこ》いの時間であった。金堂の板戸を開け放ち、夕映えを眺めながら、老若の僧侶が入り交じって朗詠や管絃を楽しむのは、夏の美しい慣習と定められていた。

だが残念ながらここはあの麗《うるわ》しい仁和寺でもなければ、そもそも都ですらない。京から千里（約五四〇キロメートル）も東に離れた武蔵国《むさしのくに》。人々が坂東《ばんどう》と呼び、恐れる辺境だ。

広大な寺域に大小の伽藍《がらん》が櫛比《しっぴ》する仁和寺においては、吹く風、降る雨にすら塗香《ずこう》の匂いが混じり、極楽もかくやと思わせる楽《がく》と梵唄《ぼんばい》（声明《しょうみょう》）が、朝な夕な境内に響き渡っていた。それが今や、吹きすさぶ風はおぞましい悪臭を孕み、切れ切れに聞こえる笛は耳が腐りそうなほど下手ときている。

坂東の入口たる武蔵国の国庁《こくちょう》でこれなら、目指す常陸《ひたち》国ともなればいったいどんな有様か。京から遣わされた国司《こくし》が政《まつりごと》を執《と》り、大小の家々が国府の街区にひしめいている点は諸国国府と同じであろうが、その内実はきっと驚くほど野卑《やひ》に違いない。

盥の水で口をすすぐと、吐き気は少し治まった。やはり、とかすれた声で呻《うめ》き、寛朝は濡れた唇を手の甲で拭《ぬぐ》った。

二十二歳の今年まで、都から一度も出たことのない自分が、こんな僻地《へきち》に来ようと考えたのがそもそも間違いだったのか。しかしそう考えた途端、京に残してきた多くの人々の顔が脳裏に浮かび、寛朝は両の手で膝を摑《つか》んだ。

自分の決意を聞くや、そろって顔を青ざめさせた仁和寺の衆僧《しゅうそう》。暇請《いとまご》いに赴いた際、あからさまな侮蔑を浮かべた弟たち。そして、知ったことかとばかりに無言で顔を背けた父の敦実親王《あつみしんのう》。彼らに嘲笑《あざわら》われぬためにも、自分は何としても常陸国にたどり着かねばならぬ。そしてかの地にいるという楽人《がくにん》・豊原是緒《とよはらのこれお》から、「至誠《しせい》の声」の教えを受けるのだ。

「寛朝さま、ご気分はいかがでございますか」

この時、従僕の千歳《ちとせ》が軽い足音とともに部屋に入って来て、枕上《ちんじょう》に膝をついた。それをちらりと見やり、寛朝は再び夜着にもぐり込んだ。

「いいわけがないだろう。だいたいなんだ、あの耳障りな笛は。都なら五歳の童《わらわ》でも、もっとまともな音を出すぞ」

「まあ、そう仰《おお》せられますな。武蔵権守《ごんのかみ》さまはあれでも、寛朝さまをお慰めせんがために、笛を奏でておられるようですよ。なにせ国衙《こくが》にたどり着いた時の寛朝さまときたら、お顔が土気色でいらっしゃいましたから」

　寛朝が千歳を含む十数名の供に守られて京を離れたのは、往来の木々の緑が濃くなり始めた先月はじめであった。近江《おうみ》国、美濃《みの》国を経て、尾張《おわり》からは海沿いの道を辿《たど》った一月半の長旅は、世慣れぬ寛朝をすっかり疲弊させていた。

　おかげでようやく坂東に入ったものの、ここ数日は飯もろくに喉を通らず、尻の痛みに耐えながら、馬上で手綱を握り締めているのがやっとの有様。しかも今日はそれに加え、道端で二体の行き倒れの死骸を目にし、驚きのあまり、胃の中身をすべて吐き戻してしまったのであった。

　幸い武蔵国庁に近かったため、こうして客館に宿を求められたが、これが名にし負う武蔵野の真ん中だったらどうなっていたか。そう考えると下手な武蔵権守の笛にこれ以上文句もつけられず、寛朝は埃《ほこり》っぽい衾に無言で顎《あご》を埋《うず》めた。

少年の頃に寺に入れられ、僧形となっているが、寛朝は仁和寺の開基である寛平《かんぴょう》法皇《ほうおう》(宇多《うだ》天皇)の孫。父の敦実親王は、先帝・敦仁《あつぎみ》(醍醐《だいご》天皇)の同母弟として、若き頃より政の中枢に身を置き、現在は一品式部卿《いっぽんしきぶきょう》の職にある。

このため寛朝は仁和寺に遣られた直後から常に衆僧より敬われ、いずれは寺を担う高僧となるべく遇されてきた。内典外典《ないてんげてん》の学問はもちろん、詩歌管絃《しいかかんげん》に郢曲《えいきょく》(歌)、果ては蹴《け》鞠《まり》・囲碁といった遊戯まで老僧たちから手ほどきされる中で、寛朝がもっとも得意としたのは、経典の読誦《どくじゅ》法の一つである、梵唄であった。父に似て背が高く、ふっくらとした体《たい》軀《く》の持ち主である寛朝は、その体つきに似合わしいのびやかな声を有しており、複雑な音階をつけて経典を誦《じゅ》する梵唄にはうってつけだったためである。

それだけに六年前に没した寛平法皇は、しばしば御在所の東七条宮に寛朝を呼び、

「おぬしの声は雲雀《ひばり》のように清々《すがすが》しいのう。かような声で梵唄を奉られれば、御仏《みほとけ》もさぞお喜びになられよう」

と、目を細めていた。時には手ずから和琴を弾き、「寺の者たちには内緒じゃぞ」と笑って、出家の身にはいささか艶冶《えんや》にすぎる催馬楽《さいばら》を口伝えに教えてもくれた。

ただその一方で、実の父親である敦実は昔から寛朝に冷淡で、自邸で催される四季折々の宴《うたげ》にもほとんど息子を誘おうとしない。見かねた祖父が叱責すると、渋々、仁和寺に使いを寄越しはするが、宴席で寛朝が弟たちに交じって琵琶《びわ》や笛を奏してもにこりともせず、

むしろ、

「仁和寺の僧は音楽が巧みと聞くが、やはり寺内しか知らぬ者は井の中の蛙《かわず》となるのじゃな」

と酷評するのであった。

当節の天皇や公卿《くぎょう》のたしなみは、一に学問、二に管絃。古来、伏羲《ふっき》は瑟《しつ》（二十五絃の絃楽器）を作って天下を治め、舜《しゅん》帝は琴を弾じて世を徳化したと伝えられる如く、五音の調和から生み出される音楽に秀でることは、徳を有する者の証である。このため、宮城《きゅうじょう》の人々が懸命に楽を学ぶ中にあって、敦実は風俗歌謡である催馬楽や、漢詩・和歌を吟ずる朗詠といった郢曲はもちろん、笛・琵琶・和琴・箏《そう》などの楽器にも長《た》け、当代一の楽者の名を恣《ほしいまま》にしていた。

何十人という弟子に崇《あが》められる父に比べ、己の楽才が拙《つたな》いのは承知している。しかし敦実の寛朝への風当たりの強さは、己の腕前ばかりが理由とも考え難かった。

「まあまあ、気にするな。敦実はわが息子ではあるが、自分にも他人にも厳しすぎていかん。楽才に長け、政《まつりごと》にも通じておるのじゃから、あれでもう少し気性が柔らかければ、非の打ちどころがないのじゃがなあ」

寛平法皇は事あるごとに寛朝をそう慰めたが、そもそも長男にもかかわらず幼くして仁和寺に放り込まれた一点をもってしても、父にとって自分が疎《うと》むべき子である事実は疑いようがない。父たる敦実が寛朝を嫌えば、当然、弟たちとの縁も薄くなり、その上、実の母までもが夫に遠慮してよそよそしい顔を見せるとなれば、もはや寛朝にとって家族打ち揃っての管絃の宴は針の蓆《むしろ》も同然であった。

それゆえ、父子の間をなんとか取り持とうとし続けた祖父が亡くなると、寛朝は敦実親王が得意とする楽器を、次第に手元から遠ざけるようになった。

祖父から口伝えに教えられた催馬楽、朗詠などの郢曲も止め、代わりに朝から晩までただひたすら経を読み、梵唄を誦する。それは如何《いか》に楽に通じた父であっても、たった一つ、仏事である梵唄だけは学べぬことを、よく分かっていればこそだった。

梵語や漢語で書かれた経典を節を付けて歌う梵唄は、仏法とともに日本に伝えられた格式ある読誦法。その後、弘法大師《こうぼうだいし》空海《くうかい》や慈覚大師《じかくだいし》円仁《えんにん》によって大成され、現在では寺ごとに異なる節を伝承し続ける、歌でありながら歌にあらざる音楽である。

『法華経《ほけきょう》』によれば、人が様々な供養を行ない、歓喜の心をもって仏の徳を歌い讃《たた》えるならば、その時、かの者はすでに仏道を成しているという。つまり音楽が悟りに至る手段の一つである以上、梵唄の読誦もまた御仏の教えに近付くありがたい修行なのであった。

管絃においてすべての楽が調子（音階）と律（音）によって区分されるように、梵唄は笛の音律に基づく十二の調子を持ち、宮《きゅう》・商《しょう》・角《かく》・徴《ち》・羽《う》の五音《ごいん》を基本とする。

円仁の梵唄論を更に体系化した天台僧・安然《あんねん》は、この世のすべては五行《ごぎょう》から生じると述べ、五音もまた五行によって生まれたものであると主張。そして肺・心・脾《ひ》・肝・腎の人間の五臓《ごぞう》より兆《きざ》した五音は、眼・耳・鼻・舌・身の五根《ごこん》を通り、牙・歯・舌・喉・唇の五処《ごしょ》から発せられると説いた。

つまり安然の理論に従えば、木・火・土・金・水の五行、青龍・朱雀《すざく》・黄龍・白虎《びゃっこ》・玄武の五獣《ごじゅう》、歳星（木星）・熒惑《けいこく》（火星）・鎮星（土星）・太白《たいはく》（金星）・辰星《しんせい》（水星）の五星《ごせい》、喜・楽・怨・怒・哀の五情《ごじょう》など、この世において五音と関わらぬものはなに一つない。いわばすべての音は万物の象徴であり、諸物の根源に御仏が存在する以上、楽や梵唄を究めることは諸経の学習や礼拝と同義なのであった。

元々、管絃の知識があったのがよかったのだろう。可能な限りの法会《ほうえ》に参加し、時には東寺《とうじ》を始めとする他寺まで足を運んで、一曲でも多くの梵唄を身に着けんと精進するうちに、寛朝は仁和寺の誇る梵唄僧として京洛《きょうらく》に名を知られるようになった。まだ二十二歳の若さにもかかわらず、その玲瓏《れいろう》たる声で誦される梵唄は宮城でも評判で、我が家の法会にぜひと来臨を請う公卿はひきも切らない。

しかし惜しみない称讃を一身に受けながらも、寛朝は自らの心の奥底に虚《うつ》ろな穴が空いたままであることを認めずにはいられなかった。

梵唄に秀でるのは、僧侶であれば当然だ。まだ足りない。朝堂《ちょうどう》一の管絃者たる父を超えるには、この程度で満足してはならぬのだ。

――少し風が弱まったのだろう。切れ切れだった笛の音が、不意に大きくなる。その耳障りな音色を追って、寛朝は目を上げた。

「いま気付いたが、もしかしてこの曲は『赤白桃李花《せきはっとうりか》』のつもりだったのか」

仁明《にんみょう》帝の御世の楽人、尾張秋吉が作曲したと伝えられる舞楽である。曲水の宴の折に奏でられ、流水の如《ごと》くきらびやかな旋律が特徴的な曲だが、残念ながら時にひび割れ、時に上ずるその音律は、よほど耳を澄まさねば宴で酔いつぶれた人々のいびきのようにしか聞こえない。

「ああ、確かに。お言葉をうかがえば、確かにそうも思われてきます」

膝を打った千歳の声には、苦笑がにじんでいた。

「先ほど国衙の史生《ししょう》に聞きましたが、こちらの権守さまは、つい半年ほど前、都から下向なさったばかりでいらっしゃるそうです。きっと寛朝さまの訪れに都の様を思い出され、『赤白桃李花』を奏でておいでなのではないでしょうか」

とはいえこの笛では、と続けて、千歳は軽く首を横に振った。

先ほど、寛朝一行を迎え入れた武蔵権守・興世王《おきよおう》は、桓武《かんむ》天皇の皇子である贈一品中《なか》務卿《つかさきょう》・伊予《いよ》親王の玄孫《やしゃご》。多くの皇族が源氏や平氏の姓を与えられて臣籍に下る中、わずかにその体を流れる貴種の血にすがって皇籍に留まっているのだろう。下手な笛まで吹いて寛朝をもてなしているのは、当今《とうぎん》の従兄《いとこ》である寛朝の知己を得ることで、もう少しまともな任国へ配されればと願ってに違いない。

なにせ昨今の朝堂では、受領《ずりょう》の諸国任官には公卿や皇族の口添えが絶大な功を奏する。このため除目《じもく》が近くなると都の官人たちは少しでもいい国に任ぜられるよう、ありとあらゆる縁故を使って奔走するのであった。

武蔵は大国ではあるが、都から遠い。しかも近年、この界隈では僦馬《しゅうば》の党と呼ばれる群盗が街道を荒らし、時には各地の官衙《かんが》を襲って略奪を働きもしていた。

無論、朝廷も坂東の荒廃に知らぬ顔を決め込んでいるわけではない。武勇で知られた官人を国司として派遣したり、追捕使《ついぶし》を遣わして取り締まりを強化してはいるものの、かえってその国司が任期を終えた後も任地に留まり、次の国司と悶着《もんちゃく》を起こす始末だった。加えて在地の郡司《ぐんじ》や豪族が浮浪逃亡の民を雇い入れ、私《わたくし》に土地を開墾して国司の支配を逃れようとする例も後を絶たない。

おそらく興世王も、慣れぬ坂東の地で相当な苦労を強いられているのだろう。不恰好に突き出した頬骨と、それとは不釣り合いにちんまりしたおちょぼ口。薄い顎鬚《あごひげ》と相まって、どこか鼠《ねずみ》を想起させる貧相な権守の面を思い起こしながら、寛朝は空腹を覚え始めた腹を撫《な》でた。

「なにか、厨《くりや》でもらってまいりましょうか」

千歳が目ざとく腰を浮かせる。寛朝は「いや」とそれを留めた。

「食い物はいらん。一人にしてくれ」

寛朝より五歳年上の千歳は、元は敦実親王家の雑色《ぞうしき》である。女とも見まごう容色と、頭の良さが主に気に入られ、数年前に家従に取り立てられたと聞いている。

東国行きの報告に無言だった敦実が、出立の三日前になって突如、千歳を寛朝のもとに寄越した理由は、よく分からない。しかしいざ都を離れてみれば、千歳は敦実から重用されるだけあって要領がよく、何かにつけて機転が利く。先ほど「赤白桃李花」を聞きわけたことからも知れるように、敦実邸でおのずと身に付けたのか、下僕には珍しく音曲の知識もあるようだ。

とはいえ敦実と不仲な寛朝からすれば、その小才が疎ましいのも事実。そして千歳の側もまた、そんな寛朝の屈託を肌で感じているのだろう。

「はい、承知いたしました。ではなにかあれば、いつでもお呼びください」

と言って、そそくさと次の間に退く姿には、仮の主の顔色を必要以上にうかがう気配があった。

千歳の足音が遠ざかるのを待ち、寛朝は床から起き上がった。折しも吹きつけてきた風がまたも胸をふさいだが、ぐいと奥歯を噛みしめ、何とか吐き気を堪《こら》える。

都との違いを嘆いてもしかたがない、これが坂東なのだ。そう己に言い聞かせた途端、放埓《ほうらつ》に茂った夏草に埋もれていた二つの死骸の有様が、脳裏に浮かんできた。

醜く膨れ上がった亡骸《なきがら》は融け合い、ところどころ骨がむき出しになっていた。わずかに肉がこびりついたされこうべがなければ、獣の骸《むくろ》と勘違いして見過ごしただろう。

ここ数年、諸国では疫病と飢饉が相次いでいる。朝廷は畿内の諸社寺に祈禱《きとう》を命じ、時には賑恤《しんじゅつ》を行なって慰撫《いぶ》に努めているが、こんな東国ではそんな施策に救われぬ者の方が多いのに違いない。

（埋めてやれと、誰ぞに命じてやるべきだったな）

腐り爛《ただ》れ、悪臭を放つ死骸のおぞましさしか目に入らなかった我が身が、今更、恥ずかしくなる。これから千歳を遣わして埋葬させるか、と思いもしたが、都のただなかでも日没後は群盗や追《お》い剝《は》ぎが跋扈《ばっこ》する当節、こんな時刻になってから従者を野面《のづら》にやるなど、身ぐるみ剝がれてこいと命じるのと同じだ。

まだふらつく身体を励まし、寛朝は風の吹きすさぶ簀子《すのこ》に這《は》い出した。西を向いて安坐し、数珠《じゅず》を両手で押し揉みながら『理趣経《りしゅきょう》』を梵唄で読誦し始めた。

「帰命《きみょう》毘盧舎那仏《びるしゃなぶつ》、無染無着《むぜんむぢゃく》真理趣《しんりしゅ》——」

大唐・長安にて不空三蔵《ふくうさんぞう》が漢訳した『理趣経』は大日如来《だいにちにょらい》を語り手とし、世の一切は本来、清浄であると説く本文全十七段の経典。祖父の寛平法皇は弘法大師空海が唐からもたらしたこの経を非常に重んじ、理趣三昧《ざんまい》法会を盛んに行なわせた。

それゆえ仁和寺では今も法皇の遺志を継ぎ、日に三度、欠かさず『理趣経』を読誦する。

しかも朝と晩は全文を一声一拍で音読する素読だが、夕刻に読誦されるそれは音韻灑朧《おんいんさいろう》たる梵唄として、寛朝を含む十人の僧が朗々と歌い上げる決まりであった。

高く低く、時に狂飆《きょうひょう》の如く逆巻く経文の節は、聞く者はもちろん、読誦の僧自身を不思議な陶酔に引き込む。さりながら今夜ばかりは、ところどころ骨がむき出しになった二つの死骸が脳裏をちらつき、どうにも梵唄に集中できなかった。

大人のされこうべのかたわらに、その半分ほどの大きさのされこうべが転がっていた。きっとあれは、親子だったのだろう。獣にでも食われたか、子と思《おぼ》しき死体は腰から下が失せていたが、親の亡骸は死してなお我が子を庇うかの如く、布きれのからんだ腕を小さな死骸に向かって伸ばしていた。

誰にも知られぬまま路傍で息絶えた下賤《げせん》の子ですら、あのように親から守られている。それなのになぜ自分は実の父に抗《あらが》うことばかり考えた末、こんな草深い田舎で胸糞悪い死臭を嗅いでいるのだろう。

「――一切法自性清浄故《いっせいほうしせいせいせいこ》、般若波羅蜜多清浄《はんにゃはらみったせいせい》」

この世のありとあらゆるもので、本性が清らかでないものは皆無であり、それゆえ悟りの真実の知恵もまた清浄である――と誦した途端、ぽつりと一つの言葉が胸に落ちてきた。

(嘘だ)

本当にこの世のすべてが清浄であれば、父が子を疎み、子が父を憎むはずがない。普段、胸の裡《うち》に押し殺していた激情が、醜い二つの死骸のせいで堰《せき》を切って溢れ出した。

（父上は、わたくしが生まれて来ねばよかったと思うていらっしゃるのだ）

生家の者も仁和寺の衆僧も何も語らぬが、その原因を寛朝はとうの昔に承知している。

今から二十一年前、自分が母の胎《たい》から生まれ落ちた時、その腹にはもう一人、寛朝には双子の姉に当たる女児が宿っていたという。だが寛朝は生きてこの世に出、その後に母の腹を出た姉は首に臍《へそ》の緒《お》を巻き付け、産声《うぶごえ》すら上げぬまま息絶えた。宮城の誰からも厚い信頼を受け、潔癖で誇り高い父には、自らの長男が死児とともにこの世に生まれ落ちた事実が、どうにも忌まわしくてならぬのだ。

落ちついて考えれば、ある意味、それも分からぬではない。なにせ敦実は敦仁帝の同母弟として諸卿諸臣から敬われ、順調な栄達を重ねてきた人物。楽はもちろん、和歌・蹴鞠・乗馬・鷹狩にまで通じた彼にとって、死児と生児が共に生まれた一件は生涯に初めてと言ってもよい忌まわしき出来事だったのに違いない。

これで息子が一人しかいなければ、敦実も仕方なく寛朝を可愛がっただろう。だが幸か不幸か、その後、立て続けに三人の男児の父となるにつれて、敦実はますます長男を疎み、遂には幼くして出家させるに至った。その入寺先として仁和寺が選ばれたのは、名すら与えられなかった寛朝の姉が、密かに同寺に葬られていればこそ。いわば父は長男長女をともに、洛西の寺に捨て去ったのだ。

怒りとも哀しみともつかぬ感情のせいで、高く伸びるべき声が上ずり、拍子が速くなる。もしこんな無様《ぶざま》な梵唄を耳にしたならば、敦実はなんと言うだろう。東国の梵唄が京まで届くはずがないと知りつつも、寛朝は動悸を打ち出した胸を片手で押さえ、調子を立て直した。素早く息をついてから、再度読誦を始めようとした、その時である。

遠くで切れ切れに鳴っていた笛の音が、引きちぎられたように途絶えた。「赤白桃李花」であれば、同じ旋律をあと三度繰り返してから終わるはずである。奇妙に感じて口をつぐめば、あれほど激しかった風はいつの間にか止《や》んでいる。だがそれに代わり、地鳴りに似た音が大気をどよもし始めたのはどういうわけだ。

地揺り（地震）かと、寛朝は腰を浮かせた。しかし改めて見回せば、蔀戸や板戸こそががたがたと鳴っているが、足元は微塵《みじん》も揺れていない。

「寛朝さまッ」

けたたましい足音とともに走ってきた千歳が、双眸《そうぼう》を血走らせて簀子の際に膝をついた。

「賊が、十数騎の賊が、こちらに向かっているそうでございます。至急、どこかにお隠れを」

「なんだと」

ここは武蔵国を治める国衙だぞ、と叫びかけ、寛朝はかろうじて言葉を飲み込んだ。常陸国に下ると決めてから、寛朝は寺に出入りする者たちから折に触れて東国の様子を聞き取った。それによれば、ここのところ坂東に出没する凶党は、普段は馬での運送を生業《なりわい》とする男たち。人馬を集め、必要があれば兵器を取る彼らは、住処を定めず、坂東を縦横に駆け巡って富を蓄えているという。つまり国にも郡にも属さず、行雲流水《こううんりゅうすい》の如く野面を駆ける賊からすれば、国庁の権威なぞなんの意味もないのだ。

この国に律令に基づく統治が敷かれてから、約三百年。国政の基である班田制は近年、権門勢家・富農の荘園の拡大によって、崩壊が著しい。朝廷は各地の実情を調査し、それを鑑《かんが》みて徴税を行なえと諸国国司に指示しているが、一度崩れ出した制度はその程度の策では留められない。疲弊し、故郷を捨てた逃散《ちょうさん》の民は、ある者は富豪の輩《やから》の私邸に転がり込み、ある者は群盗に、またある者は口分田《くぶんでん》も戸籍も持たぬ流浪者へと姿を変えていく。

言うなれば天地をどよもす盗賊の蹄音は、中央の統治及ばぬ地方の無法ぶりの具現そのものなのであった。

「ご安心ください。武蔵国庁には常時、百名の兵が詰めているとか。十騎あまりの賊ごとき、すぐに打ち果たしましょう。お隠れをと申し上げたのは、あくまで念のためでございます」

言いながらも千歳自身、不安でならぬのだろう。切れ長の目が時折、宙を泳ぐ。

どどど、と次第に大きくなる地鳴りは、たった十数騎のものとは思い難い。それとも坂東では先ほどの狂風同様、馬まで気性が荒いのか。

寛朝は唇を引き結ぶと、千歳を押しのけて部屋を飛び出した。賊から身を隠そうと考えたのではない。この坂東で人探しをする以上、国衙に――ひいては朝堂に刃向かおうとする賊とはどんな者か、一目、この目で見ねばとの思いに突き動かされてであった。

武蔵国に限らず地方の国衙では、国司が政務を執る国庁に隣接して、客人用の客館や国司の暮らす守館、兵士の宿舎などが建てられている。

客館を飛び出し、渡廊《わたろう》を幾度も曲がれば、身拵《みごしら》えを整えた兵士たちがすでに国庁の庭に整列している。彼らが着した黒漆作の鎧《よろい》と大刀《だいとう》が煌々《こうこう》と焚かれた篝火《かがりび》を映じ、剣呑な輝きを放っていた。

「おお、寛朝さま。お目ざめでしたか」

甲高い声に振り返れば、守館から駆け付けてきたのだろう。興世王がはあはあと息を切らしている。

自ら陣頭に立ち、盗賊を退《さ》ける気概はないのか、袍《ほう》に袴《はかま》を着けただけの平服姿。擦《す》り切れた錦の帯には笛筒が挿され、血の気を失った下膨《しもぶく》れの顔さえ別にすれば、たった今、宴から抜け出したばかりかと映る風体であった。

「ご、ご安心ください。わが武蔵国の兵は、みな一騎当千の強者《つわもの》ぞろい。不逞《ふてい》の賊なぞ、す、すぐに蹴散らしてご覧に入れましょう」

言葉ばかりは勇ましいが、その音吐は無惨にひび割れている。屈強な体軀の武官を目で指し、「ご心配はいりませぬ」と自らに言い聞かせるように繰り返した。

諸国ではこのところ、群盗が守館を襲撃する事件が頻発している。ましてや東国では十数年前、任国に向かう受領一行が皆殺しにされた例もあると聞くだけに、その狼狽《ろうばい》ぶりはいささか情けなく見えるほどであった。

「実は庁の倉には現在、調布《ちょうふ》二百端が山積みにされているのです。異羽丸《いばまる》め、そのことを嗅《か》ぎ付け、収奪を目論《もくろ》みおったに違いありません」

「異羽丸――」

「さよう、国庁や郡衙に細作《さいさく》（間者）を放ち、財物が集まったのを見澄まして襲いかかるのは、真敷《ましき》の異羽丸のいつもの手口。三月前にも、榛沢《はんざわ》の郡家《ぐうけ》が襲われ、檜前牧《ひのくまのまき》より集めた駿馬《しゅんめ》二十頭が奪われたばかりでございます」

口角に泡を溜めながら、興世王がしゃべり散らしたところによれば、異羽丸なる僦馬の党の首魁《しゅかい》は、下総《しもうさ》国と常陸国にまたがる内海・香取《かとり》の海の南岸の真敷津をねぐらとする男。初めは海上に船を出し、水運で銭を得ていたが、やがて馬を集めて街道の交通を掌握し、あっという間に坂東じゅうに名の轟《とどろ》く盗賊となったという。

「年こそまだ三十前ですが、とにかく悪辣《あくらつ》な奴でございましてな。わたくしが武蔵に参った直後には、新任の受領さまにぜひご挨拶をとわざわざ出向いてきたかと思えば、その翌月には街道を荒らし、わたくしが京より送らせた荷を奪う有様で――」

昨今の東国の情勢が複雑なのは、群盗や土着の富豪といった者たちがただ悪事のみ働くわけではないことだ。運送や私田の開発によって富を得る彼らは、既存の法を軽々と踏みにじる一方で、己の得になると判断すれば、国司に従って租米の運搬や荒地開墾にも進んで携わる。野面に渦巻く風が四方八方どこから吹くか分からぬように、律令制の枠をはみ出して奔放に生きる彼らは、その旺盛な活力で国司を――いや、都すらを翻弄していたのであった。

地響きはますます凄まじさを増し、おおおッという雄たけびまで混じり始めている。再び強まり始めた風が、その叫びを不気味に引き裂いた。

武蔵国庁は南側に大小の家々が建ち並んでいるが、北側は荒涼たる野原。賊はどうやらその野面を突っ切って、国衙に襲いかかろうとしている様子であった。

「一隊が討って出たら、すぐに北門を閉ざせ。何があっても盗っ人どもを中に入れるなッ」

着任したばかりの上役なぞ、最初からあてにしていないのか、武官が興世王を一顧だにせぬまま、逞《たくま》しい頬髯《ほおひげ》を震わせて部下に怒鳴る。大刀を佩《は》いた兵たちが腹の底に響く喊声《かんせい》を上げ、いっせいに庭を飛び出して行った。

よほど訓練が行き届いているのか、国兵の身動きはそろって敏捷《びんしょう》である。押し寄せる騎兵を射落とすつもりか、八尺（約二・四メートル）はあろうかという弓を小脇にかい込んでいる者もいた。

築地塀《ついじべい》に沿って植えられた木々が暴風にざわめく。真夏にもかかわらず背筋に冷たいものが走り、寛朝はぶるっと身体を震わせた。暮靄《ぼあい》に白い砂埃を立てて駆ける隊伍を見つめながら庭に降り、その場で小さく足踏みをしたときである。

地を揺るがす蹄音に混じって、微《かす》かに澄んだ声が聞こえた。気のせいか、と首をひねった途端、ほんの一瞬、風が弱まり、今度は歌声がはっきりと言葉を成した。

――総角《あげまき》や　とうとう

張りのある女の声で歌われているのは、京でも宴席で頻繁に用いられる催馬楽「総角」だ。とはいえ寛朝のように管絃や梵唄に親しんでいる者でなければ、これほどわずかな歌声は聞き取れまい。実際、興世王や庭に残った十数名の兵士は、どうやら皆目それに気付いていないと見える。

寛朝はぽつぽつと星が目立ち始めた夜空を仰いだ。かなり遠くから、風に乗って流れてきていると思しき歌声に耳を澄ませた。

――尋《ひろ》ばかりや　とうとう

幼い男女のじゃれあいを歌った明るい曲調とは裏腹に、その声音はひどく淡々としている。調子が速く、旋律も華やかな催馬楽より、単調で鄙《ひな》びた神楽《かぐら》歌のほうが似合いそうな声だ。

――離《さか》りて寝たれども

「とうとう――」

思いがけぬほど近くで、唱和が起きた。驚いて振り返れば、千歳が両手で己の口を押さえ、狼狽した面持ちで目を泳がせている。

「も、申し訳ございません。つい」

顔色を変えて頭を下げる千歳を、寛朝はまじまじと凝視した。

催馬楽は庶民の間でも人気だけに、千歳が歌を知っているのはなんら不思議ではない。だがこの風と地鳴りの中であの声を聞き分けられるとは、並の耳の持ち主ではない。そしてたった一節、口ずさんだ千歳の声の、何とみずみずしかったことか。

父親の不機嫌な顔が脳裏に浮かび、全身の血がざっと音を立てて引いていく。まさか、と漏れた呟きは、自分でも驚くほど乾いていた。

「千歳。おぬし、もしかして――」

詰め寄る寛朝に、千歳が一歩後じさる。その態度に己の推測の正しさを確信した瞬間、耳をつんざく轟音《ごうおん》が辺りに響き渡った。

庭の兵たちがはっと頬を強張《こわば》らせ、興世王までがはじかれたように顔を上げる。それを嘲笑うかの如く再び同じ音が響き、今度は庭を囲む築地塀が大きく揺れた。塀の瓦が落ち、耳障りな音とともに地表で四方八方に砕け散った。

「し、しまった。東だ、東の門を守れッ」

慌てふためいた叫びとともに、兵たちが腰の刀を押さえて駆け出した。

見れば庭の東隅、くぐり戸に近い粗末な板門が大きくたわんでいる。そおれ、という野太い声が塀の向こうで起き、閂《かんぬき》のかけられた門が軋《きし》みながらまたも震動した。何者かが外から丸太のようなもので、門を破ろうとしているのだ。

「い、異羽丸めッ」

興世王が髪をかきむしり、地団駄《じだんだ》を踏んだ。

北から押し寄せた十数騎は、あくまで囮《おとり》だった。異羽丸は国衙の手勢の大半をそちらに引き付け、その隙に警備の手薄な東門を狙ったのだ。

兵たちが必死に門を押さえにかかったが、閂はめりめりと音を立て、今にも扉ごと吹っ飛んでしまいそうだ。先ほど、六十人ほどが向かった北門は、国庁の正殿や守館のはるか奥。彼らを呼び戻す間に、粗末な門は破られてしまおう。

「早く、早く逃げましょう。寛朝さま」

興世王が金切り声とともに、踵《きびす》を返した。その拍子に彼の腰から抜け落ちた竜笛《りゅうてき》が、磚《せん》の敷き詰められた足元に転がった。

漆の塗りは剝げ、歌口の脇に巻かれた籐《とう》がところどころささくれ立っている。先ほどの音色の悪さは、吹き手のせいばかりではないと気付かされるほど、粗悪な造作である。

落とし物に気付いていないのか、興世王は足元の笛を力いっぱい後ろに蹴飛ばした。そのまま周囲には目もくれず、一目散に正殿に走り入る。

寛朝は笛を拾おうと、腰を屈《かが》めた。だがそれより早く、千歳がさっと膝をつき、笛を片袖にくるみ込んだ。その仕草には、興世王の怯懦《きょうだ》もさることながら、笛を落としても気付かぬ鈍感さへの怒りがにじんでいるかのようで、そんな場合ではないと承知しつつも、寛朝はつい千歳の手元を見つめた。

「ええい、死ぬ気で押さえろッ。ぶち破られたら最後だぞッ」

顔を真っ赤にした兵が、互いに励まし合いながら必死に門に取りすがっている。しかし無情にも、門はやがてめりめりと音を立てて折れ、松明《たいまつ》の灯りとともに二十名ほどの男がどっと門内になだれ込んできた。

古びた胴丸を着け、脛《すね》をむき出しにしたその面は、いずれも前後が分からぬほど真っ黒に日焼けしている。手に手に太刀を振りかざした彼らに、兵たちもまた一斉に腰の刀を抜き放った。

「なんだ、まだこんなに守り手がいたのか。やめろ、やめろ、お前ら。どうせ京に召し上げられる調布なんぞ、守ったって何の得にもならんだろ。死にたくなけりゃ、知らん顔をしてろ」

男たちの後ろからのっそりと現れた小男が、呆れたように庁庭を見回して吐き捨てた。

手下たちとは異なって、武具も持たず、古びた水干《すいかん》をまとっただけの軽装である。あばただらけの顔といい、腫れぼったい赤黒い肌といい、どこか猿を思わせる醜男《しこお》であった。

「うるさいッ。盗賊のくせに、利いた風な口を叩くなッ」

一人の兵が、怒号とともに斬りかかる。すると小男はひょいと背後に飛びしさり、間一髪でその切っ先を避けた。標的を失い、たたらを踏んだ相手の顎先を蹴上げるや、もんどり打ったその首を力一杯踏みつけた。

骨が折れる嫌な音、そして蛙がつぶされるに似た呻きとともに、兵が悶絶する。小男は眉一筋動かさぬまま、その手から離れた大刀を拾い上げた。刃の重みを確かめるように、二、三度、大きく左右に振ってから、肉づきのいい肩にひょいと棟を載せた。

口から血を流しながら息絶えた兵を見下ろし、「ああ、もう。だから言ったのによ」と毒づいた。

「おい、お前ら。邪魔さえされなけりゃあ、この異羽丸さまはお前らになんぞ用はねえんだ。お互い、嫌な思いをしねえためにも、とっととどっかに逃げちまえ」

破れた門の外に向かって顎をしゃくる異羽丸に、ぐるりを囲んでいた国兵が怯《おび》え顔を見合わせた。

諸国の国庁に配備されている兵は、元をただせばみな近隣の各郡から徴発された庶人《しょじん》である。国衙の守りにつかされているのも、武器を手に戦うのも、決して自ら望んでではない。

国軍の大半は北門の守りに向かっている上、肝心の興世王はいち早く遁走している。ならばここで命を擲《なげう》つだけ損だ、と算を置いたのだろう。まず一人が刀を鞘《さや》に納め、じり、と後じさった。それをきっかけに異羽丸たちと対峙していた兵たちが、我がちになだれを打って逃げ出した。

けけけけけ、という哄笑が賊の間から湧き起こる。腹を抱え、足を踏み鳴らして大笑いする彼らはしかし、逃げるに逃げ出せず棒立ちになっている寛朝と千歳の姿に、おや、と眉を跳ね上げた。

「なんだ、坊主じゃねえか。こんなところにいると、巻き添えを食うぞ。おめえらもとっととどっかに行っちまえ」

よほど殺生が嫌いなのか、異羽丸が蠅《はえ》でも追い払うような仕草で、しっしと手を振った。それを合図に、配下の男たちが正殿裏の倉に向かって駆け出した。

いつの間にか庭には、古びた荷車が三輛、引き込まれている。奪った布を傷《いた》めずに運び出す支度なのか、荷台には一面、稲わらが敷かれ、蓆《むしろ》や荒縄まで用意されている。その周到さに、寛朝は逃げ出すのも忘れてぽかんと口を開いた。

強盗を働く際、人や物品を傷つけぬのは、案外難しい。なるほどこれは、興世王より異羽丸の方が一枚も二枚も上手だ。

どの倉にどれほどの布が収められているのかも、すでに調べてあったのか、待つ間もなく男たちが、手に手に反物《たんもの》を抱えて走り戻ってくる。荷台に坐っていた十歳前後の少年がそれを受け取り、片端から荷車に積み込み始めた。

もはや誰一人、寛朝たちには目もくれない。一向に収まらぬ風が砂埃を巻き上げ、一党の姿をうっすら霞《かす》ませていた。

「か、寛朝さま。この隙に逃げましょう」

千歳が必死に袖を引く。それを片手で振り払い、寛朝は次々と財物を運び出す男たちに目を据えた。

寛朝はまだ十五、六歳の頃、宇多野《うたの》の寺に押し入った群盗が捕縛され、獄舎へ押送《おうそう》される姿を見た。縄に一列につながれ、うなだれた彼らは一様に痩《や》せ、幽鬼《ゆうき》の如く弱々しげであった。

しかし今、目の前で盗みを働く異羽丸とその配下はいずれも丸々と肥《こ》え、知らなければ盗賊とは思えぬほどに快活である。その明るい顔と弾《はず》むような足取りと来たら、今にも歌でも歌い出しそうなほどだ。

もしかしたら彼らにとって、国衙を襲うことも荷駄を用いて銭を得ることも、大した違いはないのかもしれない。善と悪、正と邪。京でははっきり定められている境界は、この混沌とした坂東では何の意味もなさぬわけか。

あまりに堂々としたその姿に、自分の方がのぞき見をしている気にすらなる。そんな感情に戸惑う間にも、男たちは次々と布を運び、荷は膨れ上がっていく一方であった。

山のように積み上げられた荷を、少年が蓆で覆って縄をかける。同時に男たちが心得顔で、隣の空の荷車に駆け寄った。

「おい、お前ら。異羽丸の手下ではないか。いったいなにをしている」

この時、突如、雷鳴そっくりのがらがら声が響き、盗賊たちがびくっと身動きを止めた。恐る恐る振り返る眼差しの先を追えば、葦毛《あしげ》の馬にまたがった壮年の男が、破れた門の外からこちらをしげしげと覗き込んでいる。

旅の途中なのか、袴の裾をくくり上げ、背に荷を結わえ付けている。鞍《くら》の前輪《まえわ》に愛らしい六、七歳の女児を乗せているのが、なんともこの場にそぐわなかった。

男たちがげえっと喚《わめ》いて、棒立ちとなる。それと同時に馬上の女児が、荷のてっぺんによじ登っていた少年を指し、あ、と声を上げた。

「百舌《もず》よ。父さま、あそこに百舌がいるわ」

百舌と呼ばれた彼が、決まり悪げに「うそさま」と呟いて、肩をすぼめた。

いや、百舌だけではない。あれほど楽しげであった男たちは、今やこぞって居心地悪げに顔を見合わせ、手にした布をもぞもぞと背に隠そうとしている。それは異羽丸とて例外ではなく、さすがに手下ほど情けない面持ちではないが、男を仰《あお》ぐ横顔にははっきりと困惑がにじんでいた。

「まったく。おぬしらはまた、勝手をしおって」

馬上の男は呆れ顔で、大きな溜め息をついた。先ほど異羽丸が踏み殺した兵の亡骸を見やり、「これはおぬしらで葬ってやれよ」とぼそりとつけ加えた。

　そのもの怖《お》じせぬ態度に、寛朝は一瞬、この男は異羽丸より更に大物の盗賊かと疑った。だがそれにしては男や女児の身形《みなり》はさっぱりとして、人品も卑《いや》しげではない。よく肥えた馬と旅装は、任国に赴く官吏《かんり》が宿を求めに来たかにも映った。

「しかたねえだろう、将門《まさかど》さまよ。最近は街道を行く荷が少なくて、おいらたちも食い詰めているんだ」

　異羽丸が開き直った面で言い放ち、小脇に抱えていた反物を荷車に投げた。百舌が慌ててそれを抱きとめ、薦の下に押し込んだ。

「以前みたいに戦《いくさ》でも起これば、おいらたちも兵としてどこかに雇ってもらうんだがな。なあ、どうだい。上総《かずさ》においでのあんたの伯父君は、あんたが京から戻ってきたら今度こそ討ち滅ぼしてやろうと、すでに手勢を集めていらっしゃるらしいぜ。ここで会ったのも何かの縁。今のうちにおいらたちを雇っておかねえか」

　どうだ、と胸を叩いた異羽丸に、将門と呼ばれた男は、ははっと笑った。意志の強そうな太い眉の下で、両の目が楽しげに細められている。どこか子どもっぽく感じられるほど、それはあけすけな笑みであった。

「それはまた、戦いになったときに考えるわい。されどまあ、伯父上も執念深いなあ。わしを不逞の輩として京に訴えるだけでは、気が晴れなんだのか」

「あんたが強すぎるのがよくねえのさ。去年の秋の戦じゃあ、伯父君を下野《しもつけ》国庁に追い詰めた後、情けをかけてわざと逃がしてやったんだろ。青二才と思っていた甥っ子からそんな真似をされちゃあ、かえって恨みが募るってものさ」

「あの戦をしかけてきたのは、伯父上たちの方だ。わしは悪くないぞ。勘問《かんもん》に当たった京の検非違使《けびいし》庁の方々も、わしに非はないと仰せられたし、だからこそこうして罰も受けず、坂東に戻ってこられたわけよ」

将門が馬上で胸を張る。それに軽く鼻を鳴らしてから、異羽丸は足元にけっと痰《たん》を吐いた。

「ああ、それにしても、あんたに見咎《みとが》められるとはまったくついてねえ。おい、おめえら。今日は荷を諦めて、これで引き揚げるぞ」

と手下たちに怒鳴り、大股に荷車に近付いた。

「百舌、積荷を降ろせ。布は返してやるとしたって、荷車まで国庁にくれてやる義理はねえからな」

「なんだ、国衙の門をぶち破っておきながら、強奪をやめるのか」

意外そうに目をしばたたく将門に、異羽丸はわずかに片頬を歪《ゆが》めた。

「そりゃ、調布は喉から手が出るほど欲しいけどよ。猿島《さしま》の暴れ馬と呼ばれる平《たいらの》将門さまの目の前で国衙を襲っちゃあ、後日、あんたの従類《じゅうるい》（近侍《きんじ》の部下）どもにどんな目に遭《あ》わされるか知れねえや」

「まあ、それはそうだ。坂東を安んじるためにこの地に下られたわが祖父、高望王《たかもちおう》さまの名を汚さぬためにも、目前の略奪に見て見ぬふりはできん」

当然とばかり首肯した将門に、異羽丸は「ふん、よく言うぜ」とせせら笑った。

「あんたやその血縁にしたって、国衙の奴らからすりゃあ、みな私財を蓄え、ほうぼうで私闘を繰り返す不逞の輩。結局は俺たちと変わりはねえのによ」

寛朝は口の中で、高望王、と呟いた。

聞き覚えがある。確か、もう何十年も昔に、その武勇ゆえに上総国司に任ぜられた桓武天皇の曽孫がそんな名ではなかったか。

高望王は任を終えた後も上総に留まり、その子孫は今や坂東じゅうに土着しているはずだ。おそらくこの平将門とやらも、そんな後裔《こうえい》の一人なのだろう。

律令制本来のありかたからすれば、皇族や官人は都で朝堂に仕えるのが定めであり、国司以外の公卿の地方居住はありえない。つまり群盗や在地の富豪同様、坂東に土着した高望王の子孫たちもまた、国政の枠組みから逸脱した者たち。そして異羽丸とのやりとりから察するに、彼らもやはりあるときは国衙の支配に降《くだ》り、またあるときは国庁に背く不逞の輩として国兵に追われもする、変幻自在な人々に違いない。

それにしてもこの将門はどうやら、一族の者と諍《いさか》った末、京で裁きを受けて来たらしい。かようなことを至極あっさり口にするとは、国衙の勢力が弱い坂東では私闘なぞ日常茶飯事と見える。

まったく、坂東とは知れば知るほどろくでもないところだ。喉元にこみ上げた苦いものを、寛朝はこっそり飲み下した。

「畜生。あんたがこんな早々に、京から戻ってくるとはなあ。それと知っていたら、もっと前に国衙を襲ってやったのに」

悔しげに首元を搔《か》く異羽丸に、将門は苦笑を含んだ目を向けた。

「荷駄の仕事がないのなら、いつでもわしの営所（館）に来ればいい。鋳物師所《いもじどころ》の下働きぐらいならさせてやるぞ」

「ふん、真敷の異羽丸ともあろう者が、他人の営所でのんびり腰を据えていられるかよ。戦を始めると決まったら呼んでくれ。思う存分、暴れまわってやるからさ」

空になった荷車を、手下たちが門の外へと曳き出してゆく。地面に投げ出された布をひととところに積み上げる百舌の尻を、異羽丸は力いっぱい蹴飛ばした。

「何をぐずぐずしてやがる。置いていくぞ」

「は、はい」

百舌が落ち着きのない仕草で、将門と異羽丸を見比べる。馬上の童女がそんな彼に向かって、「またね、百舌」と手を振った。

その途端、真っ黒に日焼けした百舌の顔がぱっと赤らむ。異羽丸がその頭を、苦々しげに小突いた。

「この野郎。まだ下の毛も生えてねえくせに、色気づきやがって」

「まあ、いいじゃないか。百舌、うそは当分、常羽御厩《いくわのみまや》にいるからな。暇が出来たらまた、相手をしてやってくれ」

百舌が照れた様子で俯《うつむ》いたとき、門の外がにぎやかになった。荷車を曳いた異羽丸の手下たちが、口々に騒ぎ立てているのだ。それに気付いた異羽丸が、「なにをごちゃごちゃやってやがる」と目を吊り上げて怒鳴った。

「だってお頭《かしら》。将門さまの従僕が門前をふさいでいる上に、この女がどれだけ言ったって乗っている馬をどかさねえんでさ」

手下の一人が叫び返す。その途端、「おお、すまん」と将門が膝を打った。

「異羽丸、外におるのはあこやだ。手間をかけるが、轡《くつわ》を取って中まで曳き入れてやってくれ」

「なんだと。おめえ、坂東に戻った途端、傀儡女《くぐつめ》遊びをしていたのかよ」

「違う、違う。わしではない。このうそが、どうしてもあこやの歌を聞きたいとうるさいため、榊《さかき》ノ御《ご》の元に使いをやり、わざわざ香取から呼び寄せたのよ」

将門は顔の前で大きく片手を振った。

「いくらわしでも、娘がいる前で女遊びはせん。本当に歌を歌わせるためだけに呼んだのだ」

異羽丸は白目の勝った目で、疑わしげに将門を睨《にら》んだ。しかしすぐに「しかたがねえなあ」と独言して、踵を返した。

「あこやを連れて戻り次第、俺たちは引き揚げさせてもらうぞ。ぐずぐずして、国庁の奴らに捕まりでもしたら、何のために布を諦めたのか分かりゃしねえ」

「おい、待て。そうなると、そこな兵士の弔《とむら》いはどうなる」

将門が慌てて、異羽丸を呼び止める。だが異羽丸はそれを顧《かえり》みぬまま、「知るか。その坊主にでも、やらせりゃいいだろうが」と背中越しに怒鳴った。

「坊主だと」

「この近目が。すぐそこにいるじゃねえか」

どうやら将門は、逞しい体軀に似合わず目が悪いらしい。あちらこちらを忙《せわ》しく見回した末に、大きな目をすがめ、

「おお、まことだ。本当に坊主がおるな」

と、寛朝を指差して喚いた。

「こんな刻限になぜ、坊主が国庁にいるのだ。おい、異羽丸。まさかおぬし、どこぞの寺からさらってきたのではあるまいな」

「ふざけるな。俺は金品は盗むが、人さらいは大ッ嫌いなんだよ」

腹立たしげに言い捨てて、異羽丸が東門を出て行く。なるほど、それもそうか、とひとりごち、将門は寛朝を手招きした。

「おおい、御坊《ごぼう》は武蔵国分寺《こくぶんじ》のお人か。ここに居合わせたのも、何かの縁。済まぬがこの兵に、経《きょう》の一くさりなと手向《たむ》けてやってくれ」

　地面に落ちた松明が照らし出す将門の頰には、えぐられたような傷が走っている。その一方で、日焼けした顔は年に似つかわしからぬ稚気《ちき》に満ち、そんな剛柔兼ね備えた不均衡が、不思議な魅力を醸《かも》し出していた。

　寛朝が返答に詰まったのを恐怖ゆえと取ったのか、将門は馬の首を軽く叩き、身軽に鞍から下りた。うそを馬上に乗せたまま片手で手綱を摑み、寛朝に向かって軽く頭を下げた。

「わしは下総国猿島郡に暮らす、平将門と申す。伯父との私闘を咎められ、京の検非違使庁に出頭した帰りでな。今宵は武蔵国衙に泊まらせてもらおうと、こうして立ち寄ったのだ」

　平氏は源氏と同じく、皇籍を離れた者に与えられる姓。昨今の都では、桓武天皇の血を引く平氏が多く要職に就き、中には太政官《だいじょうかん》の一員に任ぜられている者もいる。

　そんな彼らに比べれば、姓こそ同じであろうとも、坂東に土着したこの男など野卑無頼《ぶらい》の輩に等しい。しかも異羽丸のような盗賊と親しい上、一族間の私闘が元で検非違使勘問を受けるとは、同じく皇統に連《つら》なる寛朝には信じ難い話だ。

　とはいえ国庁に宿を求めようとしている点から推《お》すに、この地では将門は受領にも名の通った人物なのだろう。ならば死んだ兵を弔うぐらい、なにも問題はないはずだ。

　人懐っこく笑う将門を見つめ、寛朝は小さく顎を引いた。その途端、かたわらの千歳がいきなり、「あの」と声を上げた。

「ご無礼を申し上げますが、もしや将門さまは、先の左馬允《さめのじょう》・平貞盛《さだもり》さまのご親族ではいらっしゃいませんか」

　寛朝は驚いて、千歳を振り返った。従僕は身分の高い者から声をかけられて初めて、応答が許される。どのような理由があれど、自らの用事で話しかけるなぞ、礼儀知らずにもほどがある。しかも仮の主とはいえ、寛朝と将門が対峙している最中、脇から口を出すとは何事だ。

　だが寛朝の咄嗟《とっさ》の叱責は、はははという将門の高笑いにかき消された。

「これは驚いた。わしの従兄を知っているのか。されどわざわざそう口にする点からして、おぬしも御坊もこの辺りの者ではないな。いったいどこで、あ奴《やつ》に会《お》うた」

こみ上げる笑いを噛み殺して、将門が肩を揺らす。その磊落《らいらく》な態度に面食らった顔で、千歳は「は、はい」とうなずいた。

「二年、いえ、三年ほど前になりましょうか。当時、京にいらした貞盛さまが、わが主・敦実親王さまのお屋敷にお越しになられ、この千歳がご案内させていただきました。その後間もなく、坂東に戻られたとうかがいましたが、ご健勝でいらっしゃいますか」

「おお、健勝も健勝だ。見ろ、わしのこの頬の傷。これは昨秋の下野と常陸の国境での戦で、貞盛が放った矢が顔をかすめたものだ。もう一寸、顔が前に出ておったら、わしは見事、射殺《いころ》されていたろうよ。今頃はわしの帰郷を聞き、どうやってわしを討つか、伯父たちと合議しているのではないかな」

快活に語る将門とは裏腹に、千歳の顔が一度に強張った。

近年の都では、地方豪族の子弟が上京して公卿の従者となり、その縁故で官職を得ることがはやっている。平貞盛なる男も、敦実親王を始めとする高官に近付き、宮城の馬を管理する馬寮の官人に任ぜられたのだろう。

しかし寛朝と敦実が不仲であるように、血縁がみな必ずしも仲睦まじいわけではない。ましてや先ほどの異羽丸とのやりとりを聞けば、それぐらい容易に察せられように。

これが寛朝の従僕であればともかく、千歳はあくまで父からの借り物だ。万一、ここで将門が千歳に害を加えたりしたら、帰京後、父からどんな嫌味を言われるか分かったものではない。

千歳の腕を摑んで引き戻し、寛朝はずいと将門の前に立った。

「将門どのとやら。わが従者が大変ご無礼を申しました。何卒お許しくだされ」

体格にだけはひどく恵まれているため、向き合えば将門の目の高さは寛朝よりわずかに低い。震える手を励まし、胸前で合掌する。指にからめっぱなしだった数珠がふれあい、かちかちと小さな音を立てた。

「わたくしは寛朝、こちらは従僕の千歳。お察しの通り、京から参った旅の者でございます。坂東の情勢に不案内なため、まことに失礼を申しました。ご不快は承知しておりますが、どうぞお許しくだされ」

深々と低頭する寛朝に、千歳が大急ぎでその場に膝をつく。

するとその途端、先ほどにも勝る大声で将門が笑い出した。神妙な主従の姿がよほどおかしくてならぬのか、かたわらの馬に置かれた鞍をばしばしと片手で叩くのに、葦毛の馬が不機嫌に尾を振った。

「ははは、やめてくれ。別に不快とは思っておらん。京から来たばかりとあれば、当然だ」

「ですが――」

「わしがいいと言えば、もういいのだ。それよりおぬし、早うこの兵に、経を上げてやってくれ。わしも娘も、長旅で疲れておるからな」

将門はそう言っていきなり、分厚い手で寛朝の肩を掴んだ。馬の手綱を千歳に押し付け、そのまま強引に寛朝を兵士の骸の側《そば》に連れて行った。

先ほどの異羽丸もそうだったが、坂東の者はみな、些事に拘泥せぬきらいがあるようだ。焔《ほのお》のように熱い将門の掌《てのひら》に戸惑いながら、寛朝は死骸の横に膝をついた。

顔じゅうのあらゆる穴から血を噴き出させた兵の顔は苦悶に歪み、力なく垂れた舌先が乾いた地面をべったり舐めている。

そのあまりに無惨な死に顔に、寛朝は強く目を閉じた。昼間の腐り爛れた親子の亡骸が眼裏《まなうら》に浮かび、忘れかけていた吐き気が甦る。ぐいと歯を食いしばってそれを堪えると、名もなき親子に手向けたばかりの『理趣経』を、もう一度梵唄で誦し始めた。

「ほう」

感嘆の吐息がした。横目でうかがえば、将門の面上には、子どもが未知のものに接するにも似た、純然たる驚きが浮かんでいた。

どうやら一音一拍の素読ではなく、抑揚をつけた梵唄で経を唱え始めたのが意外だったらしいが、都鄙《とひ》を問わず寺院ではどこも事あるごとに梵唄を誦すはずだ。それにもかかわらず、この男はなぜこれほど驚くのかと思う一方で、率直なその詠嘆が嬉しくもある。

力を得た気分で、寛朝は更に声を張り上げた。すると将門は感極まった面持ちで千歳を振り返り、「おい、千歳とやら、驚いたなあ。御坊はひどく歌がうまいのだな」と、親しげに話しかけた。

「は、はあ」

千歳もまた将門のあまりの興奮ぶりに気圧《けお》されているのか、応じる口調はひどくぎこちない。だが将門はそれにはお構いなしに、浮かされた様子で言葉を重ねた。

「これまで梵唄は幾度も聞いたが、これほど耳に心地良いのは初めてだ。声もいいし、節回しもすばらしい。如意《にょい》やあこやの催馬楽にも負けぬ美しさだなあ」

あこやという名は、先ほども聞いた。しかしこの十余年、一心に梵唄に取り組んできた寛朝に並ぶ歌い手が、坂東にいるというのか。

なまじ手放しの讃美が嬉しかっただけに、嫉妬とも怒りともつかぬ感情が、かっと身内を熱くする。

それをごまかすように寛朝が数珠をいっそう強く押し揉んだとき、馬の嘶《いなな》きが空をつんざいた。どやどやという足音がそれに続いたのは、将門の従者たちが壊れた門から列を成して入ってきたためだ。

「おお、異羽丸。すまん、すまん」

素速く踵を返した将門が、一行に駆け寄る。その変わり身の早さに恨めしさすら感じながら異羽丸が曳いてきた馬を見やり、寛朝は目をしばたたいた。

長い髪を一つに結わえた十六、七歳の女が、馬上に横坐りをしている。しかし寛朝を驚かせたのは、その背にくくり付けられた大きな荷や、裾からのぞく愛らしい足ではない。白粉《おしろい》と紅で濃く彩られた顔が、なにかを探るように忙しく方々に振り向けられているが、形のよいその両目はぽっかり見開かれ、焦点がまったく合っていない。臆病な鳥が羽を膨らませるにも似た緊張がその全身に満ちているのが、よそ目にもはっきりと感じられた。

盲人なのだ。

将門は異羽丸から手綱を受け取り、「待たせてすまん、あこや。国衙に着いたぞ」と、馬上の女に声をかけた。両手を差し伸べ、その身体を馬から下ろした。

いつの間にか下馬していたうそが、そんなあこやの腰にしがみつき、「あこや、あこや、歌って。次は風俗歌がいいわ」と口早にせがんだ。

「おい、うそ。ここまでの道中、さんざん、催馬楽を歌わせただろう。少しは休ませてやれ」

「おおい、将門さまよ。俺たちはこれで引き揚げるからなあ」

門を背にした異羽丸が、大声で叫ぶ。すると、あこやは弾かれたように顔を上げ、「まあ」と呟いた。濃い化粧の下におとなしげな素顔が透け、その印象が一度にたおやかなものに変じた。

「あの声は、もしや異羽丸では」

その呟きは小さいながらも、歌を生業《なりわい》とする者ならではの張りがある。寛朝は瞬時に、目の前の盲女が先ほどの催馬楽の歌い手であると気付いた。

「おお、そうだ。たまたま武蔵国衙に来ておったらしくてな」

「さようでしたか。それは挨拶もせぬままで、失礼しました」

「なあに。あいつの根城は、香取の海にほど近い真敷。またねぐらに舞い戻った折には、おぬしらの傀儡女船に顔を出すだろうよ」

傀儡女船という言葉にたまりかね、寛朝はついに誦経《ずきょう》を途中にして立ち上がった。

傀儡女とは遊女《あそびめ》と同じく、男の宴席や寝間への奉侍を生業とする女たちである。ただ、遊女がひとところに定住して客を迎えるのに対し、傀儡女は決まった家を持たず、浮草の如く流浪しながら、歌や舞、色を売って銭を稼ぐと聞く。

常陸国南部から下総国北部にかけて広がる香取の海は、下総一国にほぼ等しい広大な内海。香取の傀儡女との呼称からして、彼女たちはおそらく浩々たるその海に船を浮かべ、水面をさまよいながら、男を待ち受けているのだろう。ちらりと名が出た榊ノ御とやらは、そんな傀儡女の長者（頭）に違いない。

なるほど先ほどの催馬楽は、鄙の地にしては美しかった。とはいえ京には、あの程度の歌い手は無数にいる。それにもかかわらず、色を売る賤《しず》の女と親王の長子である自分を引き比べるとは、いくら坂東の土豪とはいえ、物知らずにも程があろう。

こんな地の男の褒め言葉を真に受けたのが、愚かだった。憤懣《ふんまん》に急かされるままに立ち上がり、寛朝は将門たちに背を向けた。そのまま大股に正殿へ向かおうとした時、数人の武官に守られた興世王が転がるようにこちらに駆けて来た。

「い、異羽丸どもは、異羽丸どもは引き揚げましたかッ」

荷車の音が遠ざかったのに気付き、様子をうかがいに来たらしい。しかし寛朝が口を開くより早く、興世王はああッと将門を指差した。

「お、おぬしは平将門ではないか」

「おお、興世王。ほぼ半年ぶりだなあ。ようやく京から戻って来たぞ」

親しげに呼びかける将門に、興世王の顔がさっと青ざめた。

寛朝と将門を見比べ、

「ま、まさかおぬし、このお方にご無礼を働いてはおるまいな。あ、いや、その前に、異羽丸一党はいかがした」

とまくし立てる声には、狼狽の色が濃い。それだけで、国司が日頃、土着の豪族にどれほど手を焼いているかがありありと察せられた。

「異羽丸どもなら、わしの顔を見るなり、布を置いて逃げたぞ。勝手な真似をするなと叱っておいたゆえ、当分、悪さはするまい」

「なに、それはまことか」

「まことだとも。それより興世王、すまんが酒と飯を整えてくれんか。今朝早く、夷参《いさま》を発《た》って以来、わしも従者も飲まず食わずなのだ。香取から呼んだあこやの歌も、もう少し聞かねばならぬしな」

国衙を襲った危難がとりあえず去ったと知り、興世王の顔に見る見る安堵が浮かぶ。そのかたわらをすり抜ける寛朝の背を、「おおい、待て待て、御坊。よかったら、おぬしも一緒にどうだ」という将門のがらがら声が叩いた。

それを無視して、寛朝は足を速めた。すると背後に軽い足音が立ち、柔らかなものが脇にしがみついた。驚いて振り返れば、うそがはあはあと息を切らして、法衣の腰にすがりついている。「待って、お坊さま」と言って、小さな手に力を込めた。

「うそはお坊さまのお歌も、もう少し聞きたいわ。だって、あこやにも負けないぐらい、お上手だったんですもの」

頑是《がんぜ》ない童女を邪慳《じゃけん》に出来るほど、寛朝は冷淡ではない。言葉に詰まった寛朝に、うそは父親似の大きな目をしばたたいた。

「お嫌なら、無理に歌ってくださらなくてもいいの。でもせめて、夕餉《ゆうげ》をご一緒してくださいな。それで父様と三人で、あこやの歌を聞くの」

と、爪先立って更にせがんだ。

幼いなりに寛朝の不機嫌を見抜き、父親との仲を取り持とうと考えたのかもしれない。

その必死さに、寛朝は己の大人げなさをわずかに悔いた。

「ねえ、父様。いいでしょう」

「うその好きにするがいい。とにかくわしは腹が減ってならん」

ううん、と大きく身体を伸ばし、将門は目尻ににじんだ涙を拳《こぶし》で拭った。

いつの間にか北門から引き揚げてきた兵士たちが、そんな将門を恐ろしげに取り巻いている。

勢いを失った篝火が大きな音を立てて燃え崩れ、いつしか暮れ切った夜空に鮮やかな火の粉を散らせた。

親王の長男である寛朝への気遣いか、それとも異羽丸一党を追い払った将門へのねぎらいか。興世王が整えさせた膳は、強飯《こわめし》に川魚の醤《ひしお》焼き、蒸し鮑《あわび》、それに木の実や干し棗《なつめ》を混ぜた菓子と、急ごしらえとは思えぬ豪華さだった。

「寛朝さまのために、精進の羹《あつもの》（熱い汁もの）と煮茸《にたけ》もご用意しました。さあ、お召し上がりください」

ただ口ではそう言いつつも、興世王は膳がすべて運ばれてくる前に席を立ち、それきり戻る気配がない。

都から下ってきた国司と在地の土豪は、本来、水と油ほどに相容《あいい》れぬもの。もしや興世王は、この将門という男が苦手でならぬのではないか。そう気付くと、うそにほだされた自分が実に情けなく、寛朝は早く飯を終わらせて座を立つべく、目の前のものを片端から口に押し込んだ。

しかし将門はそんな寛朝の屈託にはまったく気付く気配もなく、手酌で酒を呑みながら、

「おおい、あこや。疲れているところをすまんが、せっかくの酒席だ。何かひと節、歌ってくれ」

と、部屋の隅に坐るあこやに上機嫌に命じた。

「はい、将門さま。ただ、歌わせていただきたいのはやまやまなのですが――」

背の荷を降ろしたあこやの体躯は、先ほどよりもいっそう華奢《きゃしゃ》と映る。見えぬ眸《ひとみ》を困惑したように床に落とし、あこやは静かに続けた。

「先ほど国衙に入る前、とてもお上手な梵唄が聞こえました。あれほど見事な読誦となれば、そこにおわすのはさぞ名のある御坊でいらっしゃいましょう。かようなお方の前でしがない傀儡女が歌うなぞ、ご無礼にもほどがあります」

「なんだ。そんなことを気にしていたのか、馬鹿馬鹿しい。なあ、御坊。そうだろう」

急に水を向けられ、寛朝は返答に窮した。

あこやの言う通りと首肯できれば楽だが、あいにく寛朝にはそんなむくつけな真似ができない。だからといって、おとなしく傀儡女の歌を聞かされるのも業腹《ごうはら》だ。

どうしたものかと目をさまよわせれば、庭に突き出した広縁に千歳が片膝をついて控えている。おい、とそれに呼びかけ、寛朝は目の前の高杯を脇に押しのけた。

「千歳。お前、興世王の笛を持ったままだろう。あれを吹いて差し上げろ」

えっという声とともに、千歳が顔を上げた。

ちょうどいい。ここでこの男の管絃の才がどれほどのものか確かめてやろうと、寛朝は更に言葉を続けた。

「どうせ余興だ。下手でも構わん。ぐずぐずせずに、早く吹け」

自分の技量が試されていると悟ってか、千歳の頬がわずかにひきつる。だがすぐに、「かしこまりました」と開き直った様子で低頭し、先ほど興世王が落とした笛を懐から取り出した。

広縁の中央ににじり出ると、ゆっくりと歌口を唇に当てる。その落ち着き払った仕草に、寛朝の胸が大きく拍動した。

似ている。肘を誇らしげに高く上げる構えも、その一方で俯き気味に歌口に唇を当てる仕草も、敦実親王に瓜二つだ。

寛朝はこれまで一度として、敦実親王から管絃の手ほどきを受けたことがない。それにもかかわらず、ただの従僕に過ぎぬ千歳がわが父そっくりに笛を構えるとはどういうわけだ。

千歳の手中にあるのが、ひどい悪笛とは分かっている。しかしまるでそこから、父と瓜二つの縹渺《ひょうびょう》たる音色が流れ出しそうな気がして、激しい嫉妬と混乱が腹の底で渦を巻く。それを遮るように、あこやが「あの」と身を乗り出した。

「どなたかが笛を吹かれるのであれば、わたくしは琵琶を弾きましょう。その方が、席が華やぎますから」

「おお、それはいい。ぜひ、そうしろ」

上機嫌な将門を、寛朝は横目でにらんだ。

四本の絃を撥《ばち》で弾《はじ》いて音を出す琵琶は、旋律を奏でるより、曲の拍子を取ることを主な役割とする楽器である。旋律楽器である笛は、吹き手の巧拙、音色の良し悪しが素人でも比較的判別しやすい。だがそこに琵琶が加われば、並の者の耳には笛と琵琶どちらが下手か分かりづらくなろう。

奏笛が行なわれると知ったあこやは、それを合奏にすることで、千歳が恥をかかぬよう気遣ったのだ。およそ賤の女らしからぬ、気の利いた計らいであった。

「では父様、うそが朗詠をするわ。この間、如意に習ったの。ねえ、いいでしょう」

うそがぱっと顔を輝かせて、将門の膝を両手で揺すった。

先ほどあこやが歌っていた催馬楽は、本来は地方の民謡や風俗歌。正式な宴席では歌の伴奏として、笛・笙《しょう》・篳篥《ひちりき》の三管と箏《そう》・琵琶の両絃を添えることになっている。それに対して朗詠は、管楽器のみを伴奏に漢詩や和歌を朗々と歌い上げるもの。ただし実際は催馬楽・朗詠ともに、伴奏楽器を欠いたり、反対に本来は使われぬ和琴や羯鼓《かっこ》が添えられることも頻繁であった。

それにしても、うそはよほど歌が好きらしい。その無邪気さに、寛朝はふと自らの幼少時を思った。

（ああもひた向きに歌を愛したことは、わたくしにはついぞなかったな）

寛朝が物心ついた頃から、敦実は長男が音楽に触れることを極端に嫌った。当代一の管絃者である父の屋敷には、日夜、多くの公卿がその教えを受けるべく詰めかけたが、そんなときも寛朝はたった一人、部屋にいるよう命じられ、遠くから流れてくる麗しい音にひたすら耳を澄まし続けたものだった。

父の一番の気に入りの弟子は、敦実の兄・醍醐天皇の孫である源《みなもとの》博雅《ひろまさ》。敦実から実の子同然に可愛がられ、琵琶・笛・和琴の秘曲までを伝授される二つ年下の博雅が、寛朝にはどれほどうらやましかったことか。

そう気付くと、純粋に歌を慕ううそがひどく眩《まばゆ》く見えてくる。その小さな影から顔を背け、寛朝は袋から四絃の琵琶を取り出すあこやに目を移した。

「あこや、それは無明《むみょう》ではないか。大切にしている琵琶を、わざわざ持参してくれたのか。すまんな」

「いいえ、船上にずっと置いていては、音が湿ってしまいます。たまにはこうして、陸の風に当ててやった方がよろしいのです」

「三五《さんご》」とも異名される琵琶は、その名の通り丈三尺五寸（約一〇六センチメートル）が定め。小柄なあこやには、いささか大きすぎる楽器である。しかしあこやは将門に小さく微笑みかけると、慣れた手付きで転手《てんじゅ》をきりきりと巻き、絃の調子を整え始めた。

無明との銘とは裏腹に、その撥面《ばちめん》には満月を象《かたど》った螺鈿《らでん》が一つ嵌《は》め込まれている。また絃の下端を止める覆手《ふくじゅ》にも二羽の雁《かり》が截金《きりかね》され、鄙《ひな》の地には不釣り合いな華やかさであった。

「では、うそさま。なにを歌《うと》うてくださいますか」

おどけた口調で問うあこやに、うそはこほん、と大人びた仕草で咳払いをした。

「お坊様もわたしたちも、旅の途中だもの。野宰相《やさいしょう》のお歌を詠じましょう」

「はい、かしこまりました」

ふと見れば、にこやかにうなずくあこやの手元に、千歳がひどく熱の籠《こも》った眼差しを注いでいる。その目つきに寛朝はふと、千歳は琵琶にも詳しいのかと思った。

その場の全員をゆっくり見回してから、うそはすっと背筋を伸ばした。双の肩を後ろに引いて胸を張り、

――わたのはら

と、高い声で歌い始めた。

ほんの一瞬遅れて、千歳が高く笛を吹き鳴らす。案の定、その音色はひび割れ、およそ聞けたものではない。しかし絶妙な間合いで掻き鳴らされたあこやの琵琶が、笛の音のうち耳障りな響きだけをかき消し、なんとか不快を覚えずに聞けるだけの和音がそこに生まれた。

それはあこやの腕というより、無明の音色のよさによるところが大きいのだろう。その撥先から放たれる音は、拵え同様、坂東の傀儡女の手になるとは思えぬほど芯のある響きであった。

——八十島《やそしま》かけて漕《こ》ぎいでぬと
今度はあこやが先に琵琶を鳴らし、そこに千歳の笛がからみつく。

ほんの一節吹いただけで、笛の癖を摑んだらしい。調子が外れやすい高音を避け、代わりに低い音でにぎやかな旋律を奏でる千歳に、寛朝は目を見張った。

やはり似ている。無論、敦実はこんな不出来な笛なんぞ手にすまいが、構えばかりかその息遣い、音の揺らし方までが父に瓜二つだ。

顔を強張らせた寛朝を横目でちらりとうかがうと、千歳は突然、短い旋律を二度、三度と繰り返した。その都度、指を大きく動かし、華やかな装飾音をちりばめる。その節はまるで、舷《げん》を洗う小波を思わせた。

野宰相こと小野篁《おののたかむら》は、今から百年ほど前に生きた公卿。学問を始め諸芸に通じながらも、反骨的な気性を咎められ、一時は隠岐島《おきのしま》に流されもした奇矯の人である。

うそが詠じている和歌は、隠岐に送られる途中、篁が京の家族に詠み送った作。雄大な海の有様と、そこに漕ぎ出す男の孤独が際立つ一首である。

あこやがまたも、琵琶を華やかに掻き鳴らす。すると千歳は今度は笛の音をぐいと低め、ひどく暗い節を奏でた。かと思うとすぐにまた、あの波に似た旋律を幾度となく繰り返す。打ち寄せ打ち返す、波の音。大きく揺れる船の上に、ただ一人、ぽつねんとたたずむ人影。そんな光景が想起される笛の音であった。

――人には告げよ　あまの釣舟

わずかな残響を宙に残して、うそが唇をつぐむ。あこやの琵琶と千歳の笛が、その響きに従って、ふいと静かなものに変わった。

もうしばらく、千歳の笛を聞きたい。そんな思いに急かされ、寛朝は身を乗り出した。

何を考える暇もなく、

――思ひきや　ひなの別れに衰《おとろ》へて

と、同じく小野篁が配流《はいる》先で詠んだ和歌が口をついて出た。

途端に、うそがぱっと顔を輝かせる。千歳は驚いた様子でこちらを見たが、すぐに顔付きを改め、先ほどのあの波の旋律をまたしても沈んだ調子で吹いた。

自分の朗詠を受けたのだと気付き、寛朝は居住まいを正した。大きく胸を膨らませ、歌の続きを詠じた。

——あまの縄《なわ》たき　いさりせんとは

千歳の笛を引き立たせるように、あこやが低く琵琶を鳴らす。千歳はしばらくの間、寛朝の朗詠にまとわりつくように同じ節を繰り返していたが、突如、跳ねるような明るい音を吹き鳴らした。そのまま浮き立つような旋律を繰り返し奏で、不意にぷつりと断ち切るように笛を下ろした。

小野篁は配流からわずか二年で罪を許され、帰京後はめざましい出世を果たした。今の千歳の笛は、寂しい田舎暮らしの果ての篁の栄達を暗喩したのだろう。だがいずれにせよ、笛の音の悪さを忘れさせるほどの奏法や、朗詠に合わせて節を決める即興性は、刮目《かつもく》に値する。

二曲立て続けに笛を吹いたせいで、千歳の薄い肩は激しく上下している。そんな従僕に大股に歩みより、寛朝はその襟首をぐいと摑んだ。

「立て、千歳。お前に聞きたいことがある」

「おい、どうした」

素《す》っ頓狂《とんきょう》な声を上げる将門を顧み、

「この者に話があるのを忘れておりました。我らはこれにて失礼いたします」

と、寛朝は有無を言わせぬ口調で告げた。

奏笛を命じられた時から、腹をくくっていたのだろう。千歳はおとなしく笛を納めて立ち上がった。

簀子の端で膝をつき、戸惑い顔の将門やうそに一礼する。宿所へと急ぐ寛朝の背後に従って、素直に歩き出した。

これで言い訳を試みでもすればまだ可愛げがあるのに、むっつりと口をつぐんだままなのがなおさら腹立たしい。

「どういうわけだ」

ついに我慢ができなくなり、寛朝は渡廊の真ん中で足を止め、背後を振り返った。全身をわなわなと震わせ、急いでその場に平伏《へいふく》した千歳に矢継ぎ早に言葉を浴びせ付けた。

「お前は何者だ。父上から、いったい何を命じられてこの旅に加わった」

千歳が口を開こうとする。しかしこみ上げる感情の激しさに、寛朝はその抗弁すら遮って、更に声を荒らげた。

「もしかして、お前は本当はただの下部《しもべ》などではないのではないか。先ほどの笛、あれは少し管絃に親しんだぐらいで吹けるものではない。わたくしを見張れとでも命じられ、父上の弟子が身をやつしているのだろう」

だが千歳は青澄んだこめかみを震わせ、「違います」と硬い声を絞りだした。

「わたしは本当にただの下人です。笛や郢曲のたぐいは、すべてお庭から敦実さまのお姿を盗み見て、覚えたのです」

「馬鹿な。嘘をつくな」

「嘘ではありません。どうかお信じを」

言い募る千歳の懐から、あの古びた笛が覗いている。それを片手で大事そうに支え、千歳は「まことなのです」と繰り返した。

「わたしは、京と近江の境山《さかいやま》（逢坂山《おうさかやま》）近くの生まれ。物心ついた頃より、人の歌声や鳥の囀《さえず》りが好きで好きでなりませんでした。それを面白がった遠縁が、どうせ勤めに出るのならと、管絃者として知られる敦実さまのお屋敷への奉公を仲立ちしてくれたのです」

雑色となって最初の数年は、日々の仕事に必死で、主の暮らしに目を向ける暇はなかった。だがある日、弟子に琵琶を教える敦実の姿を庭から垣間見《かいまみ》、その神韻縹渺《しんいんひょうびょう》たる調べに心を奪われたと千歳は語った。

「始めのうちはお庭の草むしりなぞしながら聞き耳を立てていたのですが、ある時、夢中になりすぎたあまり、ついつい簀子の側まで這い寄り、見咎められてしまいまして。お弟子の方は皆、身のほどを弁《わきま》えぬ輩がおるとお笑いになったのですが、敦実さまだけは面白い雑色だとお思いくださったのでしょう。それからはわたしが庭で立ち働いている折は、どなた相手の稽古でも、必ず御簾《みす》を上げてくださるようになったのです」

「稽古を、稽古をお前にお見せになっただと――」

寛朝のうめきの意味が理解できなかったのか、千歳は誇らしげに大きくうなずいた。

「はい。おかげでわたしは、和琴に笛、笙、郢曲《えいきょく》など、卑賤《ひせん》の身にはもったいないお教えを詳しく透《す》き見《み》させていただきました。ありがたくも従僕に取り立てられた後も、それは変わりませんでしたが、中でもわたしが特に心惹かれたのは琵琶でございました」

「琵琶だと。笛ではないのか」

あれだけ見事に笛を吹きこなした千歳の言葉とは思えない。しかし、「さようでございます」という千歳の応えには、いささかの迷いもなかった。

「無論、笛や和琴や郢曲も嫌いではありません。ただそれらを得意とする楽人が世に大勢おられるのにひきかえ、琵琶は常に奏者が少なく、楽所《がくそ》でも困っておいでとうかがいます。ならばわたしはいずれ己の琵琶を手に入れ、それで身を立てようと心に決めたのです」

楽所とは、奈良の古《いに》しえから朝廷音楽を司ってきた雅楽寮《うたりょう》の衰退を受け、二十年ほど前に新設された役所。楽を得意とする衛府《えふ》の官人や、雅楽寮から移籍してきた代々の楽人に交じって、身分は低くともその楽才ゆえに出仕を許された地下《じげ》楽人が多数所属し、宮中におけるすべての奏楽を担当している。

古来、雅楽寮の楽人には、それなりの家柄と身分が必須であった。しかし楽所では才能がなにより重視され、腕次第では地下楽人でも天皇や高位の公卿の御遊《ぎょゆう》への列席が許される。

琵琶は笛や笙といった他の楽器に比べて奏者が少なく、和琴の奏者が余技として弾ずるのが慣例と化している。それだけに千歳が琵琶に習熟すれば、確かに地下楽人としての栄達も夢ではなかろう。

とはいえそれは、たかが親王家の下部が抱くには、いささか壮大すぎる野望。そもそも紫檀《したん》や紫藤《しとう》などの高価な材で作られ、水牛角や象牙の撥で弾く琵琶は、千歳ごときには手に入れることすら難しいはずだ。

そんな思いが顔ににじんでいたのだろう。千歳はきっと唇を引き結ぶと、素速く四囲をうかがった。

「――寛朝さまは琵琶の天下十逸物を、ご存じですか」

と、囁《ささや》きに近い声で問うた。

「お前、わたくしを誰と思っている。まがりなりにも当代一の管絃者、敦実親王の長子だぞ」

不機嫌に言い返した寛朝に、千歳は悪びれたふうもなく「それは失礼いたしました」と応じた。

琵琶の天下十逸物とは、現在、この国にあるとされる琵琶の名器の総称。唐国からもたらされた玄上《げんしょう》・牧馬《ぼくば》を筆頭に、井手・小琵琶・渭橋《いきょう》・木絵《もくえ》・末濃《すえご》・元興寺《がんごうじ》・斎院・有明《ありあけ》の十面がそれである。

　このうち玄上と牧馬は宮中に所蔵され、天皇臨御の管絃の際にもしばしば用いられている。一方で、他の八面はそれぞれ、どこぞの廃寺の床下に隠されているだの、ある楽人が他人の手に渡るのを惜しんで焼き捨てただのといった怪しげな伝承ばかり語られて所在が知れず、もはや存在せぬとの噂もしきりだった。

「寛朝さまは、敦実さまがわたしを遣わされたとお考えのご様子ですが、それは違います。あなたさまの東国行きの話を耳にし、どうかお供をお許しくださいと願い出たのは、わたしのほう。敦実さまはただ、名器・有明を探しに行きたいという我が願いを、お聞き届けくださっただけです」

「有明だと」

　それは、長年行方不明とされる天下十逸物のうちの一つではないか。息を飲んだ寛朝に、千歳はきっと顔を引き締めた。

「寛朝さまが坂東で探そうとしていらっしゃる豊原是緒さまは、高名な楽人。わたしは一度もお目にかかったことはございませんが、その声は聞く者に五大五仏を感ぜしめ、その奏でる楽は天神地祇《てんじんちぎ》を喜ばせるほど妙なるものだったとか。そしてわたしが耳にした噂によれば、有明は現在、その是緒さまがご所蔵らしゅうございます」

　その風聞を千歳が聞いたのは、半年前。笛の稽古のため敦実邸にやってきた源博雅が、

「一昨日亡くなった楽所の老楽人が、今わの際にそれがしを呼んで、言い残したのでございますが」と師に語っているのを、小耳に挟んだという。

「博雅さまによれば、豊原是緒さまは歌のみならず、宮中屈指の琵琶の名手としても知られておいででしたのに、主上《おかみ》から弾曲の御命があっても、決して従われなかったとか。それはご所有の琵琶がかの有明であることを悟らせぬためであり、忽然《こつぜん》と京から姿を消された際も、楽所ではその出奔《しゅっぽん》は有明を守らんためではと取り沙汰されたそうでございます」

ううむ、と寛朝は腕を組んだ。寛朝が是緒の歌を聞いたのは、これまでにたった一度。その時の偏屈な印象からして、そういうことがあっても奇妙ではない気がした。

あれは、今から十一年前。祖父の寛平法皇が催した観桜の宴の席であった。盛りの桜が柔らかな春風にそよぎ、枝から枝へと飛び移る鶯《うぐいす》が、細い足で花を一つまた一つと踏み落としていた。細い雲を刷《は》いた空が淡く霞み、うららかな陽は絹のように肌に優しかった。

まだ十一歳の寛朝は、慣れぬ宴に飽き、遣水の流れる庭を一人でうろつき回っていた。

今から思えばあの宴は、その前月、父の屋敷から仁和寺へ移された自分を慰めるためのものだったのだろう。自分を疎む父、その顔色をうかがうばかりの母や側仕えの者が懐かしかったわけではない。ただこれから己はどうなるのかという漠然とした不安が、繚乱と咲く花をひどく色濃く見せていた。

――それ、寛朝。朗詠が始まるぞ。

酒に顔を染めた祖父が、遠くで自分を呼んでいる。それにうなずき返すより早く始まった朗詠に、寛朝は足を止めた。

――朝《あした》には落花を踏んで　相伴《あいともな》って出《い》づ

いささかざらついた声はいわゆる美声とは程遠く、麗しい詞章には不釣り合いなほどの強靭《きょうじん》な響きを孕んでいる。しかしながら鋼《はがね》を思わせるその声にまっすぐ胸を貫かれ、その瞬間、歌声にまとわりつく笙・篳篥の音も、人々の笑いさざめきも、何もかもが寛朝の耳底からかき消えた。

――暮《ゆうべ》には飛鳥《ひちょう》に随《したが》って　一時《いちじ》に帰る

寛朝はそのときなぜか、自分が今立っている場所が、京からはるか離れた異国である気がした。かの朗詠の中に散る異国の花、飛ぶ異郷の鳥の姿が、目前の春景に重なって見えた。

降りしきる花のただなかに目をこらせば、やせた中年男が楽人たちのただなかで朗詠を詠じている。その横顔は法皇の御前にもかかわらずひどく暗鬱で、華やかな宴席で彼の周囲だけが、ぽっかりと切り取られたように薄暗く見えた。

友人と過ごす春日のさまを謳《うた》った、白居易《はくきょい》の七言律詩。朝には地面に散った花を踏んで共に出かけ、夕暮れにはねぐらに戻る鳥と共に揃って帰る。そのたったわずか二句が、なぜあの男の喉を通った途端、これほど激しく心を震わせるのだろう。同じ歌はこれまで幾度となく、父の屋敷で小耳にはさんだというのに。

男は朗詠を終えても、しばらくの間、己の残響を追うかの如く、目を虚空に据えていた。やがて緩慢な仕草で立ち上がると、他の楽人を率いて、しずしずと幔幕《まんまく》の向こうに引き揚げて行った。

刹那にして、万里の異国から引き戻された気分で、寛朝は両手を振り回しながら、祖父の坐す桟敷へ駆け戻った。

「お、おじいさま。おじいさま」

「どうした、寛朝。そんなに息せききって」

「今、朗詠を行なっていた楽人は、誰でございます」

「朗詠じゃと。ああ、豊原是緒のことか」

豊原是緒、と口の中で繰り返す寛朝に、寛平法皇は盃《さかずき》を手にしたまま、赤らんだ目元を和ませた。

「その年で是緒の朗詠に耳を留めるとは、さすがはわが孫じゃ。あ奴の声は楽人どもの間では、至誠の声と呼ばれておってな。聞く者を感ぜしめ、鬼神をも動かすと囁かれる名声で、あの敦実ですら郢曲においては是緒には勝てぬと申しおるわい。おぬしもこれから僧侶として梵唄を学ぶのであれば、あ奴を見習うがよかろう」

あらゆる楽に秀でた敦実が、己より優れていると認める楽人がいるなぞ、寛朝はそれまで考えたこともなかった。それだけに著しい憧憬と驚きとともに至誠の声、と呟いたにもかかわらず、寛朝が是緒の歌を聞く機会は、その後、二度と訪れなかった。観桜の宴から三月後、是緒は突如、楽所を辞し、都からふつりと姿を消したのである。

もちろん、僧侶が歌う梵唄と俗歌である朗詠は、歌い方も詩句も何もかもが異なる。だがあの桜の下で、自分は確かに眼裏に異国の風景を想起した。ならばあの至誠の声で以《もっ》て梵唄を詠じれば、その場に居合わせた者はきっと御仏の姿を感得しよう。そしてそれはまさに父の敦実ですら至り得ぬ、梵唄の高みではないか。

そう思い定めた寛朝は、梵唄の稽古の折は必ず是緒の声を記憶の底から呼び起こし、至誠の声に少しでも近付こうと修練を重ねた。だがあの折、目にした春の光景はまざまざと甦るにもかかわらず、是緒の声ばかりは不思議に日ごとにその輪郭を失ってゆく。その事実を嘆き哀しみ、やはり自分は父を超えることなぞできないのかと落胆していた寛朝が、偶然、是緒の消息を知ったのは、昨年の冬。常陸介《ひたちのすけ》として、長らく坂東に赴任していた公卿・菅原兼茂《すがわらのかねもち》が、任を終えて仁和寺に参拝した折であった。

菅原兼茂は、寛平法皇の寵臣だった右大臣・菅原道真《みちざね》の八男。道真が失脚し、大宰府《だざいふ》に追いやられた際には、連座して一時、飛驒《ひだ》国に左遷されもした人物である。

道真と法皇の縁から、兼茂はかねて仁和寺に厚く帰依していた。この日も、無事の帰京を謝すべく仁和寺を訪れた兼茂は、任国より持ち帰った品々を仏前に供え、そういえばかつて楽所にいた是緒を常陸国分寺で見かけたと口にしたのである。

「常陸国分寺でございますと」

「はい。貧しげな裳付《もつけ》をまとい、あかぎれだらけの素足のまま、堂舎の掃除をしておりました。あまりの身形にその時は別人だろうと考えましたが、今にして思えば、あれはまぎれもなく豊原是緒でございます」

この十年、常に心の隅に憧れとして影を落としていた豊原是緒。その彼が京から何百里も離れた東国にいるやもしれぬとの話は、寛朝を激しく動揺させた。そしてその行ないがどれだけ無謀であるかを自覚しつつも、こうして京を飛び出すに至ったのである。

「常陸国での是緒さまは、僧形でいらしたとうかがいました」

もしそれが本当であれば、と続ける千歳の口調は、いつしか上ずったものに変わっていた。

「是緒さまは、もはや御仏に仕える身。俗楽に用いる琵琶は、ご入り用ではないはずです。ならば己の熱意を伝え、どうにか有明をお譲りいただこうと決意し、わたしは寛朝さまのお供に加わったのです」

「有明を手に入れ、楽人を志すつもりか」

「はい。いくら腕のいい奏者でも、己の楽器がなくてはどうにもなりません。ましてや卑賤の身から取り立てられるには、周囲を黙らせるだけの名器がなくては。ですからわたしには何としても、有明が要るのです。音色のほどはもちろん、いかなる姿かたちなのかも存じませんが、ともあれ有明を得て初めて、わたしは己の楽を得られるのです」

　もし是緒がすでに有明を手放していれば、その相手に掛けあう。わずかではあるが、物《もの》代《しろ》（代金）として銭も持ってきたと述べる千歳を、寛朝は凝然《ぎょうぜん》と見つめた。

　音楽とは本来、人の心を楽しませ、御仏の道に向かわせるもの。しかし他者を讃嘆させるほどの楽を奏でるためには、血のにじむ稽古と努力が必須である。

　自分は至誠の声を学ぶために京を離れ、千歳は名器・有明を手に入れるために、その従者となった。是緒の声と、是緒の琵琶。求めるものは異なれど、自分たちは共に自らの「楽」を得んとして、常陸に向かっているわけか。

　分かった、と寛朝はかすれた声でうなずいた。

「お前の話を信じよう」

　聡明な千歳がなぜ将門と自分の会話に無理やり割り込んだのか、ようやく知れた。この男はどんな手立てを使ってでも、出世の糸口を摑もうとしている。そしてその激しい渇望は、梵唄を究めるために東国に向かう自分の中にも、明らかに存在するものだ。

「あ――ありがとうございます」

　千歳が感極まったように頭を下げる。その挙措に自分でも戸惑うほどのいらだちを覚えながら、寛朝は千歳に背を向けた。

父から目をかけられているこの下僕が、羨《うらや》ましくないわけではない。この旅を終えた後、千歳が忠義面《ちゅうぎづら》でなにを敦実に注進するかとの警戒の念も、まだ胸にある。

だが寛朝には、己の楽を希求する千歳の渇仰《かつごう》が理解できる。もし自分が同じ立場であったなら、きっと似たことを考えただろう。そう思ってしまう己がひどく腹立たしくてならなかった。

渡廊を急ぐ足を留めるように、遠くで琵琶が鳴った。純朴なうそのそれとは正反対に落ちついたあこやの声が、ゆるやかに闇を震わせた。

――朝には落花を踏んで　相伴って出づ

あ、と寛朝は目を上げた。それはまさに、かつてあの爛漫《らんまん》の桜の下で聞いたのと同じ朗詠「落花」であった。

また琵琶が鳴り、将門のやんやの喝采がそれに重なる。寛朝は暗い渡廊の果てを凝視した。

あこやの歌声は鈴を鳴らしたように美しく、それゆえかえって是緒の境地には程遠い。だがかつて一度だけ聞いた凄愴《せいそう》の気のある朗詠を思い出させるには、それで充分であった。

是緒は今この荒々しい坂東で、何を歌っているのだろう。風吹きすさぶ荒庭に、己を誘うように一片の桜の花が散った気がした。

翌朝、寛朝が起き出した時、将門一行はすでに武蔵国衙を出立し、客館はがらんと静まり返っていた。そういえば明け方、夢うつつに馬の嘶きを聞いた気がしたが、ならば彼らはまだ薄暗いうちに国庁を発ったわけか。

坂東は広い。ましてや下総・常陸と国を異にすれば、もはや再び会う折もないだろう。千歳を追及することばかり考え、ろくな別辞も交わさぬまま彼らと別れた軽率を、寛朝はわずかに悔いた。

寛朝の起床を待っていたように機嫌うかがいに現れた興世王に尋ねれば、将門はかつて鎮守府《ちんじゅふ》将軍を務めた平良将《よしもち》の長男。早くに父を亡くし、一時は京で仕官もしたが、やがて坂東の親類との間に領土を巡る悶着が発生。それに伴う戦闘で常陸国の官人であった伯父を手にかけ、もう一人の伯父を下野国衙に追い詰めたことを朝廷に咎められ、昨年末から京で勘問を受けていたという。

「幾ら戦とはいえ、血のつながった伯父を殺《あや》めるとは、長幼の序を弁《わきま》えぬ行ない。しかも京からの呼び召しに一粒種の娘を伴ったのには、なんたる不心得者かと驚いておりました。それがまあ一つの咎めすら受けずにのうのうと戻ったのですから、忌々《いまいま》しい限りでございます」

高望王の子孫は現在、上総国から下総国、常陸国西部一帯に蟠踞《ばんきょ》しており、将門の本拠地は下総国豊田《とよた》・猿島両郡。領内のほうぼうに営所を構えて盛んに田畑を開拓する一方で、鋳物師や野鍛冶《のかじ》を雇い入れ、武具や農具の製造・売買にも携わっているという。

「それゆえ将門は、異羽丸を始めとする僦馬の党とも親しくしておりましてな。その点から言えば、坂東に大勢おる富豪の中でも、一、二を争う厄介な輩でございます」

つまり将門は己の営所で作られた米や雑器を異羽丸を通じて売り、それで財を成しているわけだ。そう聞けば、異羽丸が将門に頭が上がらぬ様子だったのも、至極当然である。

「とはいえ将門も、これから大変でございましょう。昨秋、将門に敗れた伯父やその血縁が、手ぐすね引いてあ奴を待ち受けておりましょうでなあ」

「戦になるのですか」

京では庶人同士の乱闘こそ時折、起きるものの、武具を用いての戦などもう百年以上発生していない。それだけに、寛朝はぎょっと腰を浮かせた。だが興世王は媚《こ》びを含んだ笑みを浮かべ、「なあに、ご心配なさいますな」と、ひらひらと手を振った。

「郡司や富豪の輩同士の戦など、この辺りでは珍しくありませぬ。将門も己の領地を守るために伯父たちと戦っておるだけで、見境なく人を巻き込んだりはいたしませぬ」

なるほど昨夜の将門は確かに野卑であったが、道理の通らぬ人物ではなかった。むしろ異羽丸を説き伏せ、瞬く間にその場を収めた手腕は、見事と言ってもよいほどだ。

京では人は身分によって厳然と区別され、尊卑が交わり合うことは滅多にない。しかしどうもこの地では、賤しい僦馬の党も皇統に連なる男も、平然と入り交じって口を利くらしい。しかもそんな者たちが時に味方となり、時に敵となって相争うとは、まったく理解しがたい混沌ぶりだ。

豊原是緒はなぜ好きこのんで、こんな混乱の地に逼塞《ひっそく》したのだろう。もしかしたら誰もが立場や地位に縛られず、放埒に生きるこの坂東を知ることこそが、是緒なる男を知るもっとも近道なのではないか。

すでに国庁の庭では、身支度を整えた従者たちがそれぞれ荷を担い、馬の口を取って主を待っている。そのただなかに立つ千歳に、寛朝は素早く目を走らせた。

吹き付ける風は相変わらず悪臭を孕み、ぼんやりしているとまた喉の奥に酸っぱいものがこみ上げてくる。だが自分同様、この地に己の楽を求めに来た千歳の前で、もはや醜態をさらせはしない。足早に階《きざはし》を降り、寛朝は無言で馬にまたがった。

昨夜、異羽丸に踏み殺された兵士の亡骸はすでに片付けられ、新しい白砂が撒《ま》かれた一角に、わずかにその名残がうかがわれるのみである。馬上からそちらに軽く手を合わせ、武蔵国衙を後にした。

丸一日がかりで武蔵国を横切り、その日は下総国衙に宿を取る。翌日、まだ暗いうちに国衙を発ち、近年になって駅馬が置かれた茜津《あかねつ》、於賦《おふ》を経て、道を北に取った。

坂東に入って以来見慣れていたただっ広い平原は、いつしかそここに小川が流れ、沼が広がる湿地に変わっていた。官道だけにさすがに道は整えられているが、それでもぬかるみに蹄《ひづめ》を取られるのだろう。馬の歩みは遅く、前後を歩む従者の顔にも疲労の色がにじみ始めている。

「もうしばらく行くと、磯生《いそお》の渡し。そこを過ぎれば、もはや常陸国でございますぞ」

　列の後方で怒鳴っているのは、今朝から一行に加わった藤原秀郷《ひでさと》という下野国庁の少《しょう》掾《じょう》だ。年は五十がらみ。身の丈は五尺（約一五〇センチメートル）に満たないが、よく鍛えられた体軀が目を惹く人物で、所用のため下総国衙に来ていたところ、寛朝たちの訪れに遭い、下野に戻るついでに常陸国衙まで一行を案内することになったのである。

　すでに日は大きく西に傾き、広い空の一画が薄い茜に染まりつつある。こんなところで野宿をして、群盗に襲われでもしたら厄介だ。不機嫌そうに耳を動かす馬の首を軽く叩き、寛朝はそこここに広がる沼沢に目をやった。

「渡しということは、船に乗るのですか」

　従僕の一人の問いに、秀郷が「いいや」と答えるのが、背後から聞こえてきた。

「水が多い時は渡し船しか使えぬが、幸いここ数日は晴れ続き。おそらく舟橋がかかっておろう。昔は下総から常陸に行くには、真敷から船で香取の海を渡るしかなかったと聞く。それを思えば、磯生の渡しを越えるだけで済むのだから、楽になったものよ」

　下総・常陸両国にまたがって広がる香取の海は、一部が海とつながった巨大な内海。鹿島社や香取社といった大社、更に国衙・郡家などの官営施設の大半はこの内海沿岸に建てられている上、そこに流れ込む川を遡《さかのぼ》れば、下総国や下野国にもたどり着く。いわば香取の海はそれ自身が、無数の人や荷物が行き交う交通の要衝《ようしょう》なのであった。

寛朝がこれまで通り過ぎてきた諸国では、国境とは山や川によって厳然と定められたものだった。だがこの地では、国境は広大な香取の海の存在ゆえに曖昧で、異羽丸やあこやの如く官の支配の外にいる者たちが、その融通無碍《ゆうずうむげ》な水の流れを用いて、坂東中を自在に往来する。

間もなくたどり着いた磯生の渡しは、普段はそれなりの大河なのだろう。しかし今は秀郷の言葉通り流れは干上がり、幅十間《けん》（約十八メートル）ほどの川底にわずかな水が溜まるばかりであった。

泥水に近いその淀みに数艘《すうそう》の小舟がつながれ、長い板がそれらを結んで仮橋を成している。橋守であろう、日焼けした老爺が土手に坐り込み、うつらうつらと居眠りをしていた。

「申し訳ございませぬが、寛朝さま。念の為、ここは馬を下り、徒歩《かち》にてお渡りください」

秀郷に促されて寛朝が下馬する間に、まず千歳を含む従者たちが舟橋を渡る。ついで馬の轡を取った下人がそれに続いた。

最後に秀郷に背を守られた寛朝が橋に上がれば、幅半間（約一メートル）ほどの細い板橋はゆらゆらと左右に揺れ動き、歩きにくいことこの上ない。

「急がれる必要はありません。どうぞゆっくりお歩きください」

秀郷に励まされ、足元だけを見つめたまま何とか橋の真ん中まで進んだとき、急に強い風が吹き、舟橋が大きく傾《かし》いだ。

対岸にたどり着いた従僕の内から、「寛朝さまッ」と悲鳴が起こる。背後から伸ばされた秀郷の逞しい腕にしがみついて足を踏ん張り、寛朝は息を飲んだ。

橋を渡るのに懸命で気が付かなかったが、干上がった川の下流には、満々と水をたたえた巨大な海が広がっていたのである。

（なんと――なんと美しい）

満々たる水面は朱を刷き始めた空の色を映じて輝き、たなびく絹雲がそこに薄い影を落としている。一日の漁を終え、湊《みなと》に戻るのだろう。蜻蛉《とんぼ》の如く細い小舟が二艘、はるか彼方を滑るように通り過ぎた。

水の果ては空に吸い込まれて霞み、眺めるうち、どこが海やら空やら判然としなくなる。遠い稜線までもが淡くにじみ、見渡す限りただただ水のみが広がる光景は、四方を山に囲まれた鳰《にお》の海や、駿河や遠江で眺めた荒海とはあまりに異なっていた。

「あれが香取の海ですか」

足元の危うさすら忘れて上げた声に、秀郷が「さようでございます」と首肯した。

「ここからでは分かりますまいが、鳥や魚が多く棲む、それはそれは豊かな海でございます。時には勇魚《いさな》（鯨）まで迷い込み、そんな折は周辺の村総出の漁《すなどり》になるとか」

かうかうと微かに聞こえるのは、巣に戻る水鳥の啼《な》き交わしだろう。きらりと遠くで光ったのは、水から跳ねた魚の鱗《うろこ》の輝きか。潮の匂いを含んだ風が、寛朝の顔を柔らかく撫でた。

「今宵宿る榛谷《はりがや》駅は、近くに湊がございます。寛朝さまには申し訳ございませんが、今夜の我らの膳にはうまい魚がつきましょう」

　水面は日の傾きにつれてめまぐるしく色を変え、いまや輝くばかりの紫に染まりつつある。その照り返しの眩しさに目を細めながら、

「ではその湊から、船で常陸に向かうことはできるのでしょうか」

と、寛朝は尋ねた。

「海路でございますと」

「はい。京を出てからの陸路続きに、いささか飽きてきましたもので」

　それまで微塵も考えていなかった言葉が口をついたのは、香取の海の美しさに幻惑されてではない。

　宮城じゅうの称讃を捨てて、出奔した豊原是緒。京とはあまりに異なるこの地を知れば知るほど、そんな彼が世間知らずの自分を弟子にしてくれるのかとの不安がこみ上げてくる。

　千歳は卑賤の身からのし上がる野望ゆえに楽を学び、こうして坂東まで是緒の愛器を探

しに来た。それに比べて、自分はどうだ。その胸底にあるのは結局、父への反発だけではないか。

縹渺たる風の吹き渡る平野、満々たる水の広がる香取の海、そして何にも縛られず奔放に生きる人々。常陸に入る前に、豊原是緒が生きるこの地に少しでも親しまねばとの焦燥が、思いがけぬ行程を寛朝に取らせようとしていた。

「海路、海路でございますか」

舟橋を渡り終えた後も、秀郷は鬚《ひげ》に覆われた顎に手を当て、ううむと考え込んでいた。

「難しいですか」

「いいえ。銭さえ払えば、船を出す水主《かこ》は幾らでもおりましょう。ただあの湊に果たして、馬や荷を運べる大船がありましたかなあ」

暮れなずむ道を急いで榛谷の駅家に着くや、秀郷は寛朝たちを残し、疲れも見せずに湊へ駆けて行った。四半刻（三十分）ほどで戻るなり、「やはり、難しいようです」と、一行が宿舎として借りた細殿の簀子《すのこ》にどすんと腰を下ろした。

「湊の者に尋ねたところ、馬を乗せられる艜船《ひらたぶね》は、この時期、すべて出払っているそうです。寛朝さまやお供の衆を運ぶだけなら、ただの丸木舟で充分なのですが」

艜船とは船幅が広く、喫水の浅い船。丸木舟や小型で底の深い高瀬舟より積載量が多く、荷物や牛馬の運搬に適している。

陸路と海路、二手に分かれて常陸を目指す手もあるが、何分、ここは坂東である。荷駄だけを陸路で行かせ、群盗に襲われては目も当てられない。

あるいは、と続けかけ、秀郷は首を横に振って口をつぐんだ。何かごまかすようなその仕草が、寛朝の目を強く惹いた。

「なにか手立てがあるのですか」

「いやいや、これは無理な企《くわだ》てでございました。どうぞご放念ください」

「案があれば、お教えください。少しの不便は我慢いたします」

続きを促した寛朝に、秀郷は太い眉を寄せた。

「その……今日は折しも月の十八日。榊ノ御に率いられた傀儡女船が、この界隈に来る夜でして」

傀儡女船、と呟いた寛朝に、秀郷は大きくうなずいた。

「はい。女子《おなご》どもが客を迎え、日々の寝起きを行なう船は、船胴に屋形《やかた》や世事《せいじ》（厨）を備えた二瓦《ふたつがわら》船。あれであれば、馬でも荷でもたやすく乗せられると思うたのでございます」

複数の木材を組み合わせて建造される二瓦船は、幅広の大型船。都では公卿の遊興の際、豪奢な二瓦船に諸卿から楽人、遊女などが乗り込み、そのまま摂津あたりまで川下りを楽しむこともあった。

「ですが、これはそれがしの浅はかな口走り。どうか、お忘れください。仮にも帝《みかど》の従兄でいらっしゃる寛朝さまを、賤しい傀儡女船にお乗せはできません」

「いえ、構いません。ではその榊ノ御とやらの船の世話になりましょう」

板の間では下僕たちが、目を丸くしてこちらのやりとりをうかがっている。そんな彼らに聞こえよとばかり、寛朝は声を張り上げた。

春をひさいで銭を得る傀儡女への嫌悪を、忘れたわけではない。だがこの坂東を理解するためにはそれもまたしかたない、と腹をくくる気にすらなっていた。

「はあ、よろしいのですか」

「わたくしがそうと申しているのです。すぐに榊ノ御とやらの元に、我々をお連れください」

「これは参りましたなあ。――いえ、それがしに特に異存はないのですが」

秀郷によれば、香取の海に暮らす傀儡女は約四十人。榊ノ御を長者として船上で生活する彼女たちは、内海沿岸の香取社・鹿島社に参詣《さんけい》しながら、ひと月かけて内海を巡る。

腕利きの水主を雇い入れているため、その船足は早く、求められれば傀儡女を遠くの湊まで遣わすことも、また客の男の送迎も可能である。それゆえ近隣の国府の官人や富豪・郡司の中にも、彼女たちの贔屓《ひいき》は多く、傀儡女船で乗り合わせたのが縁で、見知らぬ者同士がよしみを結びもするのだと秀郷は語った。

「今夜のうちに乗り込めば、明朝には常陸国府に我らを届けてくれましょう。このまま陸路を行くよりも、はるかに楽なのは請《う》け合《あ》います」

「それはありがたい。ぜひ口利きをお願いします」

従僕を急き立てて荷をまとめさせ、寛朝は松明を手にした秀郷を先頭に、駅家を飛び出した。

すでに日はとっぷりと暮れ、まだ月の昇らぬ空に星が明るくきらめいている。腹が満たされる前に、厩《うまや》から引き出されたのが不満なのだろう。千歳に轡を取られた馬が、鼻を鳴らして足元の土を掻いた。

漁家のか細い灯を背にして、秀郷は一行を人気《ひとけ》のない船着き場へと案内した。先ほどあれほど輝いていた海面は、今はただの暗い淀みとなって、桟橋の下にわだかまっている。ぽちゃり、と響いた水音は、松明に驚いた亀が水底に潜ったものだろうか。

星明かりを頼りに目を凝らしても、船着き場には小舟が数艘舫《もや》われているばかり。どこに荷や馬を運べるほどの船があるのだ、と首をひねる寛朝を尻目に、秀郷は手にしていた松明を頭上で大きく振り始めた。三、四度、同じことをしては少し休み、火の粉を散らしながらまた松明を振る。

吹き渡る夜風は、晩夏とは思えぬほど冷たく、すぐに腕が粟立ち始める。空の星影が風に磨かれ、刻々と冴えを増して行く。胸前で両手をこすり合わせながら、こんなことで本当に船が来るのかと、寛朝が不安を覚えたときである。

水上はるか遠くに、小さな灯がぽつりと点った。驚いて目をすがめる間にも、それは見る見る大きくなり、やがて長さ六間（約十一メートル）ほどの船が滑るように目の前に現れた。

胴に据えられた素木《しらき》の屋形は、三棟造り。舳《へさき》には赤々と篝火が焚かれ、まだ七、八歳と思しき女児が二人、火の番をしている。薪に香木でも混ぜているのか、微かな薫香《くんこう》を孕んだ煙が潮の匂いをかき消した。

「なんだ。誰かと思えば、秀郷さまかい」

棹《さお》を手にした二十歳すぎの女が跳ねるような足取りで船尾から現れ、秀郷に親しげに呼びかけた。

丁寧に化粧を施した白い顔が、篝火を受けて明るく輝いている。髪を結いあげ、縫い取りのある長い袖を背で結んだその姿は、舷に止まったあでやかな蝶を思わせた。

「下野国府のお役人が、なんでこんな磯臭い村にいなさるんだい。まさか道に迷ったわけでもなかろうに」

「如意《にょい》よ、おぬしは相変わらず口が悪いなあ。わしは今、これなるご一行を常陸にお送りしておる最中でな。傀儡女船で運んでもらおうと考え、こうしておぬしらを呼び寄せたわけだ」

ふうん、と呟き、如意と呼ばれた女は寛朝たちをしげしげと眺めまわした。だがすぐに、

「ちょうどいいや」とうなずいて、器用に棹を操って、船を桟橋に寄せた。

「今夜は常陸国分寺から心慶《しんけい》さまをお招きしているんだよ。こいつらが今朝、榊ノ御の箏《そう》を踏んづけちまってさ。柱《じ》は飛ぶわ、絃は切れるわ、あたいたちじゃとても直せないんで、調子の悪い楽器と一緒に、あの方に見ていただいているってわけさ」

棹を舷に置いた如意はそう言いながら、桟橋に板を渡そうとする二人の女児の髪を両手で乱暴に掻き回した。女児たちがきゃあと飛び上がり、そろって如意に食ってかかった。

「ひどい、ひどい、如意。あたしたちがやったって、お客さまには言わない約束だったのに」

「そうよ。それに、せっかく綺麗に結えた髪を壊しちゃうなんて」

「鳥児《とりこ》も戌児《いぬこ》もうるさいねえ。お客の前と承知なら、騒ぐんじゃないよ。——さあ皆様、どうぞこちらへ。馬はとりあえず、船尾につなぐとするかね」

如意に勧められるまま、寛朝は船に乗り込んだ。改めて目配りすれば、船は一行を乗せてもなお余りがあるほど広い。秀郷は従僕たちを二手に分けて、船の艫《とも》と舳に坐らせた。そして寛朝を胴に設えられた屋形へ案内し、風が吹き込まぬよう板戸を閉ざした。

煌々と灯が点された室内は綺麗に片付けられているが、それでも片隅には畳と色鮮やかな夜着が重ねられている。居心地悪げな顔になった寛朝に、ああ、と秀郷が声を上げた。

「これは申し訳ございません。沖に着きましたら、すぐに違う船に移りましょう」

そうれ、と如意の声がして、船がゆっくりと滑り出す。どうやら傀儡女船は沖で船団を組み、先ほどの秀郷のように陸で呼ぶ者がいれば、その都度、一艘が迎えに出る仕組みのようだ。

「秀郷どのは傀儡女にお詳しいのですな」

寛朝の言葉に、秀郷は決まり悪げに頭を掻いた。話題を逸らすためか、「それにしても」と言いながら、屋形の蔀戸を上げた。

「心慶が傀儡女船に乗っているとは、好都合でした。あ、心慶とは、常陸国分寺の僧でございましてな。とかく楽に造詣が深く、暇さえあれば、傀儡女に郢曲や楽器を手ほどきしておる変わり者です。近国の衆の間では、香取の海の傀儡女は楽に優れていると名高《なだこ》うございますが、それもこれもすべてそ奴のおかげなのです」

寛朝は思わず、腰を浮かした。とはいえ改めて考えれば、幾らなんでもあの是緒が、傀儡女ごときに楽を伝授するわけがない。

「その……常陸国分寺には幾人ほどの僧侶がいるのですか」

「さあて、他国ゆえ詳しくは存じませんが、おそらく三、四十人でしょう」

ならば心慶なる僧は必ずや、豊原是緒について知っていよう。寛朝は逸《はや》る心を抑え、真っ暗な海面に目をやった。

棹は櫓《ろ》より扱いが難しいと聞くが、海上に暮らす傀儡女にはさしたる苦ではないのだろう。船は水面を流れるように進み、その動きはまったく危なげがない。

そうこうするうち、闇の彼方から微かな笛の音が漂ってきた。いや、笛だけではない。篳篥に笙、琴。決して上手ではないが、華やかな羯鼓《かっこ》。瞬く間にけたたましさを増す楽の音に、寛朝は蔀から身を乗り出した。同時に、艫や舳の従僕たちが「あれは——」と言いながら、そろって沖を指した。

そこここに赤々と篝火を焚いた巨大な船が、漆黒の水面に浮かんでいる。近付くにつれ、巨大と見えたのは実は幾艘もの二瓦船が綱でつながれているためと知れたが、それでも賑やかな音楽と香の匂いをまとわりつかせた組船は、まるで妖《あやかし》の世界に迷い込んだかと疑うほど異様な華やかさであった。

胸元をしどけなくはだけた女が、でっぷり太った男と舷で酒を酌み交わしている。かと思えば少し離れた場所では、まだ乳の膨らみも乏しい娘が手に鈴を持ち、白い脛も露わに踊り狂っていた。

如意は器用に棹を操ると、喧騒に包まれた組船をぐるりと回り込み、その末尾に離れて従う一艘の舷に船をつけた。

組船の賑わいとは裏腹に船内はしんと静まり返り、女も酔っ払いの姿もない。屋形に一方だけぽつんと点った灯が、船を包む闇を際立たせていた。

「お供の衆と馬はともかく、お坊様にあっちの船は目の毒だろう。坊様はここで降りるといいよ。ああ、秀郷さまはどうなさるんだい」

「ならばわしは、寛朝さまに従うとしよう」

「分かったよ。じゃあ、後で飯を届けに来るからね」

二人が船を代えるのを見届けて、如意がとんと棹をつく。

あの絢爛《けんらん》たる傀儡女船を目にした直後だけに、篝火すらない船はひどく寒々しく映る。

だがこのとき、遠ざかる如意の船を心細く眺めていた寛朝を驚かすように、調子外れの笙の音がけたたましく鳴り響いた。

それと同時に秀郷が、「な、なんでございますか。この音は」と、きょろきょろと辺りを見回す。驚き顔の彼をあざ笑うように、すぐにまたぴぃと甲高く笙が鳴った。

船の屋形の中で、心慶とやらが笙を調節しているのだろう。それにしてもこれほど音が狂うとは、陸上では滅多にないことだ。

笙は湿気を嫌う道具で、奏楽前はもちろん、時には曲の途中でも、炭火で頭（吹き口周辺）を焙《あぶ》ってやらねばならない。本来は、こんな水上にはまったく不向きな楽器なのだ。

笙ばかりではない。和琴は水気が多ければ絃が緩むし、笛や篳篥は音が曇る。しかも吹きつける風が潮気交じりとあっては、どんな楽器でもほんの数年で駄目になるのではなかろうか。

楽に通じた心慶とやらが、その事実を知らぬはずがない。それにもかかわらず、女たちに楽を教え、奏させるとは、音楽に携わる者の風上にも置けぬ話だ。

寛朝は少々手荒く、屋形の戸を開けた。

「失礼いたします。旅の者でございますが、しばし同船させていただきます」

板張りの屋形の真ん中には火鉢が置かれ、小柄な僧侶が一人、背を屈めて笙を焙《ほう》じている。こちらを一瞥《いちべつ》だにせず、ひたすら手元を凝視するその横顔に、寛朝の目は釘づけとなった。まさか、という独言が自ずと口をついた。

「と、豊原是緒さま――」

間違いない。頬はこけ、双眸は油を流したように強く光っているが、あれほど憧れた是緒を見違えるはずがなかった。

寛朝の声に、是緒はゆっくりと顔を上げた。立ち尽くす寛朝を白目がちの目で眺め回し、小さく鼻を鳴らしてから、再び手元の笙に目を落とす。

寛朝ははっと我に返ると、その場に膝をついた。

「是緒さま。豊原是緒さまでございましょう」

火鉢の向こうには、絃の切れた琴、古ぼけた笛、緒の解けた三ノ鼓など、様々な楽器が散乱している。這いつくばるようにして、寛朝は是緒に近付いた。

手をついた床の板目の粗さも、衣の裾がささくれ立った板戸の端にひっかかったことも皆目気にならない。縫目が見えるほどに洗いさらされた心慶の法衣がかえって、あの春の日の姿を強く脳裏に思い描かせていた。

しかし、是緒――いや、心慶はうとましげに寛朝に背を向けるや、焙ったばかりの笙を口許に当てた。先ほどより随分落ち着いた音が出るのを確かめ、無造作にそれを床に置いた。

「わたくしは京の仁和寺より参りました、寛朝と申します。十余年前、東七条宮で催された宴であなたさまの朗詠を聞いて以来、わずかなりともあなたさまのお声に迫ろうと、修行を重ねて参った者です」

取りすがらんばかりの勢いでまくし立てた言葉にも、心慶は無言だった。

まるで目の前に誰もおらぬかのように、今度は煤《すす》けた竜笛を軽く鳴らす。懐から取り出した小さな鏝《こて》を炭火で熱すると、笛の頸《くび》に詰められた蜜臘《みつろう》を慎重に整え始めた。

「おい、心慶。それはあまりに無礼だろう。このお方をどなたと心得る。畏《おそ》れ多くも当今さまの従兄に当たられる、貴き御坊だぞ」

「うるさいのう。御仏に仕える僧侶に、貴いも賤しいもあるものか」

見かねて割って入った秀郷に、心慶はようやく口を開いた。寛朝の方を見ぬまま、小さく首を横に振った。

「人違いじゃ、人違い。豊原是緒なる男なぞ、わしは知らん。言いがかりも大概にしてくれ」

そんなはずがない。もし目の前の男が是緒でないとすれば、蜜臘を整えるその繊細な手付きはどう説明するのだ。

竜笛は頭に詰められている臘一つで、音程や音の大小が大きく変わる。それぞれの笛の癖を把握して適切に蜜臘を詰めるのは、相当の経験を積んだ楽人でも難しい作業。いくら楽に詳しくとも、片田舎の僧がそうそうできる技ではない。

ぐいと唇を引き結び、寛朝は居住まいを正した。人違いと言い募る理由は不明だが、これしきで諦めては、何のためにはるばる都から来たのか分からない。こうなればこのまま心慶に付きまとってでも、弟子にしてもらう覚悟であった。

笛を膝に置いた心慶が、ぎろりとこちらを睨む。寛朝が負けじとその双眸を見つめ返したとき、わずかな衝撃とともに船が揺れた。如意が再度、こちらの舷に船を横付けしたのだ。

「秀郷さまあ、膳をお持ちしたよ」

言いながら如意が屋形を覗きこんだ途端、心慶はがばと立ち上がった。ひとまたぎに胴の間に飛び出すや、目の前に止められた如意の船にひらりと乗り移った。

舷に置かれていた棹を取り上げ、力任せにこちらの舷を突く。更なる揺れにあわてて踏ん張る寛朝たちには目もくれず、そのまま暗い海へと漕ぎ出した。

「ちょっと、心慶さま。何をなさるんだい。おおい、待っとくれってば」

ばたばたと舷を叩く如意を置き去りに、篝火を点した船は見る見る小さくなってゆく。火の番の女児たちが舳でおろおろしている姿が、くっきりと目を射た。

「おい、どうする、如意。追うか」

胴の間に横たえられていた棹を取り上げ、秀郷が問う。如意は瞬時、大きな目を宙に据えたが、すぐに「まあ、いいや」と吐息交じりに言った。

「鳥児たちが一緒だし、なにより心慶さまのことだ。岸に着いたら、船は返してくださるさ。それよりあんたたち、あの方を怒らせるような真似をしたんじゃなかろうね」

火鉢の周りに散らばった楽器を見やり、如意は声を尖らせた。

「心慶さまはあたいたちにとって大事なお方なんだ。ご迷惑をおかけしたら、いくら秀郷さまでも許さないよ」

「い、いいや。わしらは何もしておらぬぞ。おおかた、寺内の用でも思い出されたのではないか」

秀郷が寛朝をかばって、言葉を濁す。それでもまだ疑わしげな如意に向かって、寛朝は身を乗り出した。

「それより、教えてくれ。あの方はいつから、おぬしたちに楽を教えておられるんだ」

もともと、深く物事を考える気性ではないらしく、如意はまだ頬に険を浮かべながらも、「そうだねえ」と遠い目をした。

「あたいが客を取り始めた頃だから、かれこれ七、八年前かね。それ以前は、北陸から陸《む》奥《っ》国までほうぼう巡り歩いていらしたのが、常陸に落ち着かれたのと同時に、あたいたちのところに来られるようになったって聞いてるよ」

豊原是緒の出奔は、十一年前。辻褄は合う。しかし元々、坂東を目指して京を出たわけでないとすれば、いったい何が彼の足をここに留めたのだろう。

「あたいたちはそれ以前から、見よう見まねの歌や踊りで客をもてなしていたんだけどね。心慶さまはそれだけではいかんと言って、色んな楽器をあたいたちにくれた上、手ほどきまでしてくださったんだ」

　とはいえ鄙の地の傀儡女への楽の教授が、有り余る称讃を振り捨ててまで、是緒がしたかった行為とも考え難い。寛朝は船影の消えた真っ暗な海上に、目を投げた。

「ああ、もう。それにしても、汁がほとんどこぼれちまったよ。幸い他は無事だから、今日のところはこれで勘弁しておくれ」

　文句を言いながら放り出されたままの楽器を手早く片付けた如意が、菜と飯だけの膳を整える。その横に胴の太い酒壺が据えられたのを見て、秀郷が「おいおい、待て」と呆れ声を上げた。

「こちらの御坊は、酒を召されぬ。お前はそんな道理も弁えぬのか」

「ふん、お坊様が酒をたしなまれないことぐらい、よく知ってるよ。心慶さまだって、誰がどれだけお勧めしても固辞なさるしさ。ただあたいはちょうど、秀郷さまに聞きたいことがあったんだ。だからこれは、あたいから秀郷さまへの賂《まいない》さ」

如意は膳に置かれた土器《かわらけ》に、勝手に酒を注いだ。それを無理やり秀郷の手に持たせながら、上目づかいに彼を見上げる。色を売る女の媚びではなく、鋼を思わせる厳しさがその面上に浮かんだ。

「風の噂に聞いたんだけど、あの将門の野郎が京から戻ったってのは、本当かい。しかも何の罪咎も科せられず、無罪放免になったとか」

思いがけぬ将門の名に、寛朝は如意の顔を見た。しかし秀郷はさして意外なそぶりも示さず、「ああ、その件か」と手の中の土器を干した。

「実はわしもそれを探るべく下総国庁に遣わされたのだが、どうも本当らしいな。二、三日前に武蔵の国庁を過ぎたそうだから、そろそろ己の営所に戻っておる頃だろう」

「畜生ッ、京の検非違使は何をしているんだ。あんな暴れ馬、言い訳の暇も与えず、さっさと斬首しちまえばいいのにさ」

憎々しげに毒づくや、如意は空になった土器に再度なみなみと酒を注いだ。秀郷の手からそれをひったくり、胸元にこぼれるのもお構いなしに、ひと息に中身をあおった。

ふう、と息をついて、手の甲で口を拭う仕草は粗野《そや》で、雌狼《めすおおかみ》を思わせる荒々しさを帯びていた。白い頬は中に灯を点したように赤らみ、鑿《のみ》で彫った如くきりりとした目尻が、微かに吊り上がっている。その猛々しい美しさは、一昨夜、武蔵国庁の夜空を焦がした松明の焔を想起させた。

「そ、その……そなたは将門が嫌いなのですか」

「ああ、大ッ嫌いだね」

おずおずと問うた寛朝に、如意は取りつく島もなく言い放った。

「あんな野郎、さっさと誰かに討ち取られちまえばいいんだ。そうすれば坂東も少しは静かになるってもんだよ」

罵声に合わせて、更に頰に朱が差し、双の目が潤みを帯びて光る。しかし秀郷はそんな如意の態度には慣れっこなのか、やれやれと呟いて、使われぬままの汁椀の蓋《ふた》に自分で酒を注いだ。

「上総に住まう将門の伯父は、現在、ほうぼうから手勢を集め、あ奴を討つ用意をしているらしい。おぬしの情人の常陸大掾《だいじょう》どのも、また戦に加わるのではないか」

「平貞盛さまなら、今回はどうか分かるもんか。この春に新しい常陸国守さまが着任なさったばかりとあって、あたいのところにもなかなか来られないほどお忙しいんだから」

平貞盛といえば、将門に矢を射かけたという彼の従兄だ。同じ平氏であっても、将門のように営所の経営で財を成して領地を富ませる者もいれば、国衙に出仕して官人として勤務する者もおり、その身の処し方は様々らしい。それにしても猿島の暴れ馬と称される将門と、常陸大掾の貞盛。その立場の違いだけでも、両人の気性が合わぬであろうことは容易に察せられる。

「ふむ。ならば次なる戦は、下総国内だけで片付きそうだな。いや、それはよかった。去年の戦の如く、国境を越えて下野国内でやり合った末、一方が我らが国衙に助けを求めてくることになっては、こちらとしては厄介でならん」

なるほど、下野国官人の秀郷がわざわざ下総まで来たのは、将門帰郷後の一族の情勢をうかがうためだったのか。

中央から派遣された国司にとっては、各地の富豪や郡司をどう従わせるかは、国内統治の要。最近、京に近い国々では、富豪を次々と国庁の官人として雇い入れ、土着の彼らの力を借りることで、中央の権威を国の隅々まで行き届かせもしている。しかし都からはるかに隔《へだ》たったこの地では、平貞盛のように国府官人となる者がいる一方、将門の如く国衙の支配に従わぬ輩も存在する。いわば国府と在地、二つの異質な勢力が複雑に重なり合っているのが、この坂東の実情なのだろう。興世王はああ言ったが、実際のところ坂東の各国府は、将門とその一族が次はどんな戦を始めるのか、息を殺して見守っているのに違いなかった。

「ふん、将門の首を取ってくれさえすれば、あたいはどこで誰が戦をしようが構わないさ」

それにしても如意はなぜ、将門をこれほど嫌うのだ。同じ傀儡女でも、あこやはそんな態度は微塵も匂わせなかったが。

　秀郷は将門を口汚く罵り続ける如意をたしなめもせず、ただ盃を重ねている。それを奇妙に感じながら寛朝が箸を取ったとき、小さな丸木舟が矢の速さでこちらに近付いてくるのが見えた。

　ぎいぎいという軋みは、屈強な男が船尾で漕ぐ櫓の音だ。やがて横付けされた小舟から、ぞろりと長い衣をまとった人影が立ち上がり、敏捷な仕草でこちらの船に乗り移った。頬骨の目立つ顔に一分の隙もなく化粧を施した、初老の女だった。

「おお、榊ノ御。世話になっているぞ」

「秀郷さま、いつもありがとうございます。ええ、ええ、ちゃんとうかがっておりますよ。お連れになった旅のご一行を、明朝、常陸国衙までお届けすればよろしいんでしょう」

　やかましくしゃべり散らしながら屋形に飛び込んできた榊ノ御は、寛朝に頭を下げ、秀郷に酒を注いだ。更に円座に坐り込んだ如意の尻をきりりとつねり、「なんだよ、この子は」と叱責した。

「お客さまの前だってのに、坐って酒を食らっている傀儡女がいるかい。歌なり舞なり、ご披露しな」

「いや、今日はいい。本当は、酒すら断るつもりでいたぐらいだ」

　あわてて制する秀郷を、榊ノ御は年に似合わぬ艶っぽい目で見上げた。くくく、と痩せた喉の奥で笑い、「そんなこと仰《おっしゃ》らないでくださいな」と肉の厚い彼の膝に手を置いた。

「趣向ですよ、趣向。せっかく傀儡女船に来ていただいたんだ。何のお楽しみもなくお帰ししたんじゃ、香取の傀儡女の名折れですからね。——いいね、如意。しっかり遊んでいただくんだよ」

再び秀郷の盃に酒を足すと、榊ノ御は如意の尻を一つ叩き、もと来た舟で慌ただしく立ち去った。どうやら小舟で得意客への挨拶回りをしているようだ。

「趣向なあ。とはいえ如意、今宵は本当に歌も舞もいらんぞ。寛朝さま、それでよろしゅうございますな」

「ええ。もちろんです」

是緒が傀儡女たちに楽の手ほどきをしていると知った今、本心では彼女たちの奏楽が気にならぬわけではない。あこやの歌と琵琶が鄙の遊び女にしては巧みと感じたのも、当然のこと。あの是緒から手ほどきを受ければ、どんな卑賤の女とて芸達者になるはずだ。

とはいえ秀郷にこう念押しされては、是非にと請えもしない。渋々、寛朝は話題を転じた。

「是緒——いえ、心慶さまは先ほど、修繕の途中でお帰りになられてしまいましたが、これらを直せる者は、他にもいるのですか」

「いいや。あたいたちは楽器を弾くのが精いっぱいだもの。修繕までは誰も出来ないし、困ったものだよ」

「ならば、わたくしがやってあげましょうか」

「何だって。あんた、楽器に詳しいのかい」

これまでであれば、賤しい傀儡女の道具になぞ手を触れようとは思わなかった。だがそれがあの是緒の教えを受けた者となれば、話は別だ。彼が残した楽器に接することで、あのそっけない楽人に少しでも近付ける気がした。

「そりゃあ、助かるよ。あ、他のものは後回しでいいから、とにかく榊ノ御の箏だけは早めに直しとくれ。あの婆さん、見ての通り口うるさくってさ。箏がなかなか直らないとなると、また鳥児や戌児たちが叱られちまうんだ」

すぐ運んで来るよ、と立ち上がる如意の顔には、もはや先ほどの険はない。あれほど輝いていた双眸も、目尻の尖りが落ち着けば、化粧を施したただの目だ。

怒っていた方が美しいとは奇妙この上ないが、わずかな時間で目まぐるしく表情を変える如意は、昼から夕刻、夜へと様々な姿を見せた香取の海を思わせる。だとすればいまこの地に暮らす是緒もまた、自分の知らぬ顔を幾つも併せ持っているのであろうか。

寛朝は深く俯き、膳の煮筍《にたけ》を箸でつついた。開け放たれたままの蔀から吹き込む海風は、香の匂いや楽の音を孕みながらも、ひどく清々しい。火照《ほて》った襟元が次第に冷めてゆくのを感じながら、秀郷に気付かれぬよう深い息をついた。

第二章　管絃

暮靄《ぼあい》を刷《は》き始めた空を、白鷺《しらさぎ》が一羽、西に向かって飛んでゆく。夕焼けを映じて薄紅色に輝く翼を見送り、寛朝《かんちょう》は鐘楼《しょうろう》の石段を小走りに駆け上がった。

ここ常陸国分寺《ひたちこくぶんじ》の梵鐘《ぼんしょう》は無銘ながらも、今から二百年前に鋳造されたとの伝承を持つ古鐘。上手な者が打てば、その音は香取《かとり》の海の南岸まで届き、残響が海面を小さく騒がせるという。

鐘を仰いで合掌礼拝し、心を落ち着かせる。筑波山《つくばさん》の峰から差し入る夕陽に目を細めながら、力いっぱい梵鐘を撞《つ》いた途端、

「ああ駄目じゃ、駄目じゃ、寛朝さま。そのように力任せに撞いたとて、鐘はいい声で応えてはくれませぬ」

という鐘の音にも劣らぬ大声が、鐘楼の下で響いた。

寛朝はもう一度、梵鐘に合掌してから、貫柱《ぬきばしら》の上から顔を突き出した。日陰の石に腰かけてこちらを見上げる老僧に、「そうは仰《おっしゃ》いましても、啓雲《けいうん》さま」と叫び返した。

「この鐘は弱く撞いては響きませんし、ゆっくり強くでは音が間延びするばかりでございます。いったいどうすればよいのですか」

「そこまで分かっておられれば、あともう一歩でございますな。実際、以前に比べれば、ずいぶん音が澄んで来られましたぞ」

とはいえ寛朝が常陸国分寺にたどり着いて、すでに三月。その間、毎朝毎晩、鐘撞きを任されながらこの程度の音しか出せぬとは、我ながらまったく情けない。

恨めしげに梵鐘を見上げてから、寛朝はすごすごと鐘楼から降りた。すり減った石段の下に群れ咲く遅い藪萩《やぶはぎ》が、寛朝をねぎらうかのように小さく揺れた。

「なあに。かつては心慶《しんけい》とて、この鐘相手にかなり苦労しておりました。三月でこれだけの音が出せれば、上出来でございましょう」

そう慰めの声を投げる啓雲は、小坊主の頃からかれこれ五十年以上、常陸国分寺に暮らすという役僧である。

京の大寺では長者や別当などの僧官が荘園や寺財を管理しているが、都から遠く離れた官寺には、荘園はもちろん、ろくな財物すらない。このため常陸国分寺およびその北西に伽藍《がらん》を構える国分尼寺の僧尼計三十人は、日の高い間は額に汗して田畑を耕し、夕刻には交替で常陸国府を乞食《こつじき》（托鉢《たくはつ》）する。その質素な暮らしは、寛朝が育った仁和寺《にんなじ》のそれとはまるで別物であった。

「そういえば今日は、心慶は香取の傀儡女《くぐつめ》どもの元に行っておるとか。つまり寛朝さまはまた置き去りでございますか」

啓雲は皺《しわ》に囲まれた目を気の毒そうにしょぼつかせ、腰をいたわりながら立ち上がった。

「まあ、これも修行とお思いなされ」と、寛朝の背を軽く叩いた。

「心慶は偏屈者ではございますが、道理の分からぬ男ではありませぬ。寛朝さまが心を尽くして修行なされば、いつか必ず弟子にしてくれましょうぞ」

三月前、寛朝が常陸国分寺にたどり着いたとき、心慶は露骨に顔をしかめ、挨拶を述べるのを無視して、自らの房（部屋）に閉じこもってしまった。その折、心慶を追おうとする寛朝を留《とど》め、「まあとりあえず、しばしこの寺で過ごされてはいかがでございますか」と勧めたのが、この啓雲であった。

実のところ、啓雲を含めた常陸国分寺の僧はみな、心慶の前身に薄々気付いているらしい。とはいえ御仏《みほとけ》への奉仕だけを勤めとするこの寺では、僧の過去がどうであれ、大した意味はない。ならば自分もまた、心慶の信頼を得られるまでは、一人の僧侶としてここに留まるしかないと腹をくくり、寛朝は国分寺に荷を解いたのであった。

都から供をしてきた従者は、来月、常陸国衙《こくが》を発つ運脚《うんきゃく》の衆とともに京に戻る。その中で千歳《ちとせ》だけは常陸に残ると言って譲らず、いまも寛朝の近習《きんじゅ》として国分寺に住み込んでいた。

　身辺の世話を焼かせる中で聞いたところによれば、千歳が栄達の手立てと考えているのは、一に琵琶《びわ》、次が郢曲《えいきょく》という。確かに楽人《がくにん》はみな複数の楽器に通じるものだが、琵琶と郢曲を専《もっぱ》らにしようとするのは珍しい。しかも改めて語らせれば、千歳は郢曲の中でも特に「蟬声《せみごえ》」を得意としているとの話であった。

　朗詠には地声を用いる通常の発声法の他に、喉を絞って声を出す歌い方がある。都の公《く》卿《ぎょう》の中には、蟬声を下卑《げび》た音と嫌う者も多いが、喉を震わせ、自在に音程を変えるその歌唱法は、誰にでも出来るものではなかった。

　季節が移ろい、日に日に空が高くなる秋となっても、心慶は寛朝・千歳主従を避け続け、勤行《ごんぎょう》の折も二人を見るや、逃げるように隠れる始末。おかげで同じ寺に寄宿しながらも、寛朝は郢曲は無論、まだ一度も心慶の誦経《ずきょう》を聞いていない。当然、千歳が有明《ありあけ》の所在を尋ねることなぞ、出来る道理がなかった。

「あの方はなぜそれほどに、わたしを疎《うと》まれるのでしょう」

　講堂へと戻る啓雲の腕を支えながら、寛朝は嘆息した。鐘楼の黒々とした影が、二人の足元まで長く伸びていた。

「わたしはただ、己の梵唄《ぼんばい》を究めたいだけなのです。そのために心慶さまからお教えを受けたいと願うのは、心得違いなのでしょうか」

「拙僧は、寛朝さまの願いが誤っておるとは思いませぬよ。ただ心慶には心慶なりに、何か屈託があるのでございましょう。それでなければ、このような田舎に身を捨てたりしますまい」

常陸国分寺に来てからこの方、寛朝はなんとか心慶に自分の熱意を認めてもらおうと奮闘してきた。朝夕の鐘の番もその一つであるし、勤行の折には国分寺の衆僧《しゅうそう》に交じって、読経《どきょう》梵唄に打ち込みもした。それでもなお心慶の側に屈託があるとすれば、これ以上、どうすればいいのだ。

「あまり思い詰めるのは、よくありませぬぞ。そうそう、もしよろしければ今度、拙僧と下総《しもうさ》に参りませぬか。結城《ゆうき》郡の法城寺《ほうじょうじ》に、古い馴染みがおりましてな。年に一、二度は、お互いの寺を訪ね合《お》うているのでございます」

寛朝の気を紛らわそうという心遣いは、ありがたい。しかしどうにも遠出をする気にはなれず、「はあ」と気のない相槌を打ったとき、食堂《じきどう》から千歳が小走りにやってきた。僧尼たちを手伝って畑に出ていたのか、爪に泥が詰まった手を地面につき、慇懃《いんぎん》に頭を下げた。

「寛朝さま。常陸国衙より、平貞盛《たいらのさだもり》さまがお越しでございます」

「はて。何の御用だろう。今宵、国庁《こくちょう》で催される宴《うたげ》なら、すでにお断りしたはずだが」

常陸国に到着後、寛朝が何より驚いたのは、常陸介《ひたちのすけ》・藤原維幾《ふじわらのこれちか》の都好みだった。官衙《かんが》の造りこそ武蔵《むさし》国庁同様に蕪雑《ぶざつ》だが、室内は美しく掃《は》き清められ、庭にも枯草一本落ちていない。都から取り寄せたと思《おぼ》しき豪華な調度、そこここに漂う香の匂いが、ようやく坂東《ばんどう》の気風に慣れた寛朝に、ひどい違和感を抱かせた。

常陸国衙で別れた藤原秀郷《ひでさと》によれば、それらはすべて、この春、着任したばかりの藤原維幾の好み。古くからの常陸の官人たちは、ことあるごとに坂東と都の違いを述べ、やれ観月《かんげつ》だ観楓《かんぷう》だと宴を催す新国守に、内心、辟易《へきえき》しているという。

それほどに都が懐かしくてたまらぬ維幾からすれば、高貴な血を引く寛朝はまたとない賓客であろう。このため維幾は最近、ことあるごとに宴を開き、寛朝を招こうとするのであった。

とはいえ、何をしても心慶のことばかり気にかかる寛朝からすれば、宴など迷惑以外の何物でもない。それでも国衙からの誘いをそうそうむげにも出来ず、結局、三度に一度は招きに応じていたが、今宵の宴についてははっきり断りを入れたはずだ。

「いいえ、どうもお迎えではないようです」

不審顔の寛朝に、千歳は首を横に振った。

「貞盛さまのお姿を拝見する限り、今宵の宴は中止になった模様です。そのご説明に来られたのではと拝察いたします」

「やれやれ。それはまた、ご丁寧な話だ」

中止なら中止で構わないのに、わざわざ使いを寄越されては知らぬ顔もしがたい。寛朝は啓雲の許しを得ると、回廊を巡って、貞盛の待つ南大門へと向かった。

常陸国分寺は国府北の高台に伽藍を構えているために、日当たりがよい。丹《に》で塗られた五間三戸の南大門は、赤みを増した夕陽に照らされ、燃え立つように輝いている。だがそのかたわらにたたずむ人影は、鮮やかな夕景には不釣り合いに無骨な大鎧に身を固め、腰には太刀《たち》まで帯びている。

寺には似つかわしからぬ身拵《みごしら》えに、寛朝は「いったいどうなさったのでございますか」と呼びかけて足を早めた。

「これは寛朝さま。お呼び立てして恐縮でございます」

と言いながら居住まいを正した平貞盛は、常陸大掾《だいじょう》の任にある一方で、坂東でも屈指のもののふとして知られていると聞く。

とはいえその体つきはほっそりとして、優しげな面差しと相まって、およそ打ち物を振るって戦う様を想像することは難しい。重たげな兜《かぶと》を軽々と小脇に抱え、貞盛は「実は」と声を低めた。

「これより常陸国軍五百が、下総との国境に打って出ることになりまして。大変申し訳ございませんが、今宵の宴は取りやめたいとの、常陸介よりの伝言でございます」

「それはご丁寧にありがとうございます。それにしても兵五百とは、随分大ごとでございますな」

「はい。以前より下総国で厄介な私闘が起きていたのですが、それがとうとうこちらに飛び火してまいりまして。国境にほど近い真壁《まかべ》郡の村々が焼かれ、死人が出たとの知らせを受けたため、これより鎮圧に参りまする」

私闘の語に眉をひそめた寛朝に、貞盛は「お恥ずかしゅうございますが」とわずかに肩をすぼめた。

「実はそれがしの従弟《いとこ》である将門《まさかど》なる男が、かれこれ五、六年も昔から我が叔父の良兼《よしかね》と悶着《もんちゃく》を続けているのでございます。一度は将門が都に喚問されたこともあり停止となっていたのでございますが、またこのところ小競《こぜ》り合《あ》いが始まっておりまして」

あ、と呟いた寛朝に、貞盛は怪訝な顔をした。

「もしや、将門をご存じでいらっしゃいますか」

「え、ええ。この常陸までの道中、武蔵国衙で泊まり合わせました。確か、都からの戻りとのことでございました」

そうでございましたか、と貞盛はひどく複雑な面になった。

「将門と叔父の諍《いさか》いは、将門の亡父の遺領分配を巡る騒動がきっかけでございまして。ならば下総国内で争っていてくれればよいものを、両軍が相争いながら国境を越え、常陸に攻め入ったようです。まったく厄介極まりませぬ」

下総・常陸両国は、ほうぼうに川や沼沢《しょうたく》が広がっている。それゆえこの辺りでは、戦の際、軍勢が道を求めて川を遡《さかのぼ》り、結果、他国に入り込んでしまう例がしばしばあると貞盛は語った。

真壁郡は常陸国の西端、国府とは筑波山をはさんだちょうど反対側である。このため、まさか将門軍がはるばる国府まで攻め寄せることはなかろうが、それでも監視のために国兵の派兵が決まったという。

ただいずれにせよ常陸国衙に勤務する貞盛からすれば、諸国を巻き込む一族の悶着は、迷惑以外の何物でもないのだろう。その整った顔には、苦々しげなものがありありとにじんでいた。

「それはご苦労でございますな」

「いいえ、それがしはただ兵を率いればよいだけでございますから。ただ今宵の宴には、それがしの知辺《しるべ》の傀儡女《くぐつめ》を香取より呼んでいたのですが、それも急遽、帰らせねばなりません」

その口振りにわずかな含羞《がんしゅう》が漂ったのを、寛朝は聞き逃さなかった。知辺の傀儡女とは、彼の馴染みである如意《にょい》を指すのに違いない。

「ともあれ常陸介さまは、また機会を改めて寛朝さまをお招きしたいと仰《おお》せです。その折はどうぞお運びください」

貞盛が腰の太刀を鳴らして引き揚げると、寛朝はまだ明るみの残る空を見上げた。

常陸国府は志筑《しづく》川と野井川という二つの川に挟まれた高台に位置し、八町（約八七〇メートル）四方の街区の西端に国庁を、北の端に国分寺を配した町である。近隣を走る二本の官道に加え、流れの豊かな志筑川がそのまま香取の海に注ぎ込んでいるために交通の便はよく、だからこそ心慶も足しげく傀儡女の元に出向けるのだろう。

これから自分一人で心慶を追いかけても、彼が会ってくれるとは思いがたい。だがお役御免となった如意を国衙で引き取り、香取まで送り届けたならばどうだろう。

国軍出兵が決まった国衙では、傀儡女の送迎など後回しにされているはず。それをわざわざ送って寄越せば、榊《さかき》ノ御《ご》が口添えの一つもしてくれはしまいか。

寛朝は背後に控えていた千歳を振り返り、「身支度を整えろ」と命じた。

「これより、国庁に行くぞ。傀儡女たちを香取まで送り届けるのだ」

「分かりました」

千歳にはすでに、香取の海から常陸国府に送られる道中の船で、心慶と傀儡女たちの関わりについて告げてある。それだけに大きくうなずいて立ち上がるその顔は、早くも上気していた。

暮れゆく空の高みを、また一羽、鷺が西へと飛んで行く。空行く雲とも見紛うその翼の軽やかさが、目にひどく眩《まばゆ》かった。

千歳と共に駆けつけた国庁は騒然として、顔を強張《こわば》らせた官人や武具に身を固めた兵士が、慌ただしげにそこここを走り回っていた。

宴席の際、篝火《かがりび》を焚く予定だったのだろう。まだ打松《うちまつ》の入っていない篝籠《かがりかご》が、鉄の柄《え》釣《づる》とともに庁庭の隅に雑然と積み上げられている。数頭の馬を率いて庭を横切ろうとした下従が、放り出されたままの薪《たきぎ》に行く手を阻まれ、顔をしかめていた。

通りかかった官人に問えば、宴のために呼ばれた傀儡女や酌取《しゃくとり》女は、案の定、まだ脇殿の一間に留められているという。

人波をかき分けて教えられた一室に駆け込めば、

「なんだい。いつぞやのお坊さまじゃないか。その後、常陸にご滞在だったのかい」

と言いながら、美しく着飾った如意が立ち上がった。その隣では、武蔵国衙で会ったあこやが、見えぬ目を不安げにしばたたかせている。

ともに扇や楽器を納めたと思しき麻袋を足元に置き、素顔が分からぬほど濃い化粧を施している。お久しゅうございます、と寛朝は足早に二人に近付いた。

「今は、常陸国分寺に身を寄せているのです。それより如意、先ほど大掾の平貞盛さまから、今宵の宴が中止になったと聞きました。よろしければ、香取の海までお送りしましょうか」

「ああ、それはありがとよ。まったく、国衙に着いた途端、さっさと戻れと言われるとはねえ。それにしてもさっき外で将門がと聞こえたけど、もしかして国軍はあいつを討伐に行ったのかい」

「はい。どうもそのようです」

その途端、如意が「そうかい。そりゃあよかった」と嬉しげに両手を叩く。そんな同輩に、あこやが眉をひそめた。

「もう、如意ったら。将門さまは以前から、如意のこともずいぶん贔屓《ひいき》にしてくださっているじゃない。それにあの方が討たれたら、うそさまだってさぞ嘆かれるわよ」

「ふん。確かに、うそさまは嫌いじゃないさ。けどあたいはあいつの営所に呼ばれるたび、腹の中じゃいっつも、どうやってこの野郎を陥《おとしい》れてやろうかとばかり考えているんだ。あこやだって、それは分かっているだろう」

どうやら如意はあこや同様、しばしば将門の招きを受けているらしい。それでもなお将門が憎いのか、と寛朝が内心首を傾《かし》げたのに気付いたのだろう。足元の麻袋を背負いながら、「あたいがこんなことを口走るわけが、気になるかい」と如意はわずかに唇を歪《ゆが》めた。

「ええ。まあ、それは」

「別に隠しちゃいないから、教えてやるよ。あたいは実は、あの平将門の妹なんだ」

えっと声を上げた寛朝を、如意はまっすぐに見つめた。その双眸《そうぼう》はいつしか、雲母《きら》を刷《は》いたようにぎらりと光り始めていた。

「もちろん、将門はこのことを知らないよ。けどあたいはちゃんと聞いているんだ。あたいが生まれた時、親父さまは一族に娘はいらんと言って、女房に命じて捨てにいかせたんだ。そこに榊ノ御が通りかからなかったら、あたいはとっくの昔に野犬の餌だったってわけさ」

「それは本当なのですか」

いくら坂東が混沌の地とはいえ、仮にも鎮守府《ちんじゅふ》将軍の娘が遺棄《いき》されるなぞあり得るだろうか。しかし寛朝の疑いの眼差しに、如意はきっぱりと「本当さ」と言いきった。

「榊ノ御は銭に汚いけど、その分、金にならない嘘はつかないよ」

物心ついて以来、如意は幾度も猿島《さしま》の営所を訪ね、父や異母兄である将門への面会を請《こ》うた。しかしそのたび門番に不埒《ふらち》な女子めと叩き出され、初めて目通りがかなったのはそれから七、八年も後。それも父であるはずの良将《よしまさ》はとうに亡く、他の香取の女たちともども召された宴席で、主と傀儡女として将門のみと顔を合わせたという。

「どうだい。あいつをあたいが憎むのも、当然と分かるだろう」

言いざま顎《あご》を上げた如意の口許には、小暗《おぐら》い笑みが浮かんでいる。濃い紅を差した唇の端に蟠《わだかま》る影の濃さに、寛朝は仁和寺本堂裏に立つ小さな塚を思い出した。

日中も滅多に陽の差さぬその塚には、月に一度、役僧が交替で経を読誦《どくじゅ》し、野の花を供える慣《なら》わしであった。しかしその様をしばしば物陰から眺めつつも、寛朝自身は一度として塚の前に額《ぬか》ずいたことも、小菊一本、手向《たむ》けたこともなかった。

此岸《しがん》で息をせぬまま、暗い塚に埋められた双子の姉。塚の下に眠る彼女さえいなければ、自分は父に疎まれず、無論、幼くして寺に入れられもしなかったとの思いが、胸に渦巻いていたからだ。

だが今、将門への恨みに胸滾《たぎ》らせる如意を前にすると、もしかしたら亡き姉は、日頃、自分のことなぞ顧みもせぬ寛朝を、彼岸《ひがん》で憎んでいるのではないかと思われる。同時にあの闊達《かったつ》な将門が、不思議に近しく感じられてきた。

「寛朝さま、そろそろ参りましょう」

千歳にそう背をつつかれて我に返れば、如意とあこやはすでにそれぞれの荷を背負っている。あ、ああ、とあわててうなずき、寛朝は傀儡女たちを導いて、国庁の南門を出た。

人々が忙《せわ》しげに行き交う大路を南に急ぎ、小さな家々が建て込んだ街区を一歩出れば、そこはもう志筑川の河原に続く長い下り坂だ。

幅の広い川の果てには香取の海が広がり、残照を映じた海上に、大小の船が浮かんでいる。風向きが変わったのだろう。濃い潮の香りが、急に強く鼻をついた。

「あっ、あそこにあたいたちの船がいるよ。仕事がなくなったのは悔しいけど、これで今夜は心慶さまにお目にかかれる。よかったねえ、あこや」

「本当ね。将門さまに御礼を言わなきゃ。でも今日の風は、雨の匂いがするわ。夜には降り出してきそうだから、心慶さまには早めにお帰りいただかなきゃね」

先頭を歩いていた千歳が、そう笑い合う女たちに、「如意さまたちは本当に、心慶さまを慕っておられるのですね」と呼びかけた。

その語調には、わずかな棘《とげ》が含まれている。さりながら杖をつきつき歩く盲目のあこやも如意も、それに気付いた様子はなかった。

「そりゃあ、当然さ。なにせあたいたちからすれば、心慶さまはまたとない稼ぎの手段を教えてくださった恩人だもの。あの吝嗇《りんしょく》な榊ノ御が、あのお方からは一文の銭もいただかないってんだから、すごいだろう」

言いながら如意は、河原の石につまずきかけたあこやの手を引いた。

「それに傀儡女の中でも、あこやは特別さ。なにせ心慶さまは、目の見えないこの子の手を取って、それはそれは丁寧に琵琶をご教示くださったしね。あこやがいま使っている楽器だって、元は心慶さまのご愛用のお道具だったのさ」

その途端、千歳の顔が強張った。

「心慶さまの琵琶でございますと――」

と呟く千歳の形相には気付かぬまま、如意は「ああ、そうさ」とうなずいた。

「そういえば、あこや。今日持ってきた琵琶は、無明《むみょう》かい」

「いいえ。無明なら心慶さまに調子を見ていただくつもりだったから、女童《めのわらわ》たちに預けてきたわ」

「確か……確か、心慶さまのご愛用の楽器は、有明というはずですが」

震える声で割って入った寛朝を顧み、「そうらしいねえ」と如意は明るく笑った。寛朝たちが琵琶の銘を知っていることに何の不審も抱いておらぬのは、それだけ心慶を信頼しきっていればこそに違いなかった。

「だけど目が見えないあこやが弾《ひ》くのに、有明なんて銘はおかしいだろう。だから心慶さまはあこやに琵琶をくださる際、無明と名付け直してくださったのさ」

かつてあこやが奏した無明のことは、はっきり覚えている。撥面《ばちめん》に嵌《は》め込まれた螺鈿《らでん》の満月、覆手《ふくじゅ》にあしらわれた截金《きりかね》の雁《かり》。鄙《ひな》の地には似合わぬ豪華さと音色の美しさを奇妙に感じたのも、当然だ。よもやあれが、天下十逸物の一面だったとは。

寛朝は横目で千歳をうかがった。青ざめたその横顔には、有明を見つけた喜びと、それが傀儡女の元にある困惑、そしてあこやに対する嫉妬と怒りがないまぜとなっている。平静を装おうと必死に引き結んだ唇の端が、ぴくぴくと無惨に震えていた。

これで有明がこの界隈の豪族や富農の手に渡っていたのなら、千歳もまだ納得しよう。しかし幾ら心慶の手ほどきを受けているにせよ、所詮、あこやは賤《いや》しい傀儡女。己が所有している琵琶が、天下の楽人垂涎《すいぜん》の名器であるなぞ知るよしもない、春をひさぐ女だ。

それにしてもなぜ心慶は、自分や千歳を頑《かたく》なに拒む一方で、こんな盲目の傀儡女に天下十逸物にも数えられる名器を惜しげもなく与えたのだ。考えれば考えるほど、心慶の真意が捉えがたくなる。海上まで彼を追おうとしていた気の張りが急速にしぼんでゆくのが、はっきりと感じられた。

もしかして心慶の出奔《しゅっぽん》は、都や貴人というものに、心底、嫌気がさしてのことなのか。だとすればかような鄙の地に移り住み、傀儡女を相手に日々を過ごしているのも分からぬでもない。

ならば自分が出自の賤しい坂東の青坊主であったなら、心慶はためらいもなく「至誠《しせい》の声」を教示してくれたのか。もしそうであれば、皇統に生まれ、飢えも寒さも知らずに育ってきたのは、己の罪なのか。

全身からどっと力が抜ける。喉の奥でひゅうと、高麗笛《こまぶえ》に似た音がした。

「もし……あくまで、もしでございますよ。あこやさまの琵琶を譲り受けたいというお人が現れたなら、どうなさいます」

千歳のかすれた声が、ひどく遠く聞こえた。

「世の中には酔狂《すいきょう》なお人もいるものです。もしかしたら、何十貫の値を出しても琵琶を買おうと仰せの方も、いらっしゃるかもしれません」

「いいえ、どれだけの銭を積まれようとも、無明はお譲りいたしません」

あこやは間髪《かんはつ》容《い》れずに答え、千歳に白い顔を向けた。

「目の見えぬこの身にとって、無明は生きる術を与えてくれた貴い楽器。これを銭と引き替えるとは、わたしに死ねと言うのも同じです」

「そうだよ。あこやが無明を手放すわけがないじゃないか。何も知らないとはいえ、あんた、馬鹿なことを聞くんじゃないよ」

如意がけけけと笑って、あこやの肩を抱き寄せる。あこやもまた、小さな顔に笑みを浮かべ、じゃれつくように朋輩に身をすり寄せた。

千歳はその場に棒立ちになって、飛び交う二匹の蝶のように河原を歩む二人を見つめた。しかし不意に、足元の小石を蹴散《けち》らして踵《きびす》を返した。

「おい。どこへ行く、千歳」

寛朝が止める暇もない。脱兎《だっと》の勢いで走り出した千歳の背が、あっという間に河原を遠ざかる。そのまま凄まじい勢いで、もと来た坂を登り始めるのに、如意が「なんだい。変な奴だねえ」と首を傾げた。

如意の呟きには応じぬまま、寛朝は大きく肩を上下させた。

どれだけ望んでも与えられぬ教え、得られぬ名器。手中にあるものの価値も知らぬ傀儡女にそれが与えられている悔しさは、寛朝も同じだ。

なぜ心慶は、飢えた者の目の前に山盛りの飯の絵を示すにも似た真似をする。彼はそれほどに、自分たちが憎いのか。

とはいえ心慶への怒りを露わにするには、寛朝はあまりに育ちが良すぎた。いっそ千歳の如くその腹立ちを示せれば、いったいどれだけ楽だろう。

陽は筑波山の峰に半ば没し、三人の長い影が広い河原に伸びている。

「そうら、そうこうしている内にもう高浜の湊《みなと》だ。ありがとよ、お坊さま。ここまで来れば、迎えの船を呼べるよ」

如意の声が、急速に黝《くろず》み始めた空へと舞い上がる。

沖に揺れる傀儡女船は、最後の夕陽とそれを映じた波の間で、灼熱の業火《ごうか》に焼かれているかのように赤々と輝いていた。

重い足をひきずって国府に戻れば、すでに国軍は真壁に向けて出立したらしく、町筋はしんと静まり、国庁の門も固く閉ざされている。

胸の奥が石を詰められたように苦しく、息すら満足にできない。なぜだ、と唇だけで呟き、寛朝はよろめきながら国分寺へと足を向けた。

才芸に秀でた人間が必ずしも人格者と限らぬことは、寛朝もよく分かっている。父の敦《あつ》実《み》なぞ、さしずめそのいい例だ。

しかしながら心慶の行ないは、もはや品性だけの問題ではない。香取の潮風にさらされれば、有明――いや、無明は傷《いた》み、やがてはろくな音の出ぬ駄物と変わる。いわば心慶は、都の楽人たちが連綿と伝えてきた楽そのものを、泥足で踏みにじっているも同様であった。

　彼が何を嫌っているとしても、道具や楽に罪はない。自分が長年慕い続けてきた「至誠の声」の持ち主は、そんなことすら分からぬ下劣な男だったのか。怒りとも哀しみともつかないものが胸の底で荒れ狂い、目の前が幕でも下ろしたように暗い。

　もう少しで寺だと思った途端、背がすっと寒くなり、膝の力が抜けた。かろうじて足を励まし、南大門の柱にすがりついて身体を支える。息を整えてから僧房へ向かえば、庫裏《くり》の前に数人の僧たちが群れ集まり、閉め切られた板戸をどんどんと叩き立てていた。

　そのただなかにいた啓雲が寛朝を顧《かえり》み、「おお、お戻りになられましたか」と声を上ずらせた。

「そなたさまの従者が先ほど、すさまじい形相《ぎょうそう》で戻って参りましてな。物も言わずに庫裏の一室に閉じこもり、呼べど叩けど出て参りませぬ」

　千歳が、と呟いて、寛朝は静まり返った庫裏を見つめた。だがすぐに小さく息をついて啓雲に向き直ると、「お願いがございます」と声を硬くした。

「わたくしを、先だってお誘いいただいた下総の法城寺とやらにお連れくださいませぬか」

「なんでございますと」

耳を疑う顔になった啓雲に、寛朝は一歩詰め寄った。

「別に下総でなくとも、武蔵でも下野《しもつけ》でも構いませぬ。とにかく、この地を離れたいのです」

これ以上、常陸国分寺に留まれば、自分はまた心慶の非道な行ないに——求めても得られぬ「至誠の声」の存在に足掻《あが》き、苦しまねばならない。怯懦《きょうだ》と謗《そし》られても構わない。今は少しでも早く、あの男や傀儡女たちから遠ざかりたかった。

庫裏に閉じこもり、外からの呼びかけに耳を塞《ふさ》いでいる千歳の怒りと悲嘆が、寛朝には手に取るように分かった。これ以上、瞋恚《しんい》の焔《ほむら》に身を焼かず、人を——楽を憎まぬためには、一日も早くこの寺を去るしかない。

千歳の奇行と、日頃からは考えもつかぬ寛朝の性急さに、ただならぬ事が起きていると悟ったのだろう。啓雲はすぐさま国分寺の三綱《さんごう》と協議し、下総国結城郡の法城寺に向かう許しを得た。そして翌朝には荷造りを終え、寛朝をうながして早々に国分寺を発った。

もしかしたら啓雲は、修行の途次で己の道を見失った若い僧をこれまで幾人もこうして寺から誘い出し、休息を取らせてきたのかもしれない。国府を出た日の夕刻、ようやく落ち着きを取り戻した寛朝が、馬上ではたと思い至ったほど、啓雲の動きは迅速であった。

下総国結城郡は、下野・常陸二国の国境に接した小郡。真東に筑波山を仰ぎ、そこここに大小の川が流れる平野である。

多くの川の中でもひときわ目立つのは、郡内を南北に貫く衣川《きぬがわ》（鬼怒川）。その西岸、低い丘の上に建つ法城寺は、回廊の内側に金堂と塔を備えた古めかしい寺院であった。

巨大な僧房には、かつては何十人もの僧侶が寝起きしていたのだろう。しかしながら今や境内は荒れ果て、数人の老僧が腰をかがめて、傾きかけた回廊の掃除に励んでいる。そのうちの一人が門をくぐる啓雲と寛朝を目ざとく見つけ、「啓雲ではないか」と小走りに近付いてきた。

「まだ生きておったか。冬も近いのに今年はなかなか現れぬから、てっきりくたばったのかと思うておったぞ」

「相変わらず辛辣《しんらつ》でございますなあ、尋祚《じんそ》どのは。こたびはお客人をお連れしたのじゃ。丁重にもてなしてくだされよ」

にこにこと笑って寛朝を引き合わせた啓雲に、尋祚と呼ばれた僧は「これはこれは」と瞼《まぶた》の厚い目を細めた。

「ようこそお越しになられましたな。年寄りのみの荒れ寺で退屈でございましょうが、まあ、寛《くつろ》いでくだされ」

尋祚の言葉が謙遜ではないことは、すぐに知れた。広い寺域とは裏腹に、法城寺に起居する僧はわずか七人。それもみなとっくに耳順《じじゅん》（六十歳）を超え、寛朝と年の近い青坊主なぞ一人もいない。

　そのため朝晩の勤行は覇気がなく、誦経もどことなくおざなりである。梵唄はもちろん、経典の素読においても自分の声が寺僧よりはるかに秀でている事実に、寛朝は閉口し、同時にわずかな安堵を覚えもした。

　思えば仁和寺に入れられて以来、寛朝は何か追われるにも似た気分で修行に励み続けてきた。その根底に存在したのは、仁和寺を創建した祖父の名を辱《はずかし》めてはならぬという自負でもあり、自分に冷淡な父を見返そうとの意地でもあった。

　だが啓雲が尋祚にどう説明したのか、少なくとも坂東の僻《へき》地《ち》のこの寺では、自分がどこの誰か、気にする者はいない。これで千歳が訳知り顔で近侍《きんじ》していればそんなことも叶うまいが、幸い、千歳は寛朝が常陸国分寺を発った日も庫裏に閉じこもったままで、「これから他寺に向かうが、供をするか」との板戸越しの寛朝の問いにも、応え一つ返さなかった。

　寺門の前に立って見渡せば、眼下では激しい風が常に野面《のづら》を渡り、川や沼がそのところどころで陽光を映じて輝いている。あの香取の海の神々しいまでの眩さ、空と海が一つに溶けあう美しさは、この地にはない。しかし土と草の湿っぽい匂い、法衣の裾や袂《たもと》をはためかせる強い風に、寛朝は生まれて初めて、自分が何にも縛られていないとの感覚を得た。

　寺に出入りする近郷の者によれば、あの日、調停のために出兵した常陸国軍は、将門とその伯父の戦いにわずかに間に合わなかったという。五百の軍勢が筑波山西麓に駆け付けたのは、両軍が決着がつかぬまま、それぞれの営所に引き揚げた後だったのである。

「実りの秋を迎えたばかりの田は踏みにじられ、稲穂が無惨に泥にまみれていたとやら。なんとも哀れな話でございますわい」

しかしそんな猛々《たけだけ》しい坂東の世相も、今の寛朝の心にはさしたる波風を立てなかった。あまりに穏やかな己の心に、これは堕落かとの疑念が、脳裏をよぎりもする。さりながらその一方で、法城寺に来て以来、寛朝はこれまでになかったほどのびのびと梵唄を誦《じゅ》し、御仏を讃《たた》えられるようになっていた。

無論、その声は心慶の「至誠の声」とは程遠かろう。だが幾ら聞く者を法界に導く清澈《せいてつ》なる声であろうとも、その者が人の道理を弁《わきま》えていなければ、それは偽りの至誠だ。

日に日に寒さが増し、広い平野が幾度となく白く染まる頃には、わずかに過ごした常陸国分寺の日々は寛朝の中でひどく遠いものと化していた。心慶はもちろん、美しくも残酷な傀儡女たち、広大な香取の海の風景も、滅多に思い出さなくなっていた。

あと半月もすれば、年が明ける。それを待って、都に戻ろう。父や仁和寺の衆僧はきっと、寛朝がなにも得られぬまま、すごすごと戻ったと嘲笑《あざわら》うだろう。だが少なくとも自分はこの地で、豊原是緒《とよはらのこれお》の本性を目にした。彼が心から敬うべき師ではないと知れただけでも、この旅に意義はあったのだ。

さりながらそんな寛朝の平穏は、耳がきんと痛くなるほどに冷えこんだ師走のある朝、寺門の外に湧き起こった叫びによって破られた。

「お助け、お助けをッ。何卒、門をお開けくださいッ」

勤行を遮る喚きと門を叩き立てる音に、老僧たちが「なんじゃあ、あれは」と顔を見合わせる。それと同時にどどどどという低い地鳴りが、遠くから不気味に響いてきた。

「馬蹄の音でございますな。どこぞの軍勢か、さもなくば盗賊じゃろう」

啓雲が呟く間も、門の外では何者かが必死に助けを求めている。声の調子からして、まだ年若い男らしいが、うっかり門を開けてそれが賊の罠だったとすれば目も当てられない。

「いかが致す。放っておくか」

「いやいや。もしかしたら盗っ人に追われた誰ぞが、助けを求めているのかもしれんぞ」

金堂からぞろぞろと出て来た衆僧が、恐ろしげに囁《ささや》き合う。そうこうする内に地響きはますます大きくなり、同時に「お助けください」という悲鳴がいっそう悲痛さを増した。

「しかたがない。ちと、様子を見てくるか」

と言って、尋祚がいきなり足駄を脱ぎ捨てた。庫裏から長梯子を持ち出すや、講堂の屋根にかけたそれをするすると登り始めた。

「じ、尋祚さま。危のうございますぞ」

狼狽《ろうばい》する寛朝の袖を、啓雲が「まあ、お待ちくだされ」と摑《つか》んで留めた。

「ご心配はご無用でございます。尋祚は若い頃から、高いところを好む奴でしてな。ともに常陸国分寺で修行していた頃は、姿が見えぬと思えばだいたい伽藍の屋根の上で昼寝をしておりましたわい」

ですが、と青ざめる寛朝を尻目に、尋祚は講堂の軒先にいともたやすく取り付いた。両手両脚を使って瓦の葺《ふ》かれた屋根を這《は》い、法衣の裾をまくり上げて大棟に腰を下ろした。

「どうです、尋祚。何か見えまするか」

「飯沼《いいぬま》川の西南に、夥《おびただ》しい土煙が上がっておる。こりゃあ、群盗《ぐんとう》なぞではないな」

そう怒鳴り返してから、尋祚は「おっ」とわずかに腰を浮かせた。

「今、土煙の中できらりと何か光ったぞ。おお、見えた。馬に乗ったもののふが数十騎、刀を振り回しておる。どこぞの軍勢が互いに斬り結びながら、街道をこちらにやってくるようじゃ」

「なんでございますと。いったい、どこの手勢でございましょう」

「ここから川を五、六十里（約二七～三二キロメートル）も下れば、猿島の石井《いわい》。おそらくあれは、平将門の手勢とその伯父どもじゃろうよ」

「将門と仰いましたか」

寛朝は我知らず、啓雲と尋祚のやりとりに割って入った。平将門とその伯父が常陸国に攻め入ったのは、三月前。その後も、将門は相変わらず一族との戦《いくさ》に明け暮れていたのか。

この坂東が京の論理の通らぬ荒ぶる地であるとは、理解している。だがあの快活で、異《い》羽丸《ばまる》を即座に追い返した将門が、こうも長きにわたって伯父に手を焼いているのが、寛朝にはどうにも似つかわしくない気がした。

「おおい、まずいぞ」

頭上からの尋祚の声に、急に焦りがにじんだ。

「十数騎が戦場を抜け出し、まっすぐこちらにやってくるわい。外で助けを求めているのが何者かは知らんが、いずれにしても盗賊の手先ではなかろう。戦に巻き込まれては気の毒じゃ。早《はよ》う山内に入れてやれ」

その言葉が終わらぬ先に、二人の老僧が駆け出し、大急ぎで寺門の閂《かんぬき》を引き抜いた。ぎぎ、と重いきしみを立てる門の隙間から、泥まみれの若者が一人、境内に転がり込んできた。

「早く、早く。門を閉ざせ。すでに一団は大木《おおき》の辻に差しかかっておるぞ」

尋祚の言葉を遮るように、矢のうなりと馬の嘶《いなな》き、男たちの喚叫が、吹きすさぶ風に乗って響いてくる。

将門の本拠地は、結城郡の南。両軍がもつれ合いながら街道を北に移動しているということは、将門勢が伯父の軍勢を追撃しているわけか。

あの将門はいったいどんな戦をするのかとの興味が、一瞬、胸の底をかすめる。そんな物思いを破るかのように、門の内側にへなへなと坐り込んだ男が、「お、お助けいただき、ありがとうございます」と激しく息を切らしながら礼を述べた。

「わ、わたしは豊田《とよた》郡の岡崎に住まいする、子春丸《こはるまる》と申します。猿島の石井営所に炭を納めに行った帰り道、思いがけず始まった戦に巻き込まれ、何の間違いか平将門さまの手勢に矢を射かけられたので、必死にここまで逃げて参りました」

「なんとまあ、それは難儀をしたのう」

長い道を走って来たのだろう。もはや立ち上がる気力もなさげな子春丸に、啓雲が気の毒そうに眉を寄せた。

「両軍がどれだけ戦に我を忘れたとて、よもやこの寺に攻め入って来はすまい。安心なされ」

「ありがとうございます。本当にありがとうございます」

子春丸が顔をくしゃくしゃにして、幾度も頭を下げる。その様に、寛朝はふと違和感を覚えた。

寛朝が武蔵で出会った平将門は、通りがかりの民に矢を射かけさせる男とは思えなかった。それとも将門自身はそうであっても、その配下は人の命を虫けら同然にしか思わぬ傍若無人の輩《やから》なのか。

この時、思いがけぬほど近くで矢がうなった。一瞬遅れて「ひゃあッ」と悲鳴が上がり、尋祚が講堂の大棟から転がり落ちた。

かっと硬い音が屋根の上で響き、征矢《そや》が一本、軒から降ってくる。何者かが尋祚を狙って、寺外から矢を射かけたのだ。

「じ、尋祚どのッ」

境内の僧が、一斉に悲鳴を上げる。だがそのまま軒から落ちるかと見えた尋祚は、かろうじて体勢を立て直し、屋根の中ほどにしがみついている。

皆がそれに胸を撫《な》で下ろす暇《いとま》もなく、「この寺の坊主どもに伝えるッ」という叫びと馬の嘶《いなな》きが、築地塀《ついじべい》の外で交錯した。銅鑼《どら》を力任せに叩き鳴らしたかと思われるほどの大音声であった。

「先ほどここに、子春丸なる男が逃げ込んだであろう。そ奴は将門さまの営所に細作《さいさく》を引き入れ、夜襲の手引きをした不届き者。今すぐ我らに引き渡せッ」

「ち、違う。俺はそんな真似はしていないッ」

子春丸が大きく目を見開いて、立ちすくんだ僧たちを見回した。

「し、信じてください。お、俺はただ、将門さまの元に炭を納めるついでに、営所を見物したがっていた昔馴染みを連れて行っただけです。本当です、嘘じゃねえんですッ」

追い詰められた獣のように慌ただしく四方に目を配り、子春丸が叫び立てる。それが聞こえたわけではなかろうが、寺門が先ほどとは比べものにならぬ激しさで叩かれた。

「ええい、門を開けろッ。奴がここに逃げ込んだのは、分かっているのだ。ぐずぐずしていると堂宇《どうう》に火を放ち、坊主諸共《もろとも》焼き殺してやるぞッ」

「お、お助けを。どうかお助けくださいッ」

目を血走らせた子春丸が、突然、寛朝の脚にすがりついた。がたがたと身体を震わせ、真っ青に変じた額を幾度も地面にこすり付けた。

「こんな戦になるなんて、俺は知らなかったんです。ただ石井営所を案内すれば、絹や穀米をくれると言うので、つい――」

つまり現在、川下で起きている戦は、子春丸が案内した密偵が敵軍を手引きした末に起きたものなのだろう。

ぽたぽたと滴《したた》る子春丸の涙が、脛《すね》を生ぬるく濡らす。それがまるで自分の足を地に打ち付ける巨大な釘であるかのように、寛朝は感じた。

京では寺に火を放ち、僧侶に危害を加えなぞすれば、当人ばかりか一族まで罪科が及ぶ。しかしながらここは、国にも郡にも属さぬ群盗や豪族が、気ままに野面を駆け回る坂東である。ここに将門がいればともかく、敵の襲来に怒り狂った彼の部下は、自分たちの拠点に密偵を手引きした輩をいぶり出すためであれば、寺への付け火も躊躇《ちゅうちょ》すまい。

とはいえその一方で、悩み苦しむ者の救済は御仏の貴い誓願。いくら子春丸が過ちを犯したとしても、仮にも僧籍にある身が、救いを求める者をおめおめと刃の前に差し出すわけにはいかない。

寛朝は眦《まなじり》を決し、「この者を匿《かくま》う場所は、寺内にありませんか」と衆僧に問うた。

法城寺は広い。ましてや手入れが行き届かず、放埒《ほうらつ》に茂った草木や朽ちた堂舎がそのままの境内であれば、人ひとりぐらい簡単に隠せるのではなかろうか。

寛朝の言葉に、老僧たちが顔を見合わせる。その中の一人がぼそりと「世事《せいじ》はどうじゃ」と呟いた。

「そうじゃ、土間の隅の井戸が涸れておる」

「おお、あの底であれば、家探しされたとて、まさかそれとは気付かれまい」

衆僧がうなずき合う間にも、門を叩く音はますます大きくなってゆく。その剣呑《けんのん》な響きに急かされながら、寛朝はうずくまる子春丸の両腕を摑んで、立ち上がらせた。

「泣いている暇はありません。さあ、早くあちらへ」

涙と泥で顔をぐしゃぐしゃにした子春丸が、「あ、ありがとうございます」としゃくり上げたとき、凄まじい轟音《ごうおん》が辺りをつんざいた。

振り返れば、鋲《びょう》が打たれた寺門が歪み、太い閂が大きく折れ曲がっている。その向こうにちらりと見えたのは、黒木造りの荷車だ。業を煮やした兵たちが、近隣の家から強奪した車で門を破り始めたのだ。

ひゅうと風を切る音が立て続けに起こり、塀の向こうから数本の矢が降ってくる。そのうちの一本が子春丸の爪先に突っ立ち、ひっと声を上げて、彼が尻餅をついた。

「ええい、早く行けッ。こんな脅しにひるむな」

尋祚がそう怒鳴って子春丸の尻を蹴飛ばしたとき、寺門がいっそう激しい音を立てて揺れた。まるで雷に打たれたかのように門がはじけ飛び、手に手に武具を持った十数騎が、郎党とともにどっと境内になだれ込んできた。

みな手入れのよい胴丸に身を固めているが、その胸や顔にはいずれも黒ずんだ返り血がべったりとついている。目ばかりを底光りさせた彼らの顔と、血脂で曇った太刀の鈍い輝きに、一瞬にして寛朝の背に粟粒《あわつぶ》が立った。

坂東が自分の理解をはるかに超える異境であることは、これまで幾度となく思い知らされてきた。しかしながら目の前の男たちは戦場の混沌と死の匂いを漂わせ、黄泉《よみ》の底から這い出してきた死人の如く恐ろしげであった。

寛朝は唐突に、自分がこの半年間に見聞きして来た坂東の姿が、この地のほんの上っ面に過ぎなかったと悟った。血筋も官位も、冷たい刃と猛々しい血の前にはなんの意味もない。そう、風が荒涼と吹きすさぶこの坂東を支配するものは、ただ混沌たる争いのみなのだ。

将門が何年にも亘って、戦いを続けているのも道理。あの男は混沌とした坂東を生き抜くべく、自らの身を削り、夥しい血を流しているのだ。――いや、戦っているのは将門だけではない。

　都が定めた国境を平然と越えて、海上を漂う傀儡女。官の支配を歯牙にもかけず、坂東を駆け巡って日々を暮らす僦馬《しゅうば》の党。誰の庇護も受けず、無秩序なこの地を生きる彼らが、何の傷も負わずに日々の暮らしを送っているわけがあろうか。あこやも如意も異羽丸も、坂東に生きる者たちはみな、常にそれぞれの戦いのただなかに生きているのだ。

（ならば——ならば今、すごすごと京に逃げ帰ろうとしているわたくしはどうなのだ）

　この半年、ただぽかんと口を開けて他人から何かを与えられるのを待っていた己が、あまりに愚かしく思われてくる。やはり自分は何も坂東を知らなかった。この地に一歩足を踏み入れたときから、自分は将門たち同様、血を流し、喚《わめ》き、己の欲する物を奪い取らねばならなかったのだ。

「見つけたぞ、子春丸。覚悟は出来ているだろうな」

　兵の中でも際立って魁偉《かいい》な初老の男が、坐り込む子春丸に、馬上から太刀を突き付ける。引っ立てろ、と郎党たちに顎で命じ、すぐさま馬首を返そうとした。

「子春丸をどうするのです」

　止める啓雲たちの手を振り払い、寛朝は男の手綱に取りすがった。

「窮鳥懐《きゅうちょうふところ》に入《い》れば、猟師もまたこれを殺さずとの語もございます。確かにその者は過ちを犯したのでしょう。ですがどうかわたくしに免じて、命ばかりは助けていただけませんか」

「わたくしに免じてだと、ふざけるな」

男は白いものが交じった眉を跳ね上げ、荒々しく吐き捨てた。

「この男は元々、石井営所の駆使《くし》として、将門さまにも目をかけられていた奴だ。そのご恩を忘れた寝返りのせいで、いったい幾人の兵が命を落としたことか。幸い、敵軍は我らが追い払い、いまこの時も将門さまが追撃しておられるが、この男ばかりは八つ裂きにしても、なお足りぬわい」

「それはよく分かります。ですが――」

寛朝が必死に言葉を探す間にも、郎党たちは子春丸を高手《たかて》小手《こて》に縛り上げ、寺の外へと引きずってゆく。すでに心中は恐怖に塗りつぶされ、命乞いすら出来ぬのだろう。ただ双眸を飛び出さんばかりに見開いた子春丸の哀れさに、寛朝が後を追おうとした刹那、どどどどという轟《とどろ》きとともに大地が激しく揺れた。

馬上の男がはっと顔を上げ、郎党たちが一瞬遅れて表情を引き締める。それと同時に二、三十騎の兵が寺門の向こうを疾風のように走り過ぎた。

ほんの一瞬だけ垣間見《かいまみ》えたその姿は、みな頭から血をかぶった如く朱に染まり、鎧《よろい》のそここに征矢が突っ立ったままの者もいた。泡を食《は》んで疾駆する馬の口からもうもうと白い息が噴き上がり、巻き起こる土煙と相まって、辺りを淡く霞《かす》ませている。むっと濃い血の臭いが、寛朝の顔を強く叩いた。

「経明《つねあきら》さま、今の一隊は」

郎党たちが一斉に、馬上の男を振り返る。すると経明と呼ばれた男は、ぎりぎりと眉を吊り上げ、

「あれは良兼《よしかね》とその上兵（側近の兵）どもではないか。将門さまの囲みを破って逃げ出しよったな」

と大呼し、馬の尻に激しく笞《むち》をくれた。

「者ども、追うぞッ。あ奴らに衣川を渡らせるなッ」

おおッという喊声《かんせい》が、湧き起こる。郎党たちは子春丸を引きずったまま、寛朝を突き飛ばす勢いで境内を飛び出して行った。

「お、お待ちください。子春丸をどうするのですかッ」

寛朝は両手を振り回し、その後を追って門を転がり出た。背後で自分の名を呼ぶ啓雲の声など、まったく耳に入っていなかった。

法城寺の門前は、衣川へと至る一本道。普段はしんと静まり、ゆるやかな川の流れをはるかに見晴らすばかりのその道は今や、馬蹄に踏みにじられた残雪が醜い泥濘《ぬかるみ》と化している。

門前を駆け過ぎた一隊はもちろん、先に法城寺を出て行った経明一党の姿は、すでに往

来にはない。寛朝はぜえぜえと息を切らしながら、遠ざかる轟音を頼りに道を駆けた。坂を下り、ゆるやかに曲がる道を折れる。

その途端、突如目の前に広がった夥しい血の色と太刀の光に、寛朝はその場に棒立ちになった。衣川の流れを背にした河辺では、まさに今敵軍と追手が乱闘を始めようとしていたのだ。

「奴らを逃すなッ。夜討ちの仇《かたき》を取れッ」

胴間声《どうまごえ》で喚きながら太刀を振り回す経明に、騎兵と郎党が呼応する。手に手に打ち物を振りかざした彼らは、鬼神もかくやの形相で、自軍の三倍はいようかという敵のただなかに恐れげもなく突撃した。

思わぬ一隊の追撃に、敵兵はみな目を吊り上げ、血脂に曇った刀を抜き放っている。経明はその中の一騎に横っ腹から突き当たると、相手の首元に太刀を叩き込んだ。ついで返す刀で、正面から切りかかってきた郎党の肩を斜めに斬り付けた。

白々と明るい冬空に、赤い飛沫《しぶき》が噴き上がる。しかし経明はくずおれた相手には目もくれず、更なる敵を求めて馬の尻を笞打った。

「奴らはほんの十数騎だッ。恐れるに足らん。ばらばらに散って川を越えろッ」

左肩に矢を射立たせたままの老人が、味方に四囲を取り巻かれながら、必死の面持ちで喚いている。周囲に比し、ひときわ豪奢な鎧に身を固めているところからして、あれが将門の伯父の平良兼とやらだろう。そう思って眺めれば、頬骨の高さがどことなく将門と似ていなくもない。

良兼軍は経明たちを振り切って散開すると、河岸の藪《やぶ》を突っ切って水際へ下りた。それを止めようとする徒歩の郎党が、馬の蹄《ひづめ》にかけられて転倒する。

良兼は浅瀬まで馬を進めてから、経明たちを振り返った。ようやく思い出した様子で肩の矢を抜き取ったその頬に、勝ち誇った笑いが浮かんだ。そのときである。

川下で、うおおッという雄叫《おたけ》びが響いた。藪を越え、瀬を踏んで駆け上がって来た数騎が、川中の良兼勢に脇から襲いかかった。

鎧だけを身に着けた先頭の男が、浅瀬の兵に斬り付ける。不意を襲われた彼が水飛沫を上げて川面に倒れ、両軍がどっとどよめいた。

「将門さまだッ」

「ま、将門ッ」

良兼の顔が、一瞬にして蒼白に変わる。

将門はそれを一瞥《いちべつ》すると、味方の歓声に応じるように太刀を振り上げ、そのまま敵軍のただなかに突っ込んだ。

悲鳴と怒声、それに肉のぶつかる鈍い音が交錯し、郎党たちが煽《あお》りを食らって転倒する。

野太い嘶きとともに敵馬が棹立《さおだ》ちになり、その背から振り落とされた兵に将門の手勢が斬りかかる。

蹴り上げられた水が辺りを霞ませ、男たちの怒号が瀬音をかき消した。

「ええい、大木の辻で振り切ったはずが、いつのまに先回りをしたのだッ」

悔しげに喚く良兼に、経明の配下が次々と追いすがる。だが老いたりとはいえ、さすがに坂東のつわものである。ほんの数太刀でそれを斬り伏せるや、およそ手負いとは思えぬ素早さで馬首を返し、瀬を川上へと駆け出した。

「伯父上、もはや逃がしませぬぞッ」

将門が怒鳴りながら、その後を追う。両者の間に割って入ろうとした郎党が、馬上からの太刀になぎ倒されてもんどり打つ。

口から泡を吹き、手足を痙攣させ始めた郎党の顔を、更に将門を追おうとした敵の馬がぐしゃりと踏みつぶす。その途端、四囲に吹き飛んだ血肉と脳漿《のうしょう》の鮮やかさに、寛朝はひっと息を飲んだ。

手足がぶるぶると震え、満足に息が出来ぬのは、決して恐怖ゆえではない。力と力がぶつかり合い、爛漫《らんまん》の花が散るかの如く、次々と人の命が消えてゆく凄絶さは、今や寛朝から恐怖や嫌悪といった感情すら奪い取っていた。

膾《なます》の如く切り刻まれ、もはやぴくりとも動かぬ男たち。横倒しになって四肢をもがかせながら、哀しげな嘶きを繰り返す馬。血と泥が混じり合った地面はただただ黒く、薄い絹雲のたなびく明るい空だけが絵空事の如く遠い。

うおおッという雄叫びとともに、将門が良兼に斬りかかる。馬と馬がぶつかる鈍い音……間一髪、刃を避けた良兼の怒声、遠くから射かけられる矢のうなりが、まるで強く絃を打つ撥《ばち》音のように響く。それがあまりの衝撃に麻痺した寛朝の頭を、更に強く揺さぶった。

（琵琶――）

ああ、そうだ。琵琶だ。将門のがらがら声は、松枝を過ぎる秋風の音に似ると言われる、索々《さくさく》たる第一絃第二絃の音。戦場を切り裂く弓弦のうなりは、子を思う鶴の声になぞらえられる、冷々たる第三、第四の絃の音にそっくりだ。

ならば泥濘の中に突っ伏し、今しも息絶えんとする兵たちのすすり泣きは、琵琶にまとわりつくしめやかな琴の音。怒りにたぎる良兼の声は羯鼓《かっこ》か、それとも三《さん》ノ鼓《つづみ》か。

――五絃並び奏す　君試みに聴け

五絃琵琶の音色の美しさを謳《うた》った白居易《はくきょい》の「五絃弾」の朗詠が、耳の底で鳴った気がした。

――凄凄《せいせい》　切切《せっせつ》　復《ま》た錚錚《そうそう》

――鉄は珊瑚を撃つ　一両曲　氷は玉盤に写《そそ》ぐ　千万の声

ありとあらゆる美辞麗句を用いて琵琶の音の美々しさを謳った、あの詩。ならば今、自分が聞いている音はいったいどのような楽にたとえられよう。

ああ、と寛朝は身震いした。目の前で繰り広げられる戦が、不殺生を説く御仏の道に背くものであるとは承知している。だが生まれて初めて接した命と命の激突の壮絶さは、その時、寛朝に幼い頃から叩き込まれた五戒すら忘れさせた。

配下の数騎に守られ、良兼が更に川上へと逃げる。それを追う将門の喊声の雄々しさ、風を切る矢のうなりの鋭さ。そうだ。あの平穏で華やかなりし京においては、詩歌の風趣を想起させる声こそが、至誠の声であった。ならば誰もが戦いによって己の生命を全うする坂東では、まさにかような戦場の音こそが、人の心を揺さぶる至誠の声なのではないか。

瀬の石に足を取られたのだろう。良兼の弓手を守っていた軍兵が、突如、馬ごと横倒しになった。巻き添えを食わぬよう、将門たちが咄嗟《とっさ》に手綱を引きそばめる間に、良兼は尻込みする馬に激しく笞をくれ、衣川の流れに強引に馬身を乗り入れた。

「ええい、逃がすかッ」

経明が咆え立てながら、その背に矢を射かける。しかし良兼は馬腹ほどの深さの川を無理やり渡りきるや、そのまま後ろも見ずに対岸の土手を登り、生い茂る藪中に俊敏に姿を消した。

「いかがいたします。追いまするか」

経明が憎々しげに舌打ちして問う。将門は大きく息を弾《はず》ませながら、それに「いや」と首を横に振った。

「川向こうは常陸国。下手に深追いして、また国軍が出張《でば》って来ては面倒だ。幸い、石井の営所は無事。敵兵も伯父上近侍の上兵を筆頭に、四、五十人は討ち取っただろう」

「では、今日の戦はこれまでとなされますか」

「ああ。伯父上もこれでしばらくは、我らに戦を仕掛けて来られまい。怪我人もおるゆえ、早く引き揚げよう」

　将門と直接言葉のやりとりが許されている点から推《お》すに、経明は将門の従類《じゅうるい》らしい。かしこまりました、と思慮深げに低頭してから、「されど将門さまが河原を駆け上がって来られるとは、仰天いたしました」と思い出したように付け加えた。

「ああ、大木の辻で伯父上たちに振り切られてな。下手に街道を追うより、川沿いに駆けた方が早かろうと考えたのだ。ただこちらも、子春丸を捕えに行ったはずのおぬしらが、伯父上の足止めをしているとは思わなんだがなあ」

　からからと明るく笑ってから、「そういえば」と将門は表情を引き締めた。

「その子春丸はどうした。まさか逃げられたのではなかろうな」

「いいえ、法城寺に隠れておったところを引きずり出し、ちゃんと捕えておりまする。ただ郎党に縄尻《なわじり》を持たせていましたゆえ、今の戦で手傷を負ったやもしれませぬが」

　小さくうなずいて馬首を返し、将門はぬかるんだ河原と街道に目をやった。

無数の骸《むくろ》のかたわらで、太腿を裂かれた軍兵がのたうち回っている。その向こうでは額から血を流した兵士が、懸命に起き上がろうと足掻く馬を前に、滂沱《ぼうだ》の涙を流していた。

「息のある者は手当をさせ、死人は敵味方を問わず、丁重に弔《とむら》ってやれ。それ、判然とは見えぬが、折しもあそこにいるのは、どうやら坊主のようではないか」

往来のただなかに立ちつくす寛朝に、将門が顎をしゃくる。再度それに頭を下げ、経明が馬から下りる。手綱を手近な立木に結わえると、怪我の軽い郎党を手伝って、身動きの出来ぬ兵を運び始めた。

将門はしばらくの間、唇を引き結んでそれを眺めていた。だがやがて並足で寛朝に近付いてくると、「おお」と鞍《くら》の前輪《まえわ》を手で叩いた。

「ちょうどいいところに坊主がと思えば、いつぞや武蔵国衙で会《お》うた旅の御坊《ごぼう》であったか」

将門の逞《たくま》しい身体は朱に濡れ、双眸は戦の余燼《よじん》を漂わせてぎらぎらと光っている。しかしながら歯切れのよいその口調は、武蔵で会った時同様に快活であった。

それにしても将門が自分を覚えているとは、正直、意外である。どう返答すればと戸惑う寛朝にはお構いなしに、

「いまだ坂東におったとはな。ご覧の通り、血なまぐさい地だ。御仏に仕える御身には、さぞ居心地が悪かろうに」

と、将門は累々《るいるい》と重なる骸を顎で指した。

「風の噂に聞きました。ご一族とは、長らく戦続きでいらっしゃるそうですね」

おずおずと問う寛朝に、ああ、と応じ、額を手の甲で拭《ぬぐ》った。

「わしとて好んで戦をしておるわけではないのだがな。十年前、わしの父が亡くなって以来、伯父上たちはわしを若輩者と侮り、事あるごとにこの地に攻め寄せて参る。しかもどれだけ戦を仕掛けても勝てぬと悟るや、京の検非違使《けびいし》にわしを訴えたり、こうして奇襲をかけたりするのじゃから、まったく困ったものだ」

苦笑を浮かべたその顔は、前回よりも随分やつれたように、寛朝の目には映った。

「御坊と別れた翌月には、筑波郡より伯父上が攻め入って参ってな。豊田にあった常羽御《いくわのみ》厩《まや》と周辺の里家を三十軒ほど焼き払われるわ、いざ戦という時になって脚病《かくびょう》（脚気《かっけ》）にかかるわ、散々な目に遭《お》うた。川船に乗せて逃がした妻妾《さいしょう》どもまで生け捕られ、一時は、まさに翼をもがれた鳥のような心持ちだったわい」

思いがけぬ負け戦に、寛朝は絶句した。しかし将門は「まあ、幸い」と己を鼓舞するかのように、わずかに声を明るませた。

「御厩にいた娘のうそは別当の多治《たじの》経明が助け出したし、妻妾どもも三々五々、監視の目を盗んで逃げ戻って参った。返礼代わりにきっちり、伯父上の服織《はとり》営所とその一帯を焼いてやったゆえ、今のところは双方痛み分けだ」

「では、戦はこれからも続くのですか」

「わしとて一族で争いたくはないが、これもわが領地の安寧を守るためだ。やむをえん」

力強く言い放つ将門の姿に、寛朝の指先が微《かす》かに震えた。

つい先ほどまで鳴り響いていた荒ぶる男たちの喊声、弓箭《きゅうせん》の高鳴り、馬の嘶き。坂東に来てからというもの、あれほど自分の心を震わせ、沸き立たせる音はなかった。

人の命が泡の如く消えゆく戦の音を、種々の楽器によって織り成される管絃と等しく考えるのは、楽を愛し、梵唄を学ぶ者としてあるまじき行ないだろうか。――いや、そんなはずはない。

今から二百年前に日本に渡来した舞曲「陵王《りょうおう》」は、北斉《ほくせい》の武将・蘭陵王長恭《らんりょうおうちょうきょう》の戦勝を寿《ことほ》いだ曲。また鉾《ほこ》を用いた一人舞である「散手《さんじゅ》」と「貴徳《きとく》」はそれぞれ、率川明神《いさかわみょうじん》の勇猛なる戦いぶりと、匈奴《きょうど》の王の武勇を表した楽である。

これまでも多くの楽人たちが、武将の華々しい戦闘を褒めそやし、音楽の題材に選んできたのだ。ならば今、将門の剛勇に楽の音を重ねあわせ、何を恥じる必要があろう。

（この御仁《ごじん》の側に居続ければ、これからもあの音を聞けるのだろうか――）

ふとそんなことを考えた己を、寛朝はあわてて「馬鹿な」と叱った。

仮にも当今《とうぎん》の従兄《いとこ》である我が身が、こんな坂東のならず者と親しく交わってなるものか。

しかしそう打ち消せば打ち消すほど、いったん胸中に浮かんだ思いは激しく寛朝を揺さぶり、琵琶の響きにも似た戦場の音を耳の底に甦らせる。

心慶から教えを受けるには、自分はあまりに彼に不信を抱きすぎた。だが坂東の「至誠の声」とも言うべき戦場の声を耳にし続ければ――そうすればいずれ自分は、京の誰もが体得しえなかった新たな声を見出せるのではないか。

しかも、千歳はもはや身辺にいない。それはすなわち、自分がどんな真似をしようとも、京の父に告げ口を行なう者が皆無であることを意味する。

からからに乾いた唇を、寛朝はゆっくりと舐《な》めた。血の臭いに惹かれて来た肥《こ》えた蠅《はえ》が、青光りし始めた血だまりの上を羽音を立てて飛び交っている。それを目の隅に捕えながら、

「将門どの、もし差し支えなければ――」と細い声を振り絞ったときである。

「おぬし、うちの客僧に何をしておる」

背後から強く腕を摑まれると同時に、擦《す》り切れた墨染の衣が寛朝の視界を遮った。法城寺から続く道を、一散に走ってきたのだろう。その痩《や》せた肩は、荒い息に揉まれている。

驚いて名を呼ぶ寛朝にはお構いなしに、尋祚は目の前の将門を睨《にら》み上げた。

「この御仁は、わが法城寺の大事な客人じゃ。乱暴を致せば、ただでは済まぬぞ」

「か、寛朝さま。ご無事でございますか」

喘鳴《ぜんめい》交じりの声に振り返れば、啓雲が杖をつきつき、なだらかな坂を懸命にこちらへ向かってくる。死骸や怪我人の収容をしていた経明がはっとこちらを顧みるのが、視界の端

にひっかかった。

「なんじゃ、法城寺の坊主か。わしは何も御坊に狼藉を働いていたわけではないぞ。言いがかりも大概にいたせ」

なに、と眉を吊り上げる尋祚の腕に、寛朝は慌ててしがみついた。

「将門どのの仰る通りでございます。わたくしはこのお方と、ただ話をしていただけ。危ういことなぞ、何もございませぬ」

尋祚がこれ以上将門をなじれば、経明が力ずくで彼を黙らせようとするかもしれない。自分のせいで老僧たちが傷つく事態になってはならぬと、寛朝は必死に尋祚を押し留めた。

「それにわたしが将門どのとお会いするのは、今日が初めてではありません。この地に来る以前、武蔵国衙で共に夕餉《ゆうげ》を取りもした間柄でございます」

「それはまことでございますか」

尋祚がまだ疑わしげに二人を見比べたとき、ようやく追い付いてきた啓雲が寛朝の袖をひしと摑んだ。

「か、寛朝さま。お怪我はございませんか。さあ、寺に戻りましょうぞ」

枯木に似た腕で無理やり寛朝を引っ張ろうとする啓雲の顔は紙の如く白く、指はぶるぶると震えている。寛朝は思わず、「お待ちください」とその場に足を踏ん張った。

「ご心配をおかけしたことは、幾重にもお詫び申し上げます。ですがもうしばし、将門どのと話をさせてください」

なにせ相手は、領内外を駆け廻り、日々戦いに明け暮れているもののふだ。今ここで別れてしまっては、またいつ巡り合えるか知れたものではない。そしてそれは同時に、あの戦場の音を聞く機会が、いつ巡ってくるか分からぬということでもあった。

しかし腕を振りほどこうとする寛朝に、啓雲は逃がさぬとばかり、力一杯しがみついた。

「いいえ。かようなところに、これ以上留まられてはなりませぬ。戦場は乱世の音、亡国《ぼうこく》の声の満ちる忌まわしき場。寛朝さまの如きお方がおられるべき地ではございませぬ」

「なにを仰るのですか」

いつにない啓雲の取り乱しように、寛朝は眉をひそめた。だが啓雲は足をよろめかせながら、寛朝の腕をなおも引いた。

「寛朝さまはなんのために、はるばる坂東に来られましたのじゃ。梵唄の妙技を学び、都に持ち帰るためでございましょう。かような血塗られた場所の音を聞かれては、正しき楽や声が耳に入らなくなってしまいますぞ。ご存じでございましょう。喧怒呭叫《けんどしきょう》の声は天《てん》魔障碍《ましょうげ》の声、哀傷愁嘆《あいしょうしゅうたん》の声は亡国の声。ならば人間同士が諍い合う戦場は、まさに悪声の地ではございませぬか」

顔を真っ赤にしてまくし立てる啓雲に、寛朝は目を見張った。

京洛《きょうらく》の諸寺には、梵唄にまつわる口訣《くけつ》が幾つも伝承されている。その中で、哀調を帯びた哀傷愁嘆の声は「亡国の声」、調子はずれの不合の声は「人法不和《にんぽうふわ》の声」、病気の赤子の如く細々弱々たる声は「短命病患《たんみょうびょうかん》の声」、絶叫に似た喧怒咄叫の声は「天魔障碍の声」と呼ばれ、これらを総称した四種の悪声は梵唄僧がもっとも忌むべきものと称されていた。

この世の万物が、梵唄の基幹を成す宮《きゅう》・商《しょう》・角《かく》・徴《ち》・羽《う》の五音《ごいん》で表されるとの理念に従えば、宮音は君主の音であり、商音は臣下の音、角音は民の音、徴音は事の音、羽音は物の音。そして一説に、「亡国の声」は商音によって奏でられる平調《ひょうじょう》秋季の音と言われ、天下百姓《ひゃくせい》が苦しむ兵乱の際に流行すると定義されていた。

「寛朝さまは心慶より至誠の声を学ぶべく、この地に来られた貴い御身。ならば忌むべき声の満ちる悪所に、身を置かれてはなりません」

「さようなことはございませぬ、啓雲さま」

確かに、ゆえなき兵乱は忌むべきものであろう。さりながら将門の戦いは、ただ覇者同士が憎しみ合い、無辜《むこ》の人々を苦しめる大義なき戦いではない。彼は血統や官位が何の意味もなさぬ坂東の地を生き抜くために、日々、血を流し、傷を負い続けている。そんな家族や郎党を守るための戦の中から湧き上がる音が、民を苦しめる亡国の声であるものか。

なるほど、この日本を統《す》べる律令に照らせば、国衙の支配に服さず、一族と骨肉の争いを繰り広げる将門は、傍若無人な不逞《ふてい》の輩でしかない。しかし彼は決して、他者を傷つけ、苦しめるために放埒な生き様をしているわけではない。その血なまぐさいまでの奔放さは、すべてこの荒ぶる地を生きんがためなのだ。

寛朝は空いた片腕で、啓雲の肩を押しやった。骨と皮ばかりに痩せた彼が転ばぬよう案じながらも、その身をどうにかもぎ放そうとした。

「啓雲さま、お放しください」

「いいえ、放しませぬ。寛朝さまに万一のことが起きましたら、拙僧は庫裏の梁《はり》で皺首《しわくび》くくり、京の方々にお詫び申し上げねばなりませぬ」

揉み合う二人を、将門は困ったような顔で眺めていた。だが不意に後ろ腰に突っ込んでいた笞を引き抜き、素早く馬首を転じた。

そのまま経明に駆け寄り、二言、三言、なにか言葉を交わす。寛朝たちをちらりと一瞥し、馬の尻に激しく笞をくれた。

灰色の雲を切り裂いて馬が嘶き、けたたましい蹄音とともに、将門がまっすぐこちらに駆けてくる。尋祚が「危ないッ」と大声を上げるのと、あおりを食らった寛朝と啓雲が転倒するのはほぼ同時。巻き上がった土煙が顔に吹き付け、寛朝は地面に両手両足をつき、げほげほと激しく咳き込んだ。

「なにをするのじゃ。この外道《げどう》めがッ」

道脇の藪に転がり込んだ尋祚が、拳を握って怒鳴る。だがそのときには、将門の姿はすでに寛朝たちから四、五町（約四四〇～五五〇メートル）も遠ざかり、そのままあっという間に米粒ほどに小さくなった。

あまりに激しく咳き込んだせいで、双眸にうっすら涙がこみ上げてくる。それを拳《こぶし》で拭い、寛朝は視界の果ての武具の輝きに目を凝らした。もうもうと立ち上る土煙が、見る見るその光輝を覆い隠し、やがてまっすぐに延びた道の果てに巻き起こる埃《ほこり》だけが、将門の在《あ》り処《か》を告げる便《よすが》と変わる。

その刹那《せつな》、寛朝の脳裏になぜか、おぬしは寺に入るのだと父から告げられた、十一歳の春の日の光景が浮かんだ。

――おぬしは明後日、この家を出る。お祖父《じい》さまが開かれた仁和寺で遁世《とんせい》するのだ。まるで赤の他人に告げるかのような冷たい父の声と、御簾《みす》の向こうにうずくまった母の波打つ背。普段、笑顔はおろか、優しい言葉の一つもかけてくれぬ父から珍しく自室に呼ばれて弾んだ胸が、見る見る冷えていったことまでが、ありありと思い出された。

そうか、と寛朝は呟いた。

なぜ己がこれほどに将門と彼の放つ戦場の音に心惹かれるのか、ようやく知れた。実の父から疎まれ、幼くして洛外の仁和寺に追いやられた我が身は、いわば皇統でありながらその埒外に捨てられた鬼子。そんな境遇に唯々諾々《いいだくだく》と従い続けてきた自分が、我と我が手で己の道を切り開く将門に憧れを抱かぬはずがあろうか。

寛朝には分かる。将門はどれだけここで言葉を尽くしても、猿島の暴れ馬と呼ばれる自分の言葉に啓雲たちは耳を傾けまいと考え、無言で立ち去ったのだ。

　その慣れ切った諦念までが、父の得意とする管絃に背を向け、梵唄の道へと踏み入った自らに重なる。寛朝は粘りつく土を、ぎりぎりと両手で摑んだ。将門どの、という呻《うめ》きがおのずと唇をついた。

　あの男は自らの戦の雄々しさを――そこで奏でられる音の凄まじさを知るまい。だが、自分ならば分かる。そしておそらくは坂東でたった一人、自分だけが、あの音を坂東の「至誠の声」と理解しているはずだ。

「大丈夫でございますか、寛朝さま」

「あのならず者がなにか、非礼を働いてはおりますまいか」

　啓雲たちの代わる代わるの問いかけには答えぬまま、寛朝は街道の果てに目を凝らした。馬具か、それとも腰に佩《お》びた太刀か。はるか彼方でまたきらりと澄明な光が弾け、瞬きをする間に冬枯れの野面の向こうに吸い込まれて消えた。

　わずかに温《ぬく》みを帯びた早春の陽が、常陸国衙の庁庭を明るく照らしている。文蔵から取り出した巻子《かんす》を運びながら、千歳は正午を告げる国分寺の鐘の音に顔を上げた。

　いったい誰が撞木《しゅもく》の綱を握っているのか。その響きはひび割れ、およそかつて寛朝が撞いていた鐘と同じとは思い難い。せめて自分に任せてもらえれば、もう少しはまともな音が出るだろうに。

「おい、どうした。ぐずぐずするな」

歩みを止めた千歳に、常陸少掾《しょうじょう》の藤原玄茂《はるもち》が声を荒らげる。蔵の鍵を鳴らし、いらいらと舌打ちする彼に「申し訳ございません」と頭を下げ、千歳は巻子を捧げ持ったまま足を速めた。

三月あまり前、庫裏に籠《こも》った千歳が空腹に耐えかねてそこから這い出したとき、寛朝は啓雲とともに結城の法城寺に発った後であった。

寛朝のその挙動から、心慶からの忌避と傀儡女に有明が与えられた事実に落胆したのは、己一人ではなかったと悟り、千歳は奇妙な安堵を覚えた。なにせ当今の従兄である寛朝と、一介の従僕に過ぎぬ自分の立場は、天翔《あまか》ける鳥と地を這う虫ほどにも異なる。そんな仮の主従であっても、こと楽を前にした時には同じ求道者《ぐどうしゃ》に過ぎぬと気付き、今更ながら寛朝に奇妙な親しみを抱きもした。

かつて、主《あるじ》の長子である寛朝が東国に豊原是緒を探しに赴くと知ったとき、千歳の胸に真っ先にこみ上げたのは激しい羨望《せんぼう》だった。

敦実親王とその弟子の稽古の垣間見《かいまみ》こそ許されても、千歳は所詮、ただの下人に過ぎない。だがそんな自分とは異なり、寛朝は坂東に師と仰ぐべき人物がいると知るや、彼を求めてすぐに旅立つことが出来る。

しかしそもそも音楽とは、木々を渡る風の音、空を行く鳥の囀《さえず》りを起源とし、万人の心を楽しませるために在る。ならばそれを学び、奏することに身分の隔《へだ》てが存在する事実が、ひどくやりきれなかった。

しかも現在でこそ梵唄に専念しているものの、寛朝はかつて種々の楽器をひと通り学びもしたと聞く。それだけに、もし名器・有明が彼に譲られでもしたら、という焦燥に駆られ、千歳は叱責を覚悟で寛朝の供を願い出た。それがあっさり許されたのは正直意外だったが、要は息子が本当にあの豊原是緒の教えを受けられるか、敦実親王もそれなりに興味があるのだろう。その点では、千歳を敦実の密偵と睨んだ寛朝の目も、あながち間違いではなかった。

心慶は寛朝が下総に去った後も、相変わらず暇さえあれば香取の海に出かけ、以前と変わらぬ日々を送っている。これ以上、国分寺に留まり、それを目にするのはあまりに辛いが、さりとて有明を諦める気には到底なれない。このためひと月前、役僧に願い出て常陸国衙の下働きに推挙してもらいながらも、事あるごとに千歳の脳裏をよぎるのはあの麗《うるわ》しい名器の姿であった。

撥面《ばちめん》に光る螺鈿の満月と、覆手《ふくじゅ》を飛び交う二羽の雁。華やかな外見とは裏腹な寂びた音が、深い夜のただなかに溶け入るように消えていったことまで、まるで昨日のように鮮明に思い出せる。

　これまで千歳は敦実親王の屋敷で、名器駄器さまざまな琵琶を聞いてきた。それらに比べると有明の音色は腹の底に届くほど太く、また寂しい。その際立った音が今このときも盲目の傀儡女の撥から放たれているかと思うと、こめかみが痛むほどの怒りに駆り立てられるが、一方でもともと千歳の興味は、心慶ではなく有明の上にのみある。それだけにあの名器を手に入れる手立てを思い巡らすことで荒れ狂う胸をかろうじてなだめ、千歳は慣れぬ官衙勤めを続けていた。

「巻子を運び終えたら、ついでに文蔵の掃除もしておけ。埃一つ、見逃すのではないぞ」

　背後では藤原玄茂が、まだ嚙みつくような声を上げている。その不機嫌ぶりに閉口しながら、千歳は国衙の正殿の前を足早に横切った。足元に伸びた影だけをひたすら見つめ、数人の下官が机を並べる脇殿へ駆け込んだ。

　田の植え付けの季節を前に、国内の公民に貸し付ける公出挙《くすいこ》の支度や、今年の正税の計算で忙しいのだろう。算木《さんぎ》を置き、目の前に広げた巻子を睨む官人たちの表情には、いずれも疲労の色が濃い。

　そのうちの一人が千歳の姿を見るなり、「おい」と思わせぶりに手招きをした。年は千歳とそう変わらぬ、人のよさそうな丸顔の男であった。

「さっき喚《わめ》いていらしたのは、少掾さまだろう。大変だなあ、おぬしも」

　何故労《ねぎら》われたのかがとっさに理解できず、千歳は目をしばたたいた。そんな二人を見

比べた他の下官が、

「おいおい。そいつはつい先月、国庁に来たばかりの新参者だ。どうして少掾さまがいらいらしていらっしゃるかは、知らんだろうよ」

と、書き物の手を止めて苦笑した。

「なんだ、そうなのか。そりゃあ、わけも分からず叱り飛ばされて、ますます気の毒なことだ」

丸顔の官人は太い眉を器用に上げ下げしながら、千歳にぐいと顔を寄せた。

「実はな。一昨日、少掾さまの兄者でいらっしゃる藤原玄明《はるあき》さまが、常陸国衙から派遣された収納使を、力ずくで追い返されたんだ。それで玄茂さまは国司《こくし》さまより、兄君をどうにかしろとこっぴどく怒られなすって、ああもお腹立ちというわけさ」

「藤原玄明さまってのは、那珂《なか》郡界隈《かいわい》を長年、支配しておられる郡司《ぐんじ》さまでな。何百町という広さの田畑を近隣の奴らに耕させ、深い壕《ほり》を巡らした館を築いておられる富貴の御仁だ。それだけに国衙のご下命なんぞ、これまでずっと知らんぷりで通って来られたのさ」

先ほどの官人が筆の尻で机の算木を数えながら、またも同輩の言葉を補った。

「とはいえ、これまでの国司さまがたは悶着を嫌い、玄明さまを強くお咎《とが》めにはなられなんだ。幾ら、国衙をないがしろにすると言っても、郡司さまほどのお方を力ずくで抑え込むのは大変だし、何より弟君の玄茂さまが国庁に出仕していらっしゃることにも、配慮されたんだろうよ」

しかし昨年、常陸国司として着任したばかりの藤原維幾《これちか》は、いまだ坂東に慣れず、郡司や土着官人との癒着を嫌う潔癖な人物。国衙の役人の諫止《かんし》を振り切って、玄明の元に収納使を遣わしたのも、任国たる常陸を律令の力でまとめねばという強い意志の表れに違いなかった。

とはいうものの、もう十数年に亘って国衙の支配を拒んできた玄明が、そう易々《やすやす》と言うことを聞く道理がない。使者に矢を射かけ、犬をけしかけ、怪我こそ負わせなかったものの散々に脅しつけて領内から叩き出してしまったのであった。

「けどまあ、今回は国司さまがお悪いさ。帝のご威光が間近な畿内ならともかく、ここは坂東だ。強盗や僦馬の党があちらこちらを荒らしている上、下総との国境付近じゃ、平一族がせっかく耕した田畑を踏みにじって、戦を続けているんだ。そんな最中に玄明さまだけを取り締まろうとされたって、そりゃああちらも納得なさるまい」

坂東に生まれ育った国庁の下官の間では、万事、都風を尊ぶ新国司はあまり評判がよくない。玄茂に八つ当たりされた千歳を気の毒がりつつも、その口ぶりには元凶となった維幾を責める色が濃厚だった。

「いいや、分からんぞ。先だって、平一族が真壁郡で戦を始めた折は、維幾さまはすぐに鎮圧の兵をお遣わしになったじゃないか。もしかしたら、あのお方は本気で国内の郡司や富豪の衆を取り締まろうと考えておられるのかもしれん」

丸顔の官人が机から身を乗り出し、同輩を眺め渡す。その途端、下官たちは「ああ、このたびの国司さまならそれは有り得るよなあ」と溜め息をついて、お互い顔を見合わせた。

「そうなると、どうなる。ほうぼうの郡司がたとて、おとなしく従いはなさるまい」

「やれやれ、大きな戦になるかもなあ。畜生、これだから真面目なお方ってのは、厄介なんだよ。先代、先々代の国司さま同様、国府以外の地の話には目をつぶり、そこそこにお役目をこなして京に帰ってくだされぱいいものを」

仕事を横に置いてしゃべり出した官人たちを尻目に、千歳は手にしていた巻子をそっと棚に置いて、脇殿を出た。

そもそも千歳がこの常陸国衙を勤め先として選んだのは、如意の馴染みである大掾・平貞盛の縁で有明に近付けぬかと思えばこそ。しかし貞盛が傀儡女船に出かける折、供を願い出ようと企《たくら》んでも、肝心の貞盛は日々務めが忙しいのか、ほとんど国衙に泊まり込みっぱなしだ。有明の物代《ものしろ》にと銭を持参しているため、身銭を切って傀儡女を買う手もないではないが、都までの帰路を思うと安易に蓄えを削るのも恐ろしい。

坂東に来てから、すでに半年余り。京ではもう何十年も起きていない戦が、この地ではさして珍しくないことは、千歳も理解している。

もし本当に藤原維幾が玄明の反発に懲りず、なおも国内の土着官人や郡司を抑え込みにかかれば、それに怒った者たちが兵を起こし、国府を取り囲む恐れすらある。そんな騒ぎに巻き込まれて腕に怪我でも負えば、有明によって立身しようという野望は水の泡だ。

　こんなことであれば貞盛などあてにせず、最初から傀儡女船の下働きの口を探すべきだったのだろうか。いや、慣れぬ土地での無理はかえって危険。少なくとも国衙にいれば、国内の情勢は自ずと耳に入る。本当に戦が始まるまでは、ここに留まるべきだ。

　己にそう言い聞かせ、千歳は先ほどの文蔵に引き返した。蔵の戸や窓を開け放ち、言われた通り掃除を始めたとき、またしても少掾の藤原玄茂がその前を通りかかり、「おい、お前。何をしている」と険のある声を投げてきた。

「はい。先ほど少掾さまが仰せられた通り、掃除をしようと存じます」

　白いものがちらほら交じった髪から推すに、年はすでに四十手前であろう。ただ、いささか軽薄な挙措と凹凸《おうとつ》の乏しい顔立ちは、その年齢を五つ六つ、若く見せていた。

　掃除だと、と繰り返してから、自分が腹立ちまぎれに何を口走ったか思い出したのだろう。玄茂はちっと舌打ちをした。しかしすぐに何かに思い至ったのか、

「そんなことはもう、どうでもいい。それよりもお前は確か、つい一月ほど前に、使部《つかいべ》として雇い入れられた男だったな」

　と、腹立ちを飲み込んだ面持ちで尋ねてきた。

「はい。さようでございます」

「生まれはどこだ。ここに来る前は何をしていた」

「生地は近江《おうみ》国滋賀《しが》郡錦織郷《にしこりごう》でございます。昨年、常陸国にお越しになられた仁和寺僧・寛朝さまのお供をして、都から参りました」

「なんだと。あの寛朝さまの」

玄茂は細い目を見開いた。

「されど寛朝さまの従僕どもは、昨秋、運脚の衆と共に都に戻ったのではないか」

「ええ、お言葉通りです。ですがわたしは寛朝さまのお側《そば》になおもお仕えすべく、同輩と別れて常陸国分寺に留まりまして。その後、寛朝さまがお一人で下総国に発たれたため、わたしだけがこうしてこちらに雇い入れていただいたのです」

ふうむ、と呟いて、玄茂は千歳の顔をじろじろと眺めた。やおら四囲をうかがい、辺りに人影がないことを確かめると、大股に文蔵に入り込んで、後ろ手で戸を閉ざした。

「さればおぬし、坂東に係累はおらぬわけか」

突然の問いに眉を寄せた千歳を安心させるように、玄茂はいやいやと片手を上げた。

「実はな。おぬしをそれと見込んで、頼みがあるのだ。一つ、言付けを頼まれてはくれまいか」

その声からは先ほどまでの強圧的なものが消え、どこかおもねる気配すらにじんでいる。

玄茂の変貌に違和感を覚えながら、「言付けとは、いったいどちらにうかがえばよろしいのです」と千歳は応じた。

「なあに、そんなに遠くではない。ここから官道を一日ほど北に行った那珂郡にいる、わしの兄の元にだ」

那珂郡に暮らす玄茂の兄。それはとりもなおさず、先ほど下官たちが話題にしていた藤原玄明ではないか。

頬を強張らせた千歳に、玄茂は「いや、心配するな」と早口に畳みかけた。

「もしやおぬし、わが兄が国司さまが遣わした収納使を追い返したとの噂を聞いているのか。案ずるな。あの風評なら、真っ赤なでまかせだ。わが兄はちゃんと理非を説いて、収納使にお帰りいただいた。それを収納使の奴が国司さまから叱責されるのを恐れ、無理やり追い返されたと訴えただけだ」

自分は何とかして、兄と国司の関係を取り持ちたい。そのためにまずは兄と自分で協議をせねばならず、その日時と場所を兄に知らせてほしいのだ、と玄茂はひと息に説いた。

それが本当だとすれば、こんな蔵の中でひそひそと使いなぞ頼まず、おおっぴらに文を送ればいいだけの話である。しかもよりによって坂東に地縁血縁のない自分を使者に選ぶとは、なにか隠された意図があるのは明らかだ。我知らず早くなる息を、千歳は懸命に抑えた。

郡司や土着官人がそこここにはびこり、都から遣わされた国司がそれらに懸命必死に手綱をかけんとしている昨今の坂東の様は、暴れ馬を飼い主が四苦八苦して乗りこなそうとする姿に似ている。どうしようもない奔馬と諦め、解き放つか。それともなだめすかして餌を与え、苦心惨憺《さんたん》しながら手懐けるか。

藤原維幾は今、暴れ狂う悍馬《かんば》を笞打ち、力ずくで服従させんとしている。だとすれば、馬の側がそれに抗《あらが》い、手綱をかけんとする飼い主を背から振り落として命すら奪おうとするのは、至極当然だ。

「どうだ。引き受けてはくれまいか。むろん、それなりの礼はするぞ」

一介の使部に過ぎぬ千歳なぞ、玄茂たちにとっては虫けら同然。剣呑《けんのん》な謀《はかりごと》に関われば、いつどこで命を奪われるか知れたものではない。

だが早鐘を打ち出した胸とは裏腹に、千歳の頭の片隅は不思議なほどに醒めていた。これは千載一遇の好機だ、との思いが稲光のように光って消えた。

「――協議とは、いったいどこで行なわれるおつもりでございますか」

立ち入ったことを問う千歳に、玄茂は一瞬、身構えた。しかしすぐにごほんと咳払いをすると、聞く者が他におらぬにもかかわらず声を低め、「筑波山の麓《ふもと》だ」と答えた。

「わしが数日に亘って国衙を空ければ、皆から怪しまれる。されど筑波山であれば、ここから馬で半日足らず。遠駆けに出ていると申せば、それぐらいは留守をしても奇妙ではあるまい」

「なるほど、それはごもっとも。ですが玄茂さま、それよりもっと、兄上さまと落ち合われるのに適した場所があるではございませんか」

なに、と玄茂が身を乗り出す。千歳は己の顔が火照《ほて》り始めたことを自覚しながら、「香取の海でございます」とわざとゆっくりと続けた。

「あの海に暮らす傀儡女どもの元には、坂東じゅうから客人が押し寄せるとうかがいます。ならば国府におわす玄茂さまと兄上さまがともに香取の海に向かわれても、何ら訝《いぶか》しくはございますまい」

何せ、傀儡女は色と芸を売るのが生業。仮に国衙の官人に詰問されても、客のことを軽々しく洩らすわけがない。玄茂は人目を避け、山麓での密談を選んだのだろうが、そんな場所では万一、人に見咎《みとが》められた時に怪しまれる。それよりも女を買うふりをして香取沖の船中で兄と落ち合う方が安全では、と説く千歳に、玄茂はふうむとうなった。

「確かにそれももっともだ。それにしてもおぬし、都から来たばかりで香取の傀儡女を知っておるとは、なかなか隅に置けぬな」

からかう口調に、千歳は無理やり唇の両端を引き上げた。「そりゃあもう」とあえて素《す》っ頓狂《とんきょう》な声を上げた。

「わたしのような賤しい使部からすれば、美女揃いと評判の傀儡女は、まさにあこがれの女子たち。大掾の平貞盛さまは芸達者な傀儡女といい仲とうかがいましたが、まったくうらやましい限りでございます」

「ああ。どうやら、そうらしいな。とはいえ貞盛さまの女を選び、我らのことを告げ口されてはかなわん。おい、お前。そこまで傀儡女に詳しいのなら、いい女の一人や二人の名ぐらい聞いているだろう」

千歳は考えるふりを装って、両の腕を組んだ。

「そうでございますねえ。噂ではあこやという女が、歌がうまく、芸達者らしゅうございますよ。盲目ながらも客あしらいがうまく、目鼻立ちもそこそこ整っているとか」

「なに、目が見えぬだと。それはいい。よし、兄者と待ち合わせるのはその女子の船にしよう。よい話を聞かせてくれた礼だ。当日はおぬしも、傀儡女船まで供をしろよ」

狙い以上の成り行きに、千歳は胸の中で快哉を叫んだ。

寛朝や敦実親王のように身分が高すぎる男は、人から傅《かしず》かれることに慣れきっているために、かえって人のおだてに乗りづらく、気難しい。それに対して、出自は少々いい一方で、官衙や国衙といった勤め先で上役から頭を押さえられている中途半端な人間ほど、他人の褒詞《ほうし》にたやすく酔い、扱いやすいものだ。

「なんと。それはありがとうございます」

と、大仰に喜んでみせ、千歳はぺこぺこと頭を下げた。

「かようなお心遣いを賜るとは、望外の幸せ。これからも何か御用がありましたら、ぜひこの千歳にお申し付けください」

「おお。おぬしの如く心利いた者がいれば、わしも助かるわい。ではさっそくこれより、那珂郡に発ってくれ。おぬしが留守をするについては、下官どもにうまく話しておくから心配するな」

　あまりにうますぎる話の運びに、千歳は微かな危惧を抱いた。もしかしたら玄茂は自分をおだててこき使った後は、夜陰に紛れ、口封じに傀儡女船から突き落とす腹かもしれない。とはいえ夜目の疎さは、千歳も玄茂も同じ。それに今はとにかく、誰からも怪しまれず傀儡女船に乗り込むのが第一だ。

「兄上には、今から四日後の夜、そのあこやなる傀儡女の船で会おうと伝えてくれ。それ、これはわしの名代たる証の品だ。それを見せれば、兄上の館の者どもも、おぬしが怪しい者ではないとすぐ分かるだろう。途中で盗賊どもに盗られるではないぞ」

　言いながら玄茂は帯に吊るしていた腰刀を外し、千歳の手に押し付けた。

　ずいぶん古い品なのか、簡素な藤巻の鞘《さや》はつやつやと飴色に光っている。決して金のかかった拵えではないが、手にしっくりと馴染む重さが、刀の出来のよさを物語っていた。

「かしこまりました。では、明後日の夜までには戻ります」

　玄茂と共に蔵から出るや、千歳は身支度を整え、すぐさま国衙を飛び出した。大路をまっすぐ東に向かい、もっとも家々が建て込んだ国府の真ん中で道を北に折れる。

国分寺の伽藍を左に望みながら官道を急ぐ千歳の足は、今はまだ手の届かぬ海上にある有明を追うかの如く、おのずと小走りになっていた。

日暮れまでただひたすら道を急ぎ、たまたま見つけた廃寺の軒下で夜明けを待つ。まだ暗いうちに起き出してなるべく郡衙から遠い道を選び、那珂郡に入ったのは翌日の昼前であった。

ほうぼうの農民に尋ねてたどり着いた玄明の私宅は、四囲に長い築地が巡らされ、更にその周囲に一面の田畑が広がっている。板葺の門の左右を固める胴丸姿の男たちが、一町（約一一〇メートル）も彼方からこちらを睨んでいるのに気付き、千歳は懐に収めていた腰刀を頭上に掲げた。

「怪しい者ではありません。藤原玄茂さまのお使いでございます。どうぞ玄明さまにお取り次ぎください」

収納使の訪れ以降、警戒を強めているのだろう。見張りのうちの一人が、すぐに門内に姿を消す。残る一人が小走りに千歳に近付くや、腰刀をひったくって、千歳の顔とじろじろと見比べた。

「よし、入れ」

背を小突かれて邸内に踏み入れば、塀の内側には十棟ほどの倉がずらりと建ち並んでいる。その向こうに見える豪奢《ごうしゃ》な殿舎は、主の居所であろう。芳《かんば》しい木の香を漂わせているのは作物所、かんかんと金物の音を響かせているのは鋳物師所《いもじどころ》か。

目立って軒《のき》の低い一棟では、数人の老婆が糸を紡ぎ、その前の井戸で女たちが染め上げた布をざぶざぶと洗っている。強い染料の匂いが、千歳の鼻をくすぐった。

京の敦実親王の屋敷はこの館より更に広かったが、邸内には主一家の住居と従僕の住処、それに厩《うまや》程度しか建てられていなかった。それは金属器にしろ、木工品にしろ、足りぬ品はすべて市で購えば済むゆえであったが、何分、ここは坂東だ。市もなく、各地からあらゆる物資が集まるわけでもないこの地では、富豪たちはみなこうして屋敷に作業場を作り、衣服や木工品、武器など領内で用いる道具を拵えるのだろう。千歳は驚きを顔に出さぬよう努めながら、見張りに従って更に館の奥へと踏み入った。

荒い息が聞こえて頭を巡らせば、まだ鞍を置かれたままの栗毛の馬が、馬丁に轡《くつわ》を取られてかたわらを過ぎてゆく。遠方から駆けてきたばかりと見え、逞しい馬身からはしきりに湯気が立ち上っていた。

案内の門番はそれには目もくれぬまま、千歳を檜皮葺《ひわだぶき》の大殿のかたわらへと導いた。その簀子《すのこ》にはでっぷりと肥えた男が胡坐《あぐら》をかき、庭先に控えた水干《すいかん》姿の小男となにやら話し込んでいる。

簀子の男が千歳の姿を見るや、「おお、弟の使いとは、おぬしか」と、妙に親しげに手招きをした。体つきはまるで異なるが、これが玄明とやらに違いない。それを証するかのように、いささか軽薄な物言いは弟の玄茂と妙に似通っていた。

「さようでございます。国府より、弟君のお言付けを持参いたしました」

「それはご苦労。玄茂は息災か」

はい、と千歳がうなずいた時、「では、玄明さま。おいらはこれで」と水干姿の男が立ち上がり、慇懃《いんぎん》に小腰を屈《かが》めた。よほど長い間同じものを着ているのか、菊綴《きくとじ》や付けものはうす汚れ、生地もよれよれになっている。

「いやいや、待て。ものはついでだ。おぬしも我々に手を貸さんか」

「へえ。そりゃおいらたちは、銭になる仕事なら、なんでも致しますけどね。しかし、今度はいったい何をなさるおつもりで」

首をひねりながら千歳のすぐ隣に再度ひざまずいた男に、千歳は咄嗟に腰を浮かしそうになった。

先ほどまでは背中しか見えなかったが、あばただらけのその面には覚えがある。いつぞや武蔵国衙で顔を合わせた、真敷《ましき》の異羽丸であった。

「なあに。弟と示し合わせ、小うるさい国司さまに灸を据えようとしているだけだ。たとえば皆で力を合わせ、国府の倉を襲うのはどうだ。その代わり、倉の財物はおぬしらがそっくり持っていってもよいぞ」

「そりゃあ、面白れえ。今度の国司さまには、おいらたちも少々困らされていますからねえ。一泡吹かせようってお考えなら、配下の野郎どもも喜んでお手伝いしますぜ」

楽しげに両手を打ちながら、異羽丸が鋭い一瞥を千歳に走らせる。その眼差しに、異羽丸もまたこちらを覚えていると察し、千歳は身を強張らせた。

しかし異羽丸はそんな千歳には知らん顔で簀子を仰ぎ、「で、いったいそれをいつ頃なさるおつもりですかい」と、ぼりぼりと首筋を掻《か》いた。

「まあ、待て。幾ら国司さまの鼻を明かすためとはいえ、我々の関与が明らかになれば、すぐさま国軍がこの地に攻めて来よう。わしとて領内の者たちや、妻子を守らねばならん。まずは慎重に用意をせねばな」

薄々分かってはいたが、やはり玄明は藤原維幾と平穏に関わるつもりなぞさらさらないらしい。玄茂もそれを承知の上で、兄と今後のことを協議しようと考えたのだろう。

ごほんと咳ばらいをすると、千歳は「つきましては」と簀子に向かって、ひと膝、にじり寄った。

「玄茂さまは三日後の夜、香取の傀儡女船で兄上さまとお目にかかりたいとの仰せです。今後についても、そちらで話しあえれば、と」

「なに、香取の海でだと。弟め、考えたな。あそこでなら、我々が共に酒を呑んだとて、人目につかん。それで、どの傀儡女の船かまで、弟は決めておるのか」

千歳は躊躇した。かつて武蔵で顔を合わせたとき、異羽丸とあこやは旧知の仲と見えたからだ。

だが幾ら異羽丸が切れ者でも、自分があこやの琵琶を欲していることまでは知らぬはずだ。ならばむやみに怯《おび》える必要はあるまい、と千歳は己に言い聞かせた。

「はい、あこやと申す女子の船で、と伺いました」

異羽丸の眉が、ぴくりと跳ねる。しかし玄明はそれに気付かぬ様子で「あこや。あこや、だな」と口の中で繰り返した。

「よし、分かった。必ず向かうと弟に伝えよ。――おい、異羽丸。香取の海は、おぬしらのねぐらの目の前だろう。その折はおぬしも共に来い」

「はあ、よろしいんですかい」

「かまうものか。おぬしら一党が、わが領内で取れた米の運搬を担っているのは、弟とて承知だ。鍛冶所で用いる鉄、染殿の染料の類も、すべておぬしらの働きがあればこそ、手に入る。その上、国司さまに一泡吹かせる手伝いまでしてくれるとなれば、何の遠慮があるものか」

玄明とて肝心の米が売りさばけなければ、懐を肥やせはしない。それだけに坂東を自在に駆け回って物資を運ぶ僦馬の党は、玄明たち富豪の輩には欠かせぬ存在なのだろう。既存の法に従わぬ彼らは、互いにこうして手を携え、この混沌たる坂東を生き抜いているわけだ。

「では、わたしはこれで失礼いたします」

下手に長居をして、異羽丸に何か勘付かれても厄介だ。玄明に低頭し、千歳は館を飛び出した。ひたすら足を励まして官道を駆け、何とか日没までに常陸国府へと帰り着いた。

すでに国衙は業務を終え、日中、役人が忙しく行き交う庁庭に人気《ひとけ》はない。藤原玄茂は今ごろ国府内の自邸で、千歳の帰りをやきもきしながら待っているだろう。だが、彼への帰還の報告は明日でいい。それよりも国衙に人が少ない今だからこそ、なさねばならぬことがある。

国衙の中央に脇殿を従えてそびえる檜皮葺の殿舎は、国司の執務所である正殿。その裏手は築地塀で区切られ、質素な上土門《あげつちもん》の奥に国司・藤原維幾の暮らす守館が建っている。千歳は手早く身形《みなり》を整え、井戸端で手足を洗い清めると、何食わぬ顔で正殿を回り込んだ。

門の脇に立っていた見張りの国兵が、はっと手鉾を構えて振り返る。しかしすぐに「なんだ、お前か」と相好を崩し、鉾の石突でとんと地面を突いた。

「お前は確か、先日雇われた使部だったな。こんなところでどうした」

「すみません。ここを通らせていただけませんか。西の御門に行きたいのですが、あちらから回り込むと、遠回りになるもので」

千歳が決まり悪げに首をすくめてみせるのに、兵ははっと小さく笑った。

「なんだ。女子でも待たせているのか。しかたないなあ。通れ、通れ」

国衙の官人は、朱雀《すざく》大路に至る東門を用いるのが定めだが、国府外に出る場合には国衙の西門を通った方が早い。普段から、幾人もの官吏《かんり》の通行を黙認しているのだろう。兵士は何の疑念も抱かぬ態度で、門の側から半歩退いた。

「ただ、あちらの大殿には近付くなよ。先ほど見回った際、簀子で国司さまが酒を呑んでいらしたからな。おぬしの姿を見咎められ、誰が通したと怒られるのは真っ平ご免だ。まったく、今度の国司さまはいいお方だが、いささか頭が固くて困るわい」

「ご忠告、ありがとうございます。ご迷惑はおかけしません」

小走りに門をすり抜けると、千歳は辺りに誰もいないのを確かめ、塀のかたわらの植え込みにもぐり込んだ。折しも這い始めた宵闇《よいやみ》に紛れ、一棟だけ目立って大きな殿舎へと四つん這いで近付いた。

いささか茂りすぎた庭木越しに目をこらせば、直垂《ひたたれ》姿の男が一人、簀子に膳を置いて、黙々と盃《さかずき》を重ねている。寛朝に従って国衙を訪れた折、遠目に姿を見た常陸国司・藤原維幾であった。

肉の薄いその横顔は険しく、眉間にも深い皺が寄っている。それでいてすでに相当、酒を過ごしているらしく、盃を持つ手は前後左右にふらふらしていた。

「——国司さま」

千歳の小声の呼びかけに、維幾はびくっと身体を強張らせた。その拍子に更に盃が揺れ、溢れた酒が音を立てて簀子を叩いた。

「だ、誰だ」

　血走った目で四囲を見回す維幾の前に、千歳は小腰を屈めて走り出た。簀子の真下に両手をつき、「ご無礼、なにとぞお許しください」と早口で囁いた。

「わたしは寛朝さまのお供をして都より参った、千歳と申します。現在は国衙の使部として働かせていただいておりますが、是非お耳に入れたいことが出来《しゅったい》し、不躾《ぶしつけ》ながらお近くに罷《まか》り越しました」

　維幾の側も、千歳に見覚えがあったのだろう。わたしにだと、と不審そうに呟いただけで、国兵を呼ぶ素振りもなく、眉をますます寄せた。

「実は、那珂郡の藤原玄明さまが――」

　まさに今、その男について考えていたのか、維幾は「なに」と瞬時に双の目を吊り上げた。簀子に片手をつき、大きく身を乗り出した。

「あ奴がどうした。おぬし、何を知っておる」

「はい。弟君の常陸少掾・藤原玄茂さま、それに真敷の異羽丸なる僦馬の党と手を組み、国衙の倉を襲おうと企んでおいでです」

　何だとッと叫んで、維幾は盃を握りしめたまま、その場に立ち上がった。そのこめかみがひくひくと動くのを、千歳はまっすぐに見つめた。

「三日後、三人は香取の海上で密会し、襲撃の手筈を協議するとか。わたしは那珂への使いをせよと少掾さまに命じられたのですが、耳にした企みがあまりに恐ろしく、こうして身の程も弁えずご注進に上がった次第です」

「よく知らせてくれたな。千歳とやら」

維幾の手はますます震え、盃の中身は完全にこぼれている。だが維幾はそれを一顧だにせぬまま、顔を真っ赤にして千歳を見下ろした。

「いいえ、お役に立てれば幸いでございます。三人が落ち合う先は、あこやなる傀儡女の船。時刻は定まっておりませんが、おそらく夜半過ぎかと思われます」

これが並の使部であれば、維幾もその言葉を鵜呑みにしなかっただろう。しかしながら寛朝の従僕である千歳は、身分こそ低いがこの地に稀な都人。京を激しく恋い、坂東の奔放さに頭を抱えていた維幾は、その話を一も二もなく信じ込んだ様子であった。

「よし、分かった。後はわしが手を打とう。褒美は追って与えるが、ともあれ礼を言うぞ」

「そんな。褒美なぞ、滅相もございません」

殊勝な言葉とは裏腹に、抑えても抑え切れぬ笑みが口許にこみ上げる。千歳はそれを隠そうと、地面に額をこすりつけた。

これでいい。これで三日後の夜、香取の海上は大混乱となる。突如踏み込んできた国衙の兵に、盲目のあこやは必ずや右往左往するはずだ。

坂東の情勢など、千歳には毛ほどの興味もない。国司が玄明・玄茂兄弟に煮え湯を飲まされようが、異羽丸が国倉を襲撃しようが知るものか。自分はただ、有明さえ手に入ればいい。その目的を果たすためであれば、鬼にも羅刹《らせつ》にでもなってやる。

「誰か、誰かおらぬか。急ぎ、武官を召し集めよ」

従僕を呼ぶ維幾の声を聞きながら庭から退けば、澄みきった夜空には無数の星がきらめいている。その濁りのない輝きが、己の企みの完遂を証しているかに感じながら、千歳は両の腕を空に向かって突き上げた。

星が一つ、香取の海の方角に向かって流れ、長い尾を引いて夜の底に消えた。

翌朝、千歳は登庁してきた玄茂の前に何食わぬ顔で進み出ると、「先さまは、必ず行くと仰せでございました」と言葉少なに告げた。

「おお、そうか。それはご苦労。持たせてやった品は、そのままおぬしにやろう。遠慮なく取っておけ」

周囲の耳目を憚《はばか》ってか、玄茂もまたそっけなくうなずいただけでそそくさと脇殿に向かったが、その足取りは心なしか弾んでいるかに見える。

その背に軽く低頭し、千歳はそ知らぬ面で二日後を待った。香取の海上で有明をかすめ取ったなら、あとは一目散に都に戻るだけだ。下総に向かった寛朝のその後が少々気にかかりはするが、お互いの去就を案じるほどの君臣の交わりが、自分たちの間にあるわけでもない。それに寛朝ほどの貴種であれば、よほどの災厄に巻き込まれても、身辺の者が庇《かば》ってくれるはずだ。

翌々日は朝から深い霧が国府に立ち込め、春とは思えぬほど肌寒い日となった。ようやく若芽を吹き始めた庁庭の木々までが、心なしか寒さに葉を縮こまらせているかのようだ。香取の海から吹きつける潮臭い風が、びっしりと霧雫《きりしずく》をつけた梢《こずえ》を細かく揺すった。

「うう、寒い、寒い。まるで冬に戻ったようだ」

夕刻、首をすくめながら帰路につく下官たちに交じり、千歳はふらりと国衙を出た。暮れなずむ大路は一日の務めを終えた人々でにぎわい、そこここの路地から旨そうな煮炊きの匂いが漂ってくる。

今ごろ玄茂は自邸で身形を整え、夜の訪れを今か今かと待っていよう。維幾は国衙の兵を密かに集め、どうやって傀儡女船を囲むか、武官と入念な打ち合わせを重ねているはずだ。

なまじ夕刻の街区が賑やかなだけに、一歩、国府を出ると辺りの静けさが一層際立つ。志筑川の河原を経て高浜湊に着くと、千歳は人気のない船着き場に腰を下ろした。水面はすでに夕映えの色を失って暗く、はるか彼方にたなびく絹雲が更なる翳《かげ》をそこに添えている。桟橋に打ち寄せる波の音、遠くから響く水鳥の啼《な》き交わしが、岸の閑寂をいっそう際立たせていた。

宵闇が深まるのをしばし待ち、千歳は懐から用意の火打石を取り出した。火口《ほぐち》代わりの麻縄を足元に置き、二度、三度と両手で石を打ったそのときである。

「おぬし、そこで何をしておる」

急に視界が明るんだ。驚いて振り返れば、松明《たいまつ》を手にした僧形がぎょろりとした目を光らせている。

「し、心慶さま」

思いがけない人物の姿に、千歳は火打石を握りしめたまま跳ね立った。そうしながら頭の片隅で、しまったと舌打ちをした。

心慶が傀儡女船に行くのは、だいたい月に二、三度。よりにもよって、どうやらその夜にかち合ってしまったらしい。

心慶はいまだ、千歳がこの地に来た目的を知らない。しかし自分の存在をあこやや如意に告げられ、彼女たちに妙な警戒をされては面倒だとの懸念が咄嗟に胸をよぎった。

「おぬし、寛朝さまのお供をしておった男じゃな。かような時刻に湊におるとは、傀儡女に用でもあるのか」

逃げも隠れも出来ぬ以上、下手な言い訳はかえって命取りになる。さようでございます、とうなずき、千歳はその場に膝を揃えた。

「現在は寛朝さまからお暇をいただき、国衙の使部をしております。今夜は上役が傀儡女船にて遊ばれるため、そのお供を勤めるべく、沖に出ようとしていたところでございます」

上役じゃと、と呟き、心慶は松明を頭上に掲げた。慣れた手つきで、沖に向かって二度、それを振った。

「御名はご容赦ください。お忍びでのお出かけでございますれば」

心慶が「それもそうか」と首肯するのとほぼ同時に、沖合にぽつりと灯が点った。幅の狭い刳舟《くりぶね》が一艘、滑るように海上を進み、桟橋に静かに横づけされた。

棹を取っていた老人が、心慶と千歳を訝しげに見比べる。心慶はそれにはお構いなしにさっさと刳舟に移りながら、

「傀儡女船に向かうのなら、乗ってゆくか」

と、千歳に声をかけた。

「よろしいのですか」

「今から松明を作っては、上役の供に間に合うまい。その者はどの傀儡女を買ったのじゃ」

「はい。あこやどのでございます」

その途端、心慶が太い眉を跳ね上げる。さりながらすぐに何事もなかったように舟の胴に腰を下ろし、「なら、なおさらだ。乗れ」とうながした。

寛朝の供をしていた折はあれほど無視しておきながら、今このような親切を施すのは、それが傀儡女たちの稼ぎにつながると思えばこそだろうか。いずれにしても、渡りに船とはまさにこのことだ。内心、不審を抱きながらも、千歳は「ありがとうございます」と一礼した。

「では、お言葉に甘えさせていただきます」

千歳が舟に乗り込むのと同時に、船尾の老爺が棹でとんと桟橋をついた。

海はいつしか完全に明るさを失い、ただただ見渡す限り、漆黒の水が四囲を取り巻くばかりである。月の出まではまだ間があるのか、空には低い雲が垂れ込め、ひたひたと舷《げん》を洗う水音ばかりが千歳の耳をついた。

「――寛朝さまはその後、お達者なのか」

湊を出て、どれだけの時刻が経ったのだろう。前に坐る心慶が突然、振り返りもせぬまま、ぼそりと言った。

「さあ、わたしは存じません。何でも下総国結城の法城寺においでとうかがいましたが」

そう答えながら千歳は、目の前に壁のようにそびえる心慶の背を見つめた。あれほど避けていたはずの寛朝の去就を問われた事実が、あまりに不可解でならなかった。

「ああ、それは拙僧も聞いた。ただ結城では最近、平一族が親類同士で諍っておる。世慣れぬ寛朝さまが巻き込まれ、お怪我をなさらねばよいがな」

千歳の全身から、不意に力が抜けた。寛朝を忌避しているかに見せながら、結局は心慶とて、彼の体を流れる貴い血に気を遣っていたわけか。自分を舟に乗せたのも、寛朝の動向を知るためだったのに違いない。

怒りとも落胆ともつかぬものがこみ上げ、「確かにそれはお言葉通りでございますね」と、千歳はいささかなげやりに応じた。

「下総国では十数年前、任国に向かう国司さまご一行が盗賊に襲われ、主従ともに皆殺しになったこともあったとか。なるほど、寛朝さまにもお気をつけいただきたいものです」

腹立ち紛れにまくし立ててから、千歳は目をしばたたいた。こちらに背を向けて坐る心慶の身体が、夜目にもはっきりと強張ったからだ。

「――ああ。確かにそんなこともあったな」

寛朝と共に東国に下ると決めたとき、千歳が真っ先に案じたのは、坂東の治安の悪さだった。なにせ都から千里も離れた東国は、天皇の権威も及ばぬ未開の地。ことに下総へ下向中の新国司とその妻子・従僕計十余人が下野と下総の国境近くで野盗に殺された事件は、その後、五十人もの盗賊が摘発された後日談と相まって、今日でも坂東の野蛮を語る際に、必ず引き合いに出される逸話であった。

心慶とて、かつては都の楽人だった身である。国司一行惨殺の件なぞ、これまでも耳に胼胝《たこ》が出来るほど聞いていように。

（――いや、待て）

闇の中で、千歳はひい、ふう、み、と指を折った。

下総新国司が殺されたのは、確か今から十二年前の春。当時、豊原是緒と名乗っていた心慶が都を出奔する三月ほど前だ。つまり心慶は、一行の死が都に伝えられた直後、楽所の職を擲《なげう》って出奔し、諸国を放浪した末に常陸に居を定めたことになる。

殺された新国司は確か、多賀谷《たがや》のなにがしとか言った。前職まではっきり記憶していないが、大国である下総国司に任ぜられるほどだ。二官八省の官人だったことは間違いがなく、だとすれば当時楽人をしていた心慶と縁があったとて不思議ではない。

嫌なことを思い出させてしまったのか、と思いつつも、千歳は微かな香の匂いに誘われて顔を上げた。いつの間にか沖には見覚えのある巨大な組船が浮かんでいる。煌々《こうこう》と焚かれた篝火を映じた暗い海面は、まるでその裡《うち》に鬼火を宿しているかのようだ。

にぎやかな楽の音、船端でもつれあう男女の姿に、千歳は今の目的をはたと思い出した。そうだ、かつての国司の死なぞ、自分には関係ない。それより今は、有明を手に入れることだけを考えねば。

老爺は巧みに棹を操り、船団から離れて漂う二瓦《ふたつがわら》船に舟を近付けた。すでに客がいるのだろう。屋形《やかた》には灯が点り、微かな歌声が聞こえてくる。

――いかにせむ　せむや　愛《お》しの鴨鳥《かもとり》や

蔓草《つるくさ》を思わせる細い声があこやのものと気付くのと同時に、嫋々《じょうじょう》と琵琶がかき鳴らされた。

潔いまでに残響が乏しく、それでいて張りのある独特の音色を聞き間違えはしない。あれほど恋い焦がれた名器が今、ほんの目と鼻の先にある。千歳の身体がかっと熱を帯びた。

「おぬしの上役は、すでにお着きじゃな」

心慶がそう呟いたとき、船内でどっと笑い声が起き、あこやの歌と琵琶の音をかき消した。

きっとお調子者の玄茂が、歌に合わせて剽《ひょう》げた仕草でもしたのだろう。しかしあこやはそれに動じる風もなく、

――出でて行かば　親は歩《あり》くとさいなべど

と歌い、また琵琶を鳴らした。

「お送りいただき、ありがとうございます。おかげで助かりました」

あの有明の音を、これ以上、雑駁《ざっぱく》な宴で汚すわけにはいかない。千歳は心慶に礼を述べると、老爺が渡した板を伝い、大急ぎであこやの船に乗り移った。

心慶は琵琶の響きを確かめるかのように、虚空に目を泳がせた。「すぐに調子を見る必

要はなさそうじゃな」とひとりごち、老爺を目顔でうながした。

刳舟が滑るように静かに、二瓦船から離れてゆく。見る見る小さくなるそれを目の隅に捕えながら、千歳は屋形のかたわらにひざまずいた。

「遅くなり、申し訳ございません。ただいま着きましてございます」

その途端、屋形の中がしんと静まり返る。だがすぐに荒々しい足音が近付いてきたかと思うと、妻戸が内側から乱暴に開けられた。

相変わらずよれよれの水干に身を包んだ異羽丸が、ぎょろりとこちらを見下ろしている。その奥では玄明と玄茂があこやを挟んで並び、真っ赤な顔で盃を交わしていた。くっきりと化粧を施したあこやの髪が、灯火を映じて艶やかに光っていた。

「おお、お前か。先日ははるばる那珂までご苦労だったな」

玄明が大きな手で、千歳を差し招く。はっと声を上げて、千歳は屋形ににじり入った。

「まあ、まずは呑め。こみ入った話はそれからだ。——おい、女。歌え。次はもっと明るい歌にしろよ」

はい、と応じたあこやが、陽気な催馬楽《さいばら》を歌い出す。それをろくに聞きもせず、玄茂は千歳の手に盃を押しつけた。

しばらくは酒を食らって騒ぎ、それからあこやに席を外させて、国衙襲撃の手筈を打ち合わせるつもりか、玄茂たちの挙措にはどこかわざとらしい陽気さがある。

なみなみと注がれた盃を押しいただきながら、千歳は開け放たれた窓の向こうに広がる暗い海に目を投げた。

先ほど渡ってきた限り、藤原維幾の手勢と思しき船影は海上になかった。しかし彼らはもしかしたらすでに一帯を取り囲み、櫓《ろ》を上げ、灯りを吹き消して、この船に襲いかかる機を見澄ましているのかもしれない。

掌《てのひら》がじんわりと汗ばみ、摑んだ盃が滑る。慌てて酒を呑み干してそれを誤魔化《ごまか》し、千歳は四方に目を走らせた。

あこやは客たちの思惑などまったくそ知らぬ態度で、白い顔を軽く仰向けて、催馬楽を歌っている。

欲深な男たちの笑い声と、月の光の如く清《さや》かな琵琶の音。漆を流した如く真っ黒な海と、眩いほどに燭台の立てられた船内。美醜が混沌と溶け合った目の前の風景に、こめかみがどくどくと音を立てる。

この時、ぎい、という大きなきしみと共に、尻の下が大きく揺れた。何者かが、こちらの船に乱暴に船舷を着けたのだ。

すわ、と千歳は盃を床に叩きつけた。だが膝立ちになって外をうかがおうとするより早く、屋形の戸が手荒く開かれた。

「なんだい。男四人に女一人とは、ちょいと寂しすぎるんじゃないかい」

騒々しく喚きながら飛び込んできたのは、兵ではない。高々と結い上げた髪に、ぞろりと長い袖。花鳥の如く華やかな化粧を施した如意であった。

「なんだ、女。おぬしは呼んだ覚えがないぞ」

玄明がそっけなく手を振り、如意を追い返そうとする。しかし如意はそれにはお構いなしに屋形の真ん中に腰を下ろし、「ちぇっ。大の男が幾人も集まりながら、湿っぽいねえ」とけらけらと笑った。

「堅いことを言わないでおくれよ。どうせ呑むんだったら、お互い賑やかな方がいいだろう。あたいの分まで銭を払えとは、言わないからさ」

如意の形のいい耳は真っ赤に染まり、呂律もずいぶん怪しい。どうやらすでに相当、酒を呑んでいるようだ。

玄明と玄茂が苦々しげに顔を見合わせる。異羽丸が軽く舌打ちして立ち上がり、如意の前に膝をついた。

「如意。今日はおいらもこの方々と相談があるんだ。すまねえが、おめえは席を外してくれや」

「おや、見覚えがあると思ったら、異羽丸じゃないか。なんだい、お前まで。水臭いねえ」

幸い、如意の酔眼に自分の姿は映っていないらしい。千歳は口許に盃を近付けたふりで、懸命に顔を俯《うつむ》けた。

「だいたい異羽丸、あんた、ここのところ長らく、お見限りだったじゃないか。それが久々に香取に現れたかと思えば、よくもまあそんな口を叩くもんだ」

　言いざま、如意はひょいと手を伸ばし、異羽丸の鼻をひねった。

「痛《い》たた、何をしやがる」

「ちょっと、如意。わたしのお客さまよ。勝手はしないでちょうだい」

あこやが琵琶を抱いたまま、たまりかねたように制止の声を上げる。如意はそれにふんと鼻を鳴らし、「あこやもあこやだ。友達甲斐がないねえ」と吐き捨てた。

「あたしの恋しいお方は、もうすぐ都に行ってしまわれるんだよ。あんたも朋輩なら、少しは慰めてくれたっていいじゃないか」

「はいはい。それはこの間から、嫌ほど聞いているわ。けどどうせすぐ坂東に帰って来られるんでしょう。そんなに嘆かなくてもいいじゃない」

　如意の言動からして、それが常陸大掾・平貞盛を指すのは間違いないが、何故彼が京に向かうのだろう。とはいえここでそれを聞きほじっては、女たちに身元を気付かれかねない。そろそろ潮時と見て取ったのか、玄明が手の中の盃を干し、「おい、女」と二人のやりとりに割って入った。

「そんな女郎《めろう》に騒がれては、興ざめだ。そやつを他の船に移し、少し落ち着かせてこい」

「は、はい。申し訳ございません」

あわてて琵琶を置き、あこやが壁を探って立ち上がる。危なっかしい足取りで如意に近付き、「さあ、立って。自分の船に戻りましょう」とうながした。

「嫌だってば。あたいはこちらのお客人がたと呑むんだ」

ばたばたと両手を振り回す如意に、異羽丸がどんと床を突いて跳ね立った。暴れる身体を背後から抱えるや、足で板戸をこじ開ける。そのまま屋形の外へと、如意を引きずり出そうとした。

「なにをするんだい、こん畜生。誰があんたを男にしてやったと思ってるんだよ」

「うるせえ、静かにしやがれ」

苦々しげに吐き捨てた異羽丸の目が、ふっと外に向けられた。それと同時に蔀《しとみ》の向こうの海が目に痛いほどに明るみ、鈍い音とともに船が激しく揺れた。

先ほど如意が船をつけた時の比ではない。膳が宙を舞い、酒と肴が散乱する。戸口にいた異羽丸たちが吹っ飛び、千歳ともども屋形の壁に叩きつけられた。

真昼の如く明るく変じた海上に、うおおッと鬨《とき》の声がこだまする。いつの間にかあこやの船は三隻の船に取り囲まれ、物々しい武具に身を固めた兵が次々とこちらの船端に熊手を掛け始めていた。

「な、なんだ、これはッ」

もがきながら起き上がった玄茂が、狼狽しきった顔で叫ぶ。異羽丸はそんな彼を突き飛ばして立ち上がり、腰の大刀《だいとう》に手をかけながら屋形の外へ走り出た。

折しも舳《へさき》に乗り移ろうとしていた兵士に体当たりを食らわせ、海へ突き落とす。それと同時に逆手で抜き放った刀で、敵船の船枻《せがい》に立つ船子の首を掻き切った。

星の見えぬ夜空に、墨のようにどす黒い飛沫《しぶき》が噴き上がる。金臭い血の臭いが瞬きほどの間だけ、辺りに漂う潮の香をかき消した。

胸の中で快哉を叫びながら、千歳は低い呻きを上げる如意を押しのけて起き直った。壁に叩きつけられた際、どこかを打ったのだろう。ひと息ごとに胸が激しく痛むが、今はそんな些事に頓着《とんちゃく》している場合ではない。

あこやは何が起きたのかまだ理解できぬらしく、虚《うつ》ろな目を宙に据え、周囲の音に必死に耳を澄ませている。そのかたわらに落ちた有明が、千歳にはまるで光り輝いて映った。

「もう逃げられんぞッ。玄明、玄茂ッ」

右舷から響く叫びは、常陸国司・藤原維幾のものだ。玄明たちの顔が瞬時に引きつり、血走った眸《ひとみ》が退路を求めて左右に泳いだ。

「な、なぜだ。なぜ国司さまがここにいる」

玄茂は維幾の誇らしげな声から逃げるように、後じさった。こぼれた酒に足を取られ、その場に無様《ぶざま》に尻餅をついた。

「馬鹿者、そんなことは後回しだ。今はとにかく逃げるぞ」

舳では異羽丸が乗り移ろうとする兵を必死に蹴散らしているが、その一方で船縁《ふなべり》にはすでに左右の船から伸ばされた熊手が幾本もかかっている。このままではいずれこの船には敵兵が押し寄せ、全員が捕縛されてしまうに違いない。

「に、逃げると言っても、兄上、いったいどこに」

「うるさいッ。黙ってついて来いッ」

喚くが早いか、玄明は屋形の左の蔀を蹴破った。音を立てて枠ごと外れたそれを、左舷を固めた兵船に向かって投げつける。「行くぞ、弟ッ」と怒鳴りながら窓枠を乗り越え、そのまま敵船へと飛び移った。

「う――うわあッ」

男二人の重みに大きく兵船が揺れ、胴の間の男たちが悲鳴を上げる。玄明は浮足立った彼らを次々突き飛ばすと、そのまま躊躇することなく、反対側の船縁から真っ暗な海へ飛び込んだ。

「逃がすな、追えッ。追えッ」

武官の絶叫に、数人が鎧を脱ごうとする。だがその間も船は激しく揺れ、あおりを食らった兵士が喚叫と共に海に落ちる。

そこここで飛沫が上がり、更にまた船が振動する。今や一帯はどこに敵がいるのかすら分からぬ混乱の坩堝《るつぼ》と化していた。

「早く、兵を早く引き上げろッ。いやその前に、犯科人《ぼんかにん》どもを探せッ」

今だ、と己を叱咤し、千歳は汚れた板間に身を投げ出した。その物音に異変を感じたあこやが咄嗟に伸ばした手をはねのけ、有明の頸《くび》を引っ掴む。そのまま踵を返して、屋形を飛び出そうとした。

「ちょっと、あんた。なにをするんだいッ」

如意が大声とともに、千歳の水干の裾を引っ掴んだ。突然の騒動に酒の酔いが吹っ飛んだのか、形のよい目が獣のように炯々《けいけい》と光っていた。

「それはあこやの大事な琵琶だよ。どさくさまぎれに盗むなんて、どういう了見だい」

「は、放せッ」

しがみつく如意の胸先を、千歳は力任せに蹴飛ばした。しかし如意はひるむどころか、千歳の腰を両手で抱え込み、「あこや、ここだよ。ここにいる奴が、無明を盗もうとしているよッ」と喉も裂けよとばかり叫んだ。

あこやが見えぬ目を懸命に見開いて、千歳の前に立ちふさがる。どけッと喚いてそれを突き飛ばした刹那、ひゅんという音と共に、千歳の顔の脇で小さな風が渦を巻いた。

屋形の柱に矢が射立ち、激しい弓勢を物語るように矢羽が揺れる。舳の異羽丸に手を焼いた正面の船の兵が、こちらに矢を射かけ始めたのだ。

「あこや、危ないッ」
如意は千歳を突き放すと、立ちすくむあこやに飛びつき、その身体を引き倒した。それを好機とばかり、千歳は有明を胸にしっかりと抱き、屋形を走り出た。またしても耳元で風がうなり、矢が音を立てて舷を叩いた。

左舷の兵船はいまだ浮足立ち、武官が玄明たちの飛び込んだ方角の海面を指して、何やら怒鳴っている。海に落ちた兵士が突き出された熊手に争ってしがみつき、助けんとする仲間をかえって水中に引きずり込む。この混乱に乗じて身を晦《くら》ませば、誰も自分を追おうとはすまい。

千歳は船枻に足をかけた。有明をしっかり脇に抱え、二艘の間の海に飛び込もうとした、その時である。

ひときわ大きな風音が起こり、焼けるような痛みが千歳の肩を襲った。思わず悲鳴を上げた腕から有明が落ち、じゃらんと耳障りな音を立てて転がる。弾みで切れた絃が一本、弧を描いて宙に跳ね上がった。

全身が瘧《おこり》にでも罹《かか》ったかの如く熱くなり、そのくせ、肩先だけが凍《こご》えるほどに寒い。異羽丸を狙って放たれた鷲羽の矢が、千歳の肩に射立ったのだ。

その場にがくりと膝をつき、千歳は震える手を有明に差し伸ばした。だがほんの半間《はんげん》（約一メートル）しか離れていないにもかかわらず、その腕は自在に動かず、視界までが深い霧に遮られたかのように霞む。

「馬鹿野郎、しっかりしろッ」

怒声と共に、太い腕が脇に差し入れられた。降り注ぐ矢を刀で振り払って駆け戻って来た異羽丸が、千歳の身体を引き上げたのだ。

またも絃の鳴る音がしたのは、異羽丸の爪先がはずみで有明を蹴飛ばしたからだ。あ、と思う間もない。板の間をくるくると回りながら滑った琵琶が、反対の舷にぶつかって止まった。

「ええい、邪魔ばかりしよって。なんとしてでもあ奴だけでも捕えろッ」

維幾の怒号に、異羽丸は唇の端をにっと引き上げた。

「ふん、やれるものならやってみやがれ。真敷の異羽丸さまを侮《あなど》るんじゃねえや」

言うなり千歳を横抱きにし、船枻へと駆け上がる。夜空にこだまする雄叫びを上げるや、そのまま宙へと身を躍《おど》らせた。

視界がぐるりと反転し、水音とともに身体が海面に叩きつけられる。鼻から口からところかまわず押し入って来る水に抗いながら、千歳はぐわんと鳴る耳の底で有明の音色を聞いた気がした。

柳の葉の如く嫋々と震え、それでいて鋼《はがね》を思わせる鋭さを併せ持つあの音。一度は摑んだと思ったあの名器は、船上と水底に隔てられ、再び自分の手からすり抜けて行った。

もはや取り戻せぬ有明を求め、千歳は懸命に手足をもがかせた。足掻けば足掻くほど詰まる息が、暗い水中を帳《とばり》が降りたかの如く更に暗く染めた。

第三章　交友

湿っぽい秋の夜風が、開け放たれた板戸から吹き込んでくる。汗ばんだ顔を手巾で拭《ぬぐ》い、寛朝《かんちょう》はそこここに埃《ほこり》のわだかまる本堂の床に膝をついた。数珠《じゅず》を手にかけて合掌し、黒々とした影を壁に伸びあがらせた本尊を仰《あお》いだ。

法城寺《ほうじょうじ》の本尊は、今から二百年前、寺近くの河岸に流れ着いたと伝えられる大日如来《だいにちにょらい》坐像。あちこちに鑿跡《のみあと》の目立つ、いかにも鄙《ひな》の地に似合わしい素朴な面相の御像である。

また風が吹き、本尊の左右の灯明が大きく揺れる。それに合わせて大きく揺らぐ影を見つめ、寛朝は「——金剛薩埵《きんこうさった》、摂受故《せっしゅうこ》」と、まず高らかに歌い上げた。

梵唄《ぼんばい》を歌う際は、腹の底にぐいと力を込め、己の身体が巨大な袋の如く膨らんだ姿を思い浮かべる。それでいて手足はゆったりと寛《くつろ》ぎ、口はあえて小さく開けるのが口伝《くでん》である。

金剛界大日如来を讃歎《さんたん》する七言四句の「四智漢語讃《しちかんごさん》」は、張りのある高音で始まる第一句と、ぐいと音を低める第三句が特徴的な曲。本来であれば鈸《はち》を添えるのが決まりだが、老僧ばかりが細々と暮らす法城寺にはろくな仏具がない。しかし今の寛朝には、むしろ鈸や鐃《にょう》といった楽器類なぞ添えられておらぬ方が、かえって好ましかった。

「金剛言《きんこうげん》詞《し》歌詠故《かえいこ》――」

唇は細く、喉は広く開けて息を継ぐ。腹中を大きく膨らませ、見えぬ鼓《つづみ》を吐息で打つ心持ちで、徐々に声を太くする。

しかしその途端、小さく喉が震え、語尾が風に乗ったようにふわりと揺れた。

額に汗がにじむのを感じつつ、寛朝は数珠を握る手に力を込め、唇をつぐんだ。暗い本堂に満ちた己の声が、余韻を漂わせて消えてゆく。

傍《かたわ》らで聞く者がいたなら、なぜ突然梵唄を止めたのかと首をひねっただろう。だが余人はだませても、己の耳だけは欺けない。空咳を二度、三度と繰り返して喉を落ち着かせ、

「将門《まさかど》どのの……いや、坂東《ばんどう》の至誠《しせい》の声は、こんな安っぽいものではなかったはずだ」

と、寛朝は自らに言い聞かせるように呟いた。

衣川《きぬがわ》近くの野面《のづら》で平《たいらの》将門と別れて、すでに半年あまり。その間、寛朝は都に戻るつもりだったことなぞ忘れ果て、戦場で耳にしたあの音を梵唄に取り入れんと腐心していた。

しかしどれだけ発声を工夫し、喉から血を吐くほど激しく経典を誦《じゅ》しても、荒ぶるもののふの喊声《かんせい》、弓矢の高鳴り、地をどよもす蹄《ひづめ》の音には遠く及ばない。五音《ごいん》は万物の象徴に

して、五行《ごぎょう》五常五色の具現。ならば幼き頃より管絃を学び、梵唄に邁進《まいしん》してきた自分に捕えられぬ事象など存在せぬはずというのに、歌えば歌うほどあの荒ぶる音は遠のき、まるで水で薄めた血の如く色を失うのであった。

もしかして生まれた時から多くの人にかしずかれ、飢えも寒さも知らずに育ってきた自分には、命と命が争い合う坂東の至誠の声は学び得ぬのか。いや、身分こそ親王《しんのう》の息子であれど、寛朝は幼くして父に疎《うと》まれ、遺棄《いき》同然に洛外の寺に追いやられた。長男でありながら遁世《とんせい》を強いられ、ただ梵唄のみを頼りに生き、こうして坂東までやってきた来し方は、寛朝にとっては戦いの日々であった。将門とは生まれも育ちも異なろうが、寛朝は寛朝なりの戦いを経て、今この地に立っているのだ。

いっそ営所に将門を訪ね、その戦《いくさ》ぶりを我が目で確かめるべきかと考えはするが、尋祚《じんそ》や啓雲《けいうん》の案じ顔を思い出すとそれも憚《はばか》られる。

だいたい将門は、啓雲や尋祚に浴びせ付けられた雑言を忘れていまい。それを止められなかった自分にも腹を立てているのではと考えると、どうにも足がすくんでならなかった。

法城寺近隣の里人によれば、石井《いわい》営所襲撃の失敗後、平良兼《よしかね》は矢傷を悪化させ、自らの営所で床に就《つ》いているらしい。ただ平一族の私闘こそ一応の落着を見せたものの、最近、将門の元には近隣の郡司《ぐんじ》などが頻繁に出入りし、様々な騒動の調停を頼んでいるという。そして将門は、己を頼って来た人々を拒むことなく受け入れ、時にはその求めに応じ、遠方まで足を運んで仲裁を行なっているとの話であった。

なるほど言われてみれば確かに三月ほど前、荷車に櫃《ひつ》を載せ、女子供までを従えた一行が法城寺の門前を過ぎて行き、尋祚たちがその夥《おびただ》しさに目を丸くしていたものだ。

日々忙しく坂東を駆けまわる将門は、寛朝の悩みなぞ知るよしもあるまい。喉の妙薬とされる甘葛《あまずら》入りの湯を口に含み、寛朝は重い息をついた。

足をひきずって、よろよろと本堂を出る。折しも昇り始めた半月が、晒され、乾ききった骨そっくりの白光を投げかけるのを、階《きざはし》の半ばからぼんやりと眺めた。

「月、平沙《へいさ》を照らせば夏の夜の霜、か――」

梵唄に精進すると決めてから、長らく離れていた朗詠がふと口をつく。都であれば、誰に聞かれるか分からないが、ここは坂東だ。知ったことか。硬く強張《こわば》っていた肩から力を抜くと、寛朝は背を伸ばして、空を仰いだ。

――海天東を望めば夕べ茫茫《ぼうぼう》たり

そういえばこの朗詠に謡われる雄大な風景は、どこか坂東の様に似ていなくもない。寛朝は朗詠を続けながら、築地塀《ついじべい》の向こうに広がる平野に目を向けた。

広大な野面を過《よ》ぎる大河と、蛍火のように小さく瞬く人家の灯《ともしび》。頭上を覆う星空の一角を、冴えた月影が明るませている。京では到底望めぬ光景に、我知らず心が浮き立ち、ついつい歌声が大きくなる。しかし次の瞬間、そんな己の声に細い女の声が重なり、寛朝は目を見開いた。

　驚きのあまり寛朝が口をつぐむと、女の歌もまた一瞬遅れて止む。どうやら声の主は、寺門のあちら側にいるようだ。

　しかしながらこんな夜半、しかも人里離れた寺の門前に、まともな人間がいるはずがない。狐狸かそれとも妖怪かと、背中に冷たい汗を伝わせながら、寛朝が恐る恐る門に歩み寄ったとき、

「——もう歌ってくださらないのかしら」

という呟きが、門のあちらから響いてきた。妖《あやか》しと疑うにはあまりにあどけなく、澄んだ声であった。

「うそさまが、急に歌い始めるからだよ。きっと、びっくりなさってしまったんだ」

「そんなこと言ったって、あまりに素敵なお声だったんだもの。つい合わせて朗唱したくなるのも当然じゃない」

　二人の囁《ささや》きに、荒い馬の息が重なった。

「それにしても、そろそろ帰ろうぜ。あまり遅くなっちゃ、将門さまが心配なさるからさ」

「大丈夫よ、百舌《もず》。父さまは今宵もお客人の相手でお忙しいもの」

　門外にいる者の正体に気付き、寛朝は足を早めた。一瞬ためらってからくぐり戸を開け

れば、人が出てくるとは思ってもいなかったのだろう。切り髪姿のうそがびくっと身をすくめて、百舌にしがみつく。

背丈の割にいささか長すぎる刀の柄を握りしめ、百舌が一歩、前に出る。「お、お待ちください」とあわててそれに手を振り、寛朝は二人を交互に見やった。

「覚えておいでではありませんか。昨年の夏、武蔵《むさし》国府でお目にかかった者でございます。夕餉《ゆうげ》を共にし、わたくしの従僕が笛を奏でもしましたが」

まだ幼いとはいえ、歌謡にまつわる記憶は鮮明らしい。あっと声を上げて、うそは顔を明るませた。

「覚えているわ。そうよ、さっきのお声。どこか覚えがあると思ったら、あの時、武蔵で聞いた梵唄のお声と一緒だったのね」

言いながらうそは、まだ顔を険しくさせたままの百舌の身体を両手で押しやった。寛朝を見上げ、将門によく似た人懐っこい顔をほころばせた。

「あのね、お坊さま。うそは父さまの営所にご滞在のお客人から、都から歌を学びに来られたお偉い御坊《ごぼう》が、結城《ゆうき》のお寺にお住まいとうかがったの。それでせめてお声の一節なりと聞きたいと思って、こうして百舌に連れて来てもらったのよ。でもそれが前にお目にかかったお坊さまだったなんて、なんという偶然かしら」

門脇の木につながれた馬は、およそ将門の娘にふさわしからぬ裸馬。おそらくは百舌の馬に違いない。もしかしたら彼は所用で将門の営所に行ったところをうそに捕まり、ここまで供をさせられたのかもしれなかった。

「お客人というのは、常陸《ひたち》国で掾《じょう》をなさっていた藤原《ふじわら》のなんとかというお方でね。この春、兄君やそのご妻子と一緒に、父さまの元にお越しになったのよ」

常陸国分寺《こくぶんじ》の客僧だった自分の法城寺滞在を国衙《こくが》の官人が知っているのは、不思議ではない。藤原某というからには、それはきっと常陸少掾《しょうじょう》・藤原玄茂《はるもち》のことだろう。常陸国衙での宴《うたげ》で幾度か同席した彼は、確か那珂《なか》郡司の弟。国司《こくし》・藤原維幾《これちか》とはあまり相性が良くなさげに映ったが、それが高じてついに兄弟して将門の元に身を寄せたわけか。

なるほど、いつぞや見かけた一行は、玄茂とその兄たちだったのか、と寛朝は得心した。

「ねえ、お坊さま。もっとお歌を聞かせて。父さまったら最近お忙しくて、如意《にょい》やあこやをなかなか営所に呼んでくださらないの」

寛朝を仰いでせがみ、「そうだわ」とうそは両手を打ちあわせた。

「どうせなら、お坊さまが営所にお越しくだされればいいんだわ。そうすればうそも心ゆくまでお歌を聞けるし、父さまやお客人もきっと喜ばれるはずよ」

あまりに唐突な誘いに返答に窮する寛朝には構わず、うそは声を弾《はず》ませた。

「ここから石井営所までは、馬で二刻（四時間）ほどよ。これから急げば、今宵の宴が果てる前に着くわ」

「ちょっと、待てよ。うそさま」

百舌が慌てて、二人の間に割って入った。

「おいらの馬に、三人も乗るのは無理だよ。お坊さまをお招きするなら、日を改めて迎えを差し上げないと」

「もう。百舌はどうして、そんな意地悪を言うの」

「意地悪じゃねえよ。道中で馬がつぶれちまったら、困るのはうそさまだろう」

「百舌なんか嫌いッ。そんなことばかり言うと、異羽丸《いばまる》に頼んで香取《かとり》の海の真ん中に突き落としてもらうんだからッ」

頰を膨らませて、うそが物騒なことを口走る。寛朝はその場に膝をつき、うそと視線を合わせた。

「いいえ、百舌の申す通りです。それにわたくしのようなものが突然お邪魔しては、将門どのにも失礼かと」

こちらを見つめるうその双眸《そうぼう》には、うっすら涙がにじんでいる。必ずうかがいます、と寛朝は言葉を重ねた。

「ですからまずは父君のお許しを得て、その上で明晩、もう一度この寺に迎えを寄越してください。そうすればわたくしは喜んで、石井の営所に参りましょう」

「本当に、本当に明日、来てくださるの」

「はい。仮にもわたくしは御《み》仏《ほとけ》にお仕えする身。決して、嘘はつきません」

「絶対よ、お坊さま。お歌も歌ってくださるのよね」

幾度も念押しして引き揚げていくうそと百舌を見送り、寛朝は大きく息をついた。

尋祚たちにこのことが知れれば、激しく叱責されるに決まっている。だが、目指す声に一向に近付けぬまま修練を重ね、すでに半年あまり。こうなればもう一度将門に会い、なにかしらの手がかりを摑《つか》むしかない。愛娘たるうその願いとなれば、将門も自分を拒む道理がなく、こんな好機を逃してなるものかとの思いが寛朝の胸に渦巻いていた。

幸い法城寺の老僧は、尋祚を含め、みな夜が早い。翌夕、「今夜も修練をいたしますので」と断って本堂に籠《こも》ると、寛朝は梵唄を誦しながらじりじりと夜更けを待った。

やがて僧房からの物音が絶え、寺内が静寂に包まれる。足音を殺して本堂を出ると、寛朝は用意の尻切草履を突っかけて、くぐり戸の閂《かんぬき》を引き抜いた。

空は昨日の星空が嘘の如く低い雲に覆われ、秋らしからぬぬるい風がしきりに頬を撫でる。夜のうちに法城寺を出、明け方までに戻ってくれれば、誰も自分の外出には気付かぬはずだ。

早鐘を打つ胸を懸命になだめて、寛朝は真っ暗な道を横切った。法城寺の向かいは墓になっており、ことにもっとも往来に近い一角には幾人もがまとめて埋められたと覚しき古塚が築かれている。その根方に腰を下ろしていると、やがて遠くから馬の蹄の音が聞こえてきた。

百舌か、と思って顔を上げ、寛朝はよく肥えた葦毛《あしげ》の馬に乗った人影の意外さに、えっと声を上げた。足をもつれさせながら、往来の真ん中に飛び出した。

「将門どの――」

「おお、御坊。待たせたなあ」

将門に会ったなら、まずは先日の非礼を詫びねばと思っていた。しかしその磊落《らいらく》な笑顔を見た途端、なぜか胸が詰まり、言葉が出ない。

そんな寛朝に、将門は手綱を引きそばめ、「娘がわがままを申してすまん」と馬上で軽く低頭した。

「せめて詫びをと思い、わしが御坊を迎えに来させてもろうた。さあ、乗れ乗れ」

狼狽《ろうばい》する寛朝を強引に鞍《くら》に引き上げるなり、将門は馬の尻に大きく笞《むち》をくれた。よほどの逸物と見え、男二人を乗せているとは思えぬほどその足は速く、あっという間に法城寺の門が遠ざかる。

寛朝は将門の腰に必死にしがみつき、耳をつんざく風音に負けまいと、「ま、将門どの」と呼んだ。

「将門どのは、わたくしや法城寺の衆に怒っておられぬのですか」

しばしの沈黙の後、ああ、と得心したような声が風とともに耳を叩く。ちらりとこちらを顧《かえり》みた面上には怒りの気色など一片もなく、ただ困ったような笑みだけが浮かんでいた。

「何の話かと思えば、伯父上を衣川《きぬがわ》の向こうに追い落とした日の話か。別に怒ってなぞおらんぞ。老僧がたがわしを嫌うのは、至極当然だからなあ」

その口調はからりとして、啓雲たちをかばう色さえ含まれている。再び前を向いて馬腹を蹴《け》る将門に、寛朝は更に問いを重ねた。

「それはどういうわけですか」

「坊主どもだけではない。坂東諸国の国衙の官人やそこらの里人の中にも、わしを憎む者は数えきれぬほどおる。それをいちいち気に病んでは、この坂東では暮らせぬということだ」

将門は正面を見つめたまま、気負った風もなく続けた。

「奴らの身になれば、それもしかたない。国衙の命は聞かん、事あるごとに戦はする、時には稲穂の垂れた田を踏みにじってまで諍《いさか》うとなれば、わしを疎まぬ方が奇妙だろうよ」

「それでも……それを承知でなお戦をなさるのですか」

しかたあるまい、と将門は厳《いか》つい肩を揺らした。

「この坂東においては、生きることはすなわち戦うこと。戦うことはすなわち生きることだ。ならばそのために己の手を朱に染め、どれだけ人から憎まれようとも、わしは戦をせねばならぬでなあ」

気負いのない言葉に含まれた強靭《きょうじん》な意志に、寛朝は応えに詰まった。だが将門はそんな寛朝には気付く様子もなく、吶々《とつとつ》と言葉を続けた。

「以前も話したと思うが、わしは決して好きで戦をしているわけではない。されど豊田《とよた》や猿島《さしま》には、わしを頼り、庇護を求めてきた者が大勢おる。わしはただ、己の暮らしとそ奴ら、それに我が故郷たる地を守るため、戦っておる。ただそれだけだ」

たとえばうそだ、と将門は続けた。

「あれの母親は、わしとは幼馴染みでな。八年前、わしは生まれたばかりのうそとあれの母親を置いて、京に官位を求めに参ったのじゃが、その隙に伯父上どもは石井や猿島を奪い取ろうと戦を起こしよった。知らせを受け、わしがあわてて下総《しもうさ》に戻ったときには、あれの母親は営所に放たれた火の中からうそを助け出した末、火傷を負うて亡くなった後じゃった」

自分が戦えば、それだけ人々を守ることが出来る。だからこそ何があろうとも戦をせねばならぬのだ、と将門はほろ苦い口調で語った。

諸国の情勢と三百余年も前に作られた律令との間には、今や歴然たる矛盾が生じている。そんな齟齬《そご》がこの坂東の混沌をもたらしているとすれば、戦いによって身を守る将門の如き者たちは、古き法の支配の綻《ほころ》びを破って生まれ出た、新たなる世の落とし子なのかもしれない。

それにしても我と我が手で自らを守ろうとする坂東の衆に比べれば、栄達や身分の高低ばかりを気に病む都の者たちの、何と覇気の乏しいことか。もしかしたら、都はいずれこの地の者たちの如く豪放な輩《やから》に攻め寄せられ、もののふの闊歩する世が始まるのではないか。急に胸にこみ上げたそんな不安を振り切ろうと、寛朝は、「そういえば常陸少掾どのが、将門どのの元に身を寄せておられるそうですね」と、話題を変じた。

「ああ、藤原玄茂のことか。あ奴らも長年住み慣れた常陸を追われ、気の毒だな」

「はて、仮にも国庁《こくちょう》の官人でらっしゃる玄茂どのが国を追われるとは。常陸で何か起きたのですか」

　不安の雲がふと寛朝の胸に兆した。

「おお。わしは会ったことがないのだが、玄茂たちによれば、昨年赴任してきた常陸国司どのはひどく悪辣《あくらつ》なお人らしいな。那珂郡を治めていた玄茂の兄に法外な官物《かんもつ》を吹っかけ、それは出せぬと断るや、二人を香取の海上での宴に誘い出し、国兵を用いて密かに殺《あや》めんとしたそうだ」

　命からがらその場から逃げ出したものの、このままではどんな目に遭《あ》わされるか知れたものではない。そこで兄弟は妻子と落ち合い、取る物もとりあえず将門を頼ってきた――との話に、寛朝は首をひねった。

　常陸国司・藤原維幾は坂東の放埒《ほうらつ》さを嫌い、土着の官人に対してひどく口やかましかった。しかしだからといって、決して非法を行なったり、人をだまし討ちにする男ではない。むしろ寛朝の目には、国衙での宴の折、地位のある者に媚《こ》びへつらい、そのくせ使部《つかいべ》には傲慢《ごうまん》に接する玄茂の方が、よほど忌むべき人物と映った。

　とはいえ仮にも将門の客分となっている男を、誹《そし》るわけにもいかない。寛朝は「はあ」とあいまいに相槌を打った。

「まあ、坂東では京から来た国司と土着郡司の悶着《もんちゃく》は、さして珍しくないからな。それ、御坊も存じていよう、武蔵権守《ごんのかみ》の興世王《おきよおう》。あ奴も先だって、着任したばかりの武蔵介《むさしのすけ》と手を組み、足立《あだち》の郡司を相手に戦を起こしてな。やむをえず、わしが仲裁に入ったのじゃが」

　あの興世王が武具を取って争うとはいささか意外ではあるが、武蔵権守の職務柄、郡司との対立もやむをえぬのだろう。

　ただかつて武蔵国衙で会った興世王は、将門を道理を弁《わきま》えぬ厄介な男と誹っていた。それにもかかわらず興世王に力を貸し、他領の係争にまで目を配るとは、将門は何と親身な男であることか。

「双方をなだめ、なんとか戦は収まったものの、その際、いささか手筈を誤り、武蔵介どのをひどく驚かせてしもうた。今ごろ介どのは京に逃げ帰り、わしが坂東で暴虐の限りを尽くしておると、太政官《だいじょうかん》に訴えておるかもしれん」

平然とした口調とは裏腹に剣呑《けんのん》な話に、寛朝はえっと声を上げた。

「ちょっとお待ちください。いったい何をなさったのです」

「いやいや、そう声を尖らせるほどのことではない。わしが両者を和睦させんとした折、わしの郎党が誤って、介どのの陣を囲んでしまっただけだ」

思いがけぬ軍兵の姿に、まだ坂東に不慣れな介は、将門と興世王、それに足立郡司の三者が手を組み、自分を殺害しようとしていると勘違いしたらしい。将門が慌てて兵を引かせたにもかかわらず、わずかな手勢を率いて陣を飛び出し、そのまま一路、西へと逃走したという。

「そうでなくともこの春には、わしの従兄《いとこ》の平貞盛も京に上っておる。おそらくあ奴もまた、わしの悪虐を官に訴え、追捕《ついぶ》の官符を要請していよう。やれやれ、また都で平将門は乱暴者と噂になろうなあ」

貞盛は伯父と争い続ける将門を制止せんがため、上洛したのだろう。しかし一族同士で争うだけならいざ知らず、手違いからとはいえ武蔵介をおびやかしたとなれば、朝廷も前回のように簡単に将門を許しはすまい。

さりながら将門は寛朝の狼狽にはお構いなしに、「なあに、大丈夫だ」と確言した。

「京は遠い。いかに坂東で争乱が起ころうとも、公卿《くぎょう》方からすれば所詮は遠国での諍いだ。仮に貞盛に追捕の官符を与えられたとて、わざわざ都から軍勢を遣わしてまで、わしを討とうとはなさるまいよ」

坂東諸国の国兵程度なら、たやすく退けられると自負しているのだろう。将門はあっさり言い放ち、馬を激しく笞打った。

皇族の一人として生まれ、物心ついた時から律令による統治に身を置いてきた寛朝は、国家より咎《とが》めを受けるやもと考えるだけで身がすくむ。しかし最初から京の法典に従う気のない将門には、悪逆不道を犯そうとも、皆目気にならぬようだ。

からからに乾いた唇を、寛朝は強く噛んだ。今頃京の朝堂はまたも将門の行状を責めんと、召喚の支度を整えているかもしれない。自分がそんな男とこうして一つ馬に共乗りしていることがひどく信じがたく、そして不可思議とも感じられた。

なぜだ、という呟きが自ずと唇をついた。

楽は天地の和、礼は天地の序とも称される如く、音楽とはすなわち天地秩序の表れ。一切の音楽は治国治民の術であり、優れた楽の流行は現在が安寧の世たると天下に告げる吉兆である。

だとすれば誰もが世の理《ことわり》に背く坂東においては、理世安楽の音など存在しないはず。それなのになぜ世の法に背き、乱世を諾《うべな》う将門の戦のただなかに、あのように心震える音が生まれるのだろう。

必死に自分を諫《いさ》めた啓雲の顔が、脳裏をよぎる。もしかしたら自分はすでに哀傷《あいしょう》愁嘆《しゅうたん》の亡国の声に心奪われ、正しき音を見失っているのか。

いや、そんなはずはない。将門の戦にはそれなりの理由があるのだからと思う一方で、大逆人と後ろ指差されようとも意に介さぬ彼に、激しく戸惑いもする。これまで己が身を委ねてきた京の倫理と、この荒ぶる坂東の道理。いったいどちらが正しく、どちらが間違っているのか。

「見えてきたぞ。あれが我が本拠の一つ、石井の営所だ」

将門が不意に前方を指して声を張り上げ、寛朝の物思いを破った。

肉づきのよい肩越しに目を凝らせば、闇の一角がくっきり明るみ、長く延びた垣根の奥に、板葺の屋根がのぞいている。粗末な櫓《やぐら》の上にちらりと見えた人影は、見張りの伴類《ばんるい》か。

「将門さまだ」

「門を開けろ。ぐずぐずするな」

堅牢な板門の前で将門が手綱を引きそばめる暇《いとま》もあらばこそ、塀の向こうで野太い喚《わめ》きが交錯し、地響きとともに門が開く。

広い庭にはそこここに篝火《かがりび》が焚かれ、道中の暗さが嘘と感じるほどに明るい。胴丸姿の男たちが駆け寄り、馬の轡《くつわ》を取る。お坊さま、という弾んだ声とともに、うそが転がるように駆けてきた。

「本当に来てくださったのね。嬉しいわ」

馬から下りた寛朝の袖を摑み、うそは正面の大殿へと歩き出した。

皮付きの丸太で組まれた殿舎は堅牢だが飾り気がなく、調度も皆無に近い。導かれた広い板間には、方半間《けん》（約一メートル）もある巨大な囲炉裏が据えられ、ちろちろと小さな火が燃えている。その様に寛朝は遅まきながら、夜駆けのせいで手足がすっかり冷え切っていることに気付いた。

「おお、寛朝さま。お久しゅうございます」

ひどく間のびした足音がして、常陸少掾の藤原玄茂が炉端に近付いてきた。薄汚れた円座を勝手知った様子で尻に敷き、

「いやはや、将門どのと寛朝さまがお知り合いとは。昨夜、うそさまから仔細を聞いて驚きました」

と、妙に馴れ馴れしげに笑った。すでに酒を呑んでいるのだろう。その口調は気だるげで、自堕落ですらあった。

「うそからすれば、お客人とお坊さまがお知り合いの方が驚きよ。それよりもお坊さま、早速、お歌を聞かせてくださいな」

寛朝のかたわらにぺたりと坐り込んで、うそがせがむ。すると玄茂は相好を崩し、

「やや、これはありがたい。都に名の通った梵唄僧でいらっしゃる寛朝さまの歌が聞けるとは」

とやんやと喝采した。

うそだけであればともかく、玄茂のような酔っ払いの前で、御仏の教えを説く梵唄を誦す気にはなれない。さりとてここで催馬楽《さいばら》や東歌《あずまうた》などの俗謡を歌ったりすれば、この軽薄な男は後日、どこで何を吹聴することか。

どすどすと床が鳴り、将門が庭に面した階《きざはし》から炉部屋へと上がってきた。足をすいでいたのか、くくり袴《ばかま》の裾は濡れ、板間にぽたぽたと滴が滴《したた》っている。それが春風を受けて散った桜の花弁の如く映り、そうだ、と寛朝は小さくうなずいた。

「では、朗詠を詠じさせていただきましょう」

言うが早いか、寛朝は炉端にどっかりと腰を下ろした将門に目礼した。丹田《たんでん》の前で両手を組むと、腹いっぱいに息を吸い込んで背筋をついと伸ばした。

――朝《あした》には落花を踏んで　相伴《あいともな》って出《い》づ

幼い日、仁和寺《にんなじ》で耳にし、いつぞやはあこやが詠じた朗詠「落花」。こうして改めてその歌をたどれば、自分の声は心慶《しんけい》のそれとも、ましてや戦のただなかで耳にした荒ぶる音とも、まるで異なる。

いったいこの身には、何が欠けているのか。この半年、幾度も繰り返した問いが、またも胸にこみ上げる。歌えば歌うほど、己の声が艶を失ってゆく気がして、寛朝は激しい焦燥を抱いた。

だが横目でうかがえば、うそは大きな目を輝かせ、嬉しげに朗詠に聞き入っている。そのまっすぐな表情にわずかに励まされ、寛朝は更に声を張り上げた。

――暮《ゆうべ》には飛鳥《ひちょう》に随《したが》って一時《いちじ》に帰る

大唐屈指の詩人である白居易《はくきょい》は、降る花を題材とした詩を数多く残した。その中でも旧友・李二との交誼《こうぎ》をひそやかに散る花に重ねたこの句の美しさは群を抜いており、ゆえにこの朗詠は古来、多くの文人から愛唱されてきた一曲であった。

白居易と李二は共に春の街区に遊び、互いの愁いを慰め合った。ならば自分はいま、誰とともに落花を踏んでいるのだろう。

心を弾ませて京を出たときは、憧れの楽人《がくにん》たる豊原《とよはらの》是緒《これお》と共に、果てしない音楽の野を逍遥《しょうよう》できると考えていた。だがこうして顧みれば、自分はどこにあるのかも分からぬ至誠の声を求め、血の色の花咲く坂東の荒地を彷徨《ほうこう》しているかに思われる。

（千歳《ちとせ》――）

長らく忘れていた従僕の名を、寛朝は胸の奥で噛みしめた。

楽人としての栄達を夢見てこの地に来た彼は、今頃どこで何をしていることか。もしかしてあの男もまた自分同様、足掻《あが》いても手に入れられぬ理想の楽を求め、いまだこの坂東の地をさまよっているのではなかろうか。

長く長く喉から洩れた最後の息が、冷たい夜気を震わせて広がってゆく。それが消え去るよりも早く、「いやあ、やはり素晴らしい。うそがせがむだけはあるなあ」という将門の称讃が耳を叩いた。

一瞬遅れてどっと響いた歓声に見回せば、いつしか炉部屋には男たちが詰め寄せ、寛朝や将門を取り囲んでいる。目を丸くする寛朝にそろって手を打って笑うと、わいわいと騒ぎながら酒盛りを始めた。

いずれも将門の配下であろう、楽しげに盃《さかずき》をやりとりする身体はそろって逞《たくま》しく、中には明らかな刀傷を手足に残している者もいる。炉の温灰《ぬくばい》に瓶子《へいし》が幾本も埋められ、串を打たれた獣の肉が太薪のぐるりに並べられる。じゅうじゅうと脂を滴らせ始めた串を引き抜いた玄茂が、手元の肉に息を吹きかけながら、寛朝の横に乱暴に腰を下ろした。

「ところでそれがしは是非、寛朝さまにお尋ねせねばならぬことがあるのでございます。そなたさまはまだ当分、結城にご滞在でいらっしゃいますか」

「さあ、特に決めてはおりませぬが」

用心深く言葉を濁す寛朝に、玄茂は細い目を小狡《こずる》げに光らせた。

「とはいえ、いずれは必ず常陸国府にお戻りになられましょう。さればその際、それがしとここで会《お》うたことは、国衙の衆に黙っていていただけませぬか」

折しも部屋の隅で、うわっと歓声が弾《はじ》けたのをいいことに、寛朝は玄茂の声が聞こえなかったふりで横を向いた。だが玄茂はずいと膝を進めるや、「お互い、その方が身のためでございましょう」と寛朝の耳元で低く囁いた。

「猿島の暴れ馬とも呼ばれる将門どのとお親しいとは、寛朝さまとて余人に知られたくございますまい。さすればこの先お互い、この営所での見聞には口をつぐむということで如何《いかが》です」

必死にそっぽを向きながら、寛朝はこみ上げてきた吐き気を必死に堪《こら》えた。

本当に玄茂が国司から暴虐を働かれて将門の膝下に逃げ込んだのであれば、このように他人を脅迫する必要はない。常陸国で何があったかは知らないが、やはり彼は将門の気の良さにつけこんで常陸守の悪口を吹聴し、まんまとその懐にもぐり込んだのだ。

何を語りかけても応じぬ寛朝に焦《じ》れたらしく、玄茂がちっと舌打ちをして立ち上がる。そのひょろりとした背を睨《にら》みつけ、寛朝は額ににじんだ汗を拭った。

あんな男を側《そば》に置くなと将門に忠告したいが、なにせ寛朝には在地の豪族同士の関わりがよく分からない。かえって事態をややこしくしてはと考えると、下手な口出しも憚られた。

将門は寛朝の葛藤など知らぬまま、酒を呑んで騒ぐ男たちをにこにこと眺めている。その屈託のない横顔に溜め息をついていると、御坊、という呼びかけとともに軽く肩を叩かれた。

振り返れば灰のこびりついた瓶子を下げた大柄な男が、ぎょろりとした眸《ひとみ》でこちらを見下ろしている。いつぞや子春丸《こはるまる》を追って法城寺に乱入した、多治経明《たじのつねあきら》であった。

さすがに今日は麻の直垂《ひたたれ》に身を固め、白い物の交じった髪を立烏帽子《えぼし》で押さえている。腰に帯びた寸延短刀《すんのびたんとう》の鞘《さや》が、経明が尻を下ろすのに合わせて床でごとりと鳴った。

「あの折はご無礼いたしました」

いいえ、と慌てて応じながら、寛朝は髭《ひげ》に覆われた経明の顔を凝視した。

「子春丸はその後、どうなりました」

経明は頬を険しくした。手にしていた瓶子の中身を一口あおってから、「内通の咎《とが》で、斬《ざん》に処《しょ》しました」と声を沈ませた。

「営所で詮議したところ、銭に釣られ、良兼さまの密偵を営所に引き入れたことを、洗いざらい吐きましてな。やむを得ずそれがしが斬り殺し、遺骸は近隣の寺に葬りました」

「――さようでございましたか」

お助けください、と泣き喚きながら、郎党に引きずられて行った子春丸の姿が脳裏をよぎる。膝の上に置いていた手を、寛朝は拳《こぶし》に変えた。

「将門さまは、命だけは助けてやってはどうだと仰《おお》せられたのでございますがな。されどあ奴の手引きのせいで、営所にも十数人の死人が出ました。そ奴らの無念を思えば、裏切者を生かしてはおけませぬ」

人馬が狂奔《きょうほん》する戦場で敵を叩き斬るのと、平時に泣いて命乞いをする人を殺すのでは、やはり夢見の悪さが違うのだろう。酒の酔いに目を血走らせた経明の横顔は、いつぞやの荒々しさとは別人のように陰鬱であった。

「それは……お辛《つろ》うございましたな」

経明は間髪《かんはつ》容《い》れず、「いえ」と首を横に振った。

「それがしは将門さまの従類《じゅうるい》。主《あるじ》のためならば、誰の血を流そうとも悔いは致しませぬ」

言いながら、経明は囲炉裏端に目をやった。その眼差しの先では、身体を酔いで揺らした玄茂が、将門に馴れ馴れしげに話しかけている。

「御坊もご存じの通り、将門さまは気の好いお方。我ら従類はかような主に成り代わり、己が手を汚さねばならぬのです」

もしかしたらこの男もまた、藤原玄茂に警戒の念を抱いているのかもしれない。寛朝は唐突にそう思った。

「ここまでの道中で将門どのから、誤って武蔵介どのを勘違いさせ、京に逃げ帰らせたとうかがいました。貞盛どのの件と併《あわ》せ、それで御身が危うくなりはしませぬか」

経明の眼差しが、氷を差しこんだかのように硬くなった。四囲をうかがうや、寛朝に向かってぐいと膝を進めた。

「――正直申して我らにも、京の方々が主をどう見ておられるかは分かりませぬ。ただ武蔵介どのの件は、明らかに先方の思い込み。将門さまがしばし身を慎み、諸国郡司の悶着にもそ知らぬ顔をしてくだされば、太政官《だいじょうかん》も将門さまの正しさをご理解くださると思うのですが」

その口調にははっきりと、警戒の色がにじんでいる。つまり経明からすれば、常陸国司と諍った末に転がり込んできた玄茂たちは、将門の身を更に危うくしかねぬ人物というわけだ。

「先ほどより、御坊は常陸少掾さまと旧知とお見うけいたします。常陸介さまなるお方は、まことに少掾さまが仰る通りの傍若無人な御仁なのですか」

「それは――」

返答に窮した姿から、おおよそを察したらしい。「いや、不躾《ぶしつけ》をいたしました」と自分から話を打ち切り、経明は片手に握りしめたままの瓶子の酒をぐびりと呑んだ。

「宴の賑やかさに浮かれ、つい詮議めいた口を利きました。申し上げるまでもありませぬが、この旨、将門さまには何卒ご内密に」

「分かりました。ですが経明どの、そなたさまはなぜ、わたくしにそこまでお話しくださるのです」

主に扈従《こしょう》する従類から見れば、自分とて充分、胡乱《うろん》な輩のはずだ。寛朝の疑念に、経明は薄く笑った。

「お分かりになられませんか。御坊がわが主に進んで取り入ろうとなさらぬからです。辞を低くし、媚びへつらって他人に近付く者に、ろくな輩はおりませぬ。あの常陸少掾さましかり、武蔵権守さましかりでございます」

「そういえばここまでの道中で、将門どのが興世王どのにお力添えなさったとうかがいました」

「はい。先だって、将門さまが武蔵国内の紛争を調停して以来、興世王さまは事あるごとにわが主を訪ねて来られるようになりましてな。今宵はお見えではございませぬが、常陸少掾さまともども宴に加わられ、幾日も営所にご逗留なさる折もおありです」

ほんのわずかな皇族の血にすがって、王と名乗り続けていることからも察せられるように、興世王は元々、権威や名声に弱い。そんな彼が掌《てのひら》を返して将門におもねり出したのは、ひとえに京に逃げ帰った武蔵介の報復を恐れてに違いない。要はかつてあれほど罵っていた将門の力を借り、権守の地位を守ろうとしているのだ。

「将門どのは人がよろしすぎますなあ」と思わず嘆息した寛朝に、経明は苦笑してうなずいた。

かつて興世王が自分をどう評していたか、将門とて知らぬわけではあるまい。だが自らの郷里を深く愛する彼は、そこに集う人々をすべて胸襟を開いて受け入れ、この地の平穏な暮らしの中に包み込もうとしているのだ。

宴はいよいよ闌《たけなわ》となり、大声で放吟し、酌取《しゃくと》りの下女にしなだれかかる者もいる。そのただなかで明るい笑みを浮かべて盃を重ねる将門にもう一度目をやり、寛朝は静かに立ち上がった。

「わたくしは、そろそろ失礼いたします」

経明が目だけで小さくうなずき、また瓶子の中身を呷《あお》る。

折しも昇った下弦の月が、鞣《なめ》された革のように厳《いか》めしい経明の横顔を淡く照らし付けていた。

この日から、寛朝は法城寺の僧たちに隠れ、月に一度、必ず将門の営所を訪れるようになった。

将門に親しく接することで、坂東の至誠の声を会得《えとく》せんとしてではない。藤原玄茂や興世王といった輩を信じ、身近に置く将門がどうにも心配でならなかったからだ。

非力で口下手な自分が顔を出したからといって、将門が彼らを遠ざけるとは思っていない。だが玄茂は常陸国衙に己の居場所を知られることをひどく恐れているし、興世王はとかく権威に弱い。自分が時折でも姿を現せば、二人とも将門を滅多な騒動に巻き込みはすまいと考えてであった。

弓張月《ゆみはりづき》の夜、ようやく月が顔をのぞかせ始める深更に寛朝を迎えに来るのは、ほとんどの場合、多治経明。しかしごく稀に、百舌がまだひょろりと頼りない腕で裸馬を操り、法城寺までやってくる折もある。

そんな夜は決まって、石井営所の厩《うまや》には逞しく肥えた馬が十数頭つながれ、胴丸姿の男たちが積み上げられた荷を守りながら、軒下で双六《すごろく》に興じている。さりながらそんな荷運び途中の僦馬《しゅうば》の党のただなかに、なぜか頭目である異羽丸の姿がついぞ見えぬのが、寛朝には不思議でならなかった。

「異羽丸は別の場所に出かけているのですか」

ふと思い立って尋ねても、百舌は「あ、ああ。うん」と言葉を濁すばかり。あの切れ者の異羽丸のことだ。もしかしたら将門にすら内密で、他国を荒らしまわっているのやもと考えると、寛朝はそれ以上、問いを重ねられなかった。

年が改まり、吹く風が日ごとに温み始めても、藤原玄茂とその兄は相変わらず石井営所に居座り続けている。興世王と顔を合わせる機会はまだないが、多治経明によれば、いまだ月に数度は営所を訪れ、あれこれ愚痴をこぼして武蔵国に帰って行くらしい。

昨年末、長らく床に就《つ》いていた平良兼の病没の知らせがもたらされたとかで、石井には春の訪れとともに、戦とは無縁の長閑《のどか》さが漂い始めていた。営所を取り巻く広大な田畑では、大勢の男がまだ薄暗いうちから牛を曳《ひ》いて土を耕し、女たちは深夜でも営所内の織物所や縫物所に籠って杼《ひ》や針を取る。その溌剌《はつらつ》たる働きぶりは、将門がこの地の人々から如《い》何《か》に慕われているかを物語っていた。

当の将門は暇さえあれば経明を含めた従類と打ち物の稽古をし、時には相馬《そうま》や河内《かわち》まで遠駆けに出る。夜遅く、埃まみれになって帰邸した折のその横顔は、これが血まみれになって敵を追っていたもののふかと疑うほどに恬淡《てんたん》としていた。

　将門とて本心では、戦など望んではいないはずだ。川と沼に挟まれた石井の地を守り、この地の人々と生きることこそが彼の願いとすれば、自分が坂東の至誠の声を学ぶ機会なぞむしろない方がいいのかもしれない。しかしそう諦めて京に戻ろうにも、寛朝にはあまりに将門の身が案じられた。

　この地を離れるのは、将門の潔白を京の太政官が認め、石井の今後の平穏が安堵された後にしたい。それまでは非力ではあれど少しでも将門を助けるのが、この地の至誠の声を聞かせてくれた彼へのせめてもの礼ではないか。

　だがそんな思惑は、坂東の平野を覆う空が目に痛いほどの群青《ぐんじょう》に染まった夏のある日、法城寺を訪れた客人によってたやすく破られた。

「寛朝さま、常陸国よりお使者がお越しでございますよ」

　そう寺僧が告げたとき、寛朝はてっきり常陸国分寺の三綱《さんごう》が啓雲と自分を呼び戻すべく、使いを寄越したのだと思った。

　なにせ二人が常陸国を出てから、間もなく二年。三綱からすれば、客分である寛朝はともかく、役僧の啓雲だけでも寺に戻ってほしいはずだ。

あまりに長い間、自分の気随に啓雲を付き合わせてしまったと悔いながら本堂に急げば、狩衣《かりぎぬ》姿の男が本尊の大日如来に手を合わせている。かすかな足音を聞きつけてこちらに向き直ったのは、平貞盛であった。

　石井営所に出入りしている後ろめたさがあるだけに、寛朝は咄嗟に言葉を失った。だが啓雲や尋祚ですら気付いていない自分と将門の関わりを、まさか貞盛が嗅《か》ぎ付けているはずがない。

　親しみの籠った笑顔で「お久しゅうございます」と低頭した貞盛に、

「これは驚きました。京に赴かれたとうかがいましたが、いつ坂東にお戻りになったのです」

　と寛朝は声を励まして問うた。

「半月前でございます。常陸国府を離れ、穏やかな日々をお過ごしの最中、突然おうかがいして申し訳ございません。されど今日お訪ねいたしましたのは、それがしの上洛ともいささか関わりのある話でございまして」

　昨年の貞盛の上京は、将門の横暴を太政官に陳情するためだったはずだ。目顔で話をうながしつつも、寛朝の胸はすでに早鐘を打ち始めていた。

「実はこのところ、我が従弟である猿島の平将門が、ほうぼうの郡司どもと手を組み、何やらきな臭い動きをしておるようでございます。それがしが都にあ奴の暴虐を訴えた直後には、武蔵介さまが任国からお戻りになり、将門が武蔵権守と謀叛《むほん》を企《くわだ》てていると上奏いたしました」

「謀叛でございますと」

武蔵介は己を取り囲んだ将門の所業を、国家への叛意の表れと取ったのだろう。だが朝堂に弓引く謀叛は、天下八虐の一。その罪の重さは、悪虐不道の比ではない。

前回、将門が都での喚問のみで許されたのは、その行状こそ咎められても、そこに叛意はないと見なされていたからだ。しかし天下に叛《そむ》き、乱を起こしたとなれば話は別。都の太政官は坂東に兵を送り、将軍を討伐せんとするだろう。

思わず目を見開いた寛朝をなだめるように、貞盛は言葉を続けた。

「朝堂は驚き慌て、伊勢神宮を始めとする官幣《かんぺい》諸社や比叡山延暦寺《ひえいざんえんりゃくじ》に、争乱平定の祈禱をお命じになりました。加えてそれがしには将門を糾弾せよとの官符を下され、あ奴を封じ込めるべく、相模《さがみ》や上野《こうずけ》などの諸国に新たな官人を任ぜられたのです」

「それは……まったく存じませんでした」

嘘ではない。つい数日前に赴いた石井営所は常にもまして賑やかで、将門や玄茂の表情にも一片の曇りすら見られなかった。

「将門は若い頃、都に上り、現在、太政大臣の座にいらっしゃる藤原忠平《ただひら》さまにお仕えしていたことがございます。それゆえそれがしや武蔵介さまの訴えを受けるや、忠平さまはすぐさま将門に、内々の御教書《みぎょうしょ》（質問状）を送られました。されど将門はそれに対し、訴えはすべて事実無根との返事を寄越したとやら。まったく、坂東でこれほどの専横を行ないながらしらばっくれるとは、神仏をも恐れぬ所業でございます」

違う、と寛朝は震えそうな両膝に力を込めた。

将門は本当に、謀叛なぞ企んでいない。彼はただ己の周りに集う者たちを守ろうとしているだけなのだ。無論、そこに藤原玄茂のごとき厚顔無恥な輩が交じっているのは否めない。さりながらそんな清濁併せ呑む剛胆さこそ、この混沌の地たる坂東にはふさわしいではないか。

将門は自分の行ないに一点の疾《やま》しさもないと信じ、訴えは偽りと答えたのだろう。ただ寛朝には理解できるその道理も、都の上《うえ》つ方《かた》にはむしろ不埒《ふらち》この上ない返答としか映るまい。そう思うと、将門同様坂東で生まれ育ちながら、従弟の内奥《ないおう》を皆目慮《おもんばか》らぬ貞盛が、寛朝には不可解であった。

「つきましては寛朝さまには急ぎ、常陸へお戻りいただきたく存じます。なにせここ法城寺から将門の本拠地たる石井までは、馬ならばほんのひと駆け。将門が兵を起こしたとき、御身に危害が及んでは、常陸国衙の者は敦実親王《あつみしんのう》さまにお詫びのしようもございませぬ」

この一年あまり忘れ果てていた父の名に、寛朝は横っ面を不意に打たれるに似た衝撃を覚えた。

「実を申せば、先だっての上洛の折、長らくの無沙汰のお詫びかたがた、敦実さまのお屋敷に伺候したのでございます。かつてそれがしが都で左馬允《さめのじょう》の任にあった折、親王さまには大層お目をかけていただきましたゆえ」

ただでさえ激しく拍動していた胸が、更に大きく鳴る。聞きたくない。咄嗟にそう思った。

「すると敦実さまより直々に、我が長男がおぬしらの世話になっているのではないか、とお言葉を賜りまして。いえ、寛朝さまが皇統に連なるお方とは内々に国司さまよりうかがっておりました。されどそれがまさか、あの敦実さまのご長子とは。世間とは、まことに狭《せも》うございますなあ」

貞盛の語調は屈託がなく、それがかえって寛朝の身に小さな震えを走らせた。

「お父君は寛朝さまご滞在の坂東での兵乱に、ひどくご心痛と拝察いたしました。それゆえ寛朝さまが常陸にお戻りになられれば、敦実さまもさぞご安心なさるに相違ありませぬ」

あの父が自分の身を案じるなぞ、果たしてあり得ようか。それであれば何故自分は幼くして、亡き姉ともども洛外の寺に放逐されたのだ。

寛朝は吐息だけで、「馬鹿な」と呟いた。これまで一片の情愛すら自分に向けてこなかった父と、その虚言を嬉々として伝える貞盛への怒りが、腹の底を激しく焼いていた。

「わたくしは——わたくしは戻りません」

「なにを仰るのです、寛朝さま」

呆れ顔になった貞盛に、「戻りませぬ」と寛朝は繰り返した。

「貞盛どののご懸念は、ごもっともです。ですが出自はどうあれ、今のわたくしは出家の身。世の動乱も太政官のご措置も、我が身には関わりなき話でございます」

「ですが」

「わたくしは元々、この地に梵唄を学びに参ったのです。戦や動乱ごときで怯《おび》えるわけには参りません」

きっぱり言い放つ口調に、よほどの覚悟と看取したのだろう。貞盛は困惑した面持ちで、大きく息をついた。

「どうしてもご翻意いただけませぬか」

「わたくしよりもむしろ、啓雲さまをお連れください。下総に留まり続けるわたくしに、もう二年もお付き合いくださっているのですから」

「ああ、なるほど。それは常陸国分寺の三綱もさぞ心配しておられましょうな」

貞盛自身、将門の挙兵までまだいくばくかの猶予があると考えているのだろう。やむをえませぬ、と続けざま、己の顎《あご》を一つ撫《な》でた。

「無理やり寛朝さまにお戻りいただくわけにも参りません。今日のところはこれにて引き揚げまする」

そう言うと、貞盛はもう一度本尊に手を合わせてから、本堂を出た。啓雲を探しに行こうとする寛朝を引き留め、「ただ、一つだけお約束を」と声を低めた。

「万一、夥しい騎馬の列や歩兵を見かけた折は、すぐに法城寺を捨て、常陸にお戻りください。なにせ将門は敵を打ち滅ぼすためであれば、如何なる手段も選ばぬ男でございますれば」

寛朝は唇を引き結んで、貞盛を仰いだ。彼が語る将門と自分が知る将門は、まるで別人のようだ。

人が互いを理解し合う上で、血のつながりなぞ何の意味もないことは、誰より自分がよく知っている。だが伯父に弓矢で以《もっ》て攻められ、従兄にかくまで悪く言われる将門は、もしかしたら血のつながりよりも心の交わりを重視し、だからこそ側に寄る者をああも守ろうとするのではないか。

無言の寛朝にそれ以上の念押しをせぬまま、貞盛は啓雲を伴ってその日のうちに常陸国へと発った。

「やれやれ、寂しくなりますなあ」

法城寺の門前で馬上の二人を見送り、尋祚は太い息をついた。しかし今の寛朝の耳には、その声は皆目届いていなかった。

将門はきっといつか、身辺の者たちの腹黒さに気付こうと信じていた。さりながら事ここに至っては、もはや一刻の猶予もならない。何としても将門を説得し、奸佞邪智《かんねいじゃち》の輩と手を切らせねば。

前回、朝廷が将軍を任命し、まつろわぬ者を討伐したのは、今から百年以上昔。かつて武門の家柄たる誉れをほしいままにした紀《き》氏や大伴《おおとも》氏は、長い時の中でいずれもただの平凡な公卿と変じ、朝堂で安寧を貪《むさぼ》っている。そんな時節、謀叛人の討伐を命じられて喜び勇むもののふが、都にいったいどれほどいることか。おそらくは皆、坂東に遣《や》られるというだけで震えあがり、言を左右にして出立を渋ろう。つまり将門さえ態度を改めて恭順の意を示せば、朝堂とて喜んで彼を許すはずなのだ。

その夜、衆僧《しゅうそう》が寝静まるのを待って、寛朝は法城寺に一頭だけ飼われている老馬を厩から曳き出した。嫌がって首を振るのを懸命になだめ、苦心惨憺《さんたん》して鞍を置く。暗がりを選んで寺を出ると、一路、石井営所を目指した。

朧《おぼろ》に霞《かす》んだ半月が、夏草の茂る道に薄い影を落としている。覇気に乏しい馬の蹄の音に誘われたのか、はるか彼方の森で夜鳥が絞め殺されたような声で啼《な》く。石井にたどり着いた時、寛朝の全身が冷たい汗にぐっしょり濡れそぼっていたのは、まだそこここに蟠《わだかま》る昼の熱気のせいばかりではなかった。

すでに顔見知りとなった営所の門番が、驚いた面持ちで門を開ける。それに礼も述べぬまま大殿に向かえば、簀子《すのこ》では今夜も藤原玄明《はるあき》・玄茂兄弟や将門配下の男たちが、にぎやかに酒を酌み交わしていた。

その人の輪の真ん中から、

「どうした、御坊。いきなりの訪れとは珍しいな。あいにく、うそはすでに寝ておる。御坊のお越しとあれば、急いで起こさねばならんな」

と笑いかける将門に、寛朝は庭先に立ったまま、「いいえ」と首を横に振った。

「今日は歌いに参ったのではありません。すみませぬが、お人払いを願います」

「人払いだと」

にこりともせぬままの寛朝に、将門は怪訝な表情で問い返した。しかしすぐに相好を崩し、「どんな話があるのか知らんが、ここにいる奴らはみな、わしの身内同然だ。心配はいらん」と、かたわらの床を叩いて寛朝をうながした。

「いえ、申し訳ございません。将門どののみにお話ししたいことがあるのです」

炉端の男たちが自分を注視しているのが、肌で分かる。顔を青ざめさせた多治経明が渡《わた》廊《ろう》を駆けてくるのが視界の隅に引っ掛かったのと、将門が「よし、承知した」と盃を置いて立ち上がったのは、ほぼ同時であった。

「では御坊、少し外を共に歩くとしよう。夕涼みには時刻が遅いが、夏の夜のそぞろ歩きも悪くあるまい。その代わり、後でうそを起こすゆえ、一曲歌《うと》うてやってくれよ。勝手に御坊を帰しては、明日はさんざんに叱られてしまうでな」

　言うなり階を降りる将門を追えば、庭のそこここで、蟬《せみ》が気だるげに鳴いている。背後で再び酒盛りを始めた男たちのざわめきが、妙にそらぞらしく感じられた。

　大殿を離れ、厩や倉の建てこんだ一角までまっすぐ歩んでから、「さて、御坊。いったいどうしたというのだ」と将門は寛朝を振り返った。

「はい、実は将門どのが最近、都の朝堂より謀叛人と見なされているとの話を耳にしたのですが」

「ああ、その件か」

　さして驚いた風もなく、将門はこめかみを搔《か》いた。まるで悪童が悪戯《いたずら》を咎められたに似た挙措であった。

「あれは太政官の方々が、従兄の貞盛や武蔵介どのの上奏を真に受けられただけだ。御坊には前にも話しただろう。なにも心配する必要はないわい」

「ですが太政官は、将門どのが藤原玄茂どのや興世王どのを営所に親しく出入りさせていることを、謀叛の証左と考えておられましょう。もし本当に叛意がないのであれば、あの方々をご身辺より遠ざけねばなりますまい」

「なんだと」

　将門が形のいい眉を跳ね上げる。その驚きように我ながら不思議なほど激しい動揺を覚え、寛朝は「よくお考えくだされ、将門どの」と早口で続けた。かたわらの欅《けやき》の木に止まった蝉が、その言葉をかき消そうとするかのように、急にかしましく鳴き始めた。

「もし本当に常陸の国司どのが、藤原玄茂どのの仰る通りの暴虐な御仁であれば、かの国の官吏《かんり》からもっと多くの怨嗟の声が上がっておりましょう。常陸を追われた玄茂どのたちを気の毒がり、ここまで後を追って来る者も幾人かはいる道理ではありませぬか」

　だが実際は藤原玄明・玄茂兄弟を慕って常陸を離れる官人は一人とておらず、彼らはかれこれ一年以上も、将門の元に居候を続けている。

「他者を信じ、身内として守らんとするお志《こころざし》はご立派でございます。ですが世の人がみな、その厚意に報いる者ばかりではないとお気付きください。このままでは将門どのは本当に、都に弓引く謀叛人とされてしまいますぞ」

「御坊は――御坊は玄茂どもを、そのような僻目《ひがめ》で見ておったのか」

　僻目ではない。それが真実なのだと説こうとして、寛朝は息を飲んだ。将門が両手を拳に変え、身体をわなわなと震わせ始めていたからだ。

「常陸国司どのがどんな御仁か、わしは確かに知らん。されどあの兄弟はわしを頼り、着のみ着のままではるばるこの石井まで落ち延びてきた。そんな二人を、たかが都の朝堂怖さに営所から放り出せというのか」

「たかが朝堂と仰せられますか」

わが耳を疑った寛朝に、「おお、そうだ」と将門は顔じゅうを口にして怒鳴った。木の葉を震わせんばかりの胴間声《どうまごえ》に、かたわらの蟬が怯えたように鳴き止む。しかし今の寛朝の耳には、そんな四囲の変化はこれっぽっちも届いていなかった。

謀叛も悪逆も意に介さぬ将門の剛胆さは、これまでによく分かっていた。さりながら平氏の一員として、自分と同じ皇族の血をその身に受けた将門が、都の朝堂を軽んじた事実がどうにも信じられない。まさに日本そのものを土足で踏みにじる言い様に、一瞬にして背中に粟粒《あわつぶ》が浮いた。

「わしはこの坂東で生まれ、苦心して石井や鎌輪《かまわ》の営所を構えた。その間、いったい都の太政官たちが何をしてくれた。父が早くに亡くなり、その後を追うように母が病死した折も、父の遺領を狙う伯父たちがうその母親を焼き殺したときも、奴らはただ京でのうのうとしていただけではないか」

「違います。わたくしが申しているのは、そういう意味ではありません」

「何が違うというのだ」

国を統《す》べる律令と天皇のおわす都とは、決して侵すべからざる不滅の理念。個々人の悩み苦しみなぞとはまったく別種の、いわばこの日本《ひのもと》そのものなのだ。

しかし放埒なる坂東に生まれ育ち、無数の争いによって己の生を摑み取ってきた将門には、天下の遍《あまね》く百姓《ひゃくせい》をしろしめす都の論理なぞ、皆目理解できぬのだろう。寛朝の言葉を遮る顔には、嫌悪と怒りがはっきりにじんでいる。

ほんの数滴かもしれないが、自分と将門には確かに同じ皇統の血が流れている。それなのに何故、目の前の男と己は、こうも隔《へだ》たった場所に立っているのだ。

辺りを取り巻く夏闇が、くらりと歪《ゆが》む。手を伸ばせば届く距離にいるにもかかわらず、将門の魁偉《かいい》な姿が急に遠のいた気がした。

「幾度も言っただろう。わしはただ、この地とここに集う者たちを守りたいだけだ。そのためには都など知るかッ」

違う。将門は間違っている。どこまでも広がる坂東の大地も、満々たる香取の海も、それらはすべて天皇の治める都につながっている。空にたなびく霞とその向こうに佇立《ちょりつ》する遠山、雲の切れ間から射す朝陽。そしてその空の下に生きる草木国土すべてが、都の典《のり》によって生かされていることを、どうして将門は理解できぬのだ。

「わしは謀叛人と後ろ指さされても、恐ろしゅうはない。わしが恐れるのはただ、この地と従類伴類たちを守れなくなることだけだッ」

「父さまッ」

甲高い声が二人の間に割って入った。闇の奥から転がるように駆けてきたうそが、将門の腰にしがみついた。

「どうなさったの、父さま。お坊さまと何を言い争っていらっしゃるの」

うそが大きな目を見開き、将門と寛朝を慌ただしく見比べる。その困惑しきった表情に、寛朝は胸を衝かれた。

都に弓引くとは、この地を追われ、己を慕う娘とも引き裂かれるやもしれぬことだと、将門は本当に了しているのか。それともそんな単純な事実すら判別できぬほど、この男は坂東の力を過信しているのか。

見回せば、いつしか二人のぐるりには幾人もの男たちが円を描き、固唾《かたず》を飲んでこちらをうかがっている。

多治経明の姿はない。その代わり、薄ら笑いを浮かべる藤原玄茂の顔を人垣の中に見つけた途端、寛朝の身体からどっと力が抜けた。

将門は必死にその身を揺さぶるうそにも気付かぬ様子で、寛朝を睨み、大きく肩を上下させている。血走り、大きく見開かれた双眸を、寛朝は静かに見つめ返した。

心の底では、ずっと以前から承知していた。自分と将門は、所詮は相《あい》容れぬ存在。ただ彼の放つ至誠の声に激しく惹かれ、この地に留まっていたものの、畢竟《ひっきょう》、寛朝は将門を理解できぬし、将門は寛朝を――いや、都を理解できぬのだ。

「ねえ、ねえったら。お坊さまも父さまも、お互い謝ってちょうだい。うそは二人がいがみ合うのは、絶対に嫌なんだから」

頬にぼろぼろと涙をこぼしながら、うそが将門の袖を引く。地団駄《じだんだ》を踏んで、父親を見上げるその小さな頭に手を置いてなだめてやりたい衝動を堪え、寛朝は将門に向かって深く一礼した。

　うつむいたまま強く双眸を閉じ、土を蹴立てて踵《きびす》を返す。将門がどんな顔をしているのか、己の目で確かめるのが恐ろしかった。

　好奇の色を剝《む》き出《だ》しにした野次馬をかき分け、門に向かう。手近な倉の角を曲がるや、ほとんど駆け足になって厩へと駆け、下従が曳き出した痩《や》せ馬の手綱を受け取ろうとしたその時である。

「御坊、御坊。お待ちください」

　野太い叫びとともに後を追ってきた多治経明が、寛朝の腕を強く摑んだ。有無を言わさず、馬ごと寛朝を物陰に引っ張り込み、「申し訳ございませぬ」と眉根を寄せてうなだれた。

「我ら従類が胡乱《うろん》な輩を主より遠ざけられなんだばっかりに、御坊には大変なご迷惑をおかけいたしました。どうか、わが主をお許しください」

「いいえ、経明どの。詫びねばならぬのは、わたくしの方でございます」

　寛朝が坂東に来てから、すでに二年。この地について理解していると自負し、将門を謗る平貞盛を内心奇妙に感じながら、やはり自分は何一つ坂東を、その権化《ごんげ》の如き将門を分かっていなかった。

坂東は荒ぶる鄙の地。四海波静かなれと願う都人の思いなぞ、この地の者たちに伝わるはずがない。寛朝と同じく皇統に連なっていようとも、やはり将門はここでしか生きられぬ男だったのだ。

「ただ返す返す案じられるのは、将門どのの御身でございます。経明どのがおいでになる限り、これ以上の短慮はなさらぬと存じますが、どうかくれぐれもご用心ください。決して、都を侮《あなど》らず、何とか征討軍が遣わされるまでに、事を落着させてください」

「ありがとうございます。御坊のお心遣い、この多治経明、決して忘れはいたしませぬ」

白髪交じりの頭を、経明が深く下げる。その向こうに広がる森の木立が妙に黒々と映るのは、東の空がうっすら白み始めているからだ。

星が一つ、また一つと輝きを失い、藍色の空にたなびく雲の姿が次第にくっきりと浮かび上がる。どこか遠くで、鶏がけたたましく啼いた。

仲間に誘われ、更に啼き立てる鶏鳴に交じって、御坊、と張りのある声が聞こえた気がして、寛朝は目をしばたたいた。

——歌うてくれ、御坊。

唇が震え、微かに喉が鳴る。自分はいま、誰とともに落花を踏んでいるのだ。果てしないこの坂東の曠野《こうや》を、これから誰と彷徨《さまよ》えばいいのだ。

また星が一つ、瞬きながら空のただなかに溶けてゆく。闇に慣れた目に、明るみ始めた空が眩しすぎたのだろう。眸がひとりでに潤み、星の消えた暁天がにじんだ。

夜が明け切ってから寺に戻った寛朝を、折しも寺門の前を掃《は》き清めていた尋祚は無言で迎えた。

血の気の失《う》せた寛朝の顔を眺めて、一つ、小さな息をつく。甘えて尾を振る老馬の手綱を取りながら、

「老いぼれをあまり、苦しめんでくだされよ」

と、責めるでもなく落とした声が、寛朝の胸を鋭く刺した。

「――尋祚さま」

「なんでございます」

呼びかけに振り返りもせぬまま、そのまま馬を厩へと曳いて行く。その痩せた背に向かい、「わたくしはそろそろ、常陸に戻ろうかと思います」と、寛朝はひと息に吐き出した。

「ああ、それはよろしゅうございますなあ。啓雲もさぞ、安堵いたしましょうぞ」

ただ、と続けざま、尋祚は寛朝を顧みた。がみがみと口やかましい常になく、こちらの顔色をうかがう眼差しであった。

「鄙の年寄りのわがままを申し上げれば、もうしばらく当寺にお留まりいただくことはできませぬか」

「それはまた、何故でございます」

すると尋祚はかたわらの馬の首を軽く叩き、「この界隈《かいわい》も、いつまた戦になるか知れませぬでなあ」と口早に言った。

「なにせこの寺は、下野《しもつけ》や常陸に至る街道に近《ちこ》うございます。万一、軍兵に行きがけの駄賃とばかり襲われては、手も足も出せませせぬ」

兵に抗《あらが》いようがないのは、寛朝がいたとて同様だ。しかし尋祚が期待しているのは、そういう意味ではないのだろう。

将門がこのまま態度を改めなければ、いずれ坂東諸国の国衙は将門討伐を行なう。そうなれば当然、将門は石井から討って出て、いずこかの国に攻め入るはずだ。

事ここに至っては、自分がいるからと言って、将門が法城寺に手を出すなと下知《げち》するとは思えない。だがそれでも多治経明だけは、この寺に便宜を図ってくれるかもしれない。

あの濶達《かったつ》な将門が再び打ち物を手にして戦うと考えただけで、胸の中に冷たい風が吹く。しかし今の寛朝には、もはやどうしようもなかった。

「承知いたしました。では今年いっぱいは、このままここにご厄介になりましょう。その間に何も起きなければ、常陸に戻ります」

「おお、そうしてくださいますか。助かりますわい。そういえば今朝早く、常陸国分寺から使いが参りましてな。心慶どのが近々、この寺に来られるそうでございますぞ」

思いがけぬ人物の名に、寛朝は言葉を失った。だが寛朝の屈託を知らぬ尋祚は、「寛朝さまが常陸国分寺を離れられて、かれこれ二年。さぞお懐かしゅうございましょう」と歯の抜けた口をようやくほころばせた。

「で、ですが。心慶さまが何故、法城寺に」

「ああ、墓参でございますよ。これまでも数年に一度は、必ずお越しになられておりましたのじゃ」

あっさり答えてから、「そういえば、寛朝さまはご存じありませなんだか」と尋祚は首をひねった。

「それ、この寺の向かいの墓所に、大きな塚がありましょう。今から十二年……いや、十三年前になりますか。下総への赴任の途次、賊に襲われてお亡くなりになった国司さまご一行が、そちらに葬られているのでございますよ」

言われてみれば、かつてそんな惨事があったと耳にした覚えはある。とはいえ十年以上も昔に亡くなった人々の墓所に、なぜ心慶が詣でるのだ。

「亡くなられた国司さまは、多賀谷澄春《たがやのすみはる》さまと仰いましてな。下野国を経てこの下総に入られた矢先、ご家族や従僕ともども群盗《ぐんとう》の餌食となられたのでございます」

初めに彼らの死骸を見つけたのは、法城寺からほど近い村の者たちだった、と尋祚は語った。

妻子を守ろうとしたのだろう。澄春らしき男は膾《なます》の如く切り刻まれ、裸に剝《む》かれ、白い胸乳《むなち》を露わにした女の亡骸《なきがら》が、そのかたわらに無造作に放り出されていた。群盗たちの馬と思《おぼ》しき蹄の跡が、夥しい朱に染まった野面から街道の方角へ、地に落ちたあでやかな花のようにぽつりぽつりと続いていたという。

「当初はどこの誰とも分からなんだゆえ、とりあえずこの寺にご遺骸を運び入れましてな。衆僧総出で拭き清め、向かいの墓所にひとまとめに葬って差し上げたのでございます」

　やがて新国司が到着せぬことを訝《いぶか》しんだ国衙が各郡に官人を遣わし、法城寺に埋葬された一行の身元は明らかになった。しかし急いで都に使者を送れば、澄春とその妻は身寄りがない。二人の間には五歳になる娘がおり、共に下総に下ったはずと言うが、澄春たちを襲った群盗に拉致されたと見え、その行方は皆目知れなかった。

「さような方々をわしらが弔《とむろ》うたのも、なにかの縁。以来、折につけて、花を手向《たむ》け、懇《ねんご》ろな供養を行なっていたのでございますが、それから三月ほどが過ぎた夏の日でございます。心慶どのが突然、当寺を訪ねて来られましてな。多賀谷澄春さまとは深い縁があると名乗られ、丸一夜、墓前で供養をなさったのでございます」

　あの愛想のない心慶が、そんな温かな心を持っていたとは到底思い難い。都での知己だったのかと不審を抱いた寛朝は、その後に続いた尋祚の呟きにわが耳を疑った。

「まあ、されど心慶どのも人のいいお方でいらっしゃる。その後、苦心惨憺して諸国を訪ね歩いた末、澄春どのの娘御を探し当て、今ではその身の行く末にもあれこれ気を配っておられるのでございますからなあ」

「澄春どのの娘でございますと——」

　まさか寛朝が知らぬとは思ってもいなかったのだろう。その驚きの声に、尋祚がしまったとばかり顔をしかめる。素早く四方に目を配り、「わしも風の噂に聞いて、ああそういうことかと思い至っただけじゃ。常陸国分寺の僧どもには、黙っていてくだされよ」と、声をひそめた。

「啓雲から聞いたところによれば、心慶どのは月に二、三度、香取の傀儡女《くぐつめ》どもの元に足を運んでおられるとか。様々な楽を手ずから教え、時には琵琶《びわ》や笛の手入れまでしてやっているそうではございませぬか」

　嫋々《じょうじょう》たる琵琶の音が、不意に耳の底で響いた。琴、笛、三《さん》ノ鼓《つづみ》。夥しい楽器に取り囲まれ、気難しい面持ちで笙《しょう》を炭火にかざす心慶の姿が、火の粉のように弾けて消えた。

　香取の海の傀儡女は約四十人。その中で心慶が去就に気を配っている傀儡女なぞ、どう考えても一人しかいない。

（あこや——）

　そうだとすれば、すべてが腑に落ちる。天下十逸物の一である名器を、なぜ心慶は賤《いや》しい傀儡女に与えたのか。あれは傀儡女に身を落とした旧友の娘を、少しでも助けんとしてだったのではないか。

「その傀儡女は……己の出自を知っているのですか」

「さあ、そこまでは存じませぬ。されど香取で春をひさぐ傀儡女は、みな幼い頃に人買いによって集められ、長者に売り渡された女子ども。その身を解き放つには、大枚の銭を払わねばなりませぬ。すぐさま長者に銭を叩きつけ、都に連れ帰ってやれるのならともかく、どのみち賤しい傀儡女として生涯を過ごさせねばならぬのなら、身元を教えてやるのはかえって酷ではありますまいか」

　拙僧であれば黙っておりまするな、と続けてから、尋祚はもう一度「わしが申したとは黙っていてくださいませよ」と念を押し、馬を曳いて歩み去った。

　その背を見送る足が震え、寛朝は寺門の本柱にすがりついた。そのままがくりと膝を折り、礎石に尻を降ろした。

　確かにこれまでのあこやの態度から推すに、彼女が己の素性を知っているとは思い難い。つまり心慶は自らの正体を伏せたまま、あこやに有明《ありあけ》を与え、楽の伝授を行なっているのだろう。

　ただ、有明は管絃に長《た》けた者にとっては、何十貫と引き換えても惜しくない天下の名器。有明を授け、そのまま傀儡女稼業を続けさせるぐらいなら、いっそ琵琶を売り払い、その物代《ものしろ》で当人を榊《さかき》ノ御《ご》から買い戻せばいいはずだ。

それにもかかわらず、いまだあこやを傀儡女の境涯に置いているとは、本当に心慶は彼女の身を案じているのか。自分や千歳に対する冷淡な仕打ちと相まって、ますますその考えが理解できなくなる。こんな時に再び自分の心をかき乱す心慶が、恨めしくすら感じられた。

それゆえ、半月後、心慶が単身、法城寺を訪れた時も、寛朝はどんな顔で彼に会えばいいのかを決めかねていた。僧房からのぞき見れば、粗末な法衣に身を包んだ心慶は、出迎えた尋祚と二言三言、言葉を交わすなり、寺門を出て、向かいの塚へと歩いてゆく。その身体は二年の間に一回り小さくなっていたが、双眸に宿る光は以前よりも強く、油を流したような輝きすら孕《はら》んでいた。

「おや、寛朝さま。そんなところで何をしておられます」

僧房に戻って来た尋祚の問いかけに、寛朝は無言で身を翻《ひるがえ》した。「おおい、どこに行かれます」という怒鳴り声から逃れるように、そのまま人気《ひとけ》のない本堂へと駆け込んだ。

至誠の声を学びたい、ただその思いだけを胸に坂東に来た。さりながら知れば知るほど心慶なる男は判じがたく、疑念ばかりがどんどん膨らんでゆく。

いっそ京を出ず、あのまま仁和寺に暮らし続けていれば。そうすれば自分は幼い頃に聞いた朗詠にただ憧れ、坂東の混沌も心慶への落胆も何一つ知らずに済んだ。無論、将門をあのように怒らせることも、彼に対して失望することもなかったはずだ。

開け放たれた蔀戸《しとみど》から差し入る薄陽が、本尊の大日如来坐像を弱々しく温めている。その素朴な面相を仰ぎ、寛朝は冷たい磚《せん》に直に安坐した。両手を胸の前で合わせ、震える声をしぼり出した。

「金剛薩埵《きんこうさった》、摂受故《せっしゅうこ》――」

　忘れねばならない。至誠の声なぞ、自分は一度も聞きはしなかった。豊原是緒の朗詠も、将門の戦のただなかで聞いた心震わす音も、すべては幻だ。

　この世のあらゆる音は御仏の教えであり、空を渡る風の音、草を洗う川の流れもまた真言の響きと同一である。ならば管絃梵唄はみな讃仏敬神の音に等しく、そこには一点の瞋《しん》恚《い》も悪意も含まれてはならない。三山鎮《さんざんしずめ》を為《な》し、四神相備《あいそな》わる都は、まさに五行《ごぎょう》整い、諸仏諸声に守られた理《ことわり》の地。そんな京とは正反対に混沌たる坂東に、そもそも至誠の声なぞある道理がなかったのだ。

　咄嗟に口をついて出た梵唄は、金剛薩埵《こんごうさった》を讃美する「四智讃《しちさん》」。大日如来と衆生を結ぶ菩薩である金剛薩埵は、金剛（ダイヤモンド）の如き堅固な菩提心を持つ理想の人間像である。金剛薩埵に救われるとともに自らも金剛薩埵となり、如来を讃歎《さんたん》せんと歌う漢語讃によって、至誠の声に惑い、冥闇《めいあん》の坂東にさまよい出た我が身を叱咤せんと、寛朝は声を張り上げた。

　四智讃を終えた後は、三礼《さんらい》。如来唄《にょらいばい》、表白《ひょうびゃく》、発願《ほつがん》。思いつく限りの梵唄を誦すうちに、喉は嗄《か》れ、頭は熱を帯びて火照《ほて》ってくる。

外より差し入る陽射しはとうに褪《あ》せ、ひたひたと忍び寄る宵闇《よいやみ》に尊容の輪郭がぼんやりと浮かび上がっている。更に新たなる経典を読誦《どくじゅ》しようとして息が詰まり、激しく咳き込んだその時である。

――帰命《きみょう》毘盧舎那仏《びるしゃなぶつ》、無染無着《むぜんむぢゃく》真理趣《しんりしゅ》

祖父の寛平法皇《かんぴょうほうおう》がかつて非常に重んじていた『理趣経《りしゅきょう》』の一節が、脳裏をよぎった。

思えば亡き祖父だけは、寛朝の梵唄を常に喜び、その声に惜しむことなき讃辞を送ってくれた。それなのにどうしてこの身はそんな祖父の言葉を信じず、至誠の声なぞ追い求めたのか。

人間の欲望や我意すらを清らかなるものと見なし、大いなる安楽の境地においては万物はあるがままにあれと語る『理趣経』の絶対肯定の思想は、これまでの寛朝にはいささか理解しがたいものであった。しかし父を恨み、ありもしない至誠の声を追って坂東くんだりまで来た我が身を省みれば、欲・触・愛・慢をも清浄と捉える本経が、今はひどく近しく感じられる。

再度、その場に居住まいを正し、寛朝は『理趣経』を冒頭の勧請《かんじょう》・経題《きょうだい》から梵唄でゆっくりと読誦しはじめた。だが本文全十七段を誦し終えてはたと唇を引き結んだのは、その後に続く讃歎偈《さんだんげ》の音節の凡庸さに、いささか飽きが来たからだ。

そもそもこの箇所は、『理趣経』が日本に将来された後、本邦で追加されたもの。それゆえかその旋律は大日如来の威光を称讃する内容とは裏腹に、単純かつ平凡なことこの上なく、仁和寺の梵音僧の中にはこの箇所だけは素読で読み飛ばす者も多かった。

しかしいくらつまらない旋律とはいえ、梵唄は梵唄だ。気を取り直して七言十四句の讃文を誦しながら、寛朝はもう一度、薄闇に沈みつつある本尊を見上げた。

もし『理趣経』が真であれば、至誠の声を貪《むさぼ》り、父を瞋恚し、自らの無知にすら気付かなかった三毒の権化の如きこの身も、いずれは清浄なる大楽三昧《ざんまい》の境地に至るのだろうか。闇はいよいよ深まり、仰いだ如来像はもはや目鼻立ちも定かではない。夜鴉《よがらす》か、それとも狐か。どこか遠くでギャアッとしゃがれた啼声が響いた。

寛朝は読誦したばかりの讃歎偈の冒頭を、今度は素読で呟いた。

――善哉善哉《せんざいせんざい》、大薩埵《たいさった》。善哉善哉《せんざいせんざい》、大安楽《たいあんらく》

――善哉善哉《せんざいせんざい》、摩訶衍《まかえん》。善哉善哉《せんざいせんざい》、大智慧《たいちけい》

善《よ》き哉《かな》、善き哉、と同じ言葉を繰り返す音節は、上手い節さえつければさぞ耳に心地よい梵唄になるだろう。いや、そればかりか事によっては光り輝く大いなる大安楽を寿《ことほ》ぐにふさわしい、華やかなる讃美の楽とも変じるはずだ。

寛朝はふと、自分であればこの偈文《げもん》にどんな節を施せるだろう、と考えた。

まず冒頭は華やかなる盤渉《ばんしき》調。大きく音を揺らす由《ゆ》りを多用し、呂律《りょりつ》の調子を一節ごとに繰り返す。そして途中で平調《ひょうじょう》に転調して音を高めるか、後になるほど由りを増やして華やかな旋律と成すのはどうだろう。

どれだけ足掻《あが》いても、寛朝の喉は心慶の如き靱《つよ》き声も、戦場の音も出せはしない。しかしながら知恵を絞《しぼ》れば、新たなる旋律を生み出すことぐらいは出来るのではないか。

翌日から寛朝は『理趣経』の梵唄の稽古と共に、様々な旋律を考案しては、その音節に乗せて讃歎偈を誦すことを始めた。

そもそも梵唄の伝承は、口伝が基本。師僧から教えられた旋律を一言一句過《あやま》たずに次の世代に引き継ぐことが、梵唄僧の務めである。

それだけにいま自分が作り出した旋律は、ただの余戯。坂東を出て都に戻れば、忘れねばならぬと思いつつも、寛朝は事あるごとに讃歎偈を口ずさんでは、その調べをより美しく、御仏を讃《たた》えるにふさわしいものに作り変えることに没頭した。唇をつく旋律が日を重ねるにつれ、ますます複雑なものと化すことにも、何ら頓着《とんちゃく》しなかった。

季節はやがて秋から冬へと推移し、坂東の平野には冷たい風が朝夕吹きすさび始めた。常陸国衙の平貞盛から時折寄越される文によれば、相変わらず藤原玄明・玄茂や興世王こそ営所に出入りしているものの、将門はほとんど石井を動かず、周辺の郡の紛争に首を突っ込むことも絶えたという。

それは自分の忠告ゆえではなく、多治経明が懸命に主を諫めていればこそであろう。京の朝堂はそんな将門の挙動を注視し、その叛意の有無を見極めようとしているはず。いずれにしても寛朝は、このまま将門が波風を起こさずにいてくれることを願わずにはいられなかった。

だが、霜月も半ばを過ぎたある朝である。猿島郡と結城郡の境近くの郷の男が真っ青な顔で法城寺に転がり込むなり、

「た、大変でございます」

と、両手を振り回して喚き立てた。

「先ほど千人はいようかという軍兵が、石井営所より東に向かって発ちました。あれはきっと国境を越え、常陸に攻め入ろうとする将門の手勢に違いありませぬ」

尋祚が「なんじゃと」と驚愕の声を上げる。境内の掃除をしていた寛朝は箒を握りしめたまま、僧房から飛び出してきた衆僧とともに里人に駆け寄った。

「石井の東を流れる広河《ひろかわ》の江《え》（飯沼《いいぬま》川）と小貝《こかい》川を渡れば、常陸国は目と鼻の先じゃな」

「も、もしかしたら将門は、そのまま常陸国府に襲いかかろうとしているのでは」

僧たちが顔を強張らせて、口々に喚いたのも無理はない。

天皇の勅任《ちょくにん》を受けて諸国に派遣される国司は、天皇の権威を体現する人物であり、その執務所が置かれる国府は地方における京そのもの。つまり国府に向かって兵を動かすとは、都に弓引くのと同義である。

それだけに常陸国府を目指しての進軍は、叛意を露わにしたと取られても皆目言い訳はできぬ行為であった。

「こうなってはいつ石井に国衙の兵が押し寄せるやもしれぬとあって、猿島や豊田の各村は大騒ぎでございます。つきましてはご住持、わが村の女子供をこの寺にお匿《かくま》いいただけませんか」

「おお、お安い御用じゃ」

将門が東に向かったのであれば、石井の北方に位置する結城郡は戦場にならずに済むと考えたのだろう。尋祚は薄い胸を叩いた。

「いずれも朽ちかけてはいるものの、幸い、空いておる堂宇《どうう》は幾つもあるでな。ただ貧乏寺ゆえ、すまぬが飯までは出してやれぬ。己の食い扶持だけは、めいめいに持たせるのじゃぞ」

「あ、ありがとうございます。すぐに皆を連れて参りますッ」

幾度も頭を下げて、門を飛び出した里人が「おっ」とたたらを踏んだのは、いつしか門前の街道に夥しい人の列が生じていたためだ。

石井営所近郷の人々が、今のうちに下野国に難を避けようとしているのだろう。大小の荷を抱えた人々の面差しは一様に強張り、血の気がない。母親に背負われた赤子までが、周囲の剣呑な気配を察してか、大きな眸をこぼれ落ちんばかりに見開いている。その怯え

きった小さな顔を目にした瞬間、寛朝は思わず、

「尋祚さま、馬をお貸しくださいませ」

と喚《わめ》いていた。

しかしながら尋祚はすぐさま眉を吊り上げ、「お止めなされ、寛朝さま」と険しい口調でそれを制した。

「どこに行かれるおつもりか、仰られずともよう存じておりますぞ。あの暴れ馬は元々、いかなる説諭も聞かぬ男。ましてや手勢を動かし、国府に攻め入ろうとしている最中とあっては、寛朝さまの御身も危のうございます」

がなり立てる尋祚の顔を、寛朝は歯を食いしばって凝視した。

将門が兵を動かした理由は不明だが、少なくとも彼と常陸国司・藤原維幾《これちか》の間には明らかな齟齬《そご》がある。それさえ埋められれば目の前の戦は避けられるやもと承知しながら、知らぬ顔を決め込んでいいものか。

「お許しください、尋祚さま」

そう言い捨てて一礼するや、寛朝は厩に向かって駆けた。嫌がる馬に鞍を置き、そのまま寺を飛び出した。

振り返れば、尋祚は唇を一文字に引き結び、こちらをまっすぐに見つめている。その目の哀しさに大きく揺れる胸を堪えて、寛朝は激しく馬を笞打った。

ここから常陸国府までは、徒歩で約一日余の距離。騎馬であれば、決して追いつけぬ道のりではない。どうか間に合ってくれ、との呟きが、おのずと唇から洩れた。

あまりに馬を急がせたために、半刻も駆けぬうちに往来から人々の姿は消え、辺りは一面、冬枯れの野面と変わった。馬の荒々しい息遣いと吹きすさぶ風音が、寛朝の耳を交互に打った。

衣川を渡り、木の葉の厚く降り積もった森を二つ、三つと過ぎる頃には、頭上には鉛色の雲が垂れ込め、白いものが風に交じって顔を叩き始めた。それに合わせるかのように、馬の足取りが湿った泥に呑まれて見る見る重くなる。痩せた骨そっくりの裸木が、行く手を遮るかのように北風に枝を揺らした。

「頼む、頼むから、駆けてくれ」

懸命に笞打つ寛朝にはお構いなしに、馬はめんどうくさげに尾を振り、更に歩みを緩めた。ついにはその場に立ち止まり、足元の朽木を鼻で突いて、わずかな下草を食《は》み始めた。

しかたなく寛朝は馬から飛び下り、手綱を摑んで歩き出した。幾ら役に立たぬ痩せ馬とはいえ、無理やり法城寺から借り受けてきたものを、こんな路傍に置き去りにはできなかった。

沼が近いのか、一歩ごとにぬかるみが足を取り、身体がふわふわと傾《かし》ぐ。その歩きにくさ、爪先から染み通る泥の冷たさを堪えて森を抜けると、ようやく見つけた郷で馬を預ける。常陸国府までの道を里人に尋ね、草鞋《そうかい》の緒を結わえ直して駆け出した。

日はいつしか大きく西に傾き、宵闇が辺りを包み始めている。昼間に積もった淡雪のせいで、幸い足元は明るい。凍《こご》える手に息を吹きかけ吹きかけ、遅れて昇り始めた半月の光を受けながら、寛朝は道を急いだ。

今更、将門に自分の言葉が届くとは思えない。しかしだからといって、彼をこのまま謀叛人にはできない。激しい焦りと諦念が、交互に胸に去来する。もはや空腹も寒さも感じぬまま、ひたすら足を励ますうち、突如、空の一角が明るんだ。

中天にはまだ半月がかかり、頭上高く北辰《ほくしん》がきらめいている。日の出には相当の間があろうに、何故、東の空ばかりあれほど朱に染まっているのだろう。不審を覚えつつ肩で息をついたとき、不意に冷たい風が顔を叩いた。同時にむせ返るほどの煤《すす》の匂いが喉を塞《ふさ》ぎ、鐘の音がけたたましく耳を打った。

鶏声の如く激しく連打されるそれが、三月もの間、朝夕、毎日撞《つ》いていた常陸国分寺の鐘の音と気付き、寛朝は目を見開いた。

上手の手にかかれば、香取の海に小波を起こすとすら言われた名鐘は今、その美しい響きをかなぐり捨て、逃げ惑う雌鶏そっくりの悲鳴を上げている。

東の空は今や目が眩むほどに明るみ、緋色《ひいろ》の蛇に似た閃光が星を食らおうとでもするかの如く、しきりに天に向かって鎌首をもたげている。焔《ほのお》だ。巨大な火焔《かえん》が、常陸国府のただなかより柱となってそびえ立っているのだ。
激しい震えが、全身を貫く。緒の解けた草鞋を蹴り捨てて野面を駆け、寛朝は志筑《しづく》川の流れに飛び込んだ。

薄氷の浮いた水をかき分けながら目を凝《こ》らせば、対岸には何百もの男女が蒼白な顔で身を寄せ合い、国府に続く坂を恐ろしげに振り返っている。まだ暗い時刻、取る物も取りあえず国府から逃げてきたのだろう。いずれも着の身着のままで、中には裸足の者も珍しくない。手向かいをして、途次で斬られたのか。半身を朱に染めた老人が、川の流れに突っ伏していた。

長い坂の上からは、まだ続々と人々が逃げてくる。全身ずぶ濡れになって川を渡るや、寛朝は彼らをかき分けて坂を上り出した。

「お坊さま、どこに行かれます。この坂の果ては今、戦場でございます」

「今から国府に向かうなぞ、命知らずにも程がありますぞ」

すれ違う者たちが、口々に制止する。それを振り切って長い坂を駆け、寛朝は言葉にならぬ叫びを洩らした。

八町（約八七〇メートル）四方の台地に築かれた常陸国府は、西端に国衙、北端に国分寺を備えた、それはそれは美しい街であった。しかし今、大路が整然と走る都邑《とゆう》は焔に包まれ、墨と見まごう黒煙が街路を覆い尽くしている。

攻め寄せた将門軍をここで防ごうとしたのだろう。大路の中央には荷車を積み上げた馬塞ぎが築かれているが、その中央はすでに無惨に破られ、国兵の複数の死骸が燃え盛る火焔に赤々と照らし付けられている。早くも黒ずみ始めた血だまりが、先ほどの志筑川の流れよりも冷たく寛朝の足を洗った。

「お、お助けを――」

低い呻《うめ》きに飛びすされば、折り重なった骸《むくろ》の間にわずかに動く指がある。いまだほのかな温《ぬく》みを留めた死体をかき分け、寛朝はその下からかろうじて息のある兵士を引きずり出した。

年の頃はまだ十六、七歳と思しきその頭を支え、口を開かせる。川水に濡れそぼった衣を絞り、注意深くそこに水を滴らせた。

「あ、ありがとうございます。ご、御坊は国分寺のお方でございますか」

「違います。わたくしはたった今、下総からやって参りました。それより、お教えくだされ。この火は将門どのがいきなり放ったのですか」

寛朝の問いに答えようとして、青年は激しく咳き込んだ。その腹は深くえぐられ、ひゅうひゅうと寒風そっくりの音が、しきりに喉から洩れている。それでも懸命に唇を励まし、

「いきなりではありません」と青年は弱々しく続けた。

「数日前、藤原玄明・玄茂兄弟を許し、元通り常陸に住まわせよとの書状が、平将門から

国衙に届いたのでございます。ですが国司さまは、なにを世迷言《よまいごと》をとそれを一蹴なさいまして――」

　寛朝は眉根を強く寄せた。将門が藤原維幾を分かっていないように、維幾もまた将門を理解していない。将門の願いはただ一つ、玄明たちの救済だ。それが生真面目な国司によって一蹴されたことで、彼の義憤は激しい怒りに変じたのだ。

「深更、突如、町はずれの家々に火をかけられ、国府は大混乱に陥りました。国兵三千が打って出、大路を塞いで奴らを討ち取ろうとしたのですが、夜陰に紛れての不意打ちとあって、あっという間にわが方は総崩れとなったのです」

「国衙は、維幾どのはご無事なのですか」

「それは分かりません。手勢を率い、自ら討って出られたとまでは聞きましたが」

　では大掾《だいじょう》の平貞盛どのは、と問おうとした刹那《せつな》、青年はまた強く咳き込んだ。血泥に汚れた手で寛朝の袖端を握り、「水をありがとうございました」と、急に力を失った口調で呟いた。

「御坊も早くお逃げください。あ奴らはほうぼうの家を襲って財物を奪いながら、男を殺め、女子供を捕えております。ご出家とて、容赦はいたしますまい」

「まさか、そんな真似を――」

　思いがけぬほど近くで上がった甲高い悲鳴が、寛朝の言葉を遮った。咄嗟に青年の背を押しやって物陰に伏せた寛朝の目の前に、素足の女が一人、飛び出してくる。それと同時に大地が音を立てて揺れ、辻の向こうから十数騎が駆けてきた。

そのうちの一騎が疾風《はやて》の勢いで女に追いつき、長く伸びた髪を摑んだ。まさか累々《るいるい》たる死骸の中に、生きた人間がいるとは思ってもいないのだろう。寛朝たちには目もくれぬまま女を馬上へ抱き上げ、すばやく馬首を翻す。もがく女の衣が太腿までまくれ上がり、焔の色を映じて絖《ぬめ》そっくりに光った。

古びた胴丸に身を包み、大刀《だいとう》を腰に佩《お》びてはいるが、男たちの挙動はかつて多治経明が率いてきたもののふとは比べものにならぬほど品がない。脛巾《はばき》を巻かぬ脛《すね》を剝き出しにし、げたげたと笑いながら黒煙の漂う大路を駆け去る姿は、まさに地獄の邏卒《らそつ》もかくやと思われた。

おおかた将門近侍《きんじ》の従類ではなく、常陸出兵に際して雇い入れられた伴類どもであろう。だとすれば家々を襲い、女をさらう蛮行も分からぬではない。だがそれにしても多治経明の目が手勢の端々まで行き届かず、その陵虐《りょうぎゃく》を制止できぬ事実に、寛朝は「遅かった――」と呻吟した。

もはや戦は始まり、将門は明らかな叛徒と化してしまった。こうなっては自分の口添えなぞ、なんの意味もなさぬ。まるで目に見えぬ大きな流れが将門たちを呑み込み、どこか遠くに押し流そうとしているかのようだ。

寛朝は「大丈夫でございますか」とかたわらの兵士に目をやった。応えはない。いつの間に息絶えたのか、うつ伏せの身体は木偶《でく》のように動かず、ぽっかり開いた眸が地面に接して歪んでいた。

こみ上げるものを喉の奥で押し殺し、寛朝はまだ温みの残る身体を仰向けた。もう一度袖を絞り、半開きの口に水を落とす。早くも乾き始めたその唇を水滴がうるおし、泥まみれの頬に向かって涙のように流れた。

火の回っていない道を選んで国府の中心に向かえば、辻々には至るところに国兵や国府の衆の骸が重なり、中には半裸の少女の亡骸も含まれていた。鞍をつけたままの馬が脚を折られて倒れ、いつしか白みつつある空に哀しい嘶《いなな》きを谺《こだま》させていた。

一見する限り、国軍の敗色は濃いと映るが、それでもまだほうぼうでは小競《こぜ》り合《あ》いが続いているらしい。野太い喊声や剣戟《けんげき》の音が、時折、遠くで響いている。こればかりは常と変わらぬ澄んだ曙光《しょこう》が、ぶすぶすと黒煙を上げる街並みを照らし始めていた。

「い、命ばかりはお助けをッ」

将門軍の目を盗んで、ここまで逃げてきたのだろう。辻で鉢合わせした赤子連れの若夫婦に目顔で安全な道を指せば、煙に霞む大路の果てに国分寺の伽藍《がらん》が見える。

国府の北端に位置しているために、いまだ軍兵の手は及んでいないのだろう。壮麗な金堂と七重塔の間に建つ鐘楼《しょうろう》からは、相変わらずけたたましい鐘の音が響いている。

国分寺の東には、常陸北部へ続く官道が走っている。国分寺僧たちは国府の人々に危難を知らせるのみならず、ここに来れば戦場から逃れられると告げるべく、いまだ鐘を撞き続けているのではないか。

寛朝は煤だらけの顔を袖で拭った。国司・藤原維幾の身は案じられるが、戦のただなかで自分が出来ることはなにもない。ならばいっそ国分寺に行った方が、まだ何か役に立てそうな気がした。

小道を選んで国分寺に向かえば、案の定、寺に続く坂は恐怖に顔をひきつらせた人々で埋め尽くされている。界隈に兵の姿はないが、それでも辺りには重苦しい沈黙が漂い、赤子の泣き声と門前で人々を導く僧の声だけが、はっきりと寛朝の耳を叩いた。

「押すな、押すでないぞッ。寺の裏門から官道を北に行けば、安侯《あこ》駅の手前で西へ折れる細道がある。そこをまっすぐ進めば、一日で下野にたどり着けるぞ」

遠目ゆえはっきりとは分からないが、門前で声を嗄《か》らしているのは啓雲らしい。だとすれば、夜中から鐘を撞き続けているのは心慶か。

寛朝は坂下に駆け寄った。押しあいへしあいしながら寺へと向かうその流れに身を任せ、坂を上り始めたその時、低い地鳴《ちめい》がはるか彼方で湧き起こった。四囲の人々が顔を強張らせ、一斉に音の方角を顧みた。

「ま――将門軍だッ」

絶叫とともに、人の列が大蛇の如く蠢《うごめ》いた。目の前の子どもを突きのけて走り出す男、人波から弾き出される老婆……。その狂奔を追って駆けてくるのは、簡素な鎧《よろい》に身を包んだ二十騎ほどの軍兵だ。

寛朝は咄嗟に、雑踏から飛び出した。路傍に尻餅をついた老婆の腕を掴み、かたわらの藪《やぶ》に引きずり込んだ。

いまや人々は大波が浜辺を洗う勢いで、国分寺への坂を疾走している。彼らの悲鳴を遮って、「遅れるなッ」という甲高い声が、迫りくる一隊の間で起こった。

「寺に火を放ち、安侯への道をふさげッ。その代わり、寺の什物《じゅうもつ》はむさぼり放題だッ」

その怒号に聞き覚えを感じ、寛朝は四つん這《ば》いになって藪から顔を突き出した。凹凸《おうとつ》の乏しい顔のただなかで、血走った双眸が爛々《らんらん》と光っている。石井営所での卑屈さが嘘のように眉を逆立てた藤原玄茂が、栗毛の馬に乗って寛朝の目の前を駆け過ぎた。

軍兵が逃げ惑う人々に追いつき、その背に斬りかかる。ぎゃあッという悲鳴と怒声が渦を巻き、むせかえるほどの血の臭いが四方に満ちた。寛朝はすがりつく老婆の手を振り払って飛び出したが、すでに玄茂率いる一隊は全身を血に濡らしながら、国分寺の門前にたどり着こうとしていた。

坂のそこここに重なり合った男女の骸。斜《なぞえ》を流れ下る血の川。そして寺門の前に両手を広げて立ち塞がった啓雲の姿が、寛朝の視界に一度に飛び込んできた。

啓雲の目が大きく揺れ、一隊を飛び越してこちらを見つめる。寛朝さま、と唇を動かす彼を凝視したまま坂を駆け上がり、「待ちなされ、玄茂どのッ」と寛朝は怒鳴った。

寺門の前で手綱を引きそばめた玄茂が、顔をしかめてこちらを振り返る。だがすぐに薄い嘲笑を口許に刻むと、再び啓雲に目を移した。高々と笞を振り上げ、馬の尻を激しく打った。

耳を聾《ろう》するばかりの嘶きとともに、栗毛の馬が棹立《さおだ》ちになる。小柄な啓雲の体軀《たいく》がその陰に隠れた次の瞬間、玄茂の後を追って、その配下たちが土煙を立てて駆け出した。一斉に寺内になだれ込む蹄が、啓雲の身体を踏みにじり、跳ね上げる。同時に寺門の向こうで、夥しい叫喚が交錯し始めたが、今の寛朝の耳にその音はまったく届いていなかった。両手を振り回して坂を上り、血泥に汚れ、ぼろ切れ同然と化した啓雲を抱え上げた。

「け、啓雲さま。しっかり、しっかりしてくだされ」

その頭蓋は柘榴《ざくろ》のように弾け、触る端からがくがくと首が揺れる。次々と溢れ出す血を止めようとするかのように、寛朝はもはや動かぬ身体を両手で抱きしめた。

真っ赤なものが視界を覆い、焼き鏝《ごて》を当てられたように胸が熱を帯びる。なぜだ。なぜ啓雲が、国府の人々が死なねばならぬ。その日その日をただ懸命に生きている彼らが、どうして虫けらの如く踏みにじられねばならぬのだ。

「た、助けてくれえッ」

はたと目を上げれば、何十人という男女が境内から転がり出てくる。その後を追って門の内側から薄い煙が流れ出し、見る間に色を濃くした。

鐘楼の鐘の音は、もはや間断なく打たれ続けている。寛朝は啓雲の亡骸を静かに膝から下ろして立ち上がった。

「仏像は火に投げ入れろッ。溶けた金が後で一度にかき集められて楽だからな」

疾駆する馬の蹄にかけられたのだろう。境内の磚は朱に汚れ、幾人もの人々が呻き声を上げて、そのただなかをのたうち回っている。

正面に建つ金堂には火が放たれ、兵たちが右往左往する僧侶を突き飛ばし、次々とそこに仏像を投げ入れている。腕を折られ、冠を奪われ、薪《たきぎ》同様と化した諸像が、見る見るうちにねじけ、弾け、ただの炭へと姿を変える。

僧房や倉の扉はこぞって大きく開け放たれ、そこから運び出されたと思しき金銅の鉢や銀の華鬘《けまん》が、境内の片隅に山を築いている。およそ四囲とはそぐわぬ澄んだ光を放ったそのかたわらでは、悲鳴を上げる若い尼が括袴《くくりばかま》を下ろした兵にのしかかられていた。

「坊主どもの命までは取らん。それよりもあの鐘を止めさせろ」

玄茂の銅鑼声《どらごえ》に、はっと応じて兵が駆け出す。寛朝が後を追う暇なぞない。あれほど連打されていた鐘がすぐに止み、「なにをする。この外道《げどう》がッ」という叫びとともに、心慶が引きずられてきた。

「ええい、うるさい。黙れッ」

玄茂はそう怒鳴るなり、その場に引き据えられた心慶を蹴り倒した。磚に倒れ込んだ心慶の腹や頭を続けざまに足蹴にし、「おぬしらの鐘の音のせいで、国衙の奴らはいち早く守りを固めてしもうたではないかッ」とその顔に唾《つば》を吐きかけた。

「や、やめろッ」

寛朝は足をよろめかせながら、二人に走り寄った。こめかみからたらたらと血を流す心慶と玄茂の間に無理やり身体をねじ込ませ、がばと両手を広げた。

「は、玄茂どの。そなた、自分たちが何をしているのか、分かっているのかッ」

「おお、すべて承知じゃわ。将門とともに国府を襲い、国司を捕えんとしているのよ」

銭櫃《ぜにびつ》でも見つけたのだろう。僧房の奥で、どっと嬉しげな声が湧く。それににやりと唇を歪め、

「されど、それがどうした。かような騒動ぐらい、これまでも諸国で幾度も起きておる。今更、目くじらを立てることではあるまい」

と、玄茂はふてぶてしく言い放った。

「なんだと」

「京はいざ知らず、ここは坂東だ。群盗が国衙を狙うのも、わしらの如き者が国司を襲う

のも、この地ではさして珍しくない。いわばこの戦は、坂東の理に基づいたもの。それが分かったら、さっさとそこを退け。さすがに御坊に怪我をさせては、京から追捕使《ついぶし》を寄越されかねん」

将門がこんな暴虐に出た理由がようやく腑に落ち、寛朝は身体をわななかせた。これまでさんざん国衙と対立してきた将門や玄茂たちは、国府襲撃など大したことではないと、本当に思い込んでいるのだ。

しかし現在、京の太政官は平貞盛や武蔵介の訴えを容れ、将門一党が謀叛を企てているのではと疑っている。そんな最中の国府襲撃は、もはや命取りになりかねぬというのに、当の将門たちだけがそれに気付いていない。

頭蓋を砕かれた啓雲、地面に伏したまま息絶えた若い兵。彼らはかくも愚かな男たちのせいで、命を奪われたのか。

寛朝が怒りに身を震わせながら玄茂の双眸を睨んだとき、先ほどとは比べものにならぬ歓声が背後で弾けた。それと同時に顔を紅潮させた兵士が一人、転がるようにこちらに向かって駆けてきた。

「玄茂さまッ、国衙がようやく陥《お》ちてございます。すでに殿舎には火がかけられ、国司は国印と正倉の鍵を捧げて、将門さまに降伏したとやら」

その途端、玄茂は「おお、やっとかッ」と声を弾ませ、嘲笑を孕んだ目で寛朝と心慶を見下ろした。

「国司が捕えられたとなれば、こんなところでぐずぐずはしておれん。御坊、命拾いしたな」

腰の刀を抜き放つと空を貫くように掲げ、「よし、引き揚げるぞッ」と怒鳴った。

おおッという応えが起こり、銭櫃や金銅の鉢を抱えた軍兵が一斉に坂を下り始める。まるで盗賊と変わりのない男たちの肩越し、南西の方角にひときわ大きな焔が上がっているのに目を止め、寛朝はその場に尻餅をついた。

あれは——あれは常陸国衙だ。天を焼く松明《たいまつ》とも見まごう火に包まれているのは、国司が執務を執《と》る正殿。その手前の広場を芥子粒《けしつぶ》ほどの人々が右往左往しているのが、黒煙のただなかにかろうじて望まれる。

国印と正倉の鍵は、国衙行政の象徴。それが将門の手に落ちたとはすなわち、常陸国府の統治そのものが奪取されたことを指す。負けた。常陸国は完全に、将門に負けたのだ。

うわああッという激しい嗚咽《おえつ》に振り返れば、地響きを上げて燃える金堂の前で、半裸の尼が全身をかきむしって泣き悶えている。そのぐるりでは幾人もの国分寺僧が頬に滂沱《ぼうだ》の涙を伝わせながら、燃え盛る堂舎を——みるみる灰と化す仏像を、経典を見つめていた。

荒れ狂う風は四方八方に火の粉を散らし、金堂や経蔵を取り囲む築地塀の屋根までもが、煙を噴き上げ始めている。熱風が磚《せん》の上を渦巻き、ちりちりと肌を焼く。

焔に包まれた金堂が、地揺りに襲われたかのように震え、次の瞬間、どうと音を立てて崩れ落ちた。それまで呆然と立ちすくんでいた僧侶たちが、一歩、二歩と後じさる。

「に——逃げろッ」

との叫びとともに、なだれを打って寺門へ殺到した。

「お、お待ちください。水を、井戸から水を運ぶのですッ」

喚きながら彼らを留めようとした寛朝の腕が、不意に摑まれた。こめかみから血を流した心慶が小さく首を横に振り、「もう、間に合いませぬ」としゃがれ声をしぼり出した。

「で、ですが」

寛朝が抗弁したとき、更に視界が明るんだ。金堂の脇に建つ七重塔に内側から火が入り、露盤近くから突如、火焔を噴き上げたのだ。

金銅の九輪と水煙が炎光を映じて輝き、降るように落下した瓦が耳障りな音とともに割れ砕ける。焔が風を呼んでいるのだろう。塔の四囲に下げられた風鐸《ふうたく》が助けを求めるように震え、かそけき音を立てた。

見る見る間に各層の垂木《たるき》が火を噴き、塔は目もくらむほど壮麗な焔の柱へと姿を変えた。日中にもかかわらず、長い影が寛朝の足元に伸びる。その有様はまるで、常陸国衙の敗北に国分寺までが殉《じゅん》じるかのようであった。

「ここまでじゃ、寛朝さま。わしを置いて逃げなされ」

足蹴にされた際に折れたのだろう。心慶の膝から下は、およそ常ではありえぬ方向へとねじ曲がっている。

「なにを仰るのです」

寛朝は心慶の脇に肩を入れ、彼を支えて立ち上がった。

境内は一面焔に照らされ、あまりの眩さにどこが堂舎やら楼門やら判然としない。それでも一筋の涼風が吹きこむ方角をそれと見定めて駆け出そうとしたとき、それまで泣き続けていた尼がふらりと立ち上がった。

涙と泥で汚れた顔の中で、大きな眸だけがぽっかりと見開かれている。剝き出しとなった白い乳房が火焔を映じ、こんなときにもかかわらず息を飲むほど美しかった。

「早く。おぬしも共にッ」

手を差し伸べた寛朝を見つめ、尼は一歩、怯えたように後じさった。あ、と思う暇もない。素早く身を翻し、燃え盛る堂舎に身を投じた。

なにをする、と叫んで後を追おうとする足元に、一抱えもある柱が焔をまといつかせて崩れ落ちる。咄嗟に心慶を庇《かば》って飛《と》び退《しさ》り、寛朝はそのまま楼門を飛び出した。

途中、幾つもの死骸を蹴飛ばし、踏みつけて道を下りながら、寛朝は啓雲の遺体を門前に置き去りにしてきたと思い出した。もはや四散して逃げおおせたのか、坂に僧たちの姿はない。まるでぽきりと折れたかのように足の力が抜け、寛朝は心慶を支えたまま坂下の藪に突っ込んだ。

二人してもつれ合って地面に倒れ込めば、白い肌を光らせて火中に飛び込む尼の姿が、じんじんと痛む眼裏《まなうら》に焼き付いている。助けられなかった。自分は将門軍の暴力も、その後の彼女の絶望をも、見過ごしにしたのだ。

「わたくしのせいだ」

思わず寛朝がうめくと、かたわらの心慶がむくりと顔を上げ、「わしもあの尼同様、死にとうございましたわい」と陰々滅々たる声音で呟いた。

「――心慶さま」

「な――なぜじゃッ」

両の拳を握りしめるや、心慶はそれを強く地に打ち付けた。地面をのたうち回り、天を仰ぎ、もう一度、「なぜじゃッ」と吼えた。

「どうして死なせてくれなんだ。わしの如き咎人なぞ、国分寺とともに焼け死んでしまえばよいものを。なぜわざわざ、わしを救ったりなんぞなさいましたのじゃッ」

その言葉の意味を考えるだけの余裕もなく、寛朝は心慶の肩に手をかけた。

住み慣れた寺を焼かれ、地獄に等しい光景をその目で見たのだ。心慶が自棄《やけ》になるのも分からぬでもない。だが今は、いまだ街区に跋扈《ばっこ》する敵兵に見つかるわけにはいかない。

叫び続ける心慶を無理やり引き起こし、手近な路地の奥へと引きずり込んだ。

「心慶さま。とにかく、もう少しここで様子を見ましょう。国司さまを捕えた今、将門は夜を待たず、石井に引き揚げるはず。奴らが去るまでは、むやみに出歩かぬほうがよろしゅうございます」

　空を覆う黒煙越しに見える陽は、すでに頭上近くにかかっている。このままここで夕刻を待ち、国分寺の火が収まり次第、啓雲を葬って近隣の郷を頼ろう。官道を通って下野に落ちのびるにしても、法城寺に身を寄せるにしても、心慶の足が治らねばままなるまい。

　瞬時も休まずにここまで駆け通してきた疲れが一度に出たのか、全身は泥のようにくたびれている。怨嗟《えんさ》の叫びを飲み込み、ぜえぜえと肩を上下させる心慶の喘《あえ》ぎを遠いもののように聞きながら、寛朝は深い息をついて目を閉じた。

　ほんの一瞬だけ身体を休めるつもりだったのが、その途端、己でも意図せぬ深い眠りにからめ捕られたらしい。

「おおい、誰か。誰かいないのかい。こん畜生」

という女のがらがら声にがばと飛び起きれば、すでに四囲には深い闇が垂れ込めていた。いったい、今は何刻なのか。強い煤の匂いに咳き込みながら、寛朝は心慶がかたわらで眠っているのを手さぐりで確かめ、恐る恐る路地を這い出した。

　国府じゅうが薄陽に照らされたように明るんでいるのは、いまだそこここで余燼《よじん》が燻《くす》ぶっているためだ。それは国分寺のあった坂の上も同様で、蛍火にも似た熾火《おきび》がちろちろと燃えているのが望まれた。

「おおい、返事をしろってば。国分寺に生き残りはいないのかいッ」

坂の中ほどで松明が動き、またも女の声が響く。聞き覚えのある蓮《はす》っ葉《ば》な物言いに、寛朝はまだ力の入らぬ足を励まして坂の下へと駆けた。

黒髪を高々と結い上げた女が、衣の裾をたくし上げ、よろめきながら坂を上がってゆく。あちらこちらに転がる死骸のせいで、思うように進めないのだろう。片手で松明を掲げたその姿はひどく危なっかしく、今にも足を滑らせそうに見えた。

「如意どのッ」

寛朝の押し殺した叫びに、如意がおくれ毛を揺らしてがばと振り返った。転げ落ちるように坂を下り、「あ、あんた。生きていたのかいッ」と大きく目を見張った。

「心慶さまは、他の御坊たちはどうなったんだいッ」

「心慶さまならご無事です。その他の僧たちも、ほとんどはどこかに逃げ延びたでしょう」

「ほ、本当かい。本当にあの方はご無事なんだねッ」

寛朝同様、如意の声に目を覚ましたらしき心慶が、路地から這い出てくる。すると如意は松明を投げ出して走り出し、そのかたわらに膝をついた。大粒の涙をぼろぼろと流し、

「あ、ああ、よかった」と心慶の両手を取った。

「将門の野郎が常陸国府に向かったって聞いて、生きた心地もしなかったんだよ。榊ノ御が止めるのを振り切って船を設《しつら》え、大急ぎで志筑川を遡《さかのぼ》ってきたんだ」

それにしても、と如意は美しい顔を険しく歪めた。白い肌が怒りに青ざめていた。

「ここまでの道中、国府の衆が裸足で散り散りに逃げて行くのを見たよ。街に火をかけ、関わりのない奴らを苦しめるとは、将門って野郎はまさに鬼畜生さ」

「平貞盛どのはどうなさったのです。国府でお姿を見かけませんでしたが、よもや将門の手勢に討ち取られたのでは」

かねての不安を尋ねた寛朝に、「貞盛さまならご無事のはずさ」と如意はあっさり応じた。

「数日前、所用のために真壁《まかべ》郡に発たれ、いまはかつて叔父君がお住まいだった服織《はとり》の宿においでだよ。畜生、あの方さえ国府においでだったら、常陸国兵もこうもひどい負け方をしなかっただろうに」

貞盛は今頃、将門の常陸国府急襲の報に、歯がみして悔しがっているだろう。こうなれば貞盛には生き残った官人を取りまとめ、一日も早く国府の再建に当たってもらわねばならぬ。そして都から追捕使が到着したあかつきには、彼らと共に将門を討伐するのだ。

（将門――）

細い棘《とげ》がちくりと、胸を刺す。大きく首を振ってそれをごまかし、「ところで如意」と、寛朝は声を低めた。

「船で来ているのなら、一つ、頼みがあります。心慶さまをしばらく、傀儡女船で預かってはくれませんか。見ての通り足を痛められ、すぐに他国へお移しできぬのです」

「もちろんさ。あたいは端《はな》っから、そのつもりで来たんだよ」

如意はにっと唇の両端を吊り上げ、「国分寺の御坊たちだけじゃないよ」と歌うような口ぶりで続けた。

「いま、仲間の傀儡女が国衙に行き、生き残りの官人衆を探しているはずさ。なにせ常陸国衙の方々には、かねて贔屓《ひいき》にしていただいていたからね。こんな災厄に遭われたんなら、お助けして差し上げるのが人の世の仁義ってものじゃないか」

だから船だって二瓦《ふたつがわら》船をわざわざ二艘も設えてきたんだよ、と如意は続けた。

「将門に苦しめられたっていう点じゃ、常陸の方々はもうあたいの同志さ。それに今、将門と手を組んでいる藤原何とかという兄弟には、この間、あたいたちもえらい目に遭わされたからね」

その意味が理解できず寛朝が首をひねったとき、「おおい、如意」という大声が辻の向こうで弾けた。

如意同様、裾をたくし上げて脛を剝き出しにした女が二人、松明を手にこちらにやってくる。その背後には、全身煤まみれの男たちがぞろぞろと続いていた。

いずれもみな怪我を負い、破れ、傾いた烏帽子《えぼし》を頭に載せている。その幽鬼《ゆうき》の如き姿に絶句した寛朝に、彼らは「おお」と感極まった様子で叫んだ。

「国分寺の御坊衆だ。寺を焼き尽くす焔は国衙からも見えましたのに、よくぞご無事で――」

緊張の糸が切れたかのように、官人たちが次々とその場に坐り込む。低いすすり泣きを洩らす彼らを目顔で指し、

「国衙は丸焼けさ。国司さまは将門軍に捕えられ、下総に連れていかれたらしい。奴ら、ついでに絹や米まで奪っていったと見え、国倉は軒並み空っぽだったよ」

「この人たちは国衙裏の塀の陰に隠れていたのさ。本当はあと四、五人生き残っていたんだけど、あたいたちがどれだけ付いて来いと促しても、罠だと喚いて信じなくってねえ」

と、傀儡女たちは口々に語った。

「やれやれまあ、それはしかたないね。けどまあ、これだけ集まれば、来た甲斐があったってもんだよ」

仲間の肩を叩いてねぎらってから、「いいかい、あんたたち」と如意は官人たちを見回した。

「これからあんたらの身柄は、この香取の如意が引き受けたよ。傷を癒し、どこに落ち延びるかを決めるまで、あたいたちの船で暮らせばいいからね」

官人たちが涙を拭いつつ、ありがたいと頭を下げる。それに頬を緩め、如意は寛朝を振り返った。

「お坊さま、あんたもよかったら、一緒においでよ。どうせ行くあてなんてないんだろう」

「いいのですか、如意」

「ああ、もちろんさ」

当然とばかり言い放ち、如意は官人たちの肩を叩いて立ち上がらせた。大柄な傀儡女に心慶を背負わせ、不敵な笑みを浮かべて胸を張った。

「自慢じゃないが、あたいは香取の海じゃ一、二を争う稼ぎ手なんだよ。あんたらをしばらく船で養うぐらい、簡単なことさ」

誰の膝下《しっか》にも属さず、香取の海に寝起きする傀儡女は、本来、不偏不党の流離の民。それが平将門と常陸国府の戦に関わっていいのかとの危惧が、ちらりと寛朝の胸をよぎった。

だがそのときにはすでに官人たちは、導かれるまま大路を歩き始めていた。主を失い、途方に暮れた彼らにとって、ねぐらを与えようと申し出た如意たちは、まさに生身の観音とも映るのだろう。その表情には、明らかな安堵が浮かんでいた。

「おおい、何をしているんだい。置いてっちまうよ」

辻の向こうで、如意が大きく手招きしている。闇の中にぼんやり浮かんだその手の白さをいささか不気味と感じながらも、寛朝は傀儡女たちを追って走り出した。

中ほどで折れ、燃え残った塔の芯柱が、その背を見守るかのように夜空に向かって黒々とそびえ立っていた。

第四章　無常

驟雨《しゅうう》に似た水音とともに、生温かいものが尻を濡らす。浅い眠りを強引に破られ、千《ち》歳《とせ》はうわっと叫んで飛び起きた。その途端、手首を縛《いまし》めた縄《なわ》に身体をひっぱられ、膝ほどの高さに敷き詰められた藁《わら》の中に顔から突っ込んだ。

幅三間《けん》（約五・五メートル）ほどの厩《うまや》の屋根は朽ち、羽目板にはところどころ穴が開いているが、一面に敷かれた寝藁だけはよく乾かされ、温かな陽射しの香を含んでいる。暴れる千歳に驚いたのか、壁際につながれた馬たちが申し合わせたようにそろって尾を振った。

「なんだ、おめえ。まだ馬と寝るのに慣れてねえのかよ。馬の尿《いばり》ごときで飛び起きてちゃあ、夜じゅう一睡もできねえぜ」

からかう声は、下帯一つで寝藁にもぐり込んでいる異羽丸《いばまる》のものだ。

けけけ、と笑う彼を睨《にら》み、千歳は「ふん、慣れてたまるか」と毒づいた。そこここから吹き込む寒風が、その襟元を素早く撫《な》で上げた。

「まったく可愛げのねえ奴だな。いったい誰のおかげで、命拾いしたと思ってるんだ。香《か》取《とり》の海から引き上げたのも、矢傷の手当をしてやったのも、すべて俺なんだぞ」

「ふざけるな。命を救ってやったと言うなら、さっさとわたしをここから出せ。こんな風に夜ごと縛《いまし》められては、囚人も同じじゃないか」

「そりゃあ、おめえが俺や厩番の目を盗んで、何度も逃げ出そうとするからだ。縛られていると言ったって、昼間は縄を解き、飯だって充分に食わせているじゃねえか」

言いながら、異羽丸は藁の中から這《は》い出した。ぽりぽりと股間を掻《か》きつつ厩の入口に近付くと、そこに置かれていた水桶から、片手で器用に水を飲んだ。

「だいたい俺たちの一党じゃ、飼丁《してい》（馬の世話係）は馬と寝起きを共にするってのが定めなんだ。おめえもここでこいつらの世話をして、かれこれ一年半。それぐれえでつべこべぬかすな」

千歳がここ常陸国新治《にいばり》郡の厩で異羽丸の看病を受け始めたのは、昨年の春。香取の海から逃げる際、水中に飛び込んだせいで傷を膿《う》ませ、高熱を得た自分が命を取り留めたのは、他ならぬ異羽丸のおかげであるとは分かっている。

だが看病されている間、うっすらと感じていた恩は、その後、すぐさま吹っ飛んだ。千歳の傷が治るや、異羽丸は界隈に放牧された馬の世話を押し付け、厩番の老爺にその監視を命じたのであった。

　山間の平地に馬柵を設けたこの地は、異羽丸一党の乗用の馬を養う私牧らしい。よく肥えた馬が二、三十頭、常に飼育されているものの、筑波山《つくばさん》を遠望する広大な平野には、旅人の姿などほとんど望めない。

　異羽丸は時折ふらりと牧を訪れては、今日のように厩で眠り、数頭の馬を連れて帰っていく。

　厩番の老爺を脅しつけて逃げ出そうにも、藤原玄茂《ふじわらのはるもち》から与えられた腰刀はどさくさ紛れに取り上げられてしまっている。それに何より馬が奪えるのであればともかく、こんな不案内な地から徒歩で逃げ出したとて、どこかで行き倒れるのが関の山だ。

　藤原玄明《はるあき》・玄茂兄弟が無事に逃げおおせたかなぞ、どうでもいい。千歳が気になってならないのはただ一つ、名器・有明《ありあけ》のその後だ。あの場に居合わせた傀儡女《くぐつめ》たちは、いまどうしているのか。もしかして捕縛のどさくさで、有明が傷ついたりはしていまいか。

　来る日も来る日も気性の荒い馬の世話をさせられながら、千歳は広大な牢獄に己一人捕えられているような焦燥と共に、はるか東で小さく光る香取の海を日々睨みつけていたのであった。

「馬鹿を言え。だいたいわたしはお前の従類《じゅうるい》じゃないんだぞ。いったいいつまでここに縛り付けるつもりだ」

「ふん、出て行きてえってのなら、そろそろ好きにさせてやらねえでもないけどよ」

千歳はわが耳を疑った。およそこの一年あまり、自分をこの地に留《とど》めてきた男の言いざまとは思えず、かえって警戒の念が胸に兆《きざ》した。

「それは――どういう意味だ」

「有体《ありてい》に言やあ、時勢がいささか変わったってわけよ。実は下総《しもうさ》に逃げ込んでいた藤原玄明と玄茂の二人が、半月前、平将門《たいらのまさかど》をせっついて常陸国府を襲わせやがってな。おかげで常陸は国衙《こくが》も国分寺も丸焼け。国司《こくし》さまは国印や正倉の鍵を奪われた上、下総に連れて行かれたらしい」

なんだと、と千歳は尻を浮かせた。

あの兄弟が国府にまたも嫌がらせを企《たくら》むのは、理解できる。だがなぜそこに、平将門がからんでくるのだ。しかも国衙を焼き、国司を連行したとは、それはもはや謀叛《むほん》ではないか。

「おかげで今、坂東《ばんどう》じゅうの国司や郡司《ぐんじ》どもは、次に奴らが襲うのはどこかと固唾《かたず》を飲んで見守っていやがる。遠からず京からも、追捕《ついぶ》の軍勢がやって来るだろうよ」

僦馬《しゅうば》の党の頭目として諸国を巡っているだけに、時流を読む目は肥えているらしい。

異羽丸は瞼《まぶた》の厚い目を細め、顎《あご》をひと撫でした。

「そうなると、この界隈もいつ戦場になるか知れたものじゃねえ。俺たちはどうとでも逃げられるが、おめえみてえな弱っちいのが巻き込まれて殺されちゃ寝覚めが悪いや。今の間に放してやるから、さっさと都に帰りやがれ」

異羽丸はこれまで千歳を無理やり働かせるばかりで、その身の上については全く言及しなかった。しかしやはり彼は、自分を覚えていたと見える。

唇を強く噛んだ千歳をじろりと見つめ、「断っておくがな」と異羽丸は急に声を低めた。それまでの明るさとは裏腹に、地を這うかのように陰々たる口調であった。

「本当は俺はおめえを、死ぬまでここで働かせてやるつもりだったんだ。だって、おめえ、香取の海で、あこやの琵琶《びわ》を奪おうとしただろう」

異羽丸はあばただらけの口許を、小さく歪《ゆが》めた。黄ばんだ歯が剝《む》き出《だ》しになり、ただでさえ醜いその容貌を更に恐ろしげに変えた。

「知らねえだろう。おめえは高熱に浮かされて苦しんでいた間、有明、有明とずっとうわ言を言ってたんだぜ」

有明があこやの琵琶の別名ってのは俺だって知ってらあ、と続け、異羽丸はくくと笑い声を洩らした。

「そう思えば、すべて納得が行くんだ。おめえは端《はな》っからあこやの琵琶が目的で、常陸少掾《しょうじょう》さまに近付いたんだろ」

無言の千歳に、異羽丸はゆっくりと歩み寄った。おもむろに藁の中に膝をつき、「俺にとっちゃあ、香取の傀儡女たちはみな姉妹みてえなもんだ」と続けた。

「だから俺は本当は、おめえを許せねえ。けどだからといって、戦《いくさ》に巻き込まれて死なれちゃ、せっかくおめえを助けたのが無駄になっちまうからな」

異羽丸は寝藁の奥をまさぐり、中指ほどの長さの刀子《とうす》を抜き出した。千歳の手首にそれを当て、ぶつりと音を立てて縄を切った。

「戦が大きくなる前に、さっさと失《う》せろ。万一、再び坂東で出会ったら、そのときこそ命はねえと覚悟しとけよ」

腕を摑もうとする異羽丸の猿臂《えんぴ》を振り払い、「ま、待て。せめて一つだけ教えてくれ」と千歳は懇願した。

「有明は、有明は無事なのか。都に戻る土産だ。せめてそれぐらい、教えてくれてもいいだろう」

「ちっ、この期《ご》に及んでまだ琵琶の心配かよ。ああ、無事だ、無事だ。あの騒動の後、あこやも如意《にょい》も常陸国軍に捕えられたが、すぐに関係ねえと知れて、放免になったらしい」

それにしても分からねえな、と毒づき、異羽丸は千歳の腕を乱暴に摑んで引き起こした。

「確かにいい音で鳴りはするが、あんなもの、所詮はただの楽器じゃねえか。おめえは何で企みごとまで仕掛けて、それを欲しがるんだ」

首をひねる異羽丸の顔には、いささか子どもじみた戸惑いがにじんでいる。その無教養があまりに苛立たしく、千歳は目を吊り上げた。

「何をぬかす。あの有明は、京にあれば雲上人《うんじょうびと》たちがこぞって手に入れようとする名器なんだぞ」

名器ねえ、と異羽丸は気のない口ぶりで繰り返した。

「なるほど、だからおめえははるばる京から琵琶を探しに来たってわけか。やっぱり、分からねえなあ。俺はそこまでして、何かを欲しいとは思わねえや」

「馬鹿をぬかせ。お前らとてしばしば国衙や郡衙を襲い、金品を強奪しているじゃないか」

「てめえと一緒にするな。ありゃあ生きて行くための俺たちの生業《なりわい》だ。おめえは別に食うに困ってもいねえくせに、他人の物を奪おうとしやがって」

言うなり、異羽丸は千歳の背を蹴飛《けと》ばした。つんのめった襟首を引っ摑み、そのまま厩の外へと放り出す。もっとも手近な柵につながれていた鹿毛《かげ》の馬の轡《くつわ》を取り、千歳の鼻先に突き付けた。

「これは今までの給金だ。その代わり、二度と坂東をうろつくんじゃねえぞ」

けっと足元に痰《たん》を吐き、異羽丸が踵《きびす》を返す。その背を睨みつけ、千歳は裸馬の背によたよたとよじ登った。

おとなしい気性なのか、馬はいきなり厩から引き出されたことに機嫌を損ねもせず、鼻先で草の根を掘り起こしている。

頭を巡らせれば、半月には少し足りぬ半端な月が、筑波山の稜線を黒々と際立たせている。かたわらに女峰を従え、切り立った山嶺を空に突き立てたその姿が、不思議に都から仰ぐ比叡《ひえい》の御山そっくりと見えた。

千歳は不意に、敦実《あつみ》親王《しんのう》邸へ奉公に上がったばかりの日のことを思い出した。笑いさざめきながら大路を行きすぎる都人たち。故郷の村が丸ごと入るのではと思われるほど、壮麗な屋敷。目に映るものすべてが華やかで、それゆえに恐怖すら覚えた少年の千歳にとって、唯一の心の支えはこればかりは故郷と変わらぬ鳥の囀《さえず》りや空吹く風の音であった。家司に叱責され、打擲《ちょうちゃく》を受けた夏の日。はたまた、些細な失敗から飯を抜かれた寒い夜。幾度、比叡の御山に向かって翔《か》ける鴉《からす》の声に、心励まされたことか。

しかし自分はもはや、黒々とそびえる比叡を仰いで涙を堪《こら》えていた少年ではない。むしろもう二度とあんなみじめな思いをせぬために、こうして東国までやってきたのだ。

異羽丸の恫喝は、嘘ではあるまい。さりながら有明を手に入れずに都に戻ったところで、待っているのはこれまで同様の下人暮らし。それならばいっそこの地で、有明を求めて殺された方がましというものだ。

「平将門の本拠地は確か、下総の豊田郡だったな」

という千歳の呟きが聞こえたかのように、馬が緩慢に尾を振った。

将門の娘のうそは、香取の傀儡女たちがお気に入りと見えた。つまり玄明・玄茂兄弟を頼って将門の懐にもぐり込めば、再びあこやに近付けるのではなかろうか。

西に傾き始めた十日余りの月を仰ぎ、千歳は馬の腹を蹴った。またも面倒くさそうに尾を振る馬の鬣《たてがみ》を摑んで、筑波山に尻を向けさせた。

ひたすら南西へと道を急ぐうちに夜は白み、平野のそこここには沼や小川が目立ち始めた。どこかに郷《ごう》でもあれば馬と引き換えに衣や食うものを手に入れられるのだが、と考えながら馬を下り、ずぶずぶと足の沈む沼地を轡を取って歩き出した時である。

「そこな男、待てッ」

どすの利《き》いた声とともに、半町ほど離れた藪《やぶ》ががさがさと動いた。湧き水を飲んでいたのだろう。傾いた烏帽子《えぼし》をかぶり、袴《はかま》の裾をたくしあげた初老の男が、髭《ひげ》に覆われた口許を掌《てのひら》で拭《ぬぐ》いながら立ち上がった。

「おぬし、近隣の者か。恥ずかしながら、道に迷うてしもうた。真壁郡の服織《はとり》宿に行くには、この道をまっすぐでいいのか」

豪壮な太刀《たち》を佩《は》いた風体はどこぞの官人と思《おぼ》しいが、その全身は泥に汚れ、馬はおろか従者一人連れていない。およそ沼沢《しょうたく》が打ち続く原野にはふさわしからぬ姿に、千歳は応えに窮した。

当惑を覚えたのは、男の身形《みなり》だけが理由ではない。濃い髭を生やした四角い面には明らかに見覚えがあるが、それが誰なのか咄嗟《とっさ》に思い出せない。

男の側も、同じことを感じたのだろう。しばらくの間、千歳をつくづくと眺めていたが、突然、「おお」と両手を鳴らした。

「覚えておるぞ。おぬし、京より下られた仁和寺《にんなじ》の寛朝《かんちょう》さまの供の者ではないか」

「は、はあ。確かにさようでございます。ただ失礼ですが、あなたさまは――」

「なあに、見忘れたのも無理はない。もう二年余り昔、寛朝さまご一行を下総国府より常陸までお送りした者だ」

そうだ、と千歳は膝を打った。坂東に来てからこの方、あまりに多くのことが起き過ぎて忘れていた。寛朝に香取の傀儡女の存在を教え、図らずも船中で心慶《しんけい》に引き合わせた下《しも》野《つけ》少掾ではないか。確か名は藤原秀郷《ひでさと》とか言ったはずだ。

しかし他国の官人が、なぜこんな場所で道に迷っているのか。千歳の疑念を察したかのように「いやはや、なにせ取る物もとりあえず、下野国府から逃げて参ったでなあ」と秀郷は溜め息交じりに言った。

「逃げて来られたですと」

千歳の問いに首肯してから、秀郷は「そういえば寛朝さまはご無事か」と表情を引き締めた。

「常陸国府が平将門一党の手で焼き払われ、国司さまが下総に拉致されたとは、わしも聞いておる。されど寛朝さまの去就については、下野にまったく知らせが届かなんでな。内心、ご案じ申し上げていたのだ。とはいえおぬしがこんなところにおるとなれば、事前に難を逃れられたのか」

「え、ええ。まあ、そんなところでございます」

寛朝は仮にも天皇の従兄《いとこ》。まだ結城《ゆうき》の法城寺《ほうじょうじ》に留まっているのかは知らないが、よほどの下手を打たぬ限り、命を奪われはすまい。言葉少なにごまかした千歳に、秀郷は主従の別離なぞまったく考えもしていない様子で「それはよかった」と顔をほころばせた。

「まったく、あの将門のせいで、坂東は今や大混乱だ。あ奴《やつ》め、常陸国衙を焼き払うばかりでは気が済まなんだと見え、一昨日の夕にはあろうことか下野国に軍を動かしよった。わしはその数日前からたまたま国府を離れ、河内《かわち》郡の己の営所におったのだがな。便りを受けてあわてて単騎、駆け付けたときには、すでにあ奴らは国司さまとそのご家族を国衙から追い出し、好き勝手な略奪を始めておった」

さすがの異羽丸も、つい一昨日の将門の動きまでは把握していなかったと見える。あまりに迅速な将門の暴虐に、千歳は目を見張った。

秀郷によれば、現在、将門に従っているのは、常陸少掾の藤原玄茂とその兄・玄明、更には武蔵権守《むさしごんのかみ》の興世王《おきよおう》など、坂東在住の豪族とその従類たち。その数は騎歩併《あわ》せて、五千人に上るという。

もし常陸国軍が彼らをたやすく追い払ったならば、将門たちの反逆は坂東によくある土着豪族と国司の悶着《もんちゃく》で終わっただろう。しかし彼らが常陸のみならず下野国府まで打ち破ったとなると、これはもうただの在地と国衙の対立ではない。叛乱だ。

都の人々は今ごろ、突然の坂東の逆乱に狼狽していよう。比叡の御山に抱かれ、盤石《ばんじゃく》なること巌《いわお》の如しと映った都。それを揺るがす東国の兵乱に、まさか自分が立ち合おうとは。

「わしとて領地では、千あまりの従類・伴類《ばんるい》を養うておる。とはいえ今の将門一党を討つには、それだけでは難しい。風の噂によれば、真壁の服織宿には常陸大掾《だいじょう》の平貞盛《さだもり》どのが、粒よりの兵と共に籠《こも》っておられるとか。ならばまずは武勇で知られる貞盛どのと手を組まんと思い、こうして服織に向かっておるのだ」

懸命に馬を急がせる間に、営所からついてきた従僕は一人遅れ、二人遅れ、とうとう自分のみになってしまった、と秀郷は苦笑した。

見れば、藪の向こうでは小柄な黒馬が立木につながれ、足元の草を食《は》んでいる。秀郷はそのかたわらに歩み寄って手綱を取ってから、重なり合うように茂った茨《いばら》越しに、「それにしてもおぬし」と千歳を振り返った。

「こんな地をなぜ一人でうろうろしておる。寛朝さまのお側《そば》を離れてよいのか」

「はい。その寛朝さまから、将門の動向を見て来いと命じられまして」

千歳のとっさの嘘に、秀郷はなるほどと顎を引いた。

「だがいかに御主《おしゅう》の命とはいえ、おぬしのように身を守る術を持たぬ男の物見は感心せぬな。遠望した限りでは、将門は下野国府を焼きもせず、国司さまの館に陣を敷いたようだ。今ごろは立て続けの勝ち戦に乗じ、そのまま上野《こうずけ》国に向かっておろうよ」

下野国府から上野国府までは徒歩で一日余の距離だからな、と付け加え、秀郷は馬鞍《まぐら》の腹帯をぐいと引いて確かめた。

「さて、わしはそろそろ行かねばならん。上野国軍とて決して柔弱ではないが、破竹の勢いの奴らにかかれば、上野国府すらも数日のうちに攻め落とされてしまうやもしれん。寛朝さまにはくれぐれも、用心に用心を重ねていただけよ」

「ありがとうございます。秀郷さまのお心遣い、主《あるじ》にもよく申し伝えます」

馬の手綱を取る秀郷の姿が、木々に隠れて消える。それを瞬きもせずに見送ってから、千歳は道を北へと取った。

苦心の末に沼地を抜け出せば、その向こうには人気《ひとけ》のない街道が広がっている。馬の四肢にこびりついた泥を手近な草で拭い、千歳は急いで馬にまたがった。

途中、小さな村を見かけるたびに馬を留め、家々の門を叩いたが、いずれも固く門口を閉ざし、どれだけ呼んでも返事がない。そのくせ、踵を返した途端、細く窓を開け、こちらの様子をうかがう里人の用心深さに、千歳はこの街道を過ぎた将門軍の勢いを思いやった。

やがて日が傾き始めた頃にたどり着いた国境には逆茂木《さかもぎ》が組まれ、下衣姿の男たちの死体が累々《るいるい》と打ち重なって北風に吹きさらされていた。凍りついた死骸を啄《ついば》んでいた鴉が、千歳の姿に一斉に空へと飛び立った。

折からの西日がどす黒く汚れた地面を茜に照らし、恨めしげに空を舞う鴉の羽の黒さを際立たせている。どこからともなく飛んできた枯葉が一枚、千歳の足元に落ち、ぱたぱたと小刻みに揺れた。

「ひどいな、これは」

冬のこととて、死臭や血の臭いは淡い。それでも西空はるかに沈みかけた日輪が容赦なく照らし出した惨状に、千歳はぶるっと身を震わせた。

上野国府はきっと将門襲来の報に、あわてて国境に守備の兵を送ったのだろう。だが常陸・下野両国を打ち破った将門軍の前には、そんな急拵《ごしら》えの守りなぞ風塞《ふさ》ぎほどの役にも立たなかったと見える。

辺りの死骸からは太刀や胴丸、兜《かぶと》の類がすべて取り去られ、中には下帯一つに剝《は》がれた死体すらある。握りしめていた刀を奪われたのか、指を鉤《かぎ》なりにしたままの亡骸《なきがら》に、千歳は己の左腰に手をやった。

あの野郎、という罵声が洩れたのは、いつぞや藤原玄茂から与えられた腰刀を異羽丸に取り上げられたままだと思い出したためである。ここまでの道中、武具を持たぬことなぞすっかり忘れ果てていたが、こうして裸同然の亡骸を前にすると、俄然、己の無防備が恐ろしくなってきた。

せめて腰刀の一本でも残されていまいかと、千歳は手近な骸《むくろ》をひっくり返した。しかし将門軍がよほど徹底した略奪を行なったらしく、どれだけ探しても刀はもちろん矢の一本すら見つからない。

ちっと舌打ちをする間にも、西の空は急速に色あせ、輝きを失い始めている。再び馬にまたがり、千歳は残照を追って西へと道を急いだ。

夜更けに及んでたどり着いた上野国府は、東を流れる刀禰《とね》（利根）川と西を流れる烏川《からすがわ》に挟まれた平坦な町。しかし本来であれば、夜の帳《とばり》の中、深い眠りに就《つ》いているはずのその町は今、そこここに松明《たいまつ》が燃え盛り、怒号とも悲鳴とも判じがたい叫びが夜空を覆い尽くしている。火が放たれている様子はないが、略奪が行なわれているのだろう。逃げ惑う人々の影が、遠目にぼんやりと望まれた。

軍勢が国府の中にいる以上、上野国軍はすでに敗れたと考えてよかろう。川風に乗って流れてきた血の臭いが、千歳の鼻をくすぐった。

河岸の木に馬をつなぎ、人気のない路地を選んで国府に忍び入れば、町の至るところにはまたも死骸が重なり、激しい戦の痕跡が残っていた。馬で逃げようとしたところを、よってたかって引きずり落とされたのか、脚を折られて嘶《いなな》く馬のかたわらで、面相も分からぬほどに顔を腫れ上がらせた兵士が頭を割られて転がっている。国境のそれと違って、打ち物も胴丸もそのままにされているのは、後でゆっくり引き剝がしに来るつもりか。

　さて、どうやって将門に近付くかと思い巡らしながら、千歳が無表情に死骸をまたぎ越したそのとき、数人の女たちが悲鳴を上げながら、目の前の辻を飛び出してきた。

　いずれも派手な衣をぞろりと裾長にまとい、髪に大振りの笄《こうがい》を挿《さ》している。国府内の酒家で働く遊行女婦《うかれめ》が、客を取っている最中、将門軍に攻め込まれたのだろう。先頭の大柄な女なぞは真冬にもかかわらず、素肌に羅《ら》の汗衫《かざみ》を羽織っただけの恰好であった。

　彼女たちを追うかのように、真っ暗な辻の向こうで男の怒声が響いている。千歳は咄嗟に駆け出し、汗衫の女の手を摑《つか》んだ。金切り声を上げようとする口を掌で塞ぎ、手近な路地の暗がりに転がり込んだ。

「ええい、どこに行ったッ」

「急げ、急げ。どうせ、女の足だ。そんな遠くには行けまい」

　苛立たしげなだみ声が頭上で響き、あっという間に小さくなる。それが耳を澄まさねば聞こえぬほど遠のくや、千歳に口を押さえられていた女が、きょろりと目だけ動かしてこちらを見た。千歳同様、路地の陰にうずくまっていた他の女たちも、一斉に肩で息をついた。

「あ……ありがとよ。おかげで助かったよ」

「本当だよ。あいつらに捕まったら、えらい目に遭《あ》うところだったんだから」

口々に礼を述べて立ち上がる遊行女婦たちは、一様に化粧が濃い。鼻先に漂う脂粉《しふん》の匂いを堪え、「お前らも大変だな」と千歳はわざとしみじみと言った。

「本当さ。そうでなくても兵士ってのは、根が単純なだけに厄介なんだ。女はみな、突っ込んでやりさえすれば喜ぶと思っているんだからね」

汗衫越しに白い乳房を揺らした女が、憎々しげに吐き捨てる。仲間たちがまだ顔を強張《こわば》らせながらも、違いない、と笑った。

「平将門とやらいう一党の酌取《しゃくと》りを命じられたんだけど、結局は閨《ねや》の相手までさせられるに決まってるからね。あたいたちだって、国衙の衆をひどい目に遭わせた奴らに媚《こ》びない意地はあるのさ」

それにしても、と続けながら、汗衫の女は千歳の頭の先から爪先までをつくづくと眺め回した。

「あんた、いい男なのにひどい恰好だねえ。やっぱり、あいつらに襲われたのかい」

なにせこの一年半、着替えも与えられずに馬の世話をさせられていたせいで、水干《すいかん》はあちこち破れ、菊綴《きくとじ》もすべて取れてしまっている。古びた烏帽子をかろうじて戴いた千歳の風貌に、女は気の毒そうに眉を寄せた。

「あ、ああ。まあ、そんなものだ。――それにしてもやっぱりすでに、上野国衙は落ちたのか」

千歳の問いに、女たちはそれぞれ深い吐息をついて、ああ、とうなずいた。

「下野に将門軍が押し寄せたって知らせが届いたのが、確か三日前だったかな。国司さまはすぐさま国境の守りを固めさせ、女子供や足弱は逃げろとお触れを出されたんだけど、まさかこんなに早く国府が落ちるとは思いもしなかったよ」

遊行女婦たちによれば、将門が上野国府に攻め込んだのは今日の夕刻。常陸・下野両国を攻め落とし、ますます勢いを増す将門軍の有様に、上野国司はいち早く自国の敗北を悟ったのだろう。まだ国府内の至るところで戦闘が続いているにもかかわらず、国衙の門を開け放ち、国庁の執務者の証たる印鎰《いんやく》を将門に捧げて、その軍門に降《くだ》ったという。

「下野国じゃ、国司さまとそのご家族、従僕たちは裸足のまま国府を追い出され、京に逃げ戻っていかれたというよ。きっとうちの国司さまも今ごろこの寒空の下、刀禰川の河原ででも途方に暮れていらっしゃるんだろうねえ」

汗衫の女がそう言って、突然、大きなくしゃみをする。幸い、先ほどの男たちが戻って来る気配はないが、自分の鼻と口を両手で覆って身をすくめる女を凝視し、千歳は大急ぎ

で身にまとっていた水干を脱いだ。衵《あこめ》一枚になり、

「それにしてもお前、そんな恰好じゃ風病《ふうびょう》（風邪）になっちまうぞ。こんな襤褸《ぼろ》とはいえ、ないよりましだろう」

と、すり切れた水干を女に突き付けた。

「おや、嬉しいねえ。ありがとよ」

草花を織りなした白い汗衫を、女がいそいそと肩から滑り落とす。それをさりげなく受け取り、千歳は先ほど過ぎてきたばかりの大路を指した。

「あっちの方角には、兵士の姿がなかったぞ。それと河原で一番大きな楡《にれ》の根方に、鹿毛の馬がつないであるから、お前らにやろう。ここから逃げるのに、少しは役に立つだろう」

「なんだって。そんな高価なものをもらう謂《いわ》れはないよ」

大声を上げる女をしっと制し、千歳は「いや、いいんだ。もらってくれ」と首を横に振った。わざとらしく眦《まなじり》を決し、実は、と続けた。

「わたしはこの国府で、やらねばならぬことがあってな。おそらく、もう馬を使う折はあるまい。つなぎっぱなしにして飢え死にさせるくらいなら、お前たちが使ってくれたほうが馬も喜ぶだろうよ」

「ここでだって」

覚悟の表情を作った千歳を、忠実な国府の下官とでも思い込んだのか、女は痛ましげに眉根を寄せた。汗衫を小脇に抱え込んだままの千歳の手を、両の掌で強く押し包んだ。

「わかったよ。ありがたく使わせてもらうけど、あんた、命を粗末にするんじゃないよ。生きてさえいれば、きっといい日だって来るんだからね」

そうだな、と応じて、千歳はさりげなく女の手から自らの手を引き抜いた。

「さあ、行けよ。ぐずぐずしていると、また奴らに追いかけられるぞ」

千歳の促しに、女たちは目交《めま》ぜしてうなずき合った。ありがとよ、と口々に礼を述べ、真っ暗な辻に駆け去る姿は、盛りを過ぎた花が風に吹かれて散り散りになる様によく似ている。

女たちの白い手足が闇のただなかに溶け込んで消えるや、千歳は抱えていた汗衫を静かに羽織った。先ほどの遊行女婦は女にしてはかなり大柄だったが、それでも千歳がまとえばその汗衫の丈は膝までしかない。

死骸が転がっていた辺りまで引き返して地面を探り、落ちていた三尺ほどの荒縄を拾い上げる。髻《もとどり》をほどき、伸びすぎた髪を後ろに撫で付けると、額に縄を巻いてそれを押さえた。ついで足元の泥を指先ですくい、眉と目尻にぐいとなすりつけた。

鏡がないので、己の容貌を確かめることは出来ない。しかし千歳は元々、線の細い女顔。一年半の厩暮らしでいささかやつれたかもしれないが、女物の汗衫をまとい、ざんばらの髪を背に流せば、その風体は男とも女ともつかぬ奇妙なものになるはずだ。

よし、と一つうなずき、千歳は路地を駆け出した。汗衫をなびかせ、国衙の門を目指して真っ暗な道をひた走った。

途中、四、五人の兵が焚火を囲んでいるのに行き逢ったが、飛ぶように駆ける千歳の姿に、虚を突かれたのだろう。まるで物《もの》の怪《け》にでも遭ったように、呆然と口を開けてその場に立ちすくんでいる。

その間抜け面があまりにおかしく、千歳はくくと忍び笑いを洩らした。

国府内でいまだ戦闘が続いていれば、千歳がこうやってうろつき回ることなぞ到底かなわなかった。しかしすでに将門の手勢は勝ち戦に酔い、遊行女婦を追いかけている。そんな最中においては、男とも女ともつかぬ風体の千歳はきっと、芸事や歌を生業とする傀儡とでも勘違いされ、兵たちに興がられよう。うまく行けばこのまま、将門一党に近付くことて不可能ではないはずだ。

降り注ぐ淡い月影を追って、千歳はつと空を仰いだ。

敦実親王邸で幾度か耳にした朗詠が、脳裏に浮かぶ。にっと唇を歪め、千歳は再び地を蹴りながら、大声で歌い始めた。

――大空の　月の光の寒ければ
二度、三度と同じ句を吟じてから、千歳は甲高い裏声を喉から絞り出した。おのずと得意の蟬声《せみごえ》が洩れ、長年の虜囚《りょしゅう》暮らしが嘘のような澄んだその音に、小さな笑みが頰ににじんだ。

——月の光の寒ければ

妙に晴れやかな気持ちで両手を広げ、千歳は絹を裂くような高い声で「寒ければ、寒ければ」と更に繰り返した。

都の往来でこんな勝手な歌い方をすれば、きっと道行く者が袖引き目くばせして、あの品のない歌い手は誰だと囁《ささや》き交わしただろう。だが、ここは坂東。ましてや国司が放逐され、平将門とその一党によって鎮圧された上野国府で、誰が千歳を咎《とが》めよう。

千歳はふと、自分が空翔ける鳥になった気がした。比叡の御山に抱かれた京を広い空から見下ろせば、きっとこんな風に痛快に違いない。そして狭い京を離れ、広い東国の空へと翔けた自分は今、汗衫の袖を大きく広げ、この坂東を羽ばたこうとしているのだ。

——かげ見し水ぞ　まづこほりける

こほりける、こほりける、と歌う行く手に、国衙の門が見えてきた。返り血であろう。どす黒いもので汚れた鎧《よろい》を身に着けた兵士たちが、鉾《ほこ》を手に門の左右を固めている。

蟬声を立てつつ近付く千歳に、兵たちはぎょっと身動きを止めた。一瞬遅れて手鉾を構える彼らをゆっくり見回し、千歳はもう一度、「かげ見し水ぞ——」と歌った。

男とも女ともつかぬ風体と甲高い声に、兵士たちが横目で互いをうかがう。それに唇の端を吊り上げ、千歳は頭の上で両手を打ち鳴らした。

爪先で足元の泥を蹴り上げると、二度、三度と飛び跳ねるように足を躍《おど》らせる。兵士たちが一歩後じさるのに小さく喉を鳴らし、今度は神楽《かぐら》歌を歌い出した。

――木綿《ゆう》しでの　神の幸田《さきた》に稲の穂の

「なんだ、こいつは。傀儡か、それとも歩き巫子《みこ》か」

「さてなあ、いずれにしても将門さまの勝ち戦を知り、銭目当てでやって来たんだろうよ。めでたい言葉の一つでも言って、米や銭でももらおうって腹だろうさ」

汗衫を翻《ひるがえ》す千歳の姿に、敵ではないと理解したのだろう。兵士たちは興味深げに千歳を取り囲み、やがて囃《はや》し立てるように手を打ち始めた。

それに応じて神楽歌を続けつつも、巫子という語にひっかかりを覚え、千歳は軽く眉を寄せた。

（そういえば豊原是緒《とよはらのこれお》さまの居場所を寛朝さまに教えたのは、菅原兼茂《すがわらのかねもち》さまだったとうかがったな）

前常陸介《ひたちのすけ》である菅原兼茂は、今から三十余年前に大宰府《だざいふ》に左遷された菅原道真《みちざね》の八男である。

九年前、京では朝議最中の清涼殿に雷が落ち、大納言を始めとする複数の公卿《くぎょう》・官人が死傷した。居合わせた帝《みかど》がその惨状に恐れおののき、わずか三月後に薨去《こうきょ》したことから、一時期、都の人々は大宰府で恨みを飲んで亡くなった菅原道真公が、御霊《ごりょう》（怨霊）となって京に舞い戻ったと囁き合った。

千歳の胸裏を、稲妻のように幾つかの言葉が走る。千歳はそれを抑えつけるように、胸の前で手を打ち合わせた。くいと喉を反《そ》らし、天を仰ぐ。甲高い蟬声で、「我は八幡大菩《はちまんだいぼ》薩《さつ》の使いなり――」と叫んだ。

それがあまりに唐突だったのだろう。その途端、千歳を取り囲んでいた兵たちがどっと笑った。

「なんだ、こいつは頭がおかしいのか」

「そんなことは、この風体を見りゃあ分かるだろう。それにしても、八幡大菩薩さまのお使いとはとんでもない口走りをするものだ」

つい先ほどまで打ち物を手に戦っていた彼らには、汗衫をまとい、ほっそりとした千歳なぞ同じ男と映っていないのだろう。いいぞいいぞ、という囃し立てが次々と浴びせ付けられた。

「そのお使いが、こんな場所にいったい何の用だ」

「八幡大菩薩さまのお使いなら、それらしい託宣《たくせん》でもしてみろよ」

下卑《げび》た男たちの野次に、千歳はまたも唇をほころばせた。両手を大きく振り上げ、踊るように足を弾ませつつ、より一層甲高い声をしぼり出した。

「我は平将門に、天皇《みかど》の位を授けようぞ。その証たる位記《いき》は、正二位・菅原道真の霊魂が捧げ、八幡大菩薩が軍勢を起こして、坂東に天皇の座を運び来るであろう」

千歳の言葉が終わるより先に、「こりゃあいいや」という歓声が巻き起こった。思い思いにその場に坐り込んだ男たちが、まるで遊芸でも見るかのように地面を叩いて笑い転げた。

「将門さまが天皇さまだとよ」

「そりゃあ、あれほどの勝ち戦を続けていらっしゃるお方だ。なるほど、天皇さまになられたって、なんの不思議もねえよなあ」

先月末の常陸国襲撃以来、将門軍は連戦連勝を誇っている。このため勝利に慣れ切った兵たちの目には、今や頭目たる平将門は神助冥恩《みょうおん》を受けた武神の化身の如く映っているのだろう。千歳の口から出まかせを喜ぶ横顔にはそろって、力のある者に対する純粋な憧憬がにじんでいた。

「それにしても、将門さまはやっぱり凄いや。こんな歩き巫子までが、そのご威光を褒め称えに来ちまうんだからな」

「ああ、まったくだ。今の将門さまの勢いじゃ、そのうち天皇さまはもちろん、神さまにだってなっちまわれるのかもしれんぞ」

おい、と強く肩を叩かれて振り返れば、兵の一人がなみなみと酒を満たした椀を千歳に突き付けている。にやりと笑ってその中身を干すと、千歳は大きく身体を揺らしてまたも神楽歌を歌い始めた。

――この桙《ほこ》は　いづこの桙ぞ　天《あめ》に坐《ま》す

天に坐す、と周囲の男たちがだみ声で唱和する。千歳は拍子を取るように、腕を振り上げた。

――豊岡姫《とよをかひめ》の宮の御桙《みほこ》ぞ　宮の御桙ぞ

長らく一滴の酒も口にしていなかっただけに、身体があっという間に熱を帯びる。だが兵士たちはみなそんな千歳よりも更に顔を紅潮させ、大声で放吟を重ねた。歌を終えると手近な者同士で肩を組み、「将門さま、万歳」「新皇《しんのう》さま、千秋万歳」と辺り構わず叫び始めた。

　このとき、数人のもののふに左右を守られた痩《や》せた男が、足早に国衙の門を出てきた。門外で万歳を喚《わめ》く手勢たちに、驚いた表情で足を止めた。

「なんだ。これはいったいどうした」

　眉をしかめた男を藤原玄茂《はるもち》と見て取り、千歳は小腰を屈《かが》めてその目の前に走り出た。背に流した髪を揺らしてその場に坐り込むや、素早く二度、叩頭《こうとう》を繰り返した。

「八幡大菩薩さまのご神意を受け、新皇さまのご即位を心よりお喜び申し上げます。かくなる上はすべからく三十二相の音楽を以《もっ》て、早くこれを迎え奉りましょうぞ」

泥の化粧を施した顔で嫣然《えんぜん》と笑った千歳を、玄茂はぽかんと見下ろした。しかしすぐに小さな引き息の悲鳴を上げ、「おぬし――」と呻《うめ》いた。

「い、生きていたのか」

千歳はそれには応じず、首だけをひねって、いまだ浮かれ騒ぐ兵たちを顧《かえり》みた。抜いた太刀を頭上に振り上げ、催馬楽《さいばら》をがなり立てる者、仲間たちと抱き合い、兎《うさぎ》のように飛び跳ねる者……さりながら、彼らは将門が坂東の覇者たることを寿《ことほ》いでいるだけで、天皇という語の重みまで理解しているわけではない。

なにせ天皇は二官八省の長にして、この国の祭祀《さいし》をも司る国の要。幾ら戦に長けていようとも、坂東三国を攻め落としただけの土豪が名乗るべき名ではない。それが理解できぬまま浮かれ騒ぐ彼らの姿は、千歳にはあまりに愚かしく映った。

「将門さまが坂東を治める天皇になられるなら、都はもちろん下総国だな」

「馬鹿をぬかせ。武蔵に決まっているだろう」

「なんだと」

騒ぎ疲れた兵士の幾人かは、築地塀《ついじべい》の際に尻を降ろし、勝手なことを言い合っている。今にも喧嘩になりそうなそのやりとりを眺めていた千歳の腕が、不意に強く摑まれた。細い眉を逆立てた玄茂が、「あれは、お前の仕業か」と声を尖らせた。

「はて、何のお話でございましょう。わたしはただ将門さまのこれからを寿ぎに参っただけでございます」

そらとぼけた千歳に、玄茂は眉を吊り上げた。「ちょっと来いッ」と言いざま、力ずくで千歳を国衙の中に引きずり込んだ。

広い庁庭には夥《おびただ》しい兵が坐り込み、焚火を囲んで酒盛りをしている。ただその一方で、国兵が激しく抵抗したのだろう。庭のそこここには血溜まりができ、物陰には幾人もの亡骸が積み上げられている。戦のただなかで火を出したのか、正殿の一角は焼け崩れ、まだぶすぶすと煙を噴き上げていた。

千歳の腕を摑んだまま、玄茂は庁舎の奥に上がり込んだ。渡廊《わたろう》を幾度も曲がった末にたどり着いたのは、国司の住まいと思しき瀟洒《しょうしゃ》な殿舎。しかし、かつては豪奢《ごうしゃ》な調度が置かれていたであろう室内は足の踏み場もないほど荒らされ、大小の櫃《ひつ》が野分《のわき》の後の如く覆っていた。

大鎧姿の四、五人の男が、そんな乱雑を避けるように庭に面した簀子《すのこ》に寄り集まり、車座で酒を酌んでいる。玄茂は彼らの真ん中に、千歳を突き飛ばした。跳ね起きようとする肩を無理やり押さえこみ、「妙な巫子が参りましたぞ」と怒鳴った。

「巫子だと」

困惑した様子で問い返したのは、盃を手にした平将門だ。兜と太刀を横に置き、胡坐《あぐら》をかいた彼に大きくうなずいてから、玄茂はその場の全員をおもむろに眺め回した。

「こ奴、八幡大菩薩が将門どのを天皇に任じると仰せだと託宣したのです。おかげで今、門外の兵どもは浮かれ騒ぎ、手の付けようがありませぬ」

「なんと、それは吉兆ですなあ。すでに坂東三国を掌中に収めた将門どのじゃ。この勢いであれば、都まで攻め上られる日も近《ちこ》うございましょう」

将門の隣に控えた玄明《はるあき》が、満面の笑みを浮かべて同調する。さすがにこちらは、千歳の顔なぞ覚えていないらしい。弄《もてあそ》んでいた扇で千歳を指し、「それにしても我々も、そのご神宣を聞いておきたいものだ」と丸い顎を揺らして笑った。

「おお、さようでございましょう、兄上。——それ、わしに申した言葉を、もう一度、繰り返してみろ」

玄茂が千歳の髪をむずと摑む。手の中の盃《さかずき》に暗い目を落としていた将門が、「やめろ」とそれを不機嫌に制した。

「託宣なぞ、わしは信じん。だいたい、わしを天皇と呼ぶとは、何事だ。天皇とは都におわすお方の意であろうが」

切って捨てるような口ぶりに、将門を囲んでいた男たちが、そろって首をすくめて黙り込む。将門はそれを苦々しげに四顧《しこ》し、「いい機会ゆえ申しておく。おぬしら、何か心得違いをしておらんか」と一言一言、区切るように続けた。

「わしが常陸国衙を攻めたのは、ひとえに国司どのが藤原の兄弟をないがしろにしておるのが許せなんだゆえ。また下野国と上野国にまで戦いを挑んだのは、常陸国衙から逃げた官人どもがこの両国に難を避けておるとの噂を聞いたゆえだ」

「将門どの――」

似合わぬ鎧に身を固めた興世王《おきよおう》が、小さな声を上げる。将門はそれを睨んで黙らせ、

「ここにいる皆には、これまで幾度も告げただろう。わしが戦うのは、ひとえにおぬしらを守らんとしてだ」とますます声を硬くした。

「あと一国、興世王どののために武蔵国衙を落とせば、わしの戦は終わりだ。いいか、わしは天皇なぞになりたくて兵を起こしたのではない。幾ら勝ち戦が続いているとはいえ、ゆめゆめそれを忘れるな」

まだ中身の残っている盃を、将門は乱暴に床に叩きつけた。そのまま足音も高く殿舎の奥に引き揚げていく彼を、簀子の下に控えていた半白頭のもののふが大急ぎで追いかけた。

残された玄茂や興世王たちは、しばらくの間、目だけを動かして主従を見送っていた。やがて申し合わせたように、ほうと息をつき、「将門どのにも困ったものですなあ」と口々に言い始めた。

「すでに三国の国衙を攻め落とし、国司どもを追い払ったのでございます。事ここに至っては、朝堂は将門どのをただの坂東の土豪とは思うておりますまい。我らを助けるという

大義名分とて、とうの昔に雲散霧消してしもうたのに、将門どのだけがそれをいまだに後生大事に抱え込んでおられるとは」

藤原玄明・玄茂や興世王たち同様、将門に従ってきた近隣の郡司だろう。真っ黒に日焼けした小男の呆れ顔に、興世王が「さよう、さよう」と追従《ついしょう》した。

「都に向かって弓引いたも同然の今、わしとてもはや、武蔵国に戻って官人勤めなぞ出来ませぬ。己の領地さえ国衙に安堵してもらえればよいと思っておる腰抜けは、もはやここにはおりますまい。こうなった以上、将門どのには是が非でも、我らが王となって坂東を治めていただかねばなりませぬ」

「おお、そうじゃ、そうじゃ。我らはもう、後に引けませぬでなあ」

将門の当初の目的がどうだったにせよ、常陸・下野・上野の三国を陥《お》とした将門軍は、朝廷からすれば立派な叛徒。それだけに、もはや突き進むより他ないと開き直っているのだろう。男たちは自らを鼓舞するようにまくし立てながら、続けざまに盃を干した。

「されどそんな最中に、将門どのを新皇にとの託宣が持ち込まれるとは、銭目当ての戯言《ざれごと》としても縁起がよいわい。そこで、どうじゃろう。せっかく国司どもを追放したのじゃ。いっそここで新皇さまの名のもとに、空っぽになった三国の国司を任命してみては」

先ほどの小男が酔いに顔を赤らめ、大声を張り上げた。その隣の藤原玄茂が、「おお、それは面白い」と、真っ先に賛同した。

「では常陸国司には是非、わしを任じてもらいたい。ここにおる者の中で常陸にもっとも詳しいのは、わしを置いて他におるまいでなあ」

「ずるいぞ、弟。ならばわしには、安房《あわ》国を寄越せ」

「さすれば、わしには相模《さがみ》国を」

酒の酔いに気が大きくなっているらしく男たちがまだ攻めてもいない国の名までを、我がちに口走る。そんな彼らに向かい、興世王が「まあまあ」と両手を振りながら立ち上がった。

「皆さま、落ち着きなされ。こういったことには、取りまとめ役が必要でございます。憚《はばか》りながら、贈一品中務卿《なかつかさきょう》・伊予《いよ》親王の玄孫《やしゃご》たるこの興世王、新皇さまの宰人《さいじん》として除目《じもく》を行ない、ついでに新しき政《まつりごと》の王城を定めましょうぞ」

興世王は元々武蔵権守。武蔵守を補佐し、国内の雑務を取りさばくのが職務である。それだけに玄茂たちはもぞもぞとその場に坐り直しながら、確かに、とうなずきあった。

「興世王どのが宰人になられるのであれば、我らにはなんの文句もない。よろしく頼もうではないか」

藤原玄明の言葉に、興世王は軽く低頭した。小さな身体を精一杯反らしてその場の男たちを回視し、

「将門さまの都となれば、やはり石井《いわい》営所界隈がよろしゅうございましょうな」

と重々しげに言いきった。

「やはり、それが一番であろうなあ。さすれば、石井の南の檥橋《うきはし》は京の山崎、東の大井津は近江《おうみ》の大津《おおつ》とやらに当たるわけでございますな」

自らの目で都を見たことがないのか、日焼けした小男が憧れをにじませた面持ちで呟く。

するとかたわらの玄明があぁっと声を上げ、

「二官八省の役人も決めねばならんぞ。それに、執務に必要な印璽《いんじ》も作らせねば」

と興世王に向かって身を乗り出した。

この坂東を都の朝堂に擬そうとあれこれ喚き合う様は、ままごとに興じる子供たちに似ている。千歳は簀子の勾欄《こうらん》に身を寄せながら、馬鹿馬鹿しいと腹の底で毒づいた。

おそらく彼らとて胸中では、この勝利がいつまで続くかと危ぶんでいよう。だからこそひと時の勝利に浮かれ、叶うかどうかも危うい栄華に酔い痴れずにはいられぬのだ。その意味では、己の戦いの意義をいまだ忘れず、戦の終わりを決めている将門の方が、この男たちよりよほど冷静なのかもしれない。

視線を感じて振り返れば、兄や興世王から少し座を離した藤原玄茂が、千歳に目を注いでいる。千歳はこっそりそのかたわらに這い寄った。

「おぬし。なにを企んで、託宣なぞ持ち込んだ」

この戦の中で、何があったのか。かつてあれほど覇気のなかった玄茂の顔には、妙なふてぶてしさがにじんでいる。別に、と小声で応じた千歳に、細い目を鈍く光らせた。

「まあ、いい。それよりおぬし、国府陥落後の常陸国衙の官人どもの行方を知らぬか。常陸国司どのは生け捕って石井営所に押し込めたが、下官どものほとんどはさっさと逃げおおせよってな。国司どのを更に苦しめ、わしと兄の恨みを晴らすために、その目前に下官らの首を並べてやろうと思うておるのだ」

「さあ、存じませぬ」

元が弱気な人間ほど、権力を得ると強圧的な態度を取る。この分では常陸国司・藤原維《これ》幾《ちか》はさぞ辛い目に遭わされていようと思いながら首を横に振ると、玄茂は「そうか」と不機嫌に唇を歪めた。

「実は官人どもは今、香取の傀儡女に匿《かくま》われているとの噂もあるのだが、真偽の確かめようがない。分からぬなら分からぬなりに、あ奴らの船に火を放ち、女子《おなご》どもごと焼き殺してもよかろうに、将門どのが諾《だく》と言わぬのだ」

千歳は思わず眉を跳ね上げた。すると玄茂はその驚きの表情に満足した様子で、更に言葉を重ねた。

「どうせあの傀儡女どもは、どの国にも属さぬ根無し草。今後、将門どのが坂東を征圧なされば、どんな面倒を引き起こすか分からぬ輩《やから》だ。ならばこれをいい機会として攻め滅ぼしておいた方が、後々のためになろうになあ」

つい先日まで、自分たちも国衙に従わぬ厄介者と呼ばれていたことなぞ忘れ果てた口調で、玄茂は吐き捨てた。

「奴らが官人衆を匿っているとの噂は、まことなのですか」

「常陸国府が落ちた翌日、ぼろぼろの官服をまとった男どもが数人の女に導かれるように高浜の湊《みなと》に向かって行くのを見た者がおる。幾ら国衙の官人どもであろうとも、銭も米もなしで船を購《あがな》えるわけがない。常陸国衙が贔屓《ひいき》にしていた香取の傀儡女どもが手を差し伸べたというのは、充分にありえよう」

かつて如意は千歳と寛朝の目の前で、「あたいはあの平将門の妹なんだ」と暗い笑みを浮かべた。将門は仮にも、桓武《かんむ》天皇の五世の孫。そんな貴種の血を引く娘が賤《いや》しい傀儡女になり下がるとは思い難いが、いずれにせよあの女は以前より、将門への憎悪を剝き出しにしていた。そんな如意が将門憎しのあまり、国衙の生き残りを庇《かば》うことは確かに考えられる。

ほんの刹那《せつな》、我が手をかすめて消えた有明の丸みを思い出し、千歳は両の掌を握りしめた。

「——玄茂さま」

先ほどの蟬声が嘘のようにかすれた音吐が、喉から洩れた。

「差し支えなければ、そのお役目、わたしにお任せいただけませぬか」

「なんだと」と問い返した玄茂に、千歳はひと膝詰め寄った。

「傀儡女船に火をかけ、万一、常陸国衙の官人どもがいれば、彼らごと焼き尽くせばよろしいのでしょう」

玄茂は細い目を見開き、じっと千歳を見つめている。やがてその唇が歪み、並びの悪い歯がちらりとのぞいた。常陸官衙で癇性《かんしょう》な声を張り上げていた彼とは、まるで別人のような悪相であった。

「香取海上の傀儡女船は、二十艘とも三十艘とも聞く。おぬし一人で、すべて沈められるのか」

「身軽な兵を十人ほどお貸しください。風の強い夜半、闇に紛れて火を放ちましょう」

何の躊躇《ちゅうちょ》もなく言い切った千歳に、玄茂は双眸《そうぼう》を宙に据えた。

誰かが冗談でも口にしたのか、この時、興世王や藤原玄明が腹を抱えて笑い出した。玄茂はその耳障りな笑いにまぎらすように、「――望みはなんだ」と探る口調で問うた。

「実を申せば一つ、傀儡女どもから奪いたいものがあるのです。他のお方からすれば大した価値はありますまいが、わたしにとっては千金にも換えがたい品でございまして」

「ふうむ。もしや以前、おぬしが我ら兄弟を傀儡女船に誘ったのも、それゆえか」

襟足を冷風が吹き通り、千歳は首をすくめた。とはいえさすがに、傀儡女船を混乱に陥れるため、千歳が自分たちを国司に売ったとまでは考えつかなかったのだろう。無言になった千歳を見つめ、「よし」と玄茂はうなずいた。

「十人とは言わん。三十名、小舟とともにつけてやろう。その代わり、必ずやすべての船を沈めて来い」

もし望みなぞないと答えれば、玄茂は千歳を信用しなかっただろう。この世の者はみな多かれ少なかれ、欲によって動かされている。そして己の欲を自覚している者ほど、それを叶えることに直向《ひたむき》で真摯である。その意味では、藤原兄弟も千歳も所詮は同種の人間だ。だからお互いを信用せずとも、手を組むことは出来る。

「ただ、傀儡女どもが滅びれば、将門どのはきっと誰がやったと激怒なされよう。船を焼いた後しばらくは、我らの元に戻って来るな」

実際のところ有明さえ手に入れば、千歳が坂東に留まる理由はない。それに朝堂からも追捕の兵が送られていよう今、下手に将門軍と行動を共にしては、こちらの命が危ない。いくら無頼《ぶらい》を気取っていても、結局のところ玄茂の浅薄さは変わらないと見える。内心苦笑しながら、千歳は「分かりました」と首肯した。

「ところで玄茂さま、申し訳ございませんが、香取に向かう前に、着替えといくばくかの銭をご用意いただけませんか。この恰好では、傀儡女船に近付くのに差し支えがありますので」

「なるほど、それももっともだな。すぐに用意させるとしよう」

そう言って改めてしげしげと千歳を眺める玄茂の目には、嘲笑と軽蔑がないまぜになっている。千歳はとっさに顔をうつむけた。

玄茂からすれば、千歳は己の欲望のために男とも女ともつかぬ風体に身を落とした愚か者と映るのだろう。さりながら自分を嘲《あざけ》っていられるのも、今のうちだ。いかに将門が戦巧者《いくさこうしゃ》でも、都の追捕使を敵に回してまで勝てるはずがない。いずれ玄茂は将門ともども、謀叛人として討ち取られる。そしてその頃には自分は有明を手に、大手を振って楽所《がくそ》への出仕を始めていよう。

あるいは灼熱の夏、あるいは寒風吹きすさぶ真冬、敦実親王邸の庭に這いつくばって洩れ聞こえる音楽に耳を澄ませた日々が、これでようやく報われる。千歳はこみあげる感慨を奥歯で嚙みしめ、深々と低頭した。

こんな無法者にへつらう日々もじきに終わると思うと、玄茂のふてぶてしさがかえって愉快だった。

空と海が溶け合うあわいを、数隻の帆船が滑るように進んでゆく。淡い春陽を受けた帆の白さに目を細め、寛朝は大きく揺れる舷《げん》を両手で摑んだ。

広い外海と直接つながっている香取の海は、潮の満ち引きのたびに水嵩《みずかさ》が変わる。加えて、日が頭上高くに差しかかる時刻は西から強い風が吹き付け、海上での暮らしに不慣れな寛朝たちを脅かすのであった。

「お坊さまァ、そんなにひしと舷を摑んでいると、かえって頭がくらくらしちまいますよォ」

「そうそう。先だっても泊まり明けのお客が如意の船から落っこちて、大変な騒ぎになったんですから」

琴を軽く爪弾《つまび》くに似た声を上げながら、切り髪姿の鳥児《とりこ》と戌児《いぬこ》が小舟を操って近付いてくる。寛朝と心慶が寝起きする船に慎重に舷を寄せると、蓆《むしろ》にくるんだ細長い包みをこちらに向かって差し出した。

「なんですか、これは。また心慶さまに楽器の手入れをお願いすればいいのですか」

とっさに包みを受け取って問う寛朝に、女童《めのわらわ》たちは顔を見合わせてぷっと吹き出した。顔貌も背丈もまったく異なるくせに、まるで双子のように息の合った挙措であった。

心慶ともども傀儡女船に身を寄せた寛朝がなにより驚いたのは、海上に生きる女たちの案外生真面目な暮らしぶりであった。

大小合わせて約三十艘の傀儡女船は、香取の海の各湊を一月かけて巡り、月の一日には内海東岸の鹿島社、晦日《みそか》には南岸の香取社に参詣《さんけい》する。夜ともなれば美しく着飾って客を迎える彼女たちは、日中は歌舞音曲の稽古に精を出す一方で、汗みずくとなって船を磨き、棹《さお》を取り、櫓《ろ》を漕《こ》ぐ。男を最低限しか必要とせず、どんな権力にも寄り添わず内海を巡るその姿には逞《たくま》しさすら漂っており、寛朝は彼女たちを色をひさぐ賤しい女と蔑んでいたことを恥じた。

「常陸国府が落ちたあの日、如意が船を貸してくれと言いだしたのには、あたしは本当に驚きましたよ。ただ、これまで長年お世話になった心慶さまはともかく、客にもならない国衙の下官たちまで面倒見ようってんだから、まったく、あの子の気ままには手を焼きますよ」

傀儡女の長者である榊《さかき》ノ御《ご》は、数日に一度、心慶と寛朝が寝起きする船を訪れては、愚痴をこぼして引き揚げてゆく。ついでに音の狂った箏《そう》や笛を持ち込み、心慶に修繕を頼むのも忘れなかった。

それゆえてっきり寛朝は、榊ノ御が鳥児と戌児に調子の悪い楽器を運ばせたのだと勘違いしたが、薦包みの中からは潮の香りにも負けぬ馥郁《ふくいく》たる香りが漂い出している。寛朝が鼻を蠢《うごめ》かせるのに、女童たちがまたきゃらきゃらと笑った。

「上総《かずさ》からのお客さまが下さった、早咲きの梅でございますよ」

「あまりにいい香りだから、あこやがお坊さまたちに一枝差し上げろって」

うながされるままに薦の端をめくれば、細い枝のところどころで白い蕾《つぼみ》が小指の爪ほどの大きさにほころび始めている。

あこやは盲目の代わりに周囲の匂いに敏感で、天候や潮目もすべて香りで言い当てる。

それだけにあこやにとって梅の香はまたとない春告げの便りに違いなく、それをわざわざ運ばせる気遣いに優しさがにじんでいた。

「それはありがとうございます。あこやにくれぐれも礼を伝えてください」

冷たく冴えた芳香に、寛朝はそういえばとっくに年が改まっていたのだな、とどこかよそ事のような気分で考えた。

如意が助けた官人のうち半数はすでに知辺《しるべ》を頼って去り、一月余りが経った今も傀儡女船の世話になっているのは十人足らず。荷船の一角を寝床として与えられた彼らは、船の掃除を手伝ったり、なじみ客に送る文の代筆などをして、女たちからそれなりに重宝されていた。

ただその一方で心慶は、常陸国分寺の惨状にいまだ心を痛めているのか、寛朝はおろかあこやや如意ともほとんど口を利かない。啓雲を始め国分寺で亡くなった道俗の骸を、後日、夜陰に紛れて寛朝が葬ったと告げた際、かろうじて「そうか」と短く応じたのが香取に来て以来、唯一、耳にした心慶の声であった。折れた足はようやく歩けるほどに回復したにもかかわらず、日のほとんどを屋形《やかた》の奥の間で横になって過ごし、起き出してくるのはせいぜい飯の時と楽器の修繕の際に限られていた。

「ところでお坊さま、先ほどお使いが参りました。今夜また、平貞盛さまがお越しになられるそうですよ」

「お坊さまにも何やらお話があるとか。如意の元に行く前に、こちらの船にお寄りくださるんですって」

貞盛どのが、と繰り返してから、寛朝は女童たちに向かってうなずきかけた。

「分かりました。お待ちしているとお伝えください」

常陸国府が襲われた際、たまたま国衙を離れていた平貞盛は、現在、平良兼《よしかね》の息子である平公雅《きんまさ》・公連《きんつら》兄弟、下野国の藤原秀郷、相模国の橘遠保《たちばなのとおやす》といった諸国の豪族・官人と手を組んで、将門追討の支度を整えていた。

時折、香取の海を訪れる貞盛によれば、将門は常陸国府襲撃後、下野・上野両国へも進軍。更に将門の勢いに驚いて国司が遁走《とんそう》した安房・上総・下総・武蔵・相模諸国にも手勢を派遣し、瞬く間に坂東八か国を掌握したという。

当初、千人あまりだった将門軍はいまやその膝下《しっか》に駆け付けた豪族の郎党たちを含め、五千人ほどに増大。諸国の国軍の兵員が、多くとも三千人とも言われるだけに、なるほど坂東諸国の国衙が次々とその勢いの前に膝を折ったのも、やむを得ぬ話であった。

暮靄《ぼあい》が海上を這い始めると、傀儡女船は俄然、華やぎを増す。二十艘近くの二瓦《ふたつがわら》船から成る組船は艫《とも》に煌々《こうこう》と篝火《かがりび》を焚き、女たちは鏡を覗きこんで化粧の仕上げにかかる。組船の周囲に従う小舟や荷船もまた、それぞれ舳に高く旗を上げ、折しも吹き始めた海風がそれをはたはたと長く靡《なび》かせるのであった。

まだ日が暮れ切らぬうちにやってきた貞盛は、そんな賑わいの中、寛朝と心慶が暮らす船に案内されるなり、「大変なことになりました」と形のいい眉を険しくひそめた。

「都から早使《はやつかい》が参りました。東国に遣わされるはずだった追捕使《ついぶし》が、しばらくの間、停止されるそうです」

「なんですと、それはどういうわけです」

隣の間に臥せる心慶の耳も忘れ、寛朝は思わず声を尖《とが》らせた。

幾ら平貞盛たちが剛の者であろうとも、その兵力は合わせてようやく一国軍に満つ程度である。このため貞盛は間違いなく将門を討つためにも、都からの追討軍の力は必須と考え、その到着を今日か明日かと待ちわびていたのであった。

坂東じゅうを巻き込んだ兵乱に、今ごろ京の朝堂は恐怖に震え上がっていよう。すぐさま征討将軍が任じられ、畿内各寺社にも奉幣使《ほうへいし》や調伏《ちょうぶく》の依頼が遣わされているはずと考えていただけに、寛朝は都で大地震か疫病でも起きたのかと考えた。さりながら貞盛は整った面差しを曇らせ、「藤原純友《すみとも》とやら申す伊予前掾《さきのじょう》が、西国で謀叛を起こしたそうでございます」と静かに告げた。

「もともと藤原純友は、伊予の海を荒らし回る海賊追捕を命じられていた男。それが役目を果たしたにもかかわらず恩賞が下されぬことに憤《いきどお》り、備前《びぜん》国や播磨《はりま》国を陵虐《りょうぎゃく》し始めたとか」

そう語りながら、貞盛はますます目尻を険しくした。

「なにせ都から瀬戸内の諸国までは、徒歩でほんの四、五日の距離でございます。加えて京では将門と伊予前掾とが共謀して蜂起したとの噂も飛び交い、朝堂は上を下への大騒ぎ。坂東より先に瀬戸内に追捕使が遣わされるのは、まず間違いありますまい」

それにしても坂東の国司を困らせているのが土着官人と群盗《ぐんとう》とすれば、西国国司の悩みの種は土着官人と海賊。偶然とはいえ都の東西でほぼ同時に不逞《ふてい》の輩が謀叛を起こしたとは。

「すでに都からは内々に、将門を討伐した者には恩賞を与えるとの官符が出ています。併せてそれがしや藤原秀郷どのは間もなく、犯科者《ぼんかもの》を追捕する押領使《おうりょうし》に任ぜられるとか」

「つまり内裏《だいり》は、坂東の兵乱は坂東の者の手で収めよと仰せなのですね」

さようでございます、と首肯し、貞盛は肩が上下するほどの深い息をついた。

「こうなればもはや、都の軍勢を頼みにはできませぬ。それがしの手勢が現在千、秀郷どのと公連たちの手勢が計二千。数の上では将門に劣りますが、入念に策を練って攻めかかれば、決して勝てぬ戦ではありませぬ」

貞盛は屋形の隅に置かれた古壺に目をやった。先ほど寛朝が投げ入れた梅の枝を凝視し、

「あの梅が――」と続けた。

「あの花が散り、桜が咲くまでには、我らは必ずや将門を討ち果たします。ご不便とは存

じますが、寛朝さまはそれまでこの香取の海で難をお避けください。香取の傀儡女はいずこの国にも属さぬ者たち。ここまで兵難が及ぶことはまずありますまい」

梅がほころびれば、爛漫《らんまん》の春はすぐ目前。自信に満ちた貞盛の言葉が、寛朝の胸に小さな波を立てた。

将門が朝敵であることは、よく分かっている。しかし頭ではそう理解しつつも、貞盛の如く将門の死を願えぬ己に、激しい動揺が全身を揺らした。

冷たく澄んだ梅の香を大きく吸い込んだのを、大乱を前にした緊張ゆえと受け取ったのだろう。貞盛がわずかに眉間をゆるめ、「ご安心ください」と言ったとき、舷に船が寄せられる気配がした。屋形の妻戸がからりと開き、美しく化粧を施した如意が顔をのぞかせた。

「こんばんは、貞盛さま。今夜は泊まって行けるんだろう？」

「ああ。大丈夫だ」

貞盛の返答に、如意は濃く紅を引いた唇を嬉しそうにほころばせた。

その肩の向こうに広がる海はすでに墨を流したように暗く、船団のそこここで焚かれた篝火を鏡面のように映じている。

切れ切れに聞こえてくるのは、笙《しょう》や琵琶の音取りであろう。客を迎えに行くと思しき女たちが、巧みに小舟を操ってすぐ側を過ぎて行った。

「今夜はありがたいことに、客が多くてさ。あたいも深更まで体が空かないんだ。あとで酒を運ばせるから、もうしばらく待っててておくれ」

そう言うや、如意は貞盛の返事も聞かず、白い足裏を翻して己の小舟に飛び移った。そのまま器用に櫓を操り、眩しいほどに灯を点す組船に向かって漕ぎ去った。

「それにしても如意どのは、肝が据わっておられますな」

我知らず呟いた寛朝に、「ええ、まったく」と貞盛は苦笑した。

「あれが常陸国衙の官人を匿ったと聞いたときは、耳を疑いました。いくら将門を嫌《きろ》うておるとはいえ、そこまでするとは」

「そういえば如意どのは、ご自分を将門どのの妹と仰っておいででしたが」

貞盛は軽く目を細め、ご存知でしたかと顎を引いた。

「如意は育ての親である榊ノ御から、ずっとそう聞かされてきたそうです。実際、将門の父親はほうぼうに妻がおり、子の数も男だけでも七人だったか八人だったか……。生まれた赤子を要らぬと捨てさせることもありえぬとは申せませぬが、さりとて如意がそうかと問われると、どうですかなあ」

意外の念に打たれ、「信じておられぬのですか」と問うと、貞盛は照れくさげに笑った。

「実のところ、それがしにはどちらでもいいのです。ただ幼少よりずっと将門を憎んでおるせいか、如意はあのように激しく美しい。それがしにはそれで充分です」

なぜかこの時、寛朝の脳裏に父の敦実親王の顔が明滅した。将門を憎む如意が焔《ほのお》をまとった化鳥《けちょう》の如く美しいのであれば、父への恨みゆえに坂東に来た自分は余所目《よそめ》にどう映るのだろう。

やがて西空の一角に蟠《わだかま》っていた残照がかき消えると、組船の篝火は更に輝きを増した。時折どっと響く笑い声、我がちに奏される管絃の音を聞いていると、坂東じゅうが兵乱の最中にあるとは到底思えない。

　琴に箏、竜笛《りゅうてき》に篳篥《ひちりき》、笙、太鼓。海面に小波を立てる潮風が、華やかな楽の音を暗い夜空へと吹き上げる。どこか遠くで、海鳥が楽に応じるかのように、かう、と啼《な》いた。

――春の夜の　闇はあやなし　梅の花

　幾つもの旋律が重なり合い、いったいどの楽器が何を奏しているのかすら分からぬただなか、あこやの凜と張りつめた歌声が聞こえてきた。それに合わせてかき鳴らされた琵琶の音が、まさに梅の香りのように四囲に嫋々《じょうじょう》と広がって行った。

――色こそ見えね　香《か》やは隠るる

　あこやは海上だろうが強い陽光が降り注ぐ日中だろうが、まったく頓着《とんちゃく》せず有明を弾《ひ》く。それだけにあと五年、十年と日が経てば、天下の名器の音は狂い、およそ使い物にならなくなるだろう。しかしこうして傀儡女船に寝起きし、海を隔《へだ》てて女たちの楽を聞けば、波音とともに響く管絃はとり澄ました宮城《きゅうじょう》のそれとは比べものにならぬほど雑駁《ざっぱく》で、だからこそなお有明の深い音色が際立つ。

あこやに有明を与え、傷《いた》むがままにさせている心慶の胸中は、今もって理解できない。だが夜ごとかき鳴らされる有明を聞くうちに、美しき楽とは決して都人だけのものではないのやもと寛朝は考えるようになっていた。

将門の戦の中に至誠《しせい》の声があると聞こえたように、坂東には坂東なりの楽がある。人の数だけ音楽が存在するのであれば、そこに天下の名器が用いられても誰が文句を言えよう。

あこやの歌は微《かす》かな川のせせらぎのように続いて、絶えることがない。時々やんやの喝采が重なるのは、他の傀儡女が歌に合わせて舞っているからか。

貞盛は壁に軽く背をもたせかけ、無言で楽に耳を傾けている。平静を装ってはいても、その脳裏には将門追討の策が目まぐるしく浮かんでは消えを繰り返しているはずだ。そう考えて反対の壁に身を寄せて息を詰めていると、やがて鳥児と戌児が酒と破籠《わりご》に詰めた結び飯、それに汁椀を三膳、運んできた。

添えられた土器《かわらけ》に結び飯を取り分け、汁とともに奥の間に運べば、心慶が床の上に起き直り、上げられた蔀《しとみ》の外に目を投げている。寛朝の手から折敷《おしき》を受け取りざま、「あこやが歌っているな」と低語した。

珍しく心慶の側から話しかけられ、寛朝は咄嗟に応えに詰まった。しかし心慶はそれを気にする風もなく、己の膝前に折敷を据えた。

「ようやくしゃべり始めたばかりの頃から、あこやの声はよく通った。なびきの乏しい無《む》明《みょう》には、もってこいじゃ」

寛朝は眉を寄せた。心慶が香取に出入りし始めたのは、確か十年ほど前。それ以前のあこやを知っているとは、やはり心慶は多賀谷澄春《たがやのすみはる》と都で懇意だったのかと考えたためである。

だがそんな寛朝の内奥《ないおう》には気付かぬ面で、心慶は結び飯の皿に目を落とした。やおら、そのうちの一つを引っ掴んで口に押し込むと、「旨いのう」と臓腑《ぞうふ》を吐くような声で呻いた。

「人とは哀しいものじゃ。どれだけ悲嘆に暮れ、我と我が身を責めていようとも、飯を食えば旨いと思うし、優れた楽を聞けば美しいと感じる。かような快楽《けらく》が己に許されておらぬと分かっていても、人の身はそれを喜んでしまうのじゃなあ」

「それは……それは快楽とは申しますまい。人が生きておる以上、旨い飯や美しき楽に心動かすのは当たり前でございましょう」

「ああ、確かに。生きておればな。されどこの世には、もはや取り返しのつかぬ過ちを犯したにもかかわらず、自ら命を絶つだけの度胸もなく、半死半生の有様でだらだらと日々を送っておる愚者もおるのじゃ」

大きく口を開けて結び飯に食らいつき、「至誠の声、か」と心慶は突然、ぽつりと呟いた。驚いて息を飲む寛朝に目をやり、呆れたと言わんばかりに小さく首を横に振った。

「そなたさまも酔狂《すいきょう》なお人じゃ。そのようなもののために、かような辺国までわしを追いかけて来られるとはな」

もはや忘れたわい、と続ける心慶の口調は、吹き込む海風に今にも吹き散らされそうなほど乾いていた。

「いや、忘れたというより、そのようなものは最初っからなかったのかもしれぬ。わしの如き罪業深き者が、かような名声を持っておる道理がないでのう」

「な、何を仰います。心慶さまほどのお方に、何の罪咎《つみとが》がございましょうか」

いったい今日の心慶はどうしたのだろう。戸惑いながら彼を制したその時、ぎいぎいという櫓音が蔀窓の向こうに弾けた。

見れば船団から離れた一艘の丸木舟が、艫に榊ノ御を乗せ、飛ぶような速さでこちらに近付いてくる。あのやかましい榊ノ御がここに割り込んでくれば、心慶はまた貝の如く口をつぐんでしまうだろう。

「し、しばし、お待ちください。榊ノ御にお帰りいただいてまいります」

さりながら寛朝が奥の間から転がり出るよりも早く、榊ノ御は敏捷《びんしょう》にこちらの船に乗り移り、屋形の妻戸際に膝をついた。一人で酒を呑み始めていた貞盛を瞬きもせずに仰ぎ、

「お待たせしてすみませんねえ、貞盛さま。なかなか如意の客が帰って行かないんでござ

いますよ」

と、相変わらずの立て板に水の調子でまくし立てた。

「もしご迷惑でなければ、暇つぶしのお相手にあれなる娘はいかがでございます。つい一月ほど前、売られてきたばかりの子でしてね。まだ他のお客には、お勧めしていないんでございますよ。如意には黙っておきますので、ぜひ」

思わせぶりに己の舟を顧みる目の先では、十四、五歳と思しき娘がおびえたように身をすくめている。榊ノ御が手伝ったのか、年の割にいささか濃すぎる化粧がまだあどけなさを残した目鼻を塗りつぶしていた。

得意げな榊ノ御に、貞盛は微かな苛立ちを頬に走らせた。だがすぐに元の落ち着いた表情を繕《つくろ》い、「いや、やめておこう」と短く断った。

「それがしは隠し事が苦手だ。それに自分より若い傀儡女を侍《はべ》らせたと知れば、如意がさぞ怒り狂おうからな」

その途端、榊ノ御はきゃははと甲高く笑い、「嫌ですよ。本気になさったんですか」と顔の前で大げさに手を振った。

「趣向でございますよ、趣向。貞盛さまをただお待たせするのも申し訳ないと、ちょっとからかわせていただいただけでございます。やれやれ、それにしても貞盛さまは本当に如意一筋でいらっしゃる。こんなお方に思われて、あの子は幸せですねえ」

弁明する音吐は、調子外れなほどけたたましい。おおかた榊ノ御は新しく入った傀儡女に上客を摑ませようと、ひそかに貞盛に引き合わせたのだろう。もしかしたら貞盛を籠絡《ろうらく》することで、気ままな如意の鼻を明かそうと目論んだのかもしれない。

「今日は月の二十日、真敷《ましき》の異羽丸のねぐらにもっとも近い日でございます。こんな新参女には、ああいった僦馬の党あたりが結構なんでございますが、あいつらはこっちが待っている時に限って姿を見せないひねくれ者でしてねえ」

放っておくとまだまだしゃべり続けそうな榊ノ御を、貞盛は「それにしても、今夜は常にも増して賑やかだな」と鼻白んだ口調で遮った。寛朝が言葉を添えるまでもなく、貞盛もまたこの長者を早く引き取らせたいのが歴然と知れた。

「ええ、早くからお越しの客はもう帰られたんですがね。ついさっき、初めてのお客がご自分の船でお越しになられ、わずかな間でいいから遊ばせろと――」

このとき、視界の隅が昼間のように明るんだ。あまりの眩しさにそちらを見やり、寛朝は我知らずその場に立ち上がった。

燃え盛る松明を積んだ小舟が、今まさに組船のただなかに突っ込もうとしている。轟々と燃え盛る焔が海上に映じ、その姿はまるで獰猛な獣そっくりだ。

危ないッ、と叫んだ声は、激しい衝突の音にかき消された。組船が激しく揺れ、金砂に似た火の粉がぱっと夜空に舞い上がる。楽の音と歌声がはたと止み、代わって女たちの悲鳴が海上に響き渡った。

「ど、どうしたって言うんだいッ。——あ、あああ、あちらにもッ」

榊ノ御がわななく指を向けた先では、同様に松明を載せた二艘の丸木舟が、まっすぐ組船に向かってゆく。その艫に胴丸に身を固めた数人の男がそれぞれ坐っているのが、燃え盛る焔に照らされてはっきりと見えた。

「畜生ッ。あいつら、何なんだいッ」

榊ノ御が自分の舟に飛び乗り、自ら櫓を握りしめる。その鼻先を挫《くじ》くように、またも轟《ごう》音《おん》とともに二艘が組船へと突っ込んだ。

巨大な焔が夜空を赤々と照らし、水上の殿舎と化していた組船がにぶい軋《きし》みを上げる。逃げ惑う男女の悲鳴が高く低くそこにからみ合い、まるで地獄の楽のようだ。

「まて、榊ノ御。それがしも連れてゆけッ」

貞盛が喚きながら、艫に飛び移る。大きく揺れる舟に、先ほどの若い傀儡女が甲高い悲鳴を上げた。その声に背を叩かれ、寛朝もまた法衣の裾をたくし上げて、貞盛の後を追った。

「寛朝さま。なにを考えておられるのです。あなたさまはお戻りください」

「いえ、わたくしでも火消しぐらいは出来ます。それよりさあ、早くッ」

怒鳴り合う二人にはお構いなしに、榊ノ御は凄まじい勢いで舟を漕ぎ出した。

組船の一角は今や夥しい焔に包まれ、海面はまるで油を流したように輝いている。舟から乗り移った男たちが片端から火を放っているのか、黒煙は組船の中央からも上がりつつあり、赤い舌がちろちろと屋形の屋根を這い始めていた。

「誰も生かすなッ。皆殺しにして焼き払えッ」

野太い声が錯綜し、打ち物がそこここできらめく。傀儡女や客が舷から突き落とされたのだろう。複数の叫びと水音が相次いで起こり、寛朝の背筋を凍らせた。

傀儡女は坂東八か国のどこにも属さぬ、不偏不党の民。そんな彼女たちを、いったい誰が襲っているのだ。

「左だ、左。小舟が突っ込んできたのと反対側に向かえ」

貞盛の指示に無言でうなずき、榊ノ御は組船の最後尾に丸木舟を寄せた。人気のない艫に転がり込むや、突然、船同士を結い合わせた縄を片っ端からほどき始めた。

「なにをしている。そんな真似をしては、傀儡女や客どもが逃げ場を失ってしまうではないか」

「そんなの、知ったこっちゃありませんよッ。それよりもこのままじゃあ、あたしの船が全部焼かれちまうじゃないですか」

船を無傷のまま海に流して、後から集めればよいと考えたのだろう。榊ノ御は貞盛の制止を無視して、縄を解いた船をどんと蹴り離し、焔に明るむ海へと押し出した。

「お前も手伝うんだよ。さあ早くッ」

榊ノ御の叱咤に、丸木舟の隅で震えていた若い傀儡女が、恐る恐る舟底から這い出す。青ざめた顔で縄に指をかけるのを横目で睨み、寛朝は貞盛とともに組船のただなかを駆け出した。

傀儡女船のほとんどは、長さに対して幅の狭い二瓦船。それを互いに縄で結わえて大きな筏《いかだ》状にしているだけに、船から船へと飛び移る都度、足元は大きく揺れる。ましてやそこここに火が放たれ、大勢が逃げ惑っているとなればなおさらだ。

「た、助けてくれえッ」

焔に縄を焼き切られたのだろう。屋形の屋根を火柱と変えた船が二艘、折からの引き潮に乗って、凄まじい勢いで沖へと流れていく。焔に背を焙《あぶ》られながら、舷を右往左往する傀儡女と客の姿が、黒々とした影となって寛朝の目を射た。

屋形に火がかけられているせいで、辺りはまるで昼の如く明るい。本来であれば、この先にはまだ七、八艘の船がつながれているはずだが、今や組船の端は巨大な鉈《なた》に叩き切られた如く欠け、焔に包まれた船と真っ黒に焼け焦げた残骸が海面を覆い尽くしている。つい先ほどまで各屋形を飾っていた調度、客人を楽しませていた楽器に遊戯具、そして色とりどりの衣をまとった女たちの死骸が、その隙間を朽ちた花のように漂っていた。

すぐかたわらの船で白刃が光り、女たちの叫泣《さけびなき》が夜空をつんざく。貞盛ははっとそれを顧みると、「おぬしら、いったい何者だッ」と喚きながら、船端を飛び越えた。今まさに太刀を振りかざそうとしていた男に、体当たりを食らわせた。

焼け焦げた船の胴の間に追い詰められ、がたがたと震えていた数人の傀儡女が、「さ、貞盛さま」と口々に声を上げる。その中には有明を手にしたあこや、その肩をひしと抱いた如意も交じっていた。

「なに、貞盛だと」

反対の舷で客を次々と海に突き落としていた四、五人が、がばとこちらを振り返る。そのほとんどは胴丸に脛当《すねあて》という身ごしらえだが、たった一人、水干に覆面をした小柄な男が含まれている。腰の刀を抜き放った貞盛を取り囲み、男たちは「平貞盛だッ」「将門さまの宿敵だぞ。討ち取れッ」と口々に怒鳴った。

その喚きの意味を考える暇《いとま》もあらばこそ、止めようとする朋輩たちの手を振り払って、如意が「将門だって」と叫んだ。

「畜生ッ。お前ら、あいつの手下かい。ついこの間まで、あの野郎もあたいたちも同じはぐれ者同士だっただろうに。それが兵を起こし、坂東を我が手にした途端、あたいたちを殺そうってのかいッ」

如意の胸元は、墨でもぶちまけられたかのように汚れている。その背後に手を取り合って倒れ伏している小さな影は、あの鳥児と戌児だ。その身体はもはやぴくりとも動かず、ただ二人の下から流れ出た黒いものが、じわじわと船の胴に広がって行く。

縄を焼き切られた船が一艘、また一艘と組船から離れ、あるものは海の彼方へと流れ去り、あるものは轟音とともに水底へ沈みゆく。鼻をつく異臭は、船中で焼け死んだ傀儡女や客が放っているのに違いない。立ち昇る黒煙が焔を映じ、夜空に複雑な陰影を刻んだ。

「うるさい。黙れッ」

胴丸の一人が、目尻を吊り上げた如意に駆け寄りざま、刀を振り上げる。次の瞬間、その懐に貞盛が飛び入り、太刀の柄で相手の喉を突いた。うぐっと声を詰まらせ、男が転倒する。他の男たちがおのれッ、と色めき立つのを尻目に、「逃げろッ」と貞盛は叫んだ。

「組船の船尾まで駆けろッ。背後に従う荷船も、すでに異変に気付いているはずだ。荷船にいる常陸官人たちに助けを求め、少しでもここから遠ざかれッ」

榊ノ御は無事な船をすべて放ち、自らはとっくに丸木舟で沖へ逃れていよう。だとすればここより逃げ出すには、もはや船団から離れて海を漂う荷船や小舟に頼るしかない。

これが夏であれば、海を泳いで逃げる手立てもあったはず。しかし春の遅い坂東の一月の海の水は身を切るように冷たく、ほんの半町（約五五メートル）も泳ぐ前に心の臓が止まってしまおう。

「逃すかッ」

なだれを打って走り出す傀儡女に、男たちが斬りかかる。貞盛が素早く太刀を振るってそれを防ごうとするも、多勢に無勢、到底一人で楯となり切れるものではない。寛朝はとっさに、足元に落ちていた櫂《かい》を拾い上げた。ずしりと重いそれを力任せに振り回し、もみ合う彼らの間に飛び込んだ。

僧形の寛朝が加勢するとはよもや思ってもいなかったのか、うわあッと悲鳴を上げて敵が飛びしさる。覆面姿の男までが、わずかに覗く双眸をぎょっと見開いた。

「さあ、みな。早くッ」

寛朝のうながしに、女たちが再び足を急がせる。如意もまたよろけるあこやの腕を摑み、仲間と共に駆け出した。

「あっ」

がしゃりと耳障りな音とともにあこやの足が止まり、ひきずられた如意がたたらを踏む。あこやが抱えていた有明を、船端に落としたのだ。磨き上げられた船の胴の間を有明が滑り、二、三間（約四～五メートル）離れた場所で止まった。

「待って、如意。無明が、無明がッ」

「仕方がない、諦めなッ。命あっての物種《ものだね》だ」

暴れるあこやを、如意が無理やり引きずって行こうとする。寛朝は女たちの後を追おうとする敵に、櫂を投げつけた。相手が怯んだ隙に船端を駆け、有明の頸《くび》を引っ摑む。絃がどこかに引っかかり、不快な音を立てたが今はやむをえない。

「如意どの、受け取ってくださいッ」

と呼ばわりながら、寛朝は有明を如意に向かって投げようとした。だがその刹那、覆面の男がいきなり刀を捨て、寛朝に組み付いてきた。小柄なせいか、力は決して強くない。それでも両の手を鉤《かぎ》なりにして、男は寛朝の腕から有明をもぎ取ろうとした。放せッと喚いてその腹を蹴り、寛朝は奇妙な心持ちになった。目元しか定かに見えぬその男に、なぜか見覚えを感じたのだ。

まともに鳩尾《みぞおち》に当たったのだろう。男がうぐっと呻いて身を丸める。とはいえ今は男の正体より、琵琶を守るのが第一だ。

乱暴に床を引きずったせいで、有明の絃は四本ともに切れ、その端がゆらゆらと宙を泳いでいる。寛朝は有明をひしと小脇に抱え込んだ。

貞盛の言葉通り、組船の背後には荷船が従っている。だが喫水の低い艜船《ひらたぶね》は衝撃に弱いため、海面を埋め尽くした船の残骸に阻まれ、なかなかこちらに近付けないらしい。櫓を手にした常陸官人たちが荷船の舷を右往左往しているのが、辺りに立ち込めた煙の奥に望まれた。

胴丸姿の男たちもまた、それに気付いたのだろう。薄笑いを浮かべて、再び傀儡女と貞盛をじりじりと取り囲もうとしている。すぐかたわらの屋形に火が入り、がたがたと震える女たちの横顔が赤々と照らし出された、その時である。

組船が横波を受けて大きく揺れ、激しい風音が焔の音を圧して響き渡った。黒煙の奥から、長さ二丈（約六メートル）余りの船が二艘、矢の速さで組船に向かって漕ぎ寄せてきたかと思うと、雨あられと矢を射かけてきた。

「うわあッ」

と悲鳴を上げ、胴丸の男たちが次々と倒れ伏す。その首や肩にはいずれも鴉羽《からすば》の矢が射立ち、大きく尾羽を震わせている。

まったく船足を落とさぬまま、二艘の船は組船に突っ込んできた。衝突の勢いで木片が散り、敵味方を問わず誰もが絶叫とともに尻餅をつく。そんな中、ただ一人、古びた水干姿の小男が身軽に組船に躍りこみながら「女ども、無事かッ」とがなり立てた。

「い——異羽丸ッ」

傀儡女たちの顔が、そろって喜色に輝いた。

「おっ、如意の情人もいるじゃねえか」

貞盛ににっと笑いかけ、真敷の異羽丸は手近な敵を一刀のもとに斬り伏せた。その後に続いて組船に押し寄せ始めたのは、手に手に弓矢や武具を携えた異羽丸の手下たちだ。

もんどり打って倒れた相手の死骸を海に蹴落とし、異羽丸は「なんでえ」と舌打ちした。

「この野郎がいるんだったら、俺たちが助けに来る必要はなかったんじゃねえか。なあ、心慶さまよ」

驚いてその眼差しの先を追えば、衝突の勢いで傾《かし》いだ船の艫で、心慶が懸命に櫓を引き上げようとしている。先ほど船に残してきたはずのその姿に、寛朝は「これはいったい」と狼狽の声を上げた。

「この坊さまはな。一人で二瓦船を操って、真敷まで助けを求めに来られたんだ。まったく、おいらたちのねぐらにやってくる奴なんぞろくな野郎がいないせいで、もう少しで間違えて叩き殺しちまうところだったけどよ」

そうか、今日は月の二十日。傀儡女船が真敷沖に留まる晩である。組船を襲う危難に気付いた心慶は、真敷まで船を走らせ、救いを求めたのだろう。とはいえ幾ら顔見知りであろうとも、単身、僦馬の党のねぐらに駆け込むとは、あまりに肝《きも》が太すぎる。

「こ、この野郎ッ」

かろうじて矢を避けた兵が、口々に吼《ほ》え立てながら女たちに斬りかかる。それを相次いで叩き伏せ、「うるさい、異羽丸。いいから加勢しろ」と貞盛は怒鳴った。

「構わねえのかい、あんた。せっかく、自分の女の前でいい恰好を出来る折だってのによ」

ひょいと肩をすくめ、異羽丸が軽く片手を振る。それを合図とばかり、組船に乗り移っていた手下たちが、喊声《かんせい》とともに太刀を抜き放った。

「てめえら、皆殺しにするんじゃねえぞ。傀儡女船を襲った理由を吐かせなきゃならねえからな」

　おおッという応えとともに、僦馬の党が敵に襲いかかる。その間を縫うように舷を駆け、傀儡女たちを自分たちの船に導こうとしているのは百舌《もず》だ。

　さすがに分が悪いと悟ったのだろう。胴丸の男たちが互いを横目でうかがい、じりじりと後じさる。その途端、「ああ、言っておくけどよ」と異羽丸が薄笑いを浮かべた。

「ここから数里沖に浮かんでいたお仲間の船なら、今頃、とっくに海の藻屑《もくず》だぜ。つまりおめえらには金輪際、迎えは来ねえってことだ」

　言いざま敵を睥睨した異羽丸の目が、覆面の男の上で止まった。その口がぽかんと開いた次の瞬間、異羽丸は「この野郎ッ」とがなりながら、いきなり素手で彼に組み付いた。

「てめえッ。まだ坂東をうろうろしてやがったのか。今度という今度は許さねえッ。八つ裂きにして、鱶《ふか》の餌にしてやらあッ」

「は、放せッ」

　聞き覚えのある声とともに、覆面の男がぶんぶんと太刀を振り回す。押さえつけようとする異羽丸の腕をかろうじてかいくぐると、男は一瞬、寛朝を——いや、その腕に抱えられた有明を睨み据え、踵を返して傀儡女に向かって突進した。

　突き飛ばされた女たちが、悲鳴とともに胴の間に倒れ込む。覆面の男はそれを踏みつけるようにして、組船に横付けされた船に躍り込んだ。

「おぬし――」

一人だけ艫に残っていた心慶が、はっと目を見開く。しかし覆面の男は物も言わず、そんな心慶に体当たりを食らわせた。

小柄なその姿がぐらりと傾いて消え、海面に巨大な水柱が立つ。組船のそこここから金切り声が上がり、女たちが心慶の名を叫んで舷に殺到する。

覆面の男はそれには目もくれぬまま、漕ぎ手を失った櫓に飛びついた。組船の舷を力いっぱい蹴飛ばすや、そのまま凄まじい勢いで櫓を漕ぎ、あっという間に組船から遠ざかって行った。

海面こそ焔を映じて明るいが、その分、小波の下は墨を流したが如き漆黒である。加えて、辺り一面を覆う黒煙が、暗い水の輪郭を更に曖昧に霞《かす》ませる。

畜生ッ、と怒鳴って、異羽丸は手早く水干を脱ぎ捨てた。水の冷たさを物ともせず、ひと息に海へと飛び込んだ。

「心慶さまッ。心慶さま――ッ」

あこやが舷を摑み、激しく身悶えている。今にも心慶の後を追いそうなその肩を、如意が小さく身を震わせながらひしと抱えた。

（あの男は――）

そんなはずがない、と打ち消そうとする胸を、記憶にある目と声が強く揺さぶる。彼が自分の従僕となった理由が、有明にあることは知っている。しかし、なぜだ。なぜそうまでして栄達を望む。

千歳、と呻いて、寛朝は船端を拳《こぶし》で打った。

風が出てきたのか、荷船の灯りが忙しく瞬き、煤《すす》の匂いが強く鼻先に漂ってきた。

心慶の亡骸が香取社近くの浜に打ち上げられたのは、翌日の払暁《ふつぎょう》であった。水に浸《つ》かっていた時間が短かったせいか、その死に顔はひどく穏やかで、氷のように冷え切った身体にさえ触れなければ、今にも目を覚ますかと見えた。

傀儡女船のうち四艘はかろうじて沈まずに済んだが、それでも屋形や舷の損傷は激しく、そのまま海に浮かべるのは難しい。このため生き残った傀儡女たちは荷船に留まっていた常陸国官人ともども真敷に移り、しばらくの間、異羽丸一党の世話になると決まった。

「それにしても、香取の傀儡女を襲うとは。将門め、身の程も弁《わきま》えず、坂東八国のすべてを我が物にせんと目論《もくろ》んでいると見えますな」

貞盛はそう吐き捨てるや、異羽丸から馬を借り、疲れを微塵《みじん》も見せずに常陸国へ発った。

都の追捕使があてにならず、将門の野心の夥しさが知れた今、もはや安閑としている暇はない。「早急に藤原秀郷どのと計らい、将門を討たねばなりませぬ」と言い残したその横顔には、明確な焦りがにじんでいた。

「おおい、お坊さまよ。ちょっといいかい」

貞盛を見送った寛朝が振り返れば、異羽丸がぼさぼさの髪を掻きむしりながら、草葺の門のかたわらにしゃがみ込んでいる。

「はい、なんでしょう」

「あんた、いつだったか、武蔵国衙にいたお人だよな。おいらの勘違いでなけりゃあ、あの時、あんたの側に生っ白《ちろ》い野郎が従っていたと思うんだがよ」

「——千歳ですか」

寛朝の硬い声に、異羽丸は忙しくうなずいた。

「ああ、そいつだ。あいつはいったい何者だ」

異羽丸一党の拠点は、香取の海を望む丘の中腹。柴垣に囲まれた一帯には、厩や倉、軒の低い草葺家や幅四間（約七メートル）ほどの館が幾棟もひしめいている。その内の一軒から微かな香の匂いが漂ってくるのは、傀儡女たちが心慶の弔いをしているからだ。

血の気の失せた心慶の死に顔を思い出し、寛朝は無言で拳を握った。それを黙秘と取ったのだろう。異羽丸は苛立った口調で、「あいつは以前も、あこやの琵琶を狙いやがった」と一息に吐き捨てた。

「畜生、あの時に見殺しにしておくべきだったぜ。将門さまも将門さまだ。あの野郎に何をそそのかされたにしても、傀儡女どもを皆殺しにしようと考えるなんざどうかしてらあ」

心慶が有明をあこやに与えた事実に、千歳は不満を抱いていた。それだけに彼が将門と手を組み、傀儡女船を襲ったことは頭では理解できる。

だが呂律《りょりつ》は天地の基、管絃は万物の象徴。すなわち音楽とはこの世の調和そのものであり、人が備えるべき仁・義・礼・智・信の五常は、宮《きゅう》・商《しょう》・角《かく》・徴《ち》・羽《う》の五音《ごいん》に相当する。つまり楽を究めるとは、人の道理を備え、世の安寧を守ることと同義というのに、なぜ千歳は己の楽のためにその手を朱に染めるのか。

とはいえ、寛朝とて一度は将門の戦に心震わせ、そこに至誠の声があると考えた。そう思えば、所詮自分もまた千歳同様、管絃梵唄《ぼんばい》の神髄を見誤り、五常五倫を忘れ果てた愚か者。そして偽りの至誠の声に惹かれて将門と交誼《こうぎ》を結び、彼を取り巻く者たちの悪徳に知らぬ顔をした末が常陸国府の惨劇とすれば、啓雲《けいうん》や心慶の死の責任の一端は我が身にもあり、決して千歳ばかりを責められはしない。

まだ何か言いたげな異羽丸を尻目に、寛朝は門内によろめき入った。香の匂いを頼りに館に上がると、心慶の遺骸を囲んですすり泣く傀儡女たちの背後に腰を下ろした。

――朝《あした》には落花を踏んで　相伴《あいともな》って出《い》づ

桜舞い散る庭で聞いた、あの朗詠。心揺さぶるあの響きだけを大切に胸に抱えていればよかったものを、なぜ自分はそれを手に入れようとしてしまったのか。

後悔の念が次から次へとこみ上げ、どうにも留められない。激しく拍動する胸を押さえるように、寛朝は両の手を胸前で強く合わせた。

「帰命《きみょう》 毘盧舎那仏《びるしゃなぶつ》、無染無着《むぜんむぢゃく》 真理趣《しんりしゅ》——」

突然始まった梵唄に、傀儡女たちがぎょっとこちらを振り返る。それにはお構いなしに、寛朝は更に声を張り上げた。

大日如来を語り手とする『理趣経《りしゅきょう》』が、心慶を送るにふさわしいとは思えない。しかし自分は心慶の声に惹かれて、この地に来た。そして数々の過ちと後悔、心慶や将門に対する失望を経てもわが身に残ったものは、たった一つ、結城法城寺で誦《じゅ》し続けたこの梵唄だけだ。

「善哉善哉《せんざいせんざい》、大薩埵《たいさった》。善哉善哉《せんざいせんざい》、大安楽《たいあんらく》。善哉善哉《せんざいせんざい》、摩訶衍《まかえん》——」

朗詠の名手と讃《たた》えられた心慶からすれば、寛朝が考案した節などどうにも耐え難い下手物だろう。だが、それでもいい。むしろ都では詠じられぬ曲であればこそ、これをいま心慶に奉らねば。

心慶を殺《あや》めた千歳は憎く、坂東の混沌を深めた自らは忌まわしくてならない。しかし『理趣経』の説く如く、この世の一切が清浄とすれば、いずれはこの憎悪も後悔も失望も、無限の大楽三昧《ざんまい》の中に消え失せるのか。

双眸を固く閉じ、胸を張る。身体の底から次々と声が湧き出る様は、まるで己自身が一管の笛、一面の琵琶と化したかのようだ。

高く響く音は、御仏《みほとけ》の叡智。荒々しく震える音は、御仏の慈悲。そしてすべての音に御仏は宿り、すべての声に御仏の影は差す。

(ならば——)

寛朝の喉が小さく震えた。そうだ。だとすれば、この世の音に優劣などありはしない。あまねく声は至誠の声であり、同時に乱世亡国《ぼうこく》の声。我ら愚かな凡百が気付かぬだけで、世の中はすべて尊ぶべき妙音に満ち満ちているのではあるまいか。

涼やかな葉擦れを聞かせる河辺の柳は、美しき音を奏でんがために風に向かって枝を伸ばしているわけではあるまい。空行く雲雀《ひばり》が囀《さえず》るのは、その妙なる声を誇ってではあるまい。

すべての音と楽はただそのままに在《あ》り、麗《うるわ》しき音色を奏でる。至誠の声を求めるなぞ、愚かな行為だった。己の声を在るがままに受け止めることこそが、楽を究めるたった一つの手立てだったのだ。

読誦《どくじゅ》はすでに「讃歎偈《さんだんげ》」「合殺《かっさつ》」を経て、法要の功徳《くどく》を生きとし生ける者すべてに向かって説く七字十五句の「回向《えこう》」に差しかかっている。長く音を揺らして音程を変える由《ゆ》り下《お》りを幾度も幾度も重ねながら、寛朝はああと歓喜の吐息を洩らした。

心慶から直《じか》に教えを受ける折は、遂になかった。だが少なくとも寛朝は彼を追い、その声をわずかでも学ぼうとする中で、こうして赫々《かっかく》たる楽の精髄に至った。ならば彼自身が己の声をどう考えていたにせよ、心慶はやはり不世出の楽人であり、たった一人、師と呼ぶべき人物だったのだ。

「引導三有《いんどうさんぬ》及法界《ぎゅうほうかい》、同一性《どういっしょう》故入阿字《こにゅうあじ》――」

最後の一音が喉をつき、虚空の高みに吸い込まれて消える。寛朝は静かに目を開けた。

傀儡女たちはみな頬に涙の跡を残したまま、じっと自分を見つめている。やがて如意が、あこやが、胸の前で手を合わせ、深々と頭を垂れた。

ふらつく足を励まして立ち上がり、心慶の亡骸に歩み寄る。土気色に変じたその顔はひどく冷ややかで、よそよそしい。しかしその冷々たる姿がかえって寛朝の悟りを諾《うべな》っているかに思われ、寛朝は床に額をこすりつけた。

「――ありがとうございました」

耳の底で微かに「落花」の朗詠が響き、すぐに記憶の彼方へと消え去った。

翌日、心慶の亡骸は異羽丸の館の裏山に葬られ、傀儡女たちが寒風の中で探してきた花が小さな塚を埋め尽くした。

女たちはみな心慶を悼み、涙を隠さなかったが、中でもあこやの憔悴《しょうすい》ぶりは著しく、誰に促されても塚の前から動こうとしない。絃を張り直したばかりの有明を手に、夜も墓のかたわらで眠ろうとするあこやを見かね、異羽丸が力ずくで館に担ぎ込む有様だった。

「なにせあこやは、心慶さまのお気に入りだったからねえ。きっと親父さまを亡くしたみたいな思いなんだろうよ」

かく言う如意は弔《とむら》いの間こそ泣き濡れていたが、次の日からはきっぱりと涙を拭い、異羽丸一党が海上から集めてきた衣や調度の修理に明け暮れている。その逞しさにいささか気圧《けお》されながら、「親父さまですか」と寛朝は問い返した。

尋祚《じんそ》の話が正しければ、あこやの両親は野盗に殺されたかつての下総国司夫婦であり、心慶はその遺児を探し求め、天下の名物たる有明を与えたこととなる。心慶がなぜあこやを傀儡女の境遇から救い出さなかったのか、いや、それ以前に前下総国司夫婦と彼の間にどんな縁があったのか……不明なことは多々あるが、もしかしたら心慶が単身、異羽丸たちを呼びに行ったのは、誰よりもあこやを助けんがためだったのではないか。

傀儡女が寄寓《きぐう》する館の軒下には、壊れた調度や焼け焦げた衣装に交じり、様々な楽器が積み上げられている。寛朝はその中から蘆舌《ろぜつ》が抜けた篳篥《ひちりき》を取り上げた。

竹製の縦笛である篳篥は、葦《よし》で作られた蘆舌を上部に差しこみ、これを息で震わせて音を出す。上手が拵《こしら》えた蘆舌はその音を数里先までも響かせるが、下手な者が作ったそれは篳篥の音を完全に殺してしまう。

おそらく心慶はこれまで傀儡女たちのために、香取の海に生える葦を刈り、丁寧な細工を施して蘆舌を拵えてきたのだろう。そういえば真敷湊の岸には、冬枯れた葦が朝な夕な風にそよいでいた。心慶ほどはうまく出来まいが、あれを使って蘆舌を作ってやろうと考え、寛朝がぽつぽつと若草が芽吹き始めた庭へ下りた時である。

「いいからそこをお通しよッ。うちの傀儡女がここにいることは、湊に舫《もや》われている船のおかげで丸分かりなんだよ」

　がらがらにしゃがれ、針を思わせる険が含まれた女の声が、門の近くで弾けた。

「分からねえ婆《ばば》あだなあ。あいつらを賊から助け出したのは、この異羽丸さまだぜ。いわばここにいる傀儡女どもは、俺の戦利品ってわけだ。いくらおめえが傀儡女どもの長者でも、今の女どもには指一本触れさせるわけにはいかねえな」

　見れば異羽丸が鶴そっくりに痩せた女と、草葺門の脇で言い争っている。寛朝はあっと叫んで、そちらに駆け寄った。

「榊ノ御ではないですか」

　しかし榊ノ御は吊り上がった目を寛朝にちらりと走らせただけで、再び異羽丸に向き合った。相手に摑みかからんばかりの形相で、「おふざけじゃないよ」と金切り声でまくし立てた。

「女たちを助けてくれたことには、そりゃ礼を言うよ。けどうちの傀儡女があんたの戦利品っていうのなら、この御坊《ごぼう》はどうなんだい。たかが僦馬の党ごときに、余計な口出しはされたくないねッ」

榊ノ御はいきなり、異羽丸の手をかいくぐって駆け出した。強引に門の内側に押し入るや、「如意ッ、あこやッ、いるんだろうッ」と傀儡女たちの名を呼び立てた。

「いつまでこんなところで勝手をしているんだい。幸い、少しとはいえ船は残っているんだ。今夜からでも客を迎えるよッ。出ておいでッ」

「待ってください、榊ノ御」

寛朝は慌てて、榊ノ御の前に立ちふさがった。

「それは危険です。先日、船を襲撃してきたのは、おそらく平将門どのの手勢。傀儡女が香取の海に戻ったと知れば、奴らがまた何を仕掛けてくるか分かりません」

傀儡女を襲った男たちの抵抗は激しく、かろうじて生け捕りにできた者はみな、口も利けぬほどの怪我を負っている。だが少なくとも、彼らは貞盛の顔を見覚え、確かに将門の名を呼んだ。あの狼藉《ろうぜき》が誰の命《めい》かと推《お》し量《はか》るには、それで充分だ。

榊ノ御は紅の差された目を、大きく見開いた。寛朝の両腕をがばと摑み、「それはもしかして、如意が常陸国の官人どもを匿ったことが、将門さまのお怒りを買ったんでございますか」と喚いた。

「それは――それはまだ何とも言えません」

寛朝の言葉が耳に届いているのかいないのか、榊ノ御は己の言葉に興奮したようにぎりぎりと歯を食いしばった。白粉《おしろい》を塗り込めた手を握り合わせ、「畜生、如意め。育ててやった恩を仇《あだ》で返しやがって」と憎々しげに罵った。

「榊ノ御、まだそうと決まったわけではありません。独り合点はおやめください」

「いいえ、如意のせいに決まってますよッ。そんなにかばうとは、もしや御坊までがあの女郎《めろう》にたぶらかされちまったんですか」

「おい、婆さん。ここは俺たちのねぐらだ。いい加減に出て行っちゃくれねえか」

異羽丸が顔をしかめ、二人の間に割って入った。

「この坊さまの言う通り、今、香取の海に戻りゃあ、女どもがまたどんな目に遭わされるか分かりゃしねえ。それよりもしばらくはお互い身をひそめた方が、長い目で見りゃ得だろう」

「はいはい、確かにあんたの言う通りかもしれないよ。けどそんな話を聞いちゃ、如意に折檻《せっかん》の一つもしなきゃあ、こっちの胸が晴れないんだよ。あいつが招き込んだ災厄のおかげで、あたしがどれだけの損を蒙《こうむ》ったと思うんだい」

榊ノ御は地団駄《じだんだ》を踏みながら、両手で頭をかきむしった。髱《かもじ》をつけているのか、年の割に妙に黒々と豊かな髪であった。

「それにしても如意が、常陸の官人を助けるほどに将門さまを嫌うとは思わなかったよ。

ああ、こうと分かっていたら、あの子に妙な嘘なんぞ吹きこむんじゃなかった」

「嘘、でございますと」

ひやりと冷たい風が、寛朝の背を撫でた。異羽丸までが驚いたように榊ノ御の顔を見たが、当の本人はそれに気付かぬ様子で、ええッと喧嘩腰に吐き捨てた。

「自慢じゃないですけど、うちの傀儡女たちはみな、一人一人、面白みが違いましょう。それはあたしが知恵を絞った末の工夫なんでございますよ。どいつもこいつもお人形みたいにおとなしい女ばっかりじゃ、いずれお客人に飽きられちまいますからね」

男の言うがままにならない気ままな女、気性が荒いじゃじゃ馬娘。人買いが連れて来た女児の気質を見抜き、それぞれ特色ある性格に育て上げるのが自分の腕の見せ所なのだ、と榊ノ御はしゃべり立てた。

「如意は怒りっぽい女子ですが、その代わり、焔のように美しゅうございましょう。あれだって、あたしが幼い頃から将門さまへの偽りの憎しみを吹きこんでやったおかげでございますよ」

なるほど確かに、如意はつんと澄ましている顔よりも、忿怒《ふんぬ》の形相《ぎょうそう》の方がはるかに美しい。そしてその美しさの源は遡《さかのぼ》ればすべて、兄と教えられて育ってきた将門への憎悪にあったはずだ。

「偽り、偽りですと。では、如意が将門どのの妹との話は――」

榊ノ御は顔の前で大きく片手を振り、真っ赤な唇を歪めた。耳障りな笑い声をあげ、

「いやですねえ、お坊さま」と目を細めた。

「あんな話を、信じていらしたんでございますか。趣向ですよ、趣向」

「趣向だと」

と異羽丸がうめく。ええ、と榊ノ御は更に顔の笑みを深くした。

「如意は上野国府近くの河原で客を取っていた遊行女婦が、子堕ろしにしくじって産んじまった娘でね。ちょうど新しい女児が欲しいと思っていたあたしが、腐りかけた柿三つと引き換えにもらい受けてやりましたのさ」

当時の坂東では、平将門の父・良将《よしもち》が鎮守府《ちんじゅふ》将軍を務めていた陸奥《むつ》国より帰還し、盛んな私田開発を行なっていた。まだ幼い如意に、お前は将軍さまの娘なのだよと教え、長じた後はその子息たる将門と如意を執拗に引き比べ続けたのは、如意を貴種の血を引くとの触れ込みの気性の激しい娘に仕立て上げんとしてだった、と榊ノ御は問われもせぬのに語った。

「けどそれで本当に、自分を将門さまの妹と思い込むとはねえ。まったく、己の身の程も知らない、馬鹿な女でございますよ」

ははは、という榊ノ御の哄笑に合わせて、視界がくらりと歪む。寛朝は思わずその場に坐り込んだ。

如意の言動のすべては、兄と信じる将門への憎しみに端を発している。彼女を支える芯たるべきそれが嘘とすれば、如意はまるで寂しく波間を漂ううつろ舟の如きもの。その思考も愛憎も、すべてが空虚ということではないか。

ばさり、と布が落ちる音がした。はっと見やれば広縁の柱の陰に、血の気のない如意の顔が揺れ、その足元には黒焦げた袿《うちき》が息絶えた獣の如くわだかまっている。

「如意ッ」とその名を呼んで駆け出そうとする榊ノ御を、異羽丸が羽交い絞めにする。

ばたばたと暴れる榊ノ御を表情のない顔で見つめ、如意は一、二歩、後じさった。踵を返して館の奥へと走り入るその背に向かい、「待ってください」と寛朝は叫んだ。足半《あしなか》を履いたまま、階《きざはし》を一段飛ばしに駆け上がった。

如意は寛朝を無視して館の端から端まで駆け抜けると、裸足のまま、畑が作られた裏庭へと飛び降りた。まだ芽を吹かぬ桜木の下でようやく振り返り、「ど、どうしたんだい、お坊さま」とぎこちなく笑った。

「榊ノ御は昔っから、ひどい嘘つきなのさ。おおかたあたいを罵りたくて、あんな嘘をついたんだろうよ」

化粧っ気のないその顔は紙の如く白く、大きな双眸が忙《せわ》しく左右に泳いでいる。如意とて心の奥底では、自らの出生に少なからず疑いを抱いていただろう。それを懸命に抑え、必死に将門への憎悪によって己を駆り立てていただけに、榊ノ御の言葉の衝撃は筆舌に尽くしがたいはずだ。

「なんて顔をしてるんだい。あんな作り話を信じるなんて、お坊さまは本当にお人よしだねえ」

快活を装う姿が、痛ましくてならない。思わずうつむいた寛朝に、如意は「ところで考えたんだけどさ」と続けた。

「このままここにいちゃ、また榊ノ御にどんな好き勝手を言われるか知れないからさ。いっそあたい、貞盛さまを追って常陸に行こうと思うんだ。そうすればあの将門の野郎が討たれるところも、この目で見られるじゃないか」

「なにを言うのです」

寛朝は驚いて、如意の両腕を摑んだ。現在、将門に扈従《こしょう》している藤原玄明・玄茂兄弟は、常陸国那珂《なか》郡の土着豪族。それだけに常陸ではおそらく彼らの一党が、血眼《ちまなこ》になって貞盛を探索していよう。そんなところに男を追っていくなぞ、怖いもの知らずにも程がある。

しかしそう説く寛朝の手を、如意は「そんなことは言われなくたって承知だよ」と振り払った。

「けど、あたいはどうしても、将門が死ぬところを見たいんだ。だって、そうだろう。あたいが呑みたくもない酒を呑み、何百もの男に抱かれているときも、あいつはのうのうと営所で暮らし、あたいが訪ねて行っても知らん顔だったんだ。だったらあたいの愛しいお方がその息の根を止めるところを見たがったって、何の罰《ばち》も当たらないじゃないか」

　いつしか雲母《きら》を刷《は》いたようにぎらぎらと輝き始めた如意の眸《ひとみ》を、寛朝はまっすぐに見つめた。

　如意の気性の激しさは、よく承知している。仮に止めたとしても、如意は皆の目を盗んで、ここを抜け出すに違いない。

　異羽丸がとうとう力ずくで榊ノ御を叩き出したのか、しゃがれた罵声《ばせい》が風に乗って響いてくる。それに背を押されたような気分で、「分かりました」と寛朝はうなずいた。

「どうしてもと言うのであれば、わたくしも共に参りましょう」

「お坊さまもだって」

「はい。貞盛どのは現在、下野国の藤原秀郷どのと呼応して、兵を進めておられます。もしかしたら下野まで足を延ばさねばならぬと思えば、如意どのを一人では行かせられません」

「そりゃあ道連れがいれば、あたいは心強いけどさ。でもあんた、いいのかい」

　いいわけがない。もし啓雲が生きていれば、声を荒らげて怒るだろう。しかし如意と共に旅立てば、いつかは将門にたどり着く。忠義者の多治経明《たじのつねあきら》は今ごろ、この兵乱をどう考えているのか。幼いうそは、そして当の将門は、本当に坂東の新皇となることを望んでいるのか。

それらを知りたいと願うのは、常陸国府で目にした以上の地獄に踏み込む行為なのかもしれない。愚かなことを考えているとは知りつつも、寛朝はもう一度、「共に参りましょう」と繰り返した。

異羽丸の配下が集めてくる噂によれば、将門は下総から武蔵、相模までも兵を動かした末、つい数日前にようやく石井営所に戻った。しかし軍備を解く気配は、いまだないという。都の情勢を将門が把握しているかは分からないが、平貞盛を始めとする敵に抗すべく、すぐに常陸に発つつもりなのだろう。だとすれば将門・貞盛両軍の衝突は、そう遠くないはずだ。

寛朝に付き添われ、「常陸に行きたい」と告げた如意に、異羽丸は無言で腕を組んだ。榊ノ御にひっかかれでもしたのか、浅黒いその頬には三寸（約九センチメートル）ほどの浅い傷が走っている。それを指先で撫でながら、何か言おうとして口をつぐむことを二、三度繰り返した末、

「止めても聞かねえんだろう」

と、諦めた顔付きで息を落とした。

「ああ、そうだよ。よく分かってるじゃないか」

まったく悪びれぬ如意にふざけるなと悪態をつき、異羽丸はぼりぼりと首筋を掻いた。

「しかたがねえ。道案内に百舌を付けてやらあ。けどよ、おめえ、あこやには何て告げるつもりだ」

「ふん。もちろん、黙って行くさ。目の見えないあの娘を、危ないところに連れて行けやしないからね」

その声には、不思議に冷たい響きがある。寛朝は不審を覚えて如意を顧みたが、異羽丸はそれには気付かぬ様子で、「ああ、確かにな」とうなずいた。

「それより、他の傀儡女たちを頼んだよ」

「ああ、分かってら。あの婆さんには指一本触れさせねえから心配するな」

出発は明朝の日の出前と打ち合わせると、寛朝と如意は誰にも気取られぬよう急いで支度を整えた。

寝起きしていた一間を片付け、隅々まで拭き清めるうちに日はとっぷりと暮れ、海からの風が野放図に茂った庭の木々を揺らしている。

明日は早い。少しでも身体を休めておかねばと思いながらも、寛朝の目は蔀戸《しとみど》の向こうに生える痩せた桜の木に釘づけとなった。

貞盛はかつて、梅の花が散り、桜が咲くまでに将門を討つと言った。そう思うと、ようやく折しも差し入り始めた月光に枝を光らせる桜が、来たるべき戦を告げる不吉な使いと映る。

また風が吹き、蕾《つぼみ》の一つも見当たらぬ桜の枝がそよぐ。その風に混じって、微かな琵琶の音が響いてきた。

なびきが少なく、その割に芯の強い癖のある音色は、間違いなく有明のものだ。

こんな時刻に、と広縁に出れば、嫋々たるその音は、心慶の墓がある裏山から響いてくる。寛朝は足半を突っかけ、足音を殺して庭に下りた。

籬《まがき》伝いに館を出、そのまま下草を踏みしめて小山を登れば、無数の花が手向《たむ》けられた塚の前で有明を弾じているあこやの後ろ背が、闇の中にぼおと浮かび上がって見えた。琵琶の音に合わせて小声でなにかを歌っているようだが、詞章までは聞き取れない。

一条の月光が木間から差し、涙に濡れたあこやの頬を照らす。わずかな間にひどくやつれたその頬に、寛朝は胸が衝かれる思いがした。

考えてみれば、心慶が死に、榊ノ御を追い払った今、あこやの出生を知る者はその身の周りにほとんどいない。寛朝自身も常陸から生きて戻るか分からぬ今、せめてあこやには真実を告げておくべきなのではないか。

夜鴉《よがらす》が思いがけぬほど近くで啼き、あこやが撥《ばち》を持つ手をびくっと震わせる。それと同時に、寛朝の腕が不意に背後から摑まれた。

振り返れば、如意が夜目にも白い顔をしかめて、寛朝を睨んでいる。声を上げかけた寛朝を強い眼差しで制するや、そのまま引きずるようにして無理やり斜《なぞえ》を下り始めた。異羽丸の館の裏まで来るとようやく腕を放し、「さっき、あこやに何を言おうとしたんだい」と声を尖らせた。

「あの子は何にも知らないままでいいんだよ。今までだってそうやって、ずっとお綺麗なままで来たんだからさ」

寛朝がその意味を問おうとするより早く、如意は「あの目だってそうさ」と長く伸びた爪を嚙みながら畳みかけた。

「榊ノ御の元に売られてきたとき、あの子の目はまだ見えていたのさ。それが家に帰りたい、父君母君はどこと毎日毎日泣き暮らしたせいで、あんな盲《めしい》となっちまったんだ」

あたいは、と如意は唇の端を震わせた。

「あたいは榊ノ御から知りたくもないことを吹きこまれた末、まだ月のものも見ないうちに客を取らされたのに。あこやだけは心慶さまに庇われ、無明まで与えられてさ」

如意、と呼びかけた声はあまりに小さく、寛朝自身の耳にも届かなかった。

心慶に守られ、都の貴人にも劣らぬ音曲の技を叩き込まれたあこやと、榊ノ御から偽りばかりを吹きこまれてきた如意。同じ傀儡女の境涯にありながらも、二人の在り様は天と地ほどに異なる。それをまざまざと思い知らされた結果、朋輩のあこやすら羨まずにはいられない如意がひどく哀れで、同時に弱々しげに見えた。

あこやを真敷に置き去りにしようとするのも、かような屈託の成せる業か。我知らず顔を背けた寛朝に、如意は意地悪げに目を底光りさせた。

「ねえ、知ってるかい。お坊さま」

と言いながら、寛朝の肩に身をすり寄せた。

「これまで誰にも話さなかったけど、あたいはちゃあんと知ってるんだよ。心慶さまは実のところ、香取の傀儡女なんてどうでもよかったんだ。あたいたちに親切にしてくださったのも、すべてはあこや一人のためだったのさ」

間近で嗅《か》げば、吹きかけられる息には酒の匂いが混じっている。息を詰めた寛朝にはお構いなしに、「もう十年も昔の話さ」と如意は続けた。

「初めて心慶さまが香取に来られたときだ。あの方はあこやの姿を物陰から見て、ひどく苦しげに顔をしかめられたのさ」

後にも先にも、あんな辛そうな顔をする人間には会ったことがない、と如意は急に呂律《ろれつ》のあやしくなった舌で付け加えた。

「そして、誰も近くにいないと思われたんだろうね。震える声で、澄春どのすまぬ、すまぬ、と二度繰り返してから懸命に息を整え、それからそ知らぬ顔であこやに近付いて行かれたんだよ」

寛朝は大きく目を見張った。

これまで寛朝は、心慶が多賀谷澄春を弔い、その遺児に手を差し伸べたのは、両者の交誼ゆえだと考えていた。だが心慶が澄春に対する詫びを口にしていたとなると、俄然、話は変わってくる。

――どうして死なせてくれなんだ。わしの如き咎人なぞ、国分寺とともに焼け死んでしまえばよいものを。なぜわざわざ、わしを救ったりなんぞなさいましたのじゃッ。

常陸国分寺が焼かれたあの夜、冷たい地面をのたうち回った心慶の叫びが脳裏に甦る。まさか、という呻きが唇をついたが、如意がそれに気付いた気配はなかった。

「心慶さまは何か後ろめたいことがおありで、それであんなにあこやを可愛がられたんだよ。つまりあの方があたいたちへ楽を手ほどきしてくださったのも、命がけで皆を助けてくださったのも、すべてはあこやのおこぼれだったってわけさ。ち――畜生ッ」

如意は突然、その場にべたりと尻を降ろした。両の手で地面を打ち、「なんであこやだけが」とひび割れた声で吠えた。

「教えとくれよ、お坊さま。あたいとあこやの何が違うってんだい。あたいはあの平将門の妹なんだよ。それがなんであの婆あに罵られ、あこやのおこぼれに与《あずか》らなきゃならないんだいッ」

泣き叫ぶ如意を、寛朝は言葉もなく見下ろした。

如意がこれまで心慶の呟きについて知らぬ顔をしていたのは、己があこやに劣るとどうしても認めたくなかったためだろう。人はみな様々な執着に囚われ、また同時にそれにすがらずにはいられない。如意は自らを守るために、将門の妹という嘘にいまだ固執している。そして千歳は立身出世の夢を果たすべく、もはや事の善悪も忘れ果てて、有明を追い続けている。

かく言う己とて、仁和寺での平穏な日々を振り捨てて坂東に来たのは、梵唄によって父を見返してやろうとすればこそだった。自分は如意の愚かさを、嘲笑《あざわら》うことはできない。人とは皆、かくも愚かで、醜い存在なのだ。

顔じゅうを涙で汚した如意を助け起こしながら、寛朝はそれにしてもと胸の中で呟いた。心慶はなぜ自らを咎人と呼び、多賀谷澄春に詫びようとしたのだ。これではまるで、彼ら一行の死に、彼が関与していたかのようだ。――いや、待て。

心慶――いや、豊原是緒はかつて都にその人ありと称された楽人《がくにん》。当然、権門諸家にも出入りし、上《うえ》つ方《かた》と親しく言葉を交わす機会も多かったはずだ。

雷に打たれたように、全身が震える。寛朝は如意の腕を摑んだまま、その場に棒立ちになった。脳裏をよぎったのは、自分と縁故を結び、近国の受領《ずりょう》に任じられようと画策していたいつぞやの興世王の姿であった。

下総ほどの大国の国司に任じられるには、ただ有能な官人であるだけでは不可能だ。除目を行なう公卿たちとの縁故がなければ、どうにもならない。ましてや藤原氏の一員でない多賀谷澄春の成功《じょうごう》ともなれば、なおさらだ。

もしかして、豊原是緒は多賀谷澄春の下総国着任に際し、親しい公卿に力添えを頼んでいたのではないか。都から隔たった辺境とはいえ、無事に下総国司の任を勤め上げれば、一生食うに困らぬだけの財物が蓄えられる。あこやの年齢から推すに、澄春と心慶の年齢は近い。心慶は以前から澄春と昵懇であり、知人を少しでもいい国に着任させるべく、受領の任命権を掌握する摂関家に口利きを願ったと考えれば、かつて心慶が「頑是《がんぜ》ない」年齢のあこやに会っていたことも、すべて得心できる。

(だが、そのお心遣いがかえって仇となり、ご一行が野盗に惨殺されたとすれば――)

多賀谷澄春一行の惨死は、十四年前の春。そして心慶の出奔《しゅっぽん》は同じ年の初夏。心慶は澄春夫妻の死とその娘の失踪を知り、何もかも振り捨てて坂東に馳《は》せ参じたのだ。

(なんと――なんとお気の毒な)

心慶が己を咎人と称していた理由。それは朋友のためを思って行った口利きが、夫婦を死なせ、一人娘を賤しい傀儡女に落とすに至ったためだったのか。

自らの過失によって他者を傷つけたのであれば、まだ分かる。だが是緒はきっと澄春一家の下向に際し、その輝やかしき栄達を疑いもしなかったろう。坂東の世情を考えもせず、ただ一行の今後を寿ぎ――その結果、友人一家を悲運に追いやったかつての愚かな己を、彼はどうしても許せぬままであったのだ。

そこまで考え、寛朝はああと低くうめいた。心慶がなぜ、あこやを傀儡女の境涯から助け出さなかったのか、その理由に気付いてしまったからだ。

（心慶さまは怯《おび》えていらしたのだ）

あこやを榊ノ御から買い受け、都に戻そうとすれば、当然、自らの罪をあこやに告白せねばならない。心慶とて、人だ。図らずも己の犯した罪の大きさに慄《おのの》けば慄くほど、それを盲人となった童女に告げる恐ろしさに震え、さりとてあこやを見捨ても出来ず、ずるずると香取通いを続けていたのだ。

だが、不思議なものだ。心慶がどれほどの罪を犯したとしても、やはりその声は誰にも真似の出来ぬ至誠の声であった。ならば五音が五常五倫に通じ、楽が万物の調和に通じるとする理念は誤りだったのか。楽とは本来、天地人倫の和とはまったく無関係に在るものなのか。

耳底で、激しい風音がした。地をどよもす咆哮、火花を散らす太刀打ちの音。轟音を立てて燃える、国分寺の伽藍《がらん》。身体をかきむしる尼の歔欷《きょき》。目の裏までを染め上げる血の色と、全身を震わせる戦場の音。そうだ。だとすれば、悪意と敵意によって生じたはずのあの音に、何故自分は至誠の声を感じたのか。

やはり、行かねばならない。一度でも胸揺さぶられた坂東の音の正体を、何としてでも見極めねば。

「畜生。畜生――ッ」

如意はまだ両手を振り回しながら、呂律の回らぬ舌で叫び続けている。裏山から微かに聞こえていた有明の音が、耳障りな絶叫にまとわりついてすぐに消えた。

第五章　将　軍

翌朝、まだ暗いうちに二頭の馬を積んだ艜船《ひらたぶね》で真敷《ましき》を出ると、寛朝《かんちょう》と如意《にょい》、それに百《も》舌《ず》は一路、香取《かとり》の海を北へと向かった。鹿島社を右に見ながら、北海と呼ばれる海峡を進み、波の静まった入江の奥で船を捨てた。

「お坊さま、何があっても、おいらにしっかり摑《つか》まっていておくれよ」

と言い、百舌は寛朝を自らの鞍《くら》の後輪《しずわ》に乗せた。巧みに手綱を取りながら、もう一頭にまたがった如意を顧《かえり》みた。

「この行方《なめがた》郡界隈《かいわい》には、まだ将門《まさかど》さまの力が及んでいねえはずだ。けど、もう少し北に行けば藤原玄明《ふじわらのはるあき》さまのご領地だけに、どこに見張りがいても不思議じゃねえ。奴らに見つかったその時は馬の息が続く限りかっ飛ばすから、覚悟しといておくれよ」

「ふん、なにが将門さまだよ。あんな野郎を敬う必要なんてなかろうよ」

百舌をぴしゃりと叱る如意の態度は、普段同様、遠慮がない。寛朝は少なからず、安堵を覚えた。

「そりゃまあそうだけど……でもおいらにとっちゃ、将門さまはやっぱり将門さまさ。ああ、うそさまはどうしておられるんだろうなあ」

大きな溜め息をつく百舌の顔を、寛朝は背後から覗きこんだ。

「石井《いわい》営所には、長らく行っていないのですか」

「今だから言うけどさ。お頭《かしら》は二年ほど前から、営所に出入りしている奴らがどうにも胡《う》散臭《さんくせ》えと言って、それとなく石井を避けていらしたんだ。なんでもそのお方たちの悪だくみに巻き込まれ、えらい目に遭《あ》ったんだと」

なるほど、かつて石井を訪ねた折、異羽丸《いばまる》の姿が見当たらなかったのはそれゆえだったのか。

異羽丸は将門に敬意を払っていると見えたが、多くの配下を束ねる頭目である以上、知れ切った厄介は避けねばならぬのだろう。それでもこうして百舌を案内につけてくれた事実に、寛朝は今回の乱に対する彼なりの懸念を悟った。

「そうでしたか。それにしても如意、貞盛《さだもり》さまはどこにいるのでしょう」

「もともとあの方の本拠地は、真壁《まかべ》郡。ただその辺りには、将門の野郎がとっくに討手を遣わしているだろうから、新治《にいばり》か茨城《いばらき》に身を潜めていらっしゃると睨《にら》んでいるんだけどねえ」

「下野《しもつけ》の藤原秀郷《ひでさと》さまと、すでに落ち合っておいでかもしれねえんだろ。だったら、国境辺りを先に探した方がいいんじゃないのかい」

一人前の口を利いて、百舌が馬首を北西へと向ける。背の丈まで茂った葦《よし》の間を巧みに縫い、あっという間に冬枯れの平原へ出た。

数里先に小丘こそ望まれるものの、四囲は灌木《かんぼく》の茂み一つなく、恐ろしく見晴らしがよい。乾いた風が枯草を巻き上げて、野面《のづら》を吹き過ぎた。

「お坊さま、ひと息に駆け抜けるから、しっかり摑まっておくれよ。こんな原っぱじゃあ、誰に見つかっても文句は言えねえや」

「百舌は年の割に心配が多いねえ。まだ常陸《ひたち》に着いて、半刻（一時間）と経っちゃいないんだ。そうそう早く、あいつらに見つかってたまるかい」

百舌と如意のやりとりが、切れ切れになって背後へ飛んで行く。二頭の馬が巻き上げる土煙がまるで長い幕のように平原に立ち上り、春の空を霞《かす》ませた。

走っても走ってもなかなか平原は途切れず、ただ遠方の小丘が次第に大きく見えてくるばかりである。一刻も早くこんな見通しのいい場所を通り過ぎねば、と焦っているのだろう。百舌が馬腹を重ねて激しく蹴《け》ったとき、丘の中腹で何かが光った。

「あれは――」

と寛朝が呟くのと、百舌がげっと叫んだのはほぼ同時。それに呼応したように丘の裾野で小さな影がわらわらと蠢《うごめ》き、十数騎がこちらに向かって駆け出してきた。

「百舌、風上だ。風上に逃げるよッ」

如意の喚《わめ》きも終わらぬうちに、数本の矢がうなりを上げて飛んでくる。逃がすなッという怒声が、切れ切れに寛朝の耳を叩いた。

「あ、あれは将門どのの手勢ですか」

「おそらくな。畜生、本当にこんなところにまで物見を出しているなんてよ」

どどどど、という蹄音が、凄まじい勢いで迫ってくる。寛朝は百舌の腰にしがみついたまま、後ろを振り返った。

矢が今度は耳の横をかすめ、地面に次々射立つ。ひええッと叫びながらも、百舌はまっすぐ正面を向き、ただひたすら馬を走らせ続けているが、十騎ほどの兵はあっという間に三人の数町背後まで迫り、やがて一人一人の顔が見分けられるほどの距離となった。

「貞盛の手下かもしれん。逃がすなッ」

先頭で胴間声《どうまごえ》を上げるもののふに目を凝《こ》らし、寛朝は「ああッ」と声を筒抜かせた。同時に相手もまた、寛朝に気付いたのだろう。太刀《たち》を頭上に振りかざしたまま、「ま、待て。射るなッ。怪我をさせてはならんッ」と配下を制した。

だがその指令はほんのわずか遅かったと見え、次の瞬間、背後の騎馬から放たれた数本の矢が、寛朝たちに向かって降り注いだ。

「うわあッ」

百舌の絶叫に、耳をつんざく馬の嘶《いなな》きが重なる。尻にぶつりと矢が当たった寛朝たちの馬が、前脚を振り上げて棹立《さおだ》ちになったのだ。

目の前の景色が激しく回転し、衝撃が全身を貫く。地面に叩きつけられ、ただただうめきを上げる視界の隅に、二頭の馬が一目散に北に駆け去るのが見えた。

「まだ一人いるぞ。追えッ」

聞き覚えのある怒号が頭上で弾け、蹄《ひづめ》の音が遠ざかる。そうか。如意とその馬は矢を受けずに済んだのだ。息が出来ぬほどの痛みに煩悶《はんもん》しながら、寛朝はわずかに胸を撫《な》で下ろした。

「畜生、放せッ。放せってば、この糞野郎ッ」

「うるさい、おとなしくしろッ」

じたばたと百舌が暴れる気配がする。

幸い、手足は折れていないらしい。大の字に地面に横たわっていた寛朝は、奥歯を食いしばってゆっくりと起き直った。そのぐるりを囲んでいた兵が、途端に太刀を構える。百舌の襟首を捕えていた男が、よせ、とそれを制した。

「御坊《ごぼう》——かようなところでお目にかかるとは、思いもよりませんでした」

「わたくしもです、経明《つねあきら》どの」

寛朝の応えに、多治《たじの》経明はぎょろりとした目に微《かす》かな翳《かげ》りを走らせた。寛朝の眼差しを避けるように横を向き、顎《あご》で百舌を指した。

「こやつは確か、真敷の異羽丸のところの小童《こわっぱ》でございますな。御坊はいつの間に、僦《しゅう》馬《ば》の党なぞと親しくなられました」

「それを申せば、将門どのはいつの間に悪虐不道の徒となられたのでございます」

何ッ、と四囲の兵がいきり立つ。それをひと睨みで黙らせ、「悪虐不道と仰《おお》せられますか」と経明は低く問い返した。

「さようです。御主《おしゅう》が何をしておられるか、よもや経明どのがご存じないわけではございますまい」

経明の顔にははっきりと、苦しげなものがにじんだ。分かっている。将門の忠実な従類《じゅうるい》である経明は、主《あるじ》が決めたことに逆らえはしない。だからこそ彼は自らの道義に苛《さいな》まれつつも、藤原玄明《はるあき》・玄茂《はるもち》兄弟を助けんとするあまり都に弓引いた将門に、今も従い続けているのだ。

「一緒におられた女子《おなご》は、平貞盛さま馴染みの傀儡女《くぐつめ》と見えましたな。うそさまのお気に入りの一人で、石井営所にも幾度か呼び召されておりました」

唇を一文字に結んだ寛朝に、経明は軽く頭を下げた。

「もし貞盛さまの所在をご存じであれば、お教えくだされ。御坊に手荒はいたしたくございませぬ」

「知らぬと申せば、どうなさいます」

「しかたありませぬ。しばしの間、我らとご同行いただきましょう」

経明の言葉を待ちかねたように、兵たちが寛朝の腕を左右から摑んだ。「痛《い》てて、放せよッ」と喚《わめ》く百舌もろとも、後ろ手に縄をかけた。

「わしはひと足先に陣に戻る。そのお方にはくれぐれも、無礼を働くではないぞ」

そう命じるや、経明はひらりと馬に飛び乗り、まっすぐ西を目指して駆け去った。どうやら将門は貞盛を追って、すでに常陸に来ているらしい。経明はその先触れを兼ね、物見に出ていたのだろう。

「それ、さっさと乗れよ」

寛朝と百舌をそれぞれ鞍の前輪《まえわ》に引きずり上げ、兵たちは並足で野面を駆け出した。如意を追って行った数騎がいまだ戻らぬところから推《お》すに、彼女は無事に逃げおおせたのかもしれない。

如意さえ貞盛の元にたどり着いてくれれば、自分たちが将門軍に捕われたことも伝わろう。強く縛《いまし》められた手首の痛みを堪《こら》えつつ寛朝がそんな期待を抱いたとき、「それにしてもよ」という兵の声が耳を打った。

「新皇《しんのう》さま自ら常陸に出張《でば》ってこられるとは、その平貞盛ってのはどんなお人なんだい」

「おめえ、知らねえのか。新皇さまの従兄《いとこ》さ。何でも新皇さまとは、十年来の宿敵だって噂だぜ」

兵士たちのやりとりに含まれた聞き覚えのない語に、寛朝は目をしばたたいた。隣の馬に乗せられた百舌が、こちらにきょろりと眸《ひとみ》だけを動かす。考え込むように一瞬口を尖《とが》らせてから、「なあなあ、教えとくれよ」と、妙に親しげな口調で兵士たちのやりとりに割って入った。

「その新皇さまってのは、誰なんだい。おいら、自分が平将門さまの手勢に捕まったとばかり思っていたんだけどさ」

「馬鹿だなあ、この餓鬼は」

気難しい経明が去ったことで、緊張を解いたのだろう。兵たちは一斉にがははと笑った。

「その将門さまこそ、新皇さまさ。ひと月前、八幡大菩薩《はちまんだいぼさつ》のお使いの巫《かんなぎ》が将門さまの陣を訪ねて来てよ。汝《なんじ》に天皇《みかど》の位を授けると告げたんだと」

寛朝は手首の縛めも忘れて、身じろぎした。馬鹿な。幾ら遡《さかのぼ》れば皇統に連なるとはいえ、将門はただの豪族。それが坂東《ばんどう》八か国を征圧した上、新皇を名乗るなぞ、不遜《ふそん》にもほどがある。

あの男は、それほどに愚かだったのか。胸の奥底にかろうじて一粒残っていた望みが、音を立てて砕け散る。うなだれそうになる首を懸命に励まして前を向き、寛朝は荒い息をついた。

西に向かうにつれて、平原の左右には山が目立ち始めた。黒い土が剝《む》き出しになった田や人家がぽつりぽつりとその麓《ふもと》に見え、やがて土塀と壕《ほり》にぐるりを囲まれた館が行く手を塞《ふさ》いだ。どうやら、この辺りを統《す》べる郡家《ぐうけ》のようであった。

「そうれ、あれが今日の陣だ」

郡司《ぐんじ》はとうの昔に、将門軍によって放逐されたのだろう。土塀の外には数百の兵がたむろし、焚火を囲んで騒いでいる。

上げ橋の脇で待ち構えていた経明が、寛朝だけを馬から下ろす。腕の縄を小刀で断ち、古びた殿舎の簀子《すのこ》に寛朝を招き上げた。

「ご安心ください。あの小童ともども、御身に危害は加えませぬ。ただ貞盛さまを討ち取る日まで、我らとともにここにお留《とど》まりいただければと存じます」

常と変わらず思慮深い経明の物言いが、堪えていた怒りに火を点《とも》す。摑まれていた腕を振りほどき、「貞盛どのを討ち、それからどうなさるのです」と、寛朝は声を荒らげた。

「坂東諸国を蹄にかけ、新皇を僭称《せんしょう》した将門どのを、朝堂《ちょうどう》は決して許しますまい。どれだけの犠牲を払ってでも将門どのを討ち、その首を都に持ち帰りましょう。そなたさま方は、何たる愚かをなさったのですッ」

轟音《ごうおん》を立てて燃え崩れる常陸国分寺、暗い海面を落花の如く漂う傀儡女の死骸、濡れそぼち、氷のように冷えきった心慶《しんけい》。自分が知るだけでも、この二月でいったいどれだけの人々が命を落としたことか。坂東八か国で数えれば、それは何百、いや何千人にも上るに違いない。

「落ち着いてくだされ、御坊。将門さまは決して自ら望んで、乱を起こされたわけではありませぬ」

「詭弁《きべん》を申されますな。ならばなぜ、愚かにも新皇などと名乗られました」

経明が「それは」と、声を上ずらせる。激しく肩を上下させる寛朝を哀しげに見つめてから、「それは――決して、主の本意ではございません」と普段とは打って変わった細い口調で続けた。

「わが主は決して、帝位なぞ望んではおりません。ですがどこからともなく参った怪しげな巫子《みこ》の弁に兵どもが騒ぎ立て、常陸少掾《しょうじょう》どのたちが更にそれをほうぼうに喧伝《けんでん》なさったのです」

「な、ならば、常陸国府を襲われたのは。――いえ、この際、戦はしかたありませぬ。ですがなぜ国分寺を焼いて財物を奪い、無辜《むこ》の民を手にかけられました。それに香取の傀儡女船を襲い、女子どもをことごとく殺さんとなさったのは、何故《なにゆえ》です」

矢継ぎ早に畳みかける寛朝に、経明は双眸《そうぼう》を大きく見開いた。寛朝の両肩をがっしと摑み、「なんですと」と叫んだ。

「それらはまことにわが勢の所業でございますか。将門さまは従類郎党に、無駄な殺生や収奪を固く禁じておいでです。確かあの時、常陸国分寺に遣わされたのは常陸少掾さま。主やそれがしには、常陸では国兵の一隊を国分寺に配しているため、寺を焼かねば国軍には勝てぬと仰せでございました」

「それは明らかな詭弁です。では、香取の傀儡女は。あの者たちを殺そうとしたのは誰なのです」

「それはこちらが聞きとうございます。将門さまはそもそも国司《こくし》さまの横暴を咎《とが》めんとして、坂東諸国衙《こくが》に攻めかかられただけ。だいたい従うべき国も持たず、ただ海を彷徨《さまよ》うて暮らす女子どもを、どうして殺《あや》める必要がありましょう」

寛朝は呆然と経明を見つめた。何ということだ。寛朝はこれまで、将門は己の配下の暴虐をすべて承知していると思い込んでいた。だがもしかしたら将門は周囲を助けんとするその義侠心《ぎきょうしん》を利用された上、藤原玄茂たちの私怨私欲の隠れ蓑《みの》にされているのではないか。

寛朝と同じことに思い至ったのだろう。経明の日焼けした顔が朱の色を帯び、額に太い血の筋が浮いた。両の手で頭を抱え、どすんとその場に尻を下ろした。

「あ――あの外道《げどう》めッ。これだからそれがしは、最初からあの御仁《ごじん》たちを怪しんでおったのでございます」

兵を率い、常陸国府を攻めんと決めたのは、確かに将門だろう。しかし藤原兄弟の唆《そそのか》しがなければ、そもそも将門はかような手段を取らず、国分寺を焼かせることも、その後、坂東諸国にまで兵を送ることもなかったはずだ。

寛朝はかつて将門の人の良さとそのまっすぐさに惹かれ、同時にそれを危ぶみもした。それにもかかわらず、なぜ自分はあの夜、都の論理を振りかざして、将門を責めてしまったのだ。いま、坂東を覆っている兵乱は、やはり己が将門を翻意させられなかった末のことなのだ。

畜生ッと叫ぶなり、経明は血走った目を殿舎の一角に向けた。

「こうなればそれがしが、あの佞人《ねいじん》どもを叩《たた》っ斬《き》ってやりまするッ」

「お待ちくだされ、経明どの。そんな真似をしても、もはや、将門どのの謀叛《むほん》に変わりはありませぬ」

それよりはむしろ藤原兄弟や興世王《おきよおう》たちをひっ捕え、都にすべての罪状を告白しては。

——いや、駄目だ。ここで将門が新皇を僭称した事実は、いずれは都まで伝わるだろう。そうなれば仮に将門がおとなしく縛《ばく》に就いたとしても、宮城《きゅうじょう》が彼を生かしておくわけがない。謀叛の罪は、もはやどうしたところで雪《そそ》げぬのだ。

「ならばどうしろと仰《おっしゃ》るのですッ。このままではわが主には、あの佞人どもの罪咎《つみとが》まで着せられてしまうではありませぬかッ」

「――やかましいぞ、経明」

長い影が簀子に差し、寛朝はその場に立ちすくんだ。重い足取りで渡殿を歩んできた甲《かっ》冑《ちゅう》姿の将門が、翳りのある目で経明と寛朝を交互に見やった。

「今更、そんなことをとやかく申すな。いったん始まった戦《いくさ》がたやすく止められぬぐらい、おぬしもよく知っておろう」

再び会う日があったなら、どんな恨み言を投げつけても足りぬと思っていた。しかし今、目の前に立つ将門は以前より痩《や》せ、形のよい目の下にはくっきりと隈が浮いている。疲労を露わにしたその様はどう見ても、坂東八か国を掌中にした新皇でも、私利私欲のために叛乱を起こした謀叛人でもなかった。

「久しいな、御坊。おぬしの忠告を聞かなんだわしを、酔狂《すいきょう》にも見物に来たのか」

返す言葉を失った寛朝を押しのけ、経明が将門の足元に這《は》い寄った。「も――申し訳ございませんッ」と吼《ほ》え、床に額をこすりつけた。

「この経明、将門さまから身に余るご信頼を受けながら、不実の輩《やから》をお側《そば》に近付けてしまいました。いまこの御坊から伺ったところでは、あの藤原の兄弟は将門さまのお名を借り、ほうぼうで狼藉《ろうぜき》の限りを働いておるとやら」

もはや一刻の猶予もなりません、と経明は将門を仰《あお》いだ。

「将門さまの戦の義を貫くためにも、あの者どもをすぐさま斬り捨てましょう。その上で兵を解き、恭順の意を示せば、朝堂とて将門さまの真意をお汲みくださるはずです」

「戦の義、か」

将門はぽつりと呟いた。黒目の勝った眸《ひとみ》を虚空に据え、「ならばなおさら、わしは戦を続けねばならんな」とひと息に言った。

「何を仰います。これ以上戦をなさっては、あ奴らの暴虐まですべて将門さまの罪とされてしまいますぞ」

言いつのる経明から目を離し、将門は寛朝に向き直った。まあ、坐られよ、と顎で床を指し、自らどっかと簀子に腰を下ろした。

「わしが何故、藤原の兄弟を助けんとしたか、御坊は覚えておいでか」

その声は以前よりはるかに落ち着き払っている。この兵乱の中にあっても、少なくとも将門はなに一つ変わっていない。寛朝はとっさにそう思った。

「ご自分の元に集う者を見捨てられはせぬ。そう仰っていたかと存じます」

「おお、そうだ。覚えてくれていたか」

と、将門が嬉しげにうなずいたとき、兵たちのにぎやかな笑い声が塀の向こうで弾《はじ》けた。戦のただなかとは思えぬその明るさに、将門はわずかに目元を和《なご》ませた。

「わしはな、今も昔もずっと、わしを頼る者たちを皆を助けたいと思うてきた。わしが戦えば戦うほど、誰かを守ることが出来る。わしがおらなんだゆえに母を失うたうそを見るたび、そう己に言い聞かせてきた。藤原の兄弟がわしに隠れて何をしていたのか、よくは知らん。ただ、奴らが悪事を働いたからと言って、都の朝堂怖さにあ奴らを放り出しては、ずっと周囲の者のために戦《たたこ》うてきたわしの道理が通らぬではないか」

馬鹿な、と将門の言葉を遮ったのは、経明であった。

「将門さまは、あのような悪虐の徒の罪をかぶるおつもりですか」

「違うぞ。罪をかぶるのではない。わしはただ、己の信じるままに生きるのだ」

「信じるままに、でございますと――」

経明が呆然と呟くのに、将門は小さくうなずいた。

「わしは自らのもとに集った者を守らんがために、常陸国府を攻めた。ならばいったん兵を起こした以上、奴らがどれほど邪悪だったとしても、それを枉《ま》げることができようか。そんな行ないをしては、わしが長年抱いてきた義は意味がないと世に喧伝するようなものだ」

将門の義。それは律令格式のどこにも記されぬ、一人勝手な義だろう。だがこの男はその義を守らんがために、己を利用せんとする者全ての私怨私欲をその身に受け、飲み下し、それでもなお単身、叛徒の汚名を着て、戦おうとしている。

埃《ほこり》に汚れた将門の肩越しに、遥々と広がる坂東の平野とその向こうにきらめく香取の海が見えた気がした。法にも典《のり》にも従わず、ただ放埒《ほうらつ》に野を渡り、海を行き、戦い続ける坂東の者たち。それは泥と水に汚れ、それでもなお陽を受けて眩《まばゆ》く輝く、広大なるこの地そのものだ。

自らの義を固く思い定めていても、将門とて野火の勢いで広まったこの兵乱に、心穏やかならぬ折も多々あろう。新皇の呼称に怒り、己の義を踏みにじる者に腹を立てもしよう。しかしすべてが嘘と明らかになっても如意が将門を憎み続けるように、将門は謀叛人の誹《そし》りを受けてもなお己の信念を貫こうとしている。それはきっと彼自身にとって自らの義こそが、この無秩序なる地を生きるための導《しるべ》だからなのだ。

なぜこの男はかくも激しく、そして不器用なのだ。あまりに多くの感情が胸をふさぎ、声が出ない。そんな寛朝に目を移し、「さような顔をするな、御坊」と将門は薄く笑った。

「本当は武蔵国《むさしのくに》を落としたら、兵を解くつもりだったのだがな。貞盛がほうぼうの国衙の生き残りを集め、わしを討とうとしていると聞いては、そうもできん。まあ、戦とはとかく、こういうものだ」

経明、と将門は両手をついたままの従類に声を投げた。

「御坊にお引き取りを願え。いつ貞盛と戦になるか分からぬ今、下手に陣にお留まりいただいては御身を危うくするだけだ」

「さ、されど。この御坊は先ほど、貞盛さまご寵愛の傀儡女とともにおいででした。今、そんなお方を解き放っては、我らの居場所が敵に洩れるやも」

「わしらの動きぐらい、貞盛はとうに気付いていようよ。すぐに攻めて来ぬのは、まだその機ではないと考えてのことだ」

気色ばむ経明に背を向け、将門は「誰かッ。馬を曳《ひ》いて来い」と庭の奥に怒鳴った。待つ間もなく、胴丸姿の兵卒が鞍を置いた黒馬を曳きだしてくる。自ら階《きざはし》を降り、その手綱を受け取ると、将門は「さあ、御坊」と寛朝を促した。

「まっすぐにここを離れ、二度と戻ってくるではないぞ。また法城寺《ほうじょうじ》の坊主どもに叱られるのは、幾らわしでもかなわんからなあ」

その瞬間、寛朝の背に何かで打たれるに似た痛みが走った。法城寺の尋祚《じんそ》と啓雲《けいうん》が戦場から自分を引き離そうとしたのは、もう二年も昔。それをこの男はいまだに記憶し、こうして自分の身を案じてくれるのか。

もし藤原兄弟のような悪辣《あくらつ》な輩が近付きさえしなければ。常陸を始めとする坂東諸国の国兵が武力に優れ、国衙の防衛に成功していれば。将門は叛徒に身を堕《お》とさず、無論、新皇なぞと呼ばれもせず、今も闊達《かったつ》に坂東の平野を駆け巡っていたはずだ。

初めて武蔵国衙で将門と会った夜の光景が、稲妻のように脳裏に明滅する。荒野を吹き渡る夜風。将門相手に顔をしかめる異羽丸。うその曇りのない笑顔。そして切れ切れに聞こえてきた、あこやの歌う「落花」。

平貞盛は百戦錬磨の精兵だ。ましてや朝堂よりの援軍が望めぬ今、何としてでも将門を討ち果たそうとするだろう。今、ここを離れては、二度と将門に会えぬかもしれない。そしてそれを悟っていればこそ、この男は自分に早くここを去れと告げている。

「痛てて、何するんだよ」

庭先で、辺り構わぬ悲鳴がした。後ろ手に縄をかけられたままの百舌が、兵の手でひきずってこられたのだ。

その姿に、将門はわずかに目を見開いた。だがすぐに昔通りの明るい笑みを浮かべると、

「久しいな、百舌」と言いざま、腰刀で百舌の手首の縄を断ち切った。

「わしの手勢が手荒をしてすまん。されど、百舌もおるならちょうどよい。おぬし、頼まれてはくれまいか」

頼みだって、と聞き返した百舌に、将門はああと首肯した。百舌の肩を軽く叩いてから、少年の背丈に合わせるように小腰を屈《かが》めた。

「石井の営所にひと走りしてな、わしの娘を急ぎ連れ出してやってほしいのだ」

なんだって、と叫んだのは百舌だけではない。暗い表情で簀子に胡坐《あぐら》をかいていた経明までが、驚きの声を洩らした。

「貞盛はこと戦においては、容赦のない男だ。いずれは営所のある猿島《さしま》を攻め、一帯に火を放つだろう。その時、わしや経明が生きておれば、以前の如く助けも出来るのだがな。

こたびばかりはどうなるか分からん」

　つまり将門は最後の戦を前に、一粒種のうそを逃がしてほしいと頼んでいるのだ。しかしまだ頑是《がんぜ》ない少女が、父を失い、この坂東でどうやって生きてゆけよう。ましてや将門が都に弓引く謀叛人となった今、その咎《とが》はうその身にも及ぶであろうに。

　百舌はきっと唇を引き結んだ。あどけなさを留めたその面差しに、途端におとなびた表情が刷《は》かれる。一つ大きくうなずいてから、「分かったよ」と力強く言った。

「けどその後は、どこにお連れすりゃいいんだい。どこか頼って行けるご親類でもいるのかい」

　百舌の問いに、将門はいいやと首を横に振った。考え込むように宙に目を据え、「──異羽丸はわしに怒っておるだろうか」と低語した。

「ちょっと待っとくれよ、将門さま。まさかうちのお頭《かしら》に、うそさまを預けるおつもりなのかい」

　百舌の声が裏返る。経明が「なにを仰います」とそれを遮った。

「うそさまはまだ幼くていらっしゃいますが、仮にも、桓武《かんむ》帝六世の姫君でございますぞ。そのお方を人の財物をかすめ取る僦馬の党に任せるなぞ、それがしは承伏できませぬ」

「黙れ、経明。これは幾日も考えた末に決めたことだ」

　なおも異を唱えようとする経明に、「昨今の坂東の有様を見ろ」と将門は畳みかけた。

「国衙はみな、わし如きにたやすく負け、街道は僦馬の党が牛耳っておる。群盗《ぐんとう》がそここの倉を襲い、諸郡司や豪族が勝手に己の田畑を広げるこの坂東で、役に立つのは身分や出自なぞではない。この混沌のただなかを生き抜く逞《たくま》しさこそが、唯一、頼りになるものではないか」

「で、ですが」

「わしが討たれてもなお、うそを守り得るのは、朝堂や国司がたを屁とも思わぬ輩でなければならぬ。ならばわしが頼れるのはただ一人、異羽丸だけだ」

「でもよ、将門さま。うちのお頭に託すってことは、うそさまをいずれはおいらたちの仲間にしちまうのも同じだぜ」

分かっておる、と将門は首肯した。

「それでよい。謀叛人の娘として討たれるよりは、はるかにましだ。それに異羽丸は人のものを盗む悪党ではあるが、人倫の道に外れた行ないは決してせぬからな」

ああ、そうだ。何の見返りも求めずに傀儡女たちを救った異羽丸は、将門の最後の願いを拒みはすまい。立場こそ異なれども、将門も異羽丸も傀儡女たちも、みな同じく乱雑たるこの地を己が手で切り開く、不羈《ふき》の民。ならば必ずや異羽丸は、己の義を通し続けた将門の娘に、坂東を生きる術を――その地を駆け抜けた将門の誇りを伝えてくれよう。

分かったよ、と百舌はもう一度、上ずった声で呟いた。目元をぐいと袖で拭《ぬぐ》うや、将門の手から乱暴に馬の手綱をひったくった。

「けど後からやっぱりうそさまを返せって言われても、このおいらが承知しないからな。おいらたちの仲間になるってのは、そんな生やさしい覚悟じゃねえんだ」

「それもすべて承知の上だ。その代わり、うそを強き女子に育ててやってくれ」

　将門の言葉を振り切るように、百舌は鞍の具合も確かめずに馬に飛び乗った。手綱を大きく引きそばめるや、「なにしているんだい、お坊さま。置いて行っちまうぜッ」と涙声で怒鳴った。

　慌てて階を降りながら、寛朝は将門を振り返った。これで最後なのか。自分はただ己の信念のままに生きる将門を、見送ることしか叶わぬのか。

「早く行かれよ、御坊」

　寛朝の胸裏《きょうり》を見透かしたように、将門が笑う。その笑みがあまりに哀しげで、寛朝は足を縫いつけられたかのようにその場に立ちすくんだ。

「仮にわしが死んだとて、手向《たむ》けの経《きょう》なぞはいらんぞ。ただ時折、わしを思い出し、歌でも歌《うと》うてくれれば充分だ」

「早くしとくれよ、お坊さま。日が暮れちまうじゃないか」

　百舌が苛立った声で急《せ》かす。将門は小さな笑みを頬に浮かべたまま、行け、とばかり片手を振った。

重い足を励まして馬に近付いた寛朝の腕を、百舌が片手で引き上げる。鞍の後輪に尻を落ち着ける暇《いとま》もあらばこそ、力一杯馬の尻を笞《むち》打った。馬が高く嘶き、地を蹴立てて走り出す。あわてて道を開ける兵卒たちを尻目に、矢の勢いで郡衙の門を飛び出した。

——歌うてくれ、御坊。

前に将門がそう言ってくれたのは、いつのことだっただろう。ひどく嬉しいはずのその言葉と褒詞《ほうし》が、今は苦しいほど胸に痛い。

「畜生、畜生、畜生——ッ」

馬をしきりに笞打ちながら、百舌が荒れ狂う風の音に負けじとばかり、虚空に向かって怒鳴っている。悔しさと怒りがないまぜとなったその叫びが、寛朝にはまるで己の慟哭《どうこく》の如く思われてならなかった。

春の空は白々と高く、薄絹そっくりの雲が一筋、西の空に向かって流れている。その澄明さを憎むかのように、百舌はひと時も休まず、馬を西へと走らせた。涙も次第に涸れてきたのか、畜生、畜生、と吐き捨てる声は四半刻（三十分）もするうちに勢いを失い、今や譫言《うわごと》のように頼りない。

このとき、かたわらの藪《やぶ》から突然、数騎が姿を現したかと思うと、「寛朝さまッ、そこに行かれるのは寛朝さまでございましょうッ」と、呼ばわりながら寛朝たちの馬に追いすがってきた。

顔を強張《こわば》らせて馬腹を蹴る百舌をなだめるかのように、一隊の先頭を駆けていた男ががばと己の顔を指した。

「お見忘れでございますか。かつて常陸国府までお供をした、下野の藤原秀郷でございます」

と、野太い声で喚いた。

明るい春の陽光が、小柄ながらも厳《いか》めしい体軀《たいく》を眩しく照らし付けている。濃い頰髯《ほおひげ》を茂らせたその顔に、寛朝はあわてて百舌の背中を叩いた。

広い常陸国で、探し求めている貞盛の盟友にこうもたやすく出会えるとは。荒い息をついて止まった馬に自らの馬を並べ、秀郷は「たまたまではございませぬぞ」と日焼けした顔で釘を刺した。

「それがしを含めた下野勢は、現在、将門の見張りをしておりましてな。奴らがどこに動こうとも、決して目を離しはいたしませぬ」

なるほど、将門たちがなかなか貞盛を見つけられないのも道理。将門軍の動きは逐一秀郷に監視され、そのまま貞盛に伝えられているわけか。

「それにしても寛朝さまが多治経明の手勢に捕われた際は、さてどうしたものやらと肝《きも》を冷やしました。されどさすがのあ奴も、寛朝さまに乱暴をする愚は犯さなんだと見えますな。いやはや、ご無事でなによりでございます」

　言いながら、秀郷は目を真っ赤にした百舌を不思議そうに見下ろした。

　ここで秀郷に出会えたのは僥倖《ぎょうこう》だが、百舌に与えられた密命を知られれば、いったいどうなることか。寛朝は「お気にかけていただき、ありがとうございます。それより秀郷どの、如意を知りませんか」と言って、大急ぎで馬から下りた。

「ああ、如意ならすでにそれがしの手の者が見つけ、貞盛どのの元に案内してございます。では寛朝さまも、急ぎそちらにお連れしましょう。――ところで、それなる小童は」

　秀郷の言葉に、百舌がぎくりと肩を強張らせる。それを誤魔化《ごまか》すように両者の間に割って入り、「これは常陸国を案内させるために雇った童でございます」と寛朝は懸命に平静を装った。

「貞盛どのに出会えるまでの先達を頼んだのですが、こうして秀郷どのにお目にかかれた今、もはや案内は要《い》りませぬな」

「じゃ、じゃあ。おいら、もう帰っていいってことかい」

　舌をもつれさせた百舌に、寛朝は忙しくうなずいた。

「ああ、そうだ。道中、気を付けて行くのだぞ。皆に宜しくな」

　百舌は寛朝の目を見つめ、しっかりと顎を引いた。百舌であればどんな困難に遭おうとも、必ずやうそを異羽丸の元に連れて行くに違いない。そう信じることが出来る、力強いうなずきだった。

秀郷が自分たちを注視しているのが、肌で分かる。今にも震え始めそうな膝を励まして、寛朝は百舌の乗る馬の尻を、強く平手で打った。空に嘶きをこだまさせ、馬が泡を食《は》んで駆け出す。見る見る小さくなるその影から無理やり目をもぎ離し、「それにしても」と寛朝は秀郷に向き直った。

「秀郷どのが将門どのを監視しておられるとは、まったく思いもよりませんでした」

「何せ貞盛どのやそれがしの手勢は、数の上ではまだまだ将門軍に及びませぬからな。奇襲をかけて何とか切り崩したいものですが、さすが将門、なかなか隙がありませぬ」

寛朝を自分の後輪に乗せると、秀郷は「では後を頼むぞ」と配下に言い残して、馬首を転じた。

暮れ始めた空を、数羽の鳥がかしましく啼《な》き交わしながら飛んでゆく。秀郷はその後を追うように馬を進めながら、貞盛・秀郷軍の大半は現在、下野と常陸の国境に隠れて武具を集め、兵の鍛錬を重ねていると語った。

「今の将門軍はまさに破竹の勢い。正面から当たるのは、得策ではありませぬ。加えて、なかなか奇襲をかけられもせぬとなると、ここは機が熟すのを待つしかありませぬわい」

「機、でございますか」

「さよう。もはや暦は一月も末。あと十日もすれば、将門の兵はみな家に戻り、田起こしや苗作りを始めるはずです」

諸郷から徴用される国兵や各豪族の伴類《ばんるい》は、平生は田畑を耕して生きる農民たち。それだけに彼らは春が闌《た》ければ軍備を解いて農業に従事し、秋の収穫の時期が終わるとまた武具を取って、各々の主の元に馳せ参じる。

この季節、兵士たちは日に日に長くなる日足に、みないつ郷に戻れるかと気を揉んでいよう。だとすれば将門も無理やり、彼らを自陣に留めてはおけぬはずだ、と秀郷は告げた。

寛朝は夕暮れの野面に目を凝らした。刻々と濃くなる夕暮れを圧して、ぽつりぽつり散る朱の色は、椿かそれとも桃か。かつて桜の花が咲くまでには将門を討つと語ったあの時点で、貞盛はすでに敵兵の動向まで読んでいたわけか。

秀郷は平野を避け、筑波山《つくばさん》の麓へ馬を進めた。日暮れた山にためらうことなく分け入り、上り下りを繰り返す。そうしてどれほどの時が経ったのだろう。やがて行く手に、ぽつりと小さな灯が見えてきた。近付くにつれそれは次第に数を増し、遂にはそのかたわらに坐り込む兵卒の姿までが望まれた。

「おおい、戻ったぞ。お客人がおられる。貞盛どのをお呼びしろ」

秀郷の大音声に、兵の一人が駆け出す。同時に他の兵士がよく訓練された動きで秀郷の馬の轡《くつわ》を取った。

「ここにおる者はみな、己の田畑を持たぬ輩でございましてな。春になったからと申して、郷に帰らせる必要はありませぬ」

それはつまり、遠からず将門の兵より貞盛や秀郷の手勢が上回る日が来る事実を意味する。春の訪れとともに、坂東の形勢は逆転する。まさに貞盛の言葉が真実となると寛朝が気付いたとき、大鎧に身を包んだ貞盛が兵をかき分けて駆けてきた。

馬から下りる寛朝に手を差し伸べ、「ご無事で何よりでございます」と大きな息をついた。

「如意より話を聞き、ご案じ申し上げておりました。それにしてもなぜ、それがしを追おうなぞとお考えになられました」

寛朝は返答に詰まった。自分はあの時、将門の死を見届けるとともに、かつて自分が戦場の音に心揺さぶられた理由を探るつもりだった。だが将門が逆賊と呼ばれてもなお己の義を貫こうとしていると知った今は、そんな短慮が悔やまれてならない。

とはいえ最後の戦が間近な今、この戦場に背を向け、一人、真敷に帰る気にもなれない。将門は己の身命《しんみょう》を賭して、その信念を全うせんとしている。ならば無力な自分はせめて、その戦を我が目で見届けるしかないではないか。

（わたくしは敵陣から、将門どのに別れを告げることしかできぬのか――）

咎める口調になった貞盛を「まあ、よいではないか」となだめ、秀郷は馬の首を軽く叩いた。

「御坊はお疲れでいらっしゃる。細かい話は明日にして、とにかく今日はこのままお休みいただこうぞ」

篝火《かがりび》の奥には草生《む》したあばら家が建ち、数頭の馬が門の脇につながれている。その門口から如意がひょいと顔を出し、寛朝の姿に口許をほころばせた。だがすぐに怪訝そうに眉をひそめたのは、そこに百舌の姿がないことに気付いたのに違いない。

ここで百舌の安否を問われては、彼を逃がした意味がなくなる。しかし顔色を変えた寛朝を無表情に見つめ、如意は素速く踵《きびす》を返した。貞盛がそんな如意の背中に「ちょうどよかった。寛朝さまに粥《かゆ》を差し上げてくれ」と声を投げた。

「――ああ、分かったよ。なんならついでに、案内もあたいがしようか」

「おお、それは助かる。ではよろしく頼むぞ」

よほど戦の支度に忙しいのか、貞盛は寛朝に一礼すると、秀郷とともに慌ただしく駆け去った。そんな二人には目もくれず、如意が「こっちだよ」と奥に向かって顎をしゃくった。

元は寺だったのだろう。案内された板間には、かつて本尊が安置されていたと思《おぼ》しき基壇の跡が残されていた。埃まみれの室内を居心地悪く見回し、寛朝が襟元を掻《か》き合わせていると、ぎしぎしと床板を軋《きし》ませて、如意が折敷《おしき》を運んできた。

湯気を上げる粥の椀を寛朝の前に置き、「百舌は裏切ったのかい」と硬い声で問うた。

「裏切った、とは――」

「おとぼけじゃないよ。あいつは元々、将門やあいつの娘が好きだったからね。おおかた将門の野郎の元に引き出され、あっさりあいつの側に寝返ったんだろ。ちぇっ、これだから男ってのは、どんな餓鬼でもあてにならないんだよ」

如意が勘違いをしているのであれば好都合だ。あえて真実を告げぬことに決め、寛朝は曖昧に首を振って、両手で木椀を抱えた。

冷え切った指に、粥の温《ぬく》みがしびれるように伝わってくる。そのまま無言を貫く寛朝を、如意はしばらくの間、険しく睨んでいた。だがやがて「まあいいさ」と吐き捨てて、床板を鳴らして立ち上がった。

「そんな将門の命も、どうせあとわずかさ。あたいはそれまでの間、ここに留まるからね。お坊さまはどうなさるんだい」

胸に走った鈍い痛みを、ぐいと奥歯を噛みしめて押し殺す。「わたくしも――」と寛朝は言葉を絞り出した。

「わたくしも、そうするつもりです。戦の趨勢《すうせい》を我が目で見たいと思います」

自分でも無惨なほど語尾が震え、薄い粥の面が波打つ。

大丈夫だ。将門はそんな自分を恨みはすまい。むしろ彼の志《こころざし》を知る者が一人でもいることに、感謝の念すら抱くだろう。平将門とはそういう男だ。

「じゃあ、貞盛さまにはあたいからそう伝えておくよ。大丈夫さ。あの方は何のかんの言って、あたいには甘いんだから」

如意が薄笑いを浮かべて立ち上がる。遠ざかるその足音を聞きながら、寛朝は次第に消えてゆく椀の湯気を、じっと見つめ続けていた。

五日後、上総《かずさ》国で兵を集めていた平公雅《きんまさ》・公連《きんつら》兄弟が手勢を率いて合流すると、貞盛を筆頭に筑波山近辺に潜む総勢は四千あまりにまで膨れ上がった。貞盛と秀郷は用心深く、それらの兵員を六隊に分け、常陸と下総《しもうさ》の国境に留めさせる一方、将門軍の一挙手一投足に注意深く目を配り続けた。

「昨日、将門が常陸の陣を解き、下総に引き揚げたってさ。いい加減、兵をそれぞれの村に帰らせることにしたみたいだね」

廃寺の広縁で梵唄《ぼんばい》を誦《じゅ》していた寛朝に如意がそう告げたのは、一月の晦日《みそか》。吹く風が暖かさを増し、筑波山の木々の若芽が目に見えて大きくなり始めた頃であった。

「それはつまり――」

と、声を震わせる寛朝に、如意は白い顔をにやりと歪《ゆが》めた。

「下総に戻ってくれたなら、好都合ってもんだ。あいつを叩きのめすついでに、石井の営所まで焼き尽くせるからね」

とはいえ、秀郷・貞盛軍の潜伏地から石井までは、馬で四刻（八時間）近くかかる。貞盛たちがここから下総に討って出れば、将門もまた石井から少しでも敵を引き離そうと、すぐさま手勢を率いて駆け付けるはずだ。

このとき、「何の話をしておいでです」との声がして、藤原秀郷が庭先に姿を現した。にんまり笑う如意と青ざめた顔の寛朝を不思議そうに見比べると、小脇に抱えていた兜《かぶと》を、音を立てて簀子に置いた。

「今日は、お別れに参りました」

と、寛朝に向かって深々と頭を下げた。

「明朝、それがしは千の手下《てか》を率いて下総に討って出ます。現在、石井営所におる将門勢は八百弱。負ける気はいたしませぬが、それでも戦場では何が起こるか分かりませぬでな。これが今生のお別れになるやもしれませぬ」

「あれえ、秀郷さまだけなのかい。将門を今度こそ叩き潰すんだろ」

如意の素《す》っ頓狂《とんきょう》な声に、秀郷は「それはまだ先だ」と笑った。

「なにせ将門の元には、一騎当千の兵と名高い多治経明がおるからな。まずは邪魔なあ奴を誘い出すべく、戦を挑む。営所を襲い、将門を討つのはその後だ」

なんだ、と如意がつまらなさげに口を尖らせる。それを横目に捕えながら、寛朝は全身の血が音を立てて引いて行く気がした。

秀郷軍が攻めかかれば、多治経明はすぐにその意図を察するだろう。だからと言って己の命を惜しみ、石井営所と将門を危険にさらすほど、経明は不忠の輩ではない。それが次なる戦への布石だと承知すればこそ、経明は正面から秀郷軍にぶつかるはずだ。

だが寛朝は同時に心の中で、藤原秀郷の無事の帰還をも願っている。これが戦なのか。彼らが殺し合い憎み合うのを、自分はただ眺めるしかないのか。

寛朝が血相を変えたのを、恐怖ゆえと考えたのだろう。秀郷は「ご案じ召されますな」と磊落《らいらく》に笑い、簀子の兜を取り上げた。

「仮にそれがしが負けたとて、すぐさまここに戦火が及ぶわけではありませぬ。御坊は戦の趨勢《すうせい》を、ただただご覧になっていればよろしいのです」

それでもなお表情を緩めぬ寛朝に困り顔になった秀郷は、翌朝、日の出とともに筑波山を降りて行った。

兵たちの重たげな足音が地を轟《とどろ》かせ、昇り始めた朝日がその武具を、兜をきらめかせる。門口から見送る寛朝の目の前で、その輝きは見る見る遠ざかり、やがて山の斜《なぞえ》に呑み込まれて消えた。

風に乗って響いてきた微かな馬の嘶きが、まだ西の一隅に紫を刷いた空に吸い込まれてゆく。夜の冷たさの名残をわずかに留めた風が、寛朝の襟首を撫で過ぎた。

「大丈夫でございますよ、寛朝さま。秀郷どのはああ見えて、若き頃は下野一の暴れ者と呼ばれた御仁。多治経明ごときに負けるお人ではありませぬ」

同じく見送りに立っていた貞盛が、立ちすくむ寛朝に慰撫《いぶ》の声をかけた。今日の大将こそ秀郷に譲りはしても、この一戦に懸ける覚悟はなみなみならぬものがあるのだろう。髭《ひげ》を当たり、髪を整えた姿は、ひどく清々《すがすが》しげであった。

「おそらく夕刻までには、勝敗が決しましょう。それまではどうぞお心安らかに吉報をお待ちください」

――最初の伝令が下総から駆け戻ってきたのは、薄雲に輪郭をにじませた日輪が頭上に差しかかった時刻であった。

寝起きのために与えられた一室で落ち着きなく立ち居を繰り返していた寛朝は、籬《まがき》の向こうで弾《はじ》けたがらがら声にはっと耳をそばだてた。

「秀郷さまの手勢が、結城郡にて藤原玄茂《はるもち》と多治経明の軍勢と合戦を始めましたッ」

おおッというどよめきが、伝令の声に重なる。藤原玄茂どのだと、と寛朝はからからになった唇で呟いた。

あの経明が出陣に際し、玄茂の力を必要とするとは思えない。いやそれ以前に、命のやりとりを行なう戦場で、経明が玄茂の如き男と手を組みたがるわけがなかった。

膝ががくがくと笑い、言うことを聞かない。寛朝は手近な柱にすがりつくようにして、その場に尻餅をついた。経明どの、という呻《うめ》きが無惨にかすれた。

（そなたさまは、そこまでして将門どのを守ろうと――）

経明は是非にと請《こ》うて、玄茂を戦場に引きずり出したのだ。彼は我が身を擲《なげう》って諸悪の根源たる佞臣を主から引き剝《は》がし、戦地に葬り去ろうとしている。

熱いものが腹の底で暴れ回っている。将門は己の義のために身命を賭し、経明はいま主への忠のため、己の命と引き換えに君側《くんそく》の奸《かん》を討たせようとしている。この戦は経明にとって、まさに最後の忠義なのだ。駄目だ。経明を——あれほどの益荒男《ますらお》を死なせてはならない。

だが寛朝が手足を励まして簀子に這い出したとき、「また誰ぞ戻ってきたぞッ」という叫びが塀の向こうで弾けた。

「わ、わが軍の手勢が、将門の従類たる多治経明を討ち取りましたッ。敵は総崩れとなり、藤原玄茂ともども、官道を南へとなだれを打って逃げはじめておりますッ」

一瞬の静寂の後、うおおッという歓声が、薄曇りの空を揺らした。古び、蔦《つた》の絡まった籬を見つめ、寛朝はそんな、と唇を震わせた。

将門を逆賊に堕《お》とした藤原玄茂が逃げ延び、己の命を以《もっ》て奸佞《かんねい》の輩を滅ぼそうとした多治経明が討たれた非道が、どうにも信じがたかった。

「よしッ。こうなればこの勢いに乗じ、少しでも敵を討ち取るぞ。誰でもいい、それがしに続けッ」

貞盛の声が響き、二、三十騎の蹄の音が巻き起こる。雷鳴を思わせる地鳴りが遠ざかって行くのを聞きながら、寛朝は握りしめた拳《こぶし》で二度、三度と床を打った。肌が破れ、赤いものがぽたぽたと滴《したた》る。心のどこかで自分は、将門や経明の死を覚悟していたはずなのに。それなのにいざ経明の最期を聞けば、神も仏もおらぬかの如きその死にざまにどうにも涙が止まらない。

貞盛の見送りに立ったのだろう。如意が籬の向こうで「貞盛さまァ、どうかご武運を」と叫んでいる。

喜色に満ちたその声が、今はひどくおぞましくてならない。寛朝は血に汚れた拳を口に押し込み、必死に嗚咽《おえつ》を飲み込んだ。苦い錆《さび》の味が舌を浸し、荒涼たる地に倒れ伏す経明の姿を鮮明に脳裏に思い描かせた。

穏やかな春陽がこぼれた血を照らし、その面に小さな光の輪を描いた。

その日、日没とともに筑波山に戻ってきた貞盛と秀郷によれば、友軍は逃げる敵を追って、結城郡と猿島郡の境に近い水口《みのくち》村を襲撃。将門は自軍の敗走を知り、二百余騎を率いて戦場に駆け付けてきたものの、敵のあまりの勢いに押され、あっという間に兵を引いたという。

「なんで、みすみす将門を逃がしたんだい。そのまま石井まで追いかけ、殺しちまえばよかったのに」

地団駄《じだんだ》を踏んで悔しがる如意に、貞盛はまだ息を激しく弾ませながら、「石井は敵陣だ。むやみに突っ込んでは、犠牲を増やすだけだ」と言い放った。

返り血がこびりつき、そのまま固まっているのだろう。貞盛の顎から胸元にかけては、一面黒く汚れ、触る端からぱらぱらと黒い粉が落ちる。慣れた手つきで甲冑を脱ぎ捨てながら、「それより」と貞盛は寛朝を顧みた。

「今日の戦ではわが方にも、五十余名の死人が出ました。まことに申し訳ないのですが、彼らのために弔《とむら》いの経を上げていただけぬでしょうか」

顔を蒼白に変じたままの寛朝を、体調が悪いと見たのだろう。貞盛の声には労《いた》わりの気配がある。

わが方とわざわざ断るからには、貞盛は将門軍の死者には微塵《みじん》も気を払っていないと見える。思わず寛朝は、「それであれば」と声を上げた。

「人間、死ねば敵も味方もありませぬ。いっそ敵方の死人も、一緒に弔いをいたしましょう」

「いえ、それはなりません」

珍しく貞盛は、寛朝の言葉を途中で遮った。

「御仏《みほとけ》の教えがどうであれ、我らにとって将門の配下はみな憎き敵でございます。常陸国で肉親を殺された者、本日の戦で友を亡くした者もおる以上、奴らを共に弔《とむろ》うては道理が通りません」

如意が眉を吊り上げ、「そうだよ、お坊さま。何を言ってるんだい」とかたわらから更に割り込んできた。

「貞盛さまや秀郷さまの兵たちはいま、勝ち戦を喜んでいるんだ。そんなところに湿っぽいお説教なんぞよしとくれ」

図らずも逆徒と堕《だ》したとはいえ、経明は末期《まつご》まで己の忠義を貫き続けた硬骨漢。さすがにその内奥《ないおう》までは汲めずとも、寄せ来る敵に最後まで刃向かった戦いぶりには敬意を払って然《しか》るべきではないか。

激しい怒りに、首の後ろがかっと熱くなる。叫び出したい気持ちを懸命に抑え、寛朝は「分かりました。ただ少し、支度をしたく存じます」と低語した。案じ顔の貞盛に目礼して立ち上がり、自室としている奥の間へ戻った。

朔日《さくじつ》だけに空に月はなく、夜空には重い雲が垂れ込めている。じっとりと湿った夜風のただなかに生臭い血の臭いが含まれているかに思われ、寛朝は広縁によろめくように坐った。

戦場となった西南を向いて手を合わせようとし、すぐに数珠《じゅず》を懐に戻す。大きく胸を膨らませて空を仰ぎ、

「——黒雲《こくうん》城を圧して城摧《くだ》けんと欲《ほっ》す」

と、朗々と歌い上げた。

将門はあの時、経はいらぬと言った。だとすれば経明もまた、平凡な成仏なぞ望んではおるまい。しかしそれでもせめて自分だけは、何かしらの手立てで彼を悼《いた》みたかった。

――霜重く鼓寒く声起《おこ》らず

夭逝《ようせい》した唐代の鬼才・李賀《りが》の七言詩。古関・雁門《がんもん》を守る将兵の敗残の姿と、その心意気を謳《うた》ったこの詩ほど、経明に捧げるのにふさわしいものはないはずだ。

ばたばたと慌ただしい足音がし、「ちょっとお坊さま、なにを歌ってるんだい」という怒声と共に、如意が部屋に飛び込んできた。その頬は強張り、怒りで朱に染まっている。

貞盛や秀郷、また草堂の四囲に野営する兵たちには分からねど、さすがに傀儡女である彼女にだけは突如始まった朗詠の詞章が理解できた様子であった。

「多治経明は、将門の股肱《ここう》の臣下だよ。そいつのために朗詠をするなんざ、悪い冗談にもほどがあるだろう」

喚き続ける如意には目もくれず、寛朝は更に声を張り上げた。摑まれた二の腕を振り払い、暗い夜空を仰いだ。

――君が黄金台上の意に報い　玉竜を提攜《ていけい》して君がために死せむ

あの忠義者の彼の霊魂はいま、死してなお主の身を案じ、この暗い虚空を漂っているのではあるまいか。そんな経明の行方を探すかのように、寛朝は月も星も見えぬ空に目を凝らした。

朗詠が微かな残響を残して、夜空の彼方に消えてゆく。

「ち、畜生ッ。どいつもこいつもッ」

どすどすと床を踏み鳴らして駆け去る如意の金切り声が、ひどく哀れに感じられた。

多治経明の死と将門敗走の報が瞬く間に坂東じゅうに響き渡ったと見え、次の日から貞盛・秀郷の元には、将門討伐に加わりたいと願う者が次々押し寄せた。中にはこれまで将門の跳梁《ちょうりょう》に知らぬ顔をしてきた常陸や下野の豪族も、多数含まれていた。

その様に秀郷はぽつりと「潮目が変わりましたな」とひとりごちたが、なるほどこれまですべてが勝ち戦であったればこそなお、初めての敗北は際立つ。

貞盛はこの勢いに乗じんと、配下を諸国に遣わし、ありったけの武具を買い集めるよう命じた。将門軍に奪われぬよう、厳重な護衛をつけてそれを筑波山北西の自陣に運び込ませた。

そんなある日のことである。土煙とともに籬の内に引き入れられた荷車に、寛朝は我が目を疑った。

薦《こも》に包まれた槍刀に囲まれて、大きな袋を背負い、杖を抱いた女が荷台に乗っている。戦場には不釣り合いに細いその姿に、買いつけた武具の数を数えていた兵までがきょとんと目をしばたたいた。

「あこやではないか」

諸肌脱《もろはだ》ぎになり、兵と共に荷降ろしをしていた秀郷が、驚きの声を上げる。広縁から駆けてきた如意が、「こんなところに、何しに来たんだい」とあこやの腕を摑んだ。

「如意、その声は如意ね」

頰にぱっと笑みを浮かべ、あこやは見えぬ眸を如意に向けた。右手をまさぐり、如意の手を力強く握り返した。

「よかった。いきなり姿を消すのだもの。どこに行ってしまったかと心配したわ。ひどいわよ、あたしを置いて行くなんて」

その邪気のない言いざまに、如意の顔が見る見る強張る。よろけそうになる如意の肩をあわてて背後から支え、寛朝はあこやに向き直った。

「どうしてこんなところまで来たのです。危ないではないですか」

「あら、そう仰《おっしゃ》るのは梵唄の御坊ね。大丈夫よ。貞盛さまが守ってくださいますもの。如意だってそう思えばこそ、はるばる戦場まで恋しいお方を追ってきたのでしょう」

どうやらあこやはいまだ、如意があこやの境涯に激しい羨望を抱いていることに気付いていないらしい。今度こそはっきりと、如意の顔から血の気が引いた。

「ば、馬鹿をお言いじゃないよ。あたいは――」

ひびわれた如意の声を、やめろ、と秀郷が遮った。

「来てしもうたものはしかたない。あと二、三日もすれば、下総一帯は激しい戦場となろう。今、あこやを一人で戻らせたりすれば、どこで戦に巻き込まれるかしれぬ。こうなれば趨勢が明らかになるまで、我らと共に過ごさせた方が安全だ」

如意が「なんだって」と秀郷に食ってかかる。だがすぐにぎりぎりと奥歯を食いしばると、土を蹴散《けち》らして踵を返した。

そのまま乱暴な足取りで階を上がってゆく如意にちらりと目をやり、秀郷はあこやに「心配はいらん」と穏やかに話しかけた。

「戦が近いからな。如意も気が立っておるのだ。すべての勝敗が決すれば、あの女も少しは落ち着こう」

思いがけぬ如意の拒絶に、あこやは悄然《しょうぜん》と肩を落としている。その背に負われた真新しい錦の包みの中身は、有明《ありあけ》のようだ。

おそらくあこやは異羽丸を問い詰め、折しも僦馬の党に命じられた運送に乗じて、単身、ここまで来たのだろう。だが如意からすればそれは、己の惨めな境涯を目の前に再度突き付けられたも同然だ。

このとき、秀郷の名を呼びながら、兵の一人がこちらに向かって駆けてきた。その足元に敏捷《びんしょう》に膝をつき、「ただ今、物見が戻りました」と告げた。

「将門は今朝早くに石井営所を出て、猿島の広河《ひろかわ》の江《え》に隠れた模様でございます」

秀郷は抱えていた太刀をかたわらの荷車に戻し、ふうむ、と腕を組んだ。太い眉がきりりと吊り上がり、人のよさげなその顔が途端に百戦錬磨のもののふのそれに変わった。

「将門め。足場の悪い沼地に潜み、我らが攻め入るのを待つつもりだな。ならばこちらは奴らの支度が整い切る前に、その誘いに乗ってやろうではないか。——おい、皆、荷をまとめよ。それにおぬしは、貞盛どのにこの旨をお伝えして来い」

秀郷はそう言って、足元の兵士の肩を叩いた。四囲をぐるりと睥睨《へいげい》し、胴間声《どうまごえ》を張り上げた。

「考えておったよりいささか早いが、これは好機だ。今日のうちに数百騎で再び打って出て、豊田郡にある将門の御厩《みまや》を軒並み焼き払うぞ」

野太い応えがそこここから上がり、あこやが怯《おび》えたように身をすくめる。「今日のうちにでございますと」と思わず問うた寛朝に、秀郷は大きくうなずいた。

「さようでございます。本拠地である豊田の郷《ごう》を焼けば、将門は必ずや広河から討って出て参りましょう。寛朝さま、これは最後の戦になりますぞ」

鞍をつけた馬が素早く曳き出され、兵の手で甲冑が運ばれてくる。従類に手伝わせてそれを身に着けると、秀郷はしきりに足掻《あが》く馬に打ち乗った。

腰の刀を抜き放ち、

「誰でもよい。支度の出来ている者はわしに続けッ。残る者どもは貞盛どのに従い、総軍一団となって後を追って来い」

と喚いて、馬を激しく笞打った。

まだ身支度を終えぬ兵士が手に手に胴丸や武具を引っ掴んで、秀郷の後を追う。裸馬にまたがる将兵、届いたばかりの刀や槍を蓆《むしろ》ごと抱えてゆく男……だがどれだけ道を急いだとて、彼らが豊田郡に着く頃には日が暮れていよう。つまり秀郷は夜襲をかけ、将門の勢力を可能な限り削《そ》ぐ腹なのだ。

寛朝さまッという声がした。顧みれば、鎧直垂《よろいひたたれ》姿の貞盛が、兜を小脇に駆けてくる。杖をひしと握りしめたあこやに驚きつつも、

「急ぎ、お支度をお願いします。我らは明朝までに下総に入り、一挙に将門どもを叩きつぶしたく存じます」

と早口に言った。

本来なら寛朝や如意はここに残すべきだが、今はその護衛に割《さ》く兵が惜しい。多治経明が没した今、よもや敵陣まで突っ込んでくる気骨のある将兵は将門軍にいないだろう。不便をかけるがどうか我慢して同行してほしい、と貞盛が続ける間にも、兵たちは焚火を踏み消し、荷車に次々と武具を積み込んでゆく。

本当にこれが最後の戦なのだ。手足がすっと冷え、そのくせこめかみが音を立てて脈打

っている。慌ただしく駆け去る貞盛を見送り、寛朝は震える手をゆっくりと拳に変えた。大丈夫だ。何を見ようとも、もはや覚悟は出来ている。今はただ目を逸《そ》らさずに、将門の――貞盛や秀郷の戦いを見守るしかない。

「将門さまの敗色は濃いのでございますか」

あこやが虚空に目を据えたまま、ぽつりと問うた。そのようです、と応じた寛朝に、小さく唇を噛んで瞼《まぶた》を伏せた。

「そうですか……寂しくなります」

「寂しく、でございますか」

哀しいわけではないのかと思い、寛朝は問い返した。あこやはそれにええとうなずき、「わたくしは傀儡女ですから」と微笑んだ。

「お客に求められて歌を歌い、楽を奏でる我々からすれば、船に来てくださらぬ御仁はみな、亡くなられたのも同じこと。ですからどなたが死んでも、我々は哀しくはありません。ただ、わずかな寂しさを覚えるばかりでございます」

雲や水の如く漂って日々を生きる傀儡女には、天下の情勢なぞさしたることではないのだろう。彼女たちはただ、来る人をもてなし、来なくなった客を忘れる。そのしなやかながらも逞しい生き様の中においては、貞盛という情人を持ち、将門を憎悪し続ける如意の激しさこそ、いささか奇矯なのかもしれない。

「支度が整った者は集まれッ。隊伍を組んで、山を下りるぞッ」

貞盛の声がはるか彼方で響いている。双眸を血走らせて、彼に駆け寄る如意の姿が、寛朝の脳裏に浮かんで消えた。

この日、討伐軍の先陣を切って下総国に乱入した藤原秀郷は、将門の拠点である豊田郡の常羽《いくわ》・鎌輪《かまわ》両御厩《みまや》を襲撃し、周辺の家々に次々と火を放った。田起こしを済ませたばかりの田畑を蹄にかけると共に、将門が潜伏していると思しき猿島の広河の江にも攻め込んだ。

だが将門は夜陰を圧して立ち上る御厩からの黒煙で、秀郷の夜討ちを悟ったのだろう。いち早く広河を脱出して石井に逃げ延びたと見え、翌朝、貞盛率いる後発軍が豊田郡に到着しても、その行方は杳《よう》として知れなかった。

「なにをしてるんだい。あいつがいそうなところを、片っぱしから焼き払えばいいのにさ」

秀郷軍との合流後に聞かされた前夜の顛末に、如意が苛々と爪を噛む。貞盛は一面の焼け野となった豊田郡を険しい顔で見渡し、「将門は石井で我らを迎え撃つつもりだな」と確言した。

「それがしも同様に考えます。石井営所の南は、広大なる藺沼《いぬま》。おそらく将門は背後から挟み撃ちにされぬよう、沼を背に陣を敷く腹でござろう」

髭の伸びすぎた顎を撫でて、秀郷が同意する。自ら松明《たいまつ》を持ち、ほうぼうに火を放って回ったのか、その鎧は煤《すす》け、大袖にはところどころ焼け焦げが出来ていた。

先ほど寛朝が貞盛軍ともども通ってきた道の左右では、まだ至るところに余燼《よじん》がくすぶり、焼け崩れた家から真っ黒に焦げた骸《むくろ》が半身をのぞかせていた。将門の領内の民は、貞盛・秀郷軍にとっては敵も同じであるだけに、打ち物を取らぬ者であろうとも、誰も容赦しなかったと見え、ぽっかりと黒い口を開けた老爺、赤子を抱いたままの若い女の死体が、道の真ん中で鴉《からす》についばまれてもいた。

もしかしたら目の前の秀郷もまた、自ら太刀を振るい、無辜《むこ》の民を殺《あや》めたのかもしれない。しかしそれを問い質《ただ》そうにも、彼らの双眸は戦の余勢にぎらぎらと光り、およそ自分の言葉など届きそうにない。

寛朝が坂東に来てから、既に三年。目をふさぎたくなる凄惨な光景には、これまで幾度も遭遇してきた。だが今朝、目にした村々の有様はほんの始まりに過ぎず、これから更に激しい戦が開始すると思えば、辺りに漂う煙と血の臭いに吐き気がこみ上げる。

「よし、では我らは今のうちに広河の江を渡り、石井を臨む界隈に陣を敷こう。あの辺りであれば、万一、わが方が負けたとしても、広河を下り、香取に逃げることも叶おうからな」

下総を流れる大小の河川は、すべて香取の海に続いている。それは将門が背にしている蘭沼も同様で、その気になれば誰もが敗走の手段があるわけだ。

広河の江の対岸は豊田郡の惨状が嘘のように穏やかで、朝陽が平野を柔らかく温めている。貞盛が徴発してきた小舟で沼を渡りながら、寛朝は遥々と広がる坂東の地を見つめた。

春たけなわの野には若草が萌え、ところどころで沼や池が澄明に輝いている。雲雀《ひばり》が甲高い啼き声を上げながら、空を切り裂いて飛んでゆく。

将門はこの地とそこに集う者を守らんと戦を始めた。ならば彼が命を惜しんでこの地を離れることは、決してあるまい。蘭沼を間近に陣を敷いていようとも、貞盛のようにそれを退路として用いることなぞ、微塵も考えてはいないはずだ。

奇妙なものだ。かつて寛朝は、坂東もまた日本の一部と考えていたのに。今は帝《みかど》が治める京と坂東が、まったくの異境と感じる。

新皇か、と寛朝は呟いた。

もしかしたらその呼称は、間違っていなかったのかもしれない。京の典に照らせば誤りと知りつつも、将門はこの地を守ろうとし、自らの志に従って立ち上がった。たとえ拙《つたな》く、愚かだったとしても、自らの故郷を守ろうとした彼は、この地のことなぞ何ひとつ知らぬ帝よりも、はるかに坂東の王たるにふさわしい。

「よし、幄《あく》を張れッ」

　貞盛の号令に従って、兵が野面に杭を打つ。国衙から持ち出したと思しき紺の麻布や絁《あしぎぬ》を巡らせて、次々と幄を拵《こしら》えた。荷車で運ばれてきた武具が地面に積み上げられ、そこここにずらりと楯が並べられた。

「貞盛どの、わしは物見に参ります。将門はすでに我らを迎え討つべく、どこぞに陣を構えておりましょうでな」

「では、それがしも共に行きましょう。ことによっては、そのまま戦になるやもしれませぬゆえ」

　貞盛が秀郷を引き留めて、立ち上がる。当然のように後に従おうとした如意に、「おぬしはここに残れ」と命じた。

「なにを言うんだい、貞盛さま。あたいは今日この日のためだけに、はるばる真敷から来たんだよ」

　如意が大きく目を見開いて、文句を言う。それを皆まで聞かず、貞盛は「ふざけるな」と声を荒らげた。

「いかにおぬしが将門を憎んでおろうとも、女を戦場に伴えるものか。あ奴の死に様が見たければ、ここからおとなしく見物していろ」

　戦を前に高ぶっているらしく、貞盛の口調はいつになく険しい。だがそれは如意も同じと見え、秀郷たち他の将兵の目も構わぬ猛々《たけだけ》しさで、「おふざけじゃないよッ」と言い返した。

「ちょっと、如意」

あこやがたまりかねた様子で、朋輩の袖を引く。それをきっと睨んで振り払い、「あんたは黙ってなッ」とあこやの胸を突いた。

「あたいがどんな思いで将門の死を願っているか、あこやは何にも知らないくせにッ。余計な口出しはやめとくれッ」

よろけたあこやの腕を、秀郷があわてて支える。困惑顔で貞盛を仰ぎ、「ここまで申しておるのです。連れて行ってやってはどうですかな」と口を添えた。

「いいえ、こたびの戦は、この先の我が一族の武名を左右する大事な戦い。そこに女を伴《ともの》うたとなれば、末代までの恥になりましょう」

従弟《いとこ》との長い争いに、今日こそ終わりを告げる覚悟と見え、貞盛の眦《まなじり》は吊り上がり、白目が常より青澄んでいる。それに比べると秀郷は年嵩《としかさ》なこともあり、貞盛ほどの意気込みはないらしい。日焼けした顔を片手でつるりと撫で、「まあ、それも仰る通りですな。——仕方がない。諦めろ、如意」とあっさりと態度を翻《ひるがえ》した。

「ちょっと。秀郷さままで何を言うんだい」

如意がまるで子どものように地団駄を踏む。そんな如意の気を逸らすように、秀郷は「見ろ」と幄の切れた一角を指した。高台に陣を敷いたせいで、眼下には遥々と野面が広がり、鬱蒼たる森や沼がところどころに起伏を刻んでいる。遠くに点々と見える草葺屋根は、石井営所を囲む家々だろうか。

「将門の石井営所は、ここから南西に約十里（約五・四キロメートル）。ならばあ奴の最後の戦は、この陣からでも充分見えよう。あまり無理を言い、貞盛どのの妨げになるではないぞ」

父親ほども年の離れた秀郷になだめられ、さすがにそれ以上、我がままも言い難くなったのか、如意は大きく肩を上下させながら、渋々貞盛に向き直った。

「――分かったよ。その代わり、絶対に勝っておくれよ。将門の野郎の首を、あたいは欲しいんだ」

「言われるまでもない。案じるな」

如意の目を見つめて受けあい、貞盛は曳かれてきた馬にまたがった。身支度を整えた兵たちが四囲の幄から飛び出し、次々と隊伍を組む。

折しも吹き出した南風が幄をはためかせ、砂埃を巻き上げた。よく晴れた青空にあっという間に黄色い霞がかかった。

「この陣には後衛として、平公連どのとその配下を残して参ります。ですが寛朝さまもどうぞここからお出になられませぬよう。戦の情勢は、逐一、伝令を送ります」

そう請け合って陣を出て行った貞盛たちが最初の伝令を寄越したのは、出陣から半刻

（一時間）あまりが経った頃だった。

「敵は騎歩合わせて、約四百。石井営所を背に陣を張っておりまする」

貞盛・秀郷を筆頭とする友軍は合わせて、約四千。それに比べれば、幾ら春先とはいえ将門の兵力はあまりに乏しい。

これまで将門に従っていた豪族や伴類たちは、ここのところの負け戦から敗色を悟り、一目散に逃げ去ったのだろう。それでもなお陣を張り、戦支度を整えているということは、将門はやはり最後まで己の義を貫き通すつもりらしい。

幄を出て目を凝らせば、貞盛・秀郷の手勢が野辺を南西に進んでゆく。その軍列の各所が眩く輝いているのは、兵たちの胴丸や武具が春陽にきらめいているからだ。野面一面に花を振りこぼしたようなその光は、およそこれから始まるであろう戦の凄惨さからはほど遠い。なにも知らぬ者が見れば、一夜にして清冽な湖が野面に現れたかと疑うほどの美しさであった。

「畜生。まったく、ひどい風だよ」

振り返れば如意が袖で口許を覆いながら、野面に目を凝らしている。貞盛を見つけようとでもしているのか、大きな眸を如意が忙しく左右に配ったときである。

野辺の彼方が突如どよめき、眼下の軍兵が一斉に身動きを止めた。一瞬遅れて微かな地鳴りが響き、森の陰から百騎ほどの軍勢が飛び出してきた。

そのまま貞盛と秀郷軍に向かって疾駆する一隊に、如意がはっと顔色を変えて身を乗り出した。

「将門だよッ。ようやく出てきやがったッ」

幄から三、四里（約一・六〜二キロメートル）も離れているせいで、騎乗したもののふ一人一人の顔まではよく見えない。だが、怒濤《どとう》の勢いで攻め寄せる軍勢のもっとも先頭を駆ける、ひときわ大柄な偉丈夫。あれは、もしや将門ではあるまいか。

微かな矢のうなりが、地鳴りに混じって響き渡った。将門軍のただなかから夥《おびただ》しい矢が放たれ、貞盛・秀郷軍めがけて降り注ぐ。兵たちが四囲に楯を据える間もなく、まるで出来の悪い木偶《でく》のように、ばたばたと倒れ伏した。

貞盛たちも負けじとばかり矢を放ち始めたものの、その勢いは弱く、敵軍に届く前にいずれもひょろひょろと落ちてしまう。

「何をしているんだいッ。このままじゃ貞盛さまが射殺《いころ》されちまうじゃないか」

如意の罵りに、寛朝は虚空に目を向けた。風だ。枝を鳴らし、土を巻き上げる暴風は現在、将門軍の背後から貞盛・秀郷軍の方角へと吹きつけている。そのおかげで将門たちの矢は、まるで鬼神が放つ強弓の如き勢いで、敵陣に降り注いでいるのだ。

貞盛軍が役に立たぬ弓を捨て、雄叫《おたけ》びとともに刀を抜く。すると、将門たちもまた同様に喚き声を上げて馬を笞打ち、揃って敵陣に突っ込んだ。

白刃が野面のそこここに閃《ひらめ》き、馬の嘶きが、男たちの喊声《かんせい》が錯綜する。陣に吹きつける地籟《ちらい》に瞬く間に血の臭いが混じり、それを嗅ぎつけた猛禽が数羽、次々と頭上を旋回し始めた。

将門率いる一軍は数こそ少ないが、その分、小回りが利《き》く。相手の脇へ脇へと回り込み、その軍勢を分断しようとする。

「ええい、もう見ていられないよ。馬は、空いている馬はないのかいッ」

如意が幄を飛び出し、守陣の兵に詰め寄る。狼狽するその腰から刀を奪って袖にくるむや、馬繋《うまつなぎ》に結わえられていた馬の手綱を勝手に解き始めた。

「駄目です。貞盛どのの言いつけを忘れたのですか」

「邪魔をするんじゃないよ、お坊さま。こうなったら、あたいが将門の首を取ってやる」

あわてて腕を摑んだ寛朝に、如意は底光りする目を向けた。

高台から見ているおかげで戦の推移が見渡せるだけで、いざ戦場へと降り立てば、そこは敵味方が相争う混乱の坩堝《るつぼ》のはずだ。だいたい貞盛たちの如き百戦錬磨のもののふですら苦戦している戦場で、ただの傀儡女に何が出来ようものか。

「放しとくれ。だいたいこのままじゃ、いつ貞盛さまにまた矢が射かけられるか分かりゃしない」

「――大丈夫よ、如意」

静かな声に振り返れば、杖を手にしたあこやが、眸を宙に据えている。形のいい鼻を犬のように蠢《うごめ》かし、「この風は長くは吹かないわ。香取の海風と同じよ」と言った。

何だって、と如意は空を仰いだ。だが盲人のあこやほどには感覚が鋭くないのか、すぐに険しい表情で「本当かい。間違いないんだね」と念押しをした。

あこやが「ええ、確かだわ」とそれにうなずく端から、どおおッと音を立てて暴風が顔を叩く。土と血の臭いを孕《はら》んだその風はあまりに強く、到底じきに止むとは思いがたい。しかし如意はきっと唇を噛みしめて眼下の戦場を睨み付け、「分かったよ」と自分に言い聞かせるように首肯した。

「あこやがそう言うんなら、本当なんだろ。もう少しだけ、様子を見るよ」

そうこうするうちにも、陣には血みどろの伝令が続々と駆け戻り、殿《しんがり》を務める平公連に戦の形勢を伝えて、再び戦場へと走って行く。

野面には土煙がもうもうと巻き上がり、取っ組み合い、刃を交える男たちは、もはや誰が敵やら味方やら判然としない。そんな混乱のただなかを、十数騎の馬列が縦横無尽に駆け抜け、そのたびに並み居る兵が引き波の如く逃げ惑う。その先頭で太刀を振るい、馬前に飛び出す兵を躊躇《ちゅうちょ》なく蹄にかける人影の雄々しさ眩さに、寛朝の目は釘付けとなった。

遠目にも際立つ太い眉と、ひときわ大きな体軀。そして疲れを知らぬ鷲《わし》の如く、己の信じる義の如く、直向《ひたむき》に野面を駆けるその姿。やはり、間違いない。あれこそが将門だ。

数の上では、貞盛たちの方が圧倒的に有利。だが将門の獅子奮迅の戦いぶりに押されているのか、伝令の顔には次第に悲壮なものが漂い出した。そして遂には、

「将門が、将門がお味方のただなかに突っ込みましたッ。貞盛さま、秀郷さまは散り散りに分かれて、遁走《とんそう》しておられますッ」

という絶叫が、丘の上に響き渡った。

「何だとッ」

伝令の知らせに、隣の幄から血相を変えて飛び出してきた平公連は、まだ二十歳そこそこと若い。それだけに、味方の意外な劣勢に狼狽したのだろう。「援軍だ、援軍を出すぞッ」と喚いて、自らも従僕が曳き出した馬に飛び乗った。

「みな、続けッ。貞盛どのをお助けするぞッ」

土煙を巻き上げ、二百騎ほどがまっしぐらに丘を駆け下る。そのまま将門率いる一隊の横っ腹に突っ込もうとしたが、それを許す将門ではない。血で濡れた太刀をかたわらの従類に投げ渡すと、素早く背の箙《えびら》から征矢《そや》を引き抜く。重籐《しげどう》の弓を満月の如く引き、押し寄せる敵を狙って矢を放った。

鏃《やじり》を閃かせながら飛んだ矢が、先頭を駆ける兵の胸を貫く。どうと落馬した彼に驚いたかたわらの馬が、蹄を取られて横倒しになる。それは後に続いていた騎馬も同様で、あっという間に隊列の半数ほどが激しい地響きとともに、斜を転がり落ち始めた。

陣に残っていた二、三十人が、公連の名を呼びながら次々と斜面を駆け出す。だが将門はもはやそれには興味を失った様子で、再び兵の逃げ惑う野面に突っ込んで行った。

「畜生、将門の野郎ッ」

両の拳を握って喚いた如意が、足元をのぞきこんで息を飲んだ。

馬と人が折り重なり、苦しげなうめきと馬の荒い息が、風に乗って舞い上がって来る。生き残った兵と陣から飛び出した者によって、血泥のただなかから引きずり出された兵はみな手足が折れ、中には頭蓋《ずがい》が形もなく砕け散った者もいる。

「手当をせねば。あこやも来てください」

寛朝の声に、あこやは強張った顔でうなずいた。杖をつきつき足を急がせようとして、背に有明を背負ったままであると思い出したらしい。「少し待ってください」と言い置いて、空っぽになった幄に引き返し、すぐに有明を置いて戻ってきた。

異羽丸から有明が狙われていると、聞かされたのだろう。筑波山に来てからこの方、あこやは有明を常に背負い、眠るときもかたわらから離そうとしない。しかしさすがに今はそれよりも、怪我人の手当が先と考えた様子であった。

哀しげな馬の鳴き声が、盛んに丘の下から響いてくる。四肢が折れ、苦しむ馬を見るに見かね、兵たちがその息の根を止めているのだ。

「あこや、本当に風は変わるのかい。このままじゃ、その前にお味方は総崩れだよ」

手近な兵の腕に添木を施《ほどこ》しながら如意が怒鳴る間にも、丘の下からは次々と怪我人が運び上げられてくる。戦場に倒れ伏す骸は刻々と増え、頭上を飛び交う猛禽はもはや日輪を覆い尽くさんほどの数と化している。

どどどどッと大気を震わせて、数十騎が戦列を離れて丘を登って来た。ある者は背中にいまだ矢を突きたて、ある者は肩から夥しい血を流している。

あまりの乱戦に、目指す敵の居場所を見失ったらしく、荒い息をつく馬の頸《くび》を叩いて労《ねぎら》いながら、彼らは黄色く霞む平野に忙しく目を配った。「あれだ、あそこに将門がいるぞッ」と怒鳴るや、再び馬を笞打って、斜を降りて行った。

その荒々しい蹄音に、あこやが怯えたように身をすくめた。如意はそんなあこやの姿に軽く舌打ちをしたが、すぐにはっと表情を変じて同輩の全身を眺め回した。

「ちょっと、無明《むみょう》はどうしたんだい」

「幄に置いてきたわ。手当を手伝うには邪魔だし、如意がまた怒ると思って」

あこやの応えに、如意は虚を突かれた面持ちで「怒るだって」と呟いた。

「ええ。だって、ごめんなさい、如意」

なにが、と如意が問うよりも早く、あこやは「こんなところまで追いかけてきて」と小声で付け加えた。

「でも、あたし、如意とちゃんと話がしたかったの。だって、そうでしょう。榊《さかき》ノ御《ご》の元に売られてきたときからずっと、如意はあたしにとって実の姉も同じだったから。そんな如意がいきなり無断で姿を消したのには、きっとあたしを嫌う理由があるんだわ。でもそれがどれだけ考えても、分からなくて。あたしは知らない間に、どうして如意を怒らせてしまったのかしら」

　風がどうと音を立てて吹き荒れ、幄を大きく揺らす。だが如意は風に吹き乱れる髪にもお構いなしに、ぽかんと口を開けた。うなだれて肩を震わせるあこやにおずおずと手を伸ばそうとし、その指を握り込む。大きな目を数度しばたたいて空を仰ぐと、「ば、馬鹿だねえ、あこやは」と恬淡《てんたん》をつくろった口調で言った。

「怒ってなんぞいないよ。あんたを置いて行っちまったのは、目の見えないあこやが足手まといと思っただけさ。ごめんよ、あたい、それほどに貞盛さまに会いたかったんだ」

　その言葉とは裏腹に、如意の顔は今にも泣き出しそうに歪んでいる。双眸に膨れ上がった涙をさっと手の甲で拭い、本当だよ、と如意は畳みかけた。

「あ、あこやはあたいの大事な妹分じゃないか。そんなあんたをあたいが嫌うわけないじゃないか」

　あこやの目が大きく見開かれ、その顔にじわじわと明るい笑みが浮かぶ。如意はあこやに聞こえよがしに大きな溜め息をついた。

「馬鹿を言ってないで、早く無明を持って来な。さっきみたいに戻って来た一隊が、幄の中まで馬を進めることもあり得るんだからさ。踏みつけられて壊されても、あたいは知ったこっちゃないよ」

乱暴を装った如意の気遣いに、あこやは「如意――」と嬉しげな声を上げた。

「本当なのね。信じていいのね」

「ああ。まったく、昔からあこやは妙なところで間抜けなんだ。この詫びは香取に帰ってから、何らかの形でしてもらうよ。それ、さっさと行ってきな」

「わ、分かったわ。ありがとう、如意」

あこやは敏捷に立ち上がるや、杖を突き突き、幄に向かって歩き出した。その背を泣き笑いの表情で見送る如意から目を逸らし、寛朝は手近な怪我人に向き直った。

如意は本来、気立てがいい。それだけにあこやを羨み、時に憎みはしても、それを無垢な妹分に直接ぶつけはできない。いや、もしかしたらそれは、どんな者でも同じなのかもしれない。誰かを妬《ねた》み、羨むことと、その相手を傷つけたくないと考えることは、決して矛盾しない。憎しみを全うすることは存外難しく、いわば人は憎しみも愛情も同時に併《あわ》せ持つ、実に不可思議な存在なのだ。かく言う自分が父たる敦実《あつみ》親王《しんのう》を憎みつつも、彼が何より大切としている音楽をいまだ捨てきれないように。

寛朝は西の空に目をやった。貞盛が語った如く、敦実が自分の身を案じているとは到底信じがたい。しかし少なくともそれぞれの目指す楽において、自分と父は確かにつながっている。それはもしかしたら血や憎悪などよりもはるかに強く、決して断ち切り得ぬ絆なのではあるまいか。

――善哉善哉《せんざいせんざい》、大薩埵《たいさった》

心慶に捧げたあの梵唄を、敦実に聞いてもらいたい、と寛朝は思った。失笑されても、嘲られてもいい。どれだけ拙く不出来でも、都を離れ、坂東で己の楽を求めた己の姿を、父に叩き付けねばならぬ気がした。

この時、突如、辺りに響き渡った甲高い悲鳴が寛朝の物思いを破った。つい今しがたあこやが入っていった幄が激しく揺れ、幕が内側から大きくたわんだ。

悲鳴は二度、三度と繰り返された末、何かで断ち切られたかの如く、不意に止んだ。頭上を旋回していた鷹が何が起きたかを探ろうとするかのように、幄の上をついと低くかすめて飛んだ。

「あ――あこやッ」

如意ががばと立ち上がり、両手を振り回して走り出した。そこここに横たわる怪我人をまたぎ越え、今しも斜を上って来た兵を突き飛ばして幄に駆け寄る。強風にばたつく幕の端をまくり上げ、ひっと息を飲んで棒立ちになった。

ただならぬ挙措に寛朝があわてて駆け寄れば、如意の肩の向こうには、一面に紅をぶちまけたような緋色《ひいろ》が広がっていた。そしてその中央には、両手を広げ、虚《うつ》ろな目を大きく見開いたあこやが、湯気を上げる血潮に横顔を浸して転がっている。

喉も裂けんばかりの絶叫とともに、如意は幄に転がり込んだ。背後から襲われたのか、あこやの細い首は真一文字に切り裂かれ、流れ出た血が袿《うちき》をどす黒く染めている。青白く澄み始めた肌に朱の色が映り、もはやその息が絶えていることは確かめるまでもなかった。顔に散った血の一滴が眸までを汚し、常は光のなかったその目をいつになく明るませていた。

「誰が、誰がこんなことを」

全身をわなわなと震わせながら、如意は辺りに目を配った。あこやを襲った人物がそこから逃亡したのだろう。幕の中央には血の付いた手形が複数残り、血泥に汚れた足跡が外に続いている。

将門の手勢が、この丘の上を殿《しんがり》と見抜いて奇襲をかけたのか。いや、それであれば彼らはあこやなぞには目もくれず、怪我人の手当に奔走する兵に斬りつけるのではないか。

如意は足元に落ちていたあこやの杖を小脇に手ばさむと、朱の散った幕をまくり上げた。

「ああッ」と戦場とは反対の方角を指した。

「あいつだッ、あの男があこやを殺めたに違いないよッ」

金切り声とともに駆け出す如意を追えば、半町（約五五メートル）ほど離れた丘の頂きに動く影がある。その手元が時折小さくきらめくのは、おそらくあこやを殺めた凶刃《きょうじん》が陽射しを映じているためだ。不自然に膨らんだ人影の背の上で、妙に鮮やかな紫がちらちらと揺れる。畜生ッ、と怒鳴り、如意は両手両足で斜面を這い上がり始めた。

一目散にひた走るその影が、心慶を突き落とした男の姿と重なった。

「む、無明だよ。あいつ、あこやの無明を盗《と》って行きやがったッ」

「ち、千歳《ちとせ》――ッ」

寛朝は声も嗄《か》れよと咆哮《ほうこう》した。追おうとする足がもつれ、あこやの血に染まった草鞋《そうかい》が枯草に滑った。

なぜだ。なぜ多くの人を傷つけ、殺めてまで、千歳は栄達を願う。敦実親王の身近に侍《はべ》ってその教えを受けながら、あの男は楽の神髄を――その真の調和を学ばなかったのか。

香取の海から逃亡して以来、野に潜み、山に伏してあこやに近付く機会をうかがっていたのだろう。千歳の衣は襤褸《らんる》に近く、時折こちらを顧みる垢まみれの顔の中で、双眸だけが底光りしている。

凄まじい勢いでその背に追いすがりながら、如意は「誰かッ。誰か、来ておくれッ。ここに将門の手下がいるよッ」と辺りに響けとばかり大声を上げた。

「誰もいないのかいッ。あいつを追いかけておくれッ」

だが逆巻く風が声を吹き散らすのか、幄から駆け付けて来る兵はいない。それでもなお叫び立てながら、如意は手にしていたあこやの杖を力一杯、千歳に向かって投げつけた。

それは千歳から一間（約二メートル）も離れた場所に落ちたが、視界をかすめた影に身をすくめたのか、その足元がぐらりと揺れた。

如意はそれを見逃さず、千歳の背に組みつこうとした。しかし千歳は凄まじい形相《ぎょうそう》で如意を振り払い、その胸先を強く突いた。破れ、垢じみた千歳の水干《すいかん》の袖が大きくはためき、鋭い光が虚空にきらめく。懸命に二人の後を追いながら、あああッと寛朝は絶叫した。

「如意ッ。離れてくださいッ」

だがその刹那《せつな》、閃光が如意の身体に吸い込まれ、耳をつんざく悲鳴が野辺に轟いた。

「放せッ。放しやがれッ」

千歳は罵声とともに、引き抜いた刃を何の躊躇《ためら》いもなく、再度、如意の腹に突きたてた。さりながら如意はそれでもなお両脚を踏ん張ると、「よ、よくも、あこやを――」と呻きながら、両の指を鉤《かぎ》なりにして、千歳に摑みかかった。

真っ赤な血が千歳の顔に降りかかり、その相貌をまさに悪鬼《あっき》のそれに変える。二人が揉み合いながらどうとその場に倒れ伏したとき、幄の方角でようやく、「何奴《なにやつ》だッ」と誰何《すいか》が上がった。

「捕えろッ。敵の物見かもしれんぞッ」

瞬く間に、五、六人の兵が坂を登ってくる。千歳はぎりぎりと歯を食いしばるや、組みついたままの如意の腹を力一杯蹴飛ばした。だがいったいその身体のどこにこれほどの力がひそんでいたのか、全身を紅に染めた如意は、なおも千歳の肩や髪にしがみつき、放そうとしない。

千歳の肩に結わえつけられていた荷の緒が解け、有明の袋が耳障りな音とともに地面に落ちる。寛朝はうおおッと吼《ほ》えながら、千歳の背中に飛びかかった。力ずくで振り払おうとするその身体を押さえつけ、暴れる腕を渾身の力でひねり上げた。

「放せ、放せ――ッ」

もはや自分を取り押さえんとしているのが誰であるかすら、分かっていないのだろう。千歳は両手を激しく振り回し、身をよじった。

如意が遂に突き飛ばされ、かたわらの泥濘《ぬかるみ》に倒れ込む。それを視界の端に捕えながら、寛朝は暴れる千歳の腹に馬乗りになった。その腕からかろうじて腰刀をもぎ取り、思い切り遠くに投げ捨てたとき、手負いの獣そっくりの叫びが千歳の喉から洩れた。

如意だ。ぜいぜいと肩を上下させ、足元をふらつかせた如意が、あこやの樫《かし》の杖を再度握りしめ、身体ごと千歳にぶつかってきたのだ。

細い杖の先が千歳の肩に当たり、音を立てて二つに折れる。凶暴さを漂わせたその折れ口が、妙に白く寛朝の目を射た。

「如意ッ。駄目ですッ」

寛朝が制する暇《いとま》もあらばこそ、如意はもう一度、杖を力一杯振り上げ、今度は千歳の顔に向かって振り下ろした。

血も凍る絶叫が上がり、千歳の身体が魚の如く跳ねる。弾き飛ばされ、地面に転がった寛朝の目に、己の顔を両手で押さえてのた打ち回る千歳の姿が映った。

その鼻から顎には真っ赤な血がだらだらと流れ、大きく開いた口から、言葉にならぬ咆哮が上がっている。そしてそのかたわらには血に濡れた杖を握りしめた如意が、両手を広げて仰向けに転がっていた。

「如意、如意ッ」

這い寄ってその身体を抱え上げた寛朝に、如意は朱に染まった口をにっと引いて、薄く笑った。のたうち回る千歳を急に濃い隈を刷き始めた目で指し、「——ざまあ見やがれ」と毒づいた。

「後は貞盛さまの兵がなぶり殺しにしてくれるだろうよ。ふん、あの世であこやと心慶さまに泣いて詫びるがいいさ」

もっとも、と続ける声が、急に上ずる。胸が大きく波打ち、喘鳴《ぜんめい》がその言葉を遮った。

「——あの野郎の目が、地獄で見えるんだったらの話だけどね」

喉の奥が、ごぼ、と鳴る。深い息が形のいい鼻から洩れたかと思うと、突然、四肢が激しく痙攣し、すぐにがくりと力を失った。

「如意、如意ッ」

閉ざされた瞼はすでに青黒く、頬から見る見る赤みが失《う》せてゆく。ようやく駆けつけてきた兵が寛朝を如意の身体から引きはがし、「お怪我はありませんかッ」と両肩を鷲掴みにした。

「この男は何者でございます。先ほど、将門の手の者と聞こえましたが」

兵の言葉も耳に入っていないのか、千歳はなおも顔を両手で押さえて、七転八倒を続けている。抜き放った太刀を油断なく構えながら、兵たちはそんな千歳を気味悪げに見下ろした。

「この者は――」

震える唇を励まして寛朝が口を開いたとき、不意に黒い影が頭上に差した。仰ぎ見れば先ほどの鷹が大きく翼を羽ばたかせ、懸命に空の高みに翔《か》け上がろうとしている。

一瞬遅れて、強い風が地を鳴らした。土埃が旋風と混じり合って舞い、うわああッという喊声が丘の下で轟いた。太刀を握りしめていた兵たちが寛朝の眼差しを追って空を仰ぎ、顔に喜色を浮かべた。

「風だッ。風が変わったぞッ」

歓声を圧するように、大きく地が揺れた。混乱する戦場を大きく回り込んだ数十騎の隊列が暴風を背に野面を駆け、猛進する将門軍の横っぱらに突っ込んだ。馬の嘶きと男たちの怒号が、砂煙とともに寛朝の顔を叩いた。

突如、横から突っ込んできた敵に、将門の軍は前後二手に割れた。無数の矢が空を飛び、足並みを乱した隊列に向かって降り注ぐ。時局の急変を察したのだろう。辛うじて矢を避けた将門は配下ともども一斉に手綱を引きそばめ、素早く馬首を南へと転じた。

そうでなくとも将門軍は、兵力の上では敵にはるかに劣っている。暴風と奇策の力で大軍に伍していただけで、肝心の風が逆風となっては、もはや勢子《せこ》の前に躍り出た兎《うさぎ》も同然である。

「見ろッ、あれは貞盛さまだッ。後には秀郷さまも続いておられるぞッ」

兵士の絶叫とともに、野面を矢のように駆けた百騎あまりの隊列が、逃げ惑う将門軍の尻に食らいついた。激しく馬と馬がぶつかり合い、もののふたちが太刀を手に斬り結ぶ。荒れ狂う風に砂埃が舞い、土塊《つちくれ》が足搔く馬の足元を音を立てて転がる。

あまりに距離があるため、彼ら一人一人の表情まではうかがえない。しかし寛朝の眼裏《まなうら》には、もつれ合う軍勢のただなかで太刀を振るう将門の姿がありありと浮かんでいた。

いつも磊落《らいらく》な笑みを浮かべていたあの口は大きく開かれ、凄絶な雄叫びを上げていよう。泡を嚙む奔馬《ほんば》と一体となり、ただひたすらに目の前の敵に挑むその姿は、この荒々しき坂東の地の化身の如く猛々しく、誰にも止めがたい覇気に満ちていよう。

もはや形勢は逆転した。このままでは将門は負ける。貞盛と秀郷はその首を取り、都に送るだろう。だが――だが、本当に平将門という男は叛徒として討ち取られ、この坂東から姿を消すのか。

この地を奔放に駆け、国や典の軛《くびき》にも従わなかった将門。もしや、東国の化身の如き彼の志は、いずれ坂東の人々に受け継がれ、やがては都をすら脅《おびや》かす日が来るのではあるまいか。

そう思えば、荒れ狂う風は将門を嘉《よみ》し、この曠然《こうぜん》たる大地に彼を迎え入れんとしているかのようだ。いや、風だけではない。大地をどよもす蹄の音、空を切り裂く矢羽の響き。天地が荒々しく響き合い、数えきれぬほどの音がもつれあう様は、まるで三管両絃三鼓で奏される壮麗なる楽の音そっくりだ。

首を裂かれて、哀しげに嘶く馬。胸を貫かれた兵の上げる末期の声。そうだ。この凄まじき楽の音は、すべて今、坂東の権化たる将門のためにある。この戦の音は、将門のための至誠の声なのだ。

――歌うてくれ、御坊。

何をだ。荒ぶる生も、虚しき死をも併せ呑むが如き凄まじき楽音を前に、いったい何を自分は歌えるというのだ。自分は己の至誠の声なぞ、まだ何ひとつ摑んでいないというのに。

うおおおッというひときわ猛々しい叫びが、大気を震わせた。波濤のぶつかり合いに似た均衡が破れ、貞盛たちの隊列が一瞬、押される。十数騎が囲みを破ってどっと南へと駆け、その背に向かって矢が降り注ぐ。

将門軍の殿が矢を受けて落馬し、馬が二、三歩駆けてからどうと倒れる。それに足を取られた数騎が相次いで転び、彼らを蹄にかけて貞盛の一隊がその後を追う。

「射殺せッ。あと少しだッ」

千歳を取り囲む兵までが、曲者《くせもの》の存在など忘れ果てたかのように、丘の下を睨みつけ、口々に罵声を上げる。彼らの足元で悶絶する千歳の呻吟が、くっきりと寛朝の耳を打った。

「あ、有明。有明は――」

寛朝の背に粟粒《あわつぶ》が立った。

千歳は己の楽を追い求めるあまり、人としての道を失った。だが今、目の前で繰り広げられている戦もまた、全《まった》き至誠の声を奏でるのだとすれば――図らずも知人を死に追いやるに至った心慶が、あれほど美しい声を有していたとすれば、そもそも楽とはいったい何なのだ。

この世の事象はみな五音《ごいん》と通じ、すべての音は御仏の世界に通じる。ならばもしや人の愚かさも哀しさも――貪《むさぼ》り、怒り、迷い戸惑う貪瞋癡《とんじんち》の三毒すらもまた、御仏の世界に至ってはみな等しく、麗《うるわ》しき楽の形を取るのではないか。

――善哉善哉、大薩埵

（ああ――）

世の一切を本来清浄であると説く『理趣経《りしゅきょう》』の意味が、ようやく分かった。そうだ。この愛欲貪瞋恚《しんい》の相乱れたこの世においては、忌むべきものなぞ何ひとつない。いま眼下で繰り広げられている戦が——そして将門自身がそうであるように、この世は常に身震いするほど醜く、同時に美しい。

ならばこの世には、亡国の声も天魔障碍《てんましょうげ》の声も存在しない。愚かしくも美しい此岸同様、すべての音はみな尊く、美しい。そしてこの愚かなる自分のただなかにも、己にしか奏することの出来ぬ至誠の声があるはずなのだ。

自分だけではない。もしかしたら有明のために人を傷つけ、殺めた千歳の中にも——彼が歌い、爪弾《つまび》く音の中にも、尊き至誠の声は存在するのではないか。

悶絶するだけの力がなくなったのだろう。千歳の動きはいつしか緩慢になり、今や大きく開かれた口から、時折、有明の名が洩れるばかりである。

寛朝は四囲を見回した。斜に落ちた錦の袋に駆け寄ると、それを小脇に抱えて、千歳のかたわらに戻る。ぬかるんだ地に膝をつき、顔を押さえる千歳の腕をぐいと摑んだ。

「——それ、有明だぞ」

ああ、と風が吹き抜けるに似た安堵の息が、その唇からこぼれる。千歳は寛朝に導かれるまま、両手で力なく有明に触れた。

その顔は自らの血に汚れ、二つの眼窩《がんか》がぽっかりうつろに空いている。右の眼窩から垂れ下がった赤黒い塊が鼻の脇でぶらぶらと揺れ、切り裂かれた鼻梁《びりょう》からはいまだに拍動とともに血が流れ出していた。

ああ、ああ、と呻きとも吐息ともつかぬものを洩らしながら、千歳は有明を両手でまさぐった。そのぎこちない挙措を見るまでもなく、もはやその目から光が失われていることは明らかだった。

千歳、という寛朝の呼びかけなぞ耳に入っていないのだろう。千歳は袋が血に汚れることも気付かぬ様子で、有明をひしと抱えた。乳を求める幼獣の如きその姿のなんと愚かしく無様《ぶざま》であることか。

この世に、全き者なぞいはしない。心慶は図らずも多賀谷澄春《たがやのすみはる》とその妻を死なせ、一人娘であるあこやを香取の傀儡女船へと追いやるに至った。天下一の管絃者と名高い敦実親王は長子たる寛朝を厭《いと》い、自分はそんな父を見返さんと坂東を訪れ、いまこうして将門の死闘を目の当たりにしている。

無論、香取の傀儡女たちを襲い、心慶を、あこやを、如意を殺めた千歳の罪は許し難い。しかし、この世のいったい誰が、この千歳を責め、裁き得ようか。

寛朝は頭を垂れた千歳の肩を抱いた。両の腕に力を込め、「この者は――この者は拙僧の従僕でございます」と震える声で呟いた。

その音吐はあまりに小さく、戦場に目を奪われたままの兵卒たちにも、また千歳にも届かなかっただろう。しかしそう知りつつも寛朝はもう一度、「この者は――」と繰り返さずにはいられなかった。

ただひたすら有明を抱き、呻きを上げる千歳の姿は、およそ才気走ったかつてとは程遠い。だが、仮そめの仲であろうとも、千歳は楽によって結ばれた寛朝の従僕だ。ならば罪を犯し、目の光を失った彼を、どうして見捨てることができようか。

心慶は有明をあこやに与える際、その銘を無明《むみょう》と変えたという。だとすれば今、盲人となった千歳の腕の中で、有明は再び無明と呼ばれるのだろうか。

心慶の墓の前で有明を弾《ひ》いていたあこやの姿が脳裏に甦る。嫋々《じょうじょう》たるその琵琶《びわ》の音をかき消すように、また風が吹き、南に向かって逃げる将門軍の背に、雨あられと矢が射かけられた。旋風が平野のそこここで渦を描き、巻き上げられた土塊がぴしっと音を立てて、虚空でぶつかり合う。

吹き付ける風に背を叩かれながら、将門たちは一散に南の自陣へと疾駆した。同時にそれを迎え入れるように、突然、南方に砂煙が立ち、百騎あまりの騎馬隊が地を鳴らしてこちらに向かって駆けてきた。

その武具はいずれも古びてはいるが、逆風を物ともせずに疾駆する隊列には、一糸の乱れもない。整然たる彼らの姿に、寛朝は一瞬、その先頭で多治経明が指揮を執っているかの如き錯覚を覚えた。

隊列はまったく足並みを乱さぬまま、将門の一隊とすれ違い、追いすがる貞盛軍へと突っ込んだ。馬同士がぶつかり合う鈍い音とともに、あちこちで太刀が閃き、数人のもののふが落馬する。それと同時に、将門を始めとする十数騎が素早く馬首を翻し、自分たちを追ってきた敵のただなかに再び馬を乗り入れた。

いま駆けてきた百余騎は、石井営所の守りに残していた最後の精鋭だろう。ならば将門にはもはや、弓箭《きゅうせん》も馬の替えもない。彼は今、文字通り最後の力を振り絞って、敵に立ち向かっているのだ。

今であれば、まだ間に合う。すぐさま身を翻し、近郷の者が藺沼《いぬま》の岸に舫《もや》う小舟にでも乗り込めば。そして広大なる藺沼を流れ下り、香取の海まで至れば、どうにか逃げ延びられように。

（将門どの——）

分かっている。彼はそんな怯懦《きょうだ》な生を願う男でない。しかしだからこそなお、全身を朱に染めて野を駆ける将門が痛ましく——そしてあまりに眩しくてならない。

かつて寛朝は、この坂東の大地も香取の海も、すべては天皇の治める都に連なっていると感じた。しかし、それは誤りだった。たとえ敵刃に倒れ、叛徒と誹られようとも、この坂東にはかように雄々しき新皇がいる。ならば——ならばこの国が、都と地続きなどであるものか。

幄のかたわらに茂る楢《なら》の枝が吹きすさぶ風に激しくざわめき、ようやく芽吹いたばかりの若葉をもみしだく。ばきっと音がしたかと思うと、大きく西に伸びた枝が折れ、木切れや枯枝が寛朝たちに降り注いだ。

横なぐりの風が枝や葉を巻き上げ、瞬く間に丘の下へと運ぶ。すでに春も闌《たけなわ》というのに、吹く風は荒々しく、野面にはところどころに寒さに凍てた椿の紅色が映るばかり。しかしその瞬間、寛朝は自分たちの上に降り注ぐ幻の桜を――揉み合う馬が踏みしだく、淡紅の花弁を見た。

違う。それは落馬し、頭蓋を踏み砕かれた将兵が流した脳漿《のうしょう》の紅、そこここで噴き上がる血飛沫の緋《あけ》だ。だが頭ではそうと知りつつも、休むことなく戦う将門の上に――それを凝然《ぎょうぜん》と見つめる自分の上に、とめどなく桜花が降りしきっているように思われてならない。その花弁を掬《すく》おうとするかのように、寛朝は虚空に両手を差し伸べた。

――朝《あした》には落花を踏んで　相伴《あいともな》って出《い》づ

かつて、心慶が歌った「落花」の朗詠が唇をついた。

落花。本当に落花か。もしかしたらこれは、血みどろとなってこの坂東に倒れ伏す将門を寿《ことほ》ぐ、黄泉《よみ》よりの散華《さんげ》ではあるまいか。

次々と噴き上がる朱の煙が揉み合う男たちを霞ませ、風に吹き散らされて野面の果てに散る。後から後から降り来る、血なまぐさくも壮麗な落花に目を奪われながら、寛朝は更に朗詠を続けた。

——暮《ゆうべ》には飛鳥《ひちょう》に随《したが》って　一時《いちじ》に帰る

かつて唐の詩人・白居易《はくきょい》が詩句に織りなした、友と共に過ごす麗しい春の日。さりながらいま目の前に繰り広げられる光景は、その詞章とは裏腹に何とおぞましく、そして輝かしいことか。

寛朝は知っている。将門がこの坂東とそこに暮らす人々を、誰よりも愛し慈しみ、そして守らんとしていることを。たとえ逆賊の汚名を着せられ、佞臣にその志を利用されようとも、将門の義は天を貫く寒光の如く清く、永劫《えいごう》に変じはしないのだ。

将門の馬前に一騎のもののふが躍《おど》り出、手綱も太刀も振り捨てて、両手で将門に組み付いた。将門はひるむことなく相手の馬に己の馬をぶつけると、顔じゅうを口にして雄叫びを上げた。血脂にぬらつく太刀を振り上げ、もののふの首に叩きつける。ぐらりと身体をよろめかせた敵の襟髪を摑み、地面に向かって投げ捨てた。

すでに一刻（二時間）に及ぶ戦いで、その全身は朱に染まり、兜の吹き返しや鍬形《くわがた》は折れ曲がっている。しかしそんな将門の奮迅《ふんじん》の戦い様とは裏腹に、貞盛・秀郷の手勢はいっこうにその数を減らしたとは見えない。

激しく肩を上下させつつも、将門は猿島の地を埋め尽くす敵に向かって身を翻した。蝟《い》集《しゅう》する敵のただなかに、貞盛の姿を見つけたのだろう。激しく馬腹を蹴ると、雲霞《うんか》の如く寄せ来る敵に向かって、馬を乗り入れた。主の意を敏速に汲んだ従類がそれに従い、なだれを打って敵陣の一角へと殺到する。

満身創痍の敵に、それほどの力が残っているとは思わなかったのか、突然の猛攻に貞盛を取り囲んでいた兵が目に見えて浮足立つ。将門は太刀を振り上げ、前をふさぐ敵に片っ端から斬りつけた。背に幾本もの征矢を突き立てながら疾駆するその様は、まさにこの世に現れた阿修羅そのものだ。

恐怖のあまり尻餅をついた兵卒が、ぬかるみの中を這いずって逃げる。その頭蓋が馬蹄に砕かれ、地面にほんの一瞬、紅の花が浮かんだ。

並み居る敵を退けて迫り来る将門に、貞盛が退路を求めて四囲に目をやったその時である。

荒れ狂っていた風が、ほんの束の間、止んだ。それを待っていたかのように、激しい矢のうなりが戦場の喧騒を圧して響き渡った。

ぎゃあッと悲鳴を上げて落馬したのは、将門のすぐ後ろに従っていた従類だ。鷹羽の矢がその首を貫き、赤黒く濡れた鏃《やじり》が四角い顎の先から突き出ているのが、寛朝の目に強く焼き付いた。

「おのれッ」

将門の口がそう叫ぶかのように動き、戦場の一角に向けられた眸が、大きく見開かれる。

その先では、重籐の弓を馬上で構えた秀郷が、鏃の先をぴたりと将門に据え、満月の如く弦を引き絞っていた。

不思議なほどゆっくりと、秀郷の弓手から矢が離れた。将門が馬を強く笞打ち、馬首を転じようとする。しかし馬がそれに従うよりもわずかに早く、矢は意志あるものの如く虚空を駆け、そのまま将門の眉間へと吸い込まれていった。

美しい淡紅の落花が、帳《とばり》のように将門の姿を覆い尽くした。主を失った将門の馬が、手綱を揺らし、前脚を振り上げて高く嘶いたのが、血飛沫《ちしぶき》の向こうに微かに透き見えた。はるか遠くで、琵琶の音がした。いや、違う。索々《さくさく》たる第一第二の絃、冷々たる第三第四の絃。風が吹きすさぶが如く、荒れ狂う魂の如く、刃が触れ合うが如く鳴り響くその音は、この戦場のみで鳴る荒ぶる楽だ。

将門を葬らんとする敵の蹄の音、天を仰いで嘶く空馬の声。将門がその命で以て奏でる至誠の声に、坂東の大地までもが身を震わせ、高らかに呼応している。

将門の従類が信じられぬとばかり顔を強張らせ、身動きを止める。そこに襲いかかる兵卒の間を縫って、弓を投げ捨てた秀郷が落馬した将門に駆け寄った。

揉み合う兵士たちには目もくれず、秀郷は馬から飛び下りた。身幅の厚い腰刀を抜くや、それを倒れ伏した将門の首に押し当てる。その眉間に射立った征矢を引き抜き、兜と揉み烏帽子《えぼし》を乱暴に投げ捨てた。髻《もとどり》を引っ掴み、その首を高々と掲げた。

「逆賊平将門は、下野が官人、藤原秀郷が討ち取ったぞ——ッ」

うおおッという歓声が、兵の間に巻き起こり、天をどよもす。秀郷に駆け寄った貞盛が騎乗のまま将門の首を受け取り、天に捧げるように、再度、頭上に掲げた。落馬した際、泥にまみれたのだろう。春の陽に照らされたその首は真っ黒に汚れ、目鼻立ちすら定かではない。

将門どの、と寛朝は息だけで呟いた。

ざんばらとなった髪を振り乱した首には、もはやあの鮮やかなる落花は降らない。そこにあるのはただ、物言わぬ骸となった将門の身体、魂を失った無残な抜け殻だけだ。

不思議に哀しみはない。ただなにかで貫かれでもしたかのようにぽっかりと穴の開いた胸を、しきりに冷たい風が吹き過ぎる。千歳を抱える腕に、寛朝は力を込めた。

眼下では貞盛たちが首魁《しゅかい》を失った敵兵を囲み、一騎残らず斬り捨てんとしている。しかしなぜだろう。いまだに戦が続いているにもかかわらず、あの狂おしい戦場の声はもはや絶え、そこにはただ血で血を洗う男たちの咆哮が谺《こだま》するばかりだ。

やった、やったぞッ、と喜びの声を上げる周りの兵たちから顔を背ければ、いつしか西に傾き始めた日輪が、濁った藺沼の水面を輝かせている。抜き身の刃そっくりの照り返しに妨げられ、その向こうになだらかに広がる丘は、まるで淡く霞んだ浮島の如く輪郭を失っている。

寛朝はその淡い稜線のただなかに、複数の人影があることに気付いた。二人。いや、三人だ。一頭の馬に共乗りした二人と、そのかたわらに寄り添う一騎。藺沼の反照があまりに眩しく、顔かたちまではよく分からない。しかし鞍の前輪に乗る小柄な人物の髪が風になびき、その肩がしゃくりあげるように大きく上下しているのが、妙にはっきり映った。

寛朝ははっと身を乗り出した。その途端、再び荒ぶり始めた風が藺沼の面をざわめかせ、照り返しが寛朝の目をまっすぐに射る。あまりの明るさに、寛朝は一瞬、目を閉じた。すぐに眉の上に掌《てのひら》をかざし、再び丘の中ほどに目を走らせても、そこにはもはや先ほどの人影はない。ただ空にぽつりと浮かんだ白雲が、春の丘に一つ、薄い影を落としているばかりだ。

（うそどの――）

それは沼の照り返しが見せた、幻かもしれない。だが、それでもいい。百舌と異羽丸は確かに将門の遺志を守ったのだと、寛朝は信じたかった。

いずれ季節が巡り、時が経てば、あの少女もまた亡き父の如く広大なる坂東を疾駆し、荒ぶるこの地の声を聞くのだろう。あこやから、如意から教わった歌を、馬の蹄音とともに口ずさむのだろう。

将門が死してもなお、この地の音は世々、坂東とともに残る。あまりに激しく、それゆえに哀しく――そして決して我がものにならぬであろうこの地の至誠の声を思いながら、寛朝はもう一度、丘の彼方に目をやった。

藺沼の面がうそたちを守るかのようにまたざわめき、鋭い光を四囲に振りまいた。

終章　白

荒涼たる平野の果てから立ち上る煙が、朝焼けの空をどす黒く汚している。火が放たれてから丸一夜が経っているにもかかわらず、煙の中にちろちろとのぞく焔《ほのお》の勢いは一向に衰えず、むしろ朝風を受けて更に猛々《たけだけ》しくなったかのようだ。

「寛朝《かんちょう》さま。そろそろ参りましょうぞ。のんびりしていては、今日中に常陸《ひたち》国府にたどり着けませぬ」

有明《ありあけ》を納めた袋を背負い、黒煙を上げる野面《のづら》の彼方を見つめていた寛朝は、背後からの藤原秀郷《ふじわらのひでさと》の声に小さくうなずいた。

先ほどまで丘の中腹に設《しつら》えられていた幄《あく》は、すでに兵士たちの手で取り払われ、軍馬の背には大きな荷が結わえつけられている。昨日の戦闘で無傷であった兵卒たちは、あるいは怪我を負った仲間を支え、あるいは胴丸や甲冑《かっちゅう》を納めた櫃《ひつ》を運び始めていた。

彼らの後に従って丘を下りようとして、ふと足を止める。彼方の空を焦がす黒煙と、丘の下に放置されたままの将門《まさかど》軍の無数の死骸を見比べ、深く息をついて瞑目《めいもく》した。

石井《いわい》に身を潜めていた藤原玄明《はるあき》・玄茂《はるもち》兄弟と興世王《おきよおう》は、将門戦死の報がもたらされた直後、上総《かずさ》目指して逃亡したという。貞盛《さだもり》はそれを聞くや、すぐさま手勢を率いて戦場を飛び出して行ったため、いまだ如意《にょい》とあこやの訃《ふ》を知らない。代わりに討死した味方の兵ともども二人を葬ったのは、後始末を委《ゆだ》ねられた藤原秀郷であった。

もっとも戦の直後だけに、埋葬と言っても荒野の一角に獣に荒らされぬ深さの穴を掘り、下着一枚に剝《む》いた兵卒たちの亡骸《なきがら》をまとめて埋めるだけの乱雑さである。それでも女二人の墓穴だけは兵士のそれとは別に掘り、長い髪も衣もそのままに残して埋めよと命じたのは、いかにも秀郷らしい心遣いであった。

「よう燃えておりますな。あの様子では、石井営所が灰燼《かいじん》に帰すまで、あと半日はかかりましょう」

みずからも背中に鎧櫃《よろいびつ》を担った秀郷が、寛朝のかたわらに立って呟く。戦《いくさ》のただなかで傷を負ったのだろう。その左の二の腕には白い布が巻かれ、油薬の匂いが寛朝の鼻をついた。

「残党が……藤原の兄弟たちが討ち取られるまでは、どれぐらいかかりましょう」

寛朝の問いに、秀郷はさあてと応じながら、肩の荷を揺すり上げた。

「敵とはいえ、将門は稀《まれ》に見る戦上手でござった。されど奴に随《したが》っていた者どもはみな、虎の威を借るなんとやらでございましたからな。将門の最後の戦に加わりもせず、営所で震え上がっていた輩《やから》となれば、首級《しるし》を挙げるのにそう日数は要《い》りますまい」

もっとも、と続けざま、秀郷は腕を組んだ。右の掌で、左腕の傷を慈しむように撫《な》でた。

「多治経明《たじのつねあきら》が生きておれば、我らは将門を討った後、もうひと戦せねばならなんだでございましょうがなあ」

と口早な言葉を、このとき、獣そっくりの咆哮《ほうこう》が遮った。一瞬遅れて、秀郷の名を呼びながら、一人の兵が駆けてくる。

秀郷と寛朝を困惑した顔で見比べた末、思い直した面持ちで寛朝の前に膝をついた。

「あの怪我人が、また暴れ出しておりまする。我らにはどうにも、なだめようがありませぬが、いかがすればよろしいでしょうか」

「やれやれ、またか」

秀郷が吐息とともに、首筋を掻《か》く。無言で歩き出した寛朝の後を追いながら、「口幅ったいことを申しますが」と声を低めた。

「あの者に情けをかけられても、やはり無駄ではございませぬか。かろうじて命のみは取り留めたとはいえ、罪なき如意やあこやを手にかけ、人の心を失った無法の輩でございますぞ」

「——いいえ。さようなことはございません」

短く言い放ち、寛朝は兵が二人がかりで担ぐ戸板に駆け寄った。その上に寝かされた千《ち》歳《とせ》の目は布で幾重にも覆われ、両手両足は荒縄で縛り上げられている。それでいて、その口は言葉にならぬ雄叫《おたけ》びをけたたましく上げ、まるで檻に入れられた手負いの獣のように全身をもがかせていた。

「千歳、どうした。有明なら、ここだぞ」

胸元の縛《いまし》めを解いて、寛朝は有明を錦の袋ごと千歳の胸の上に置いた。それを抱きしめようとする千歳の手を軽く叩き、「心配は要らん」と囁《ささや》きかけた。

「これから、常陸に戻るからな。道中で壊れぬよう、有明はわたくしが預かるが、なにも案じる必要はないからな」

昨夕、将門の従類《じゅうるい》を一人残らず討ち取って陣に戻ってきた秀郷は、血の海に倒れ伏す如意とあこや、それに有明の袋を抱きしめた千歳を見るなり、すぐさま「殺しなされ」と言い放った。

「ですが、秀郷どの」

抗弁する寛朝にはお構いなしに、もう一度、「殺しなされ」と繰り返す。返り血を浴びた甲冑を解きもせず、鋭く千歳を睨《にら》み下ろした。

「先ほど捕えた将門の手勢が申しましたが、将門が上野《こうずけ》国府にいた折、あ奴を新皇《しんのう》にという託宣《たくせん》を下した歩き巫子《みこ》がおるそうです。長い髪をぞろりと流した、奇妙な風体の男だったとか」

「それが千歳だと仰《おっしゃ》るのですか」

「おそらくは」

香取《かとり》の傀儡女《くぐつめ》船が襲撃された際、千歳は数人の配下を率いていた。今にして思えば、あれは将門の伴類《ばんるい》ではなく、藤原玄茂の手勢だったのだろう。だがいずれにしても秀郷からすれば、千歳が敵の一員である事実に変わりはない。

寛朝がわずかでも顎《あご》を引けば、すぐにその首を落とす腹なのだろう。秀郷の大きな右手は、すでに太刀の柄にかけられている。その掌は手甲ともども血に汚れ、真っ黒な古血が指の節までを汚していると気付いた途端、寛朝は千歳の頭を胸に強く掻き抱いていた。

「いかに叛徒に与《くみ》したとはいえ、この者はわたくしの従僕でございます。臣の罪は、主の罪。どうしてもこ奴を殺すと仰るのであれば、まずわたくしを手におかけください」

「なにを仰います。寛朝さま」

さすがに狼狽した顔つきで、秀郷が目を泳がせる。それをぐいと仰ぎ、「さあ」と寛朝は声を荒らげた。

「そもそもこの千歳を坂東《ばんどう》に連れて参ったのは、他ならぬわたくしです。ならば従僕のみを死なせ、己一人おめおめと都に戻れましょうか。こ奴を殺すのであれば、わたくしも殺しなされッ」

千歳が憎くないわけではない。いや、むしろ何ためらうことなくこの男を手にかけられれば、どれだけ楽だろう。

だが図らずも友人を死に追いやった心慶《しんけい》が至誠《しせい》の声の持ち主と讃《たた》えられたように、この千歳の中にも、愚かな自分のただなかにも、醜くも貴い至誠の声は存在する。千歳を殺《あや》めても、二度とあこやと如意は戻らぬ。だとすればせめて生き残った我が身に出来るのは、この千歳の裡《うち》に潜むそれを信じることだけだ。

「寛朝さまはこ奴を許せと仰せでございますか」

「いいえ、違います。悪に悪の報いを与えるは、確かに人の世の道理。ですがこの者に死を与えても、もはやあこやと如意が戻らぬ以上、報いに何の意味がありましょう」

「では、どうしろと」

「天下の名器たる有明を与え、楽を奏させれば、千歳はまがうことなき琵琶の名手となりましょう。それをあたら世に埋もれさせることこそが、こ奴にとっての何よりの咎《とが》ではありませぬか」

仮にも千歳は、敦実《あつみ》親王《しんのう》の従僕。浮浪の民である傀儡女を二人殺めた程度では、さしたる罪に問われはすまい。だが両の目の光を失った彼には、もはや宮城《きゅうじょう》への出仕は許されぬ。ならばいっそ彼の命を長らえさせ、市井《しせい》で楽を奏させ続けること以上に、千歳を責める笞《しもと》があるものか。

千歳の故郷は、確か都と近江《おうみ》の境山《さかいやま》近く。だとすれば自分は都と大津《おおつ》を結ぶ街道近くに庵《いおり》を築かせ、そこを千歳に与えよう。盲人に千歳という名が似合わぬのなら、得意の蝉《せみ》声《ごえ》にちなみ、蝉丸《せみまる》とでも号すればいい。

きっとあこやは、なぜ千歳に有明を与えるのかと怒るだろう。だが稀代の名器を手に都外れに住まう盲人の噂を聞けば、京の管絃者はこぞって彼のもとを訪れ、その音を請《こ》うはず。そして楽才に長けた千歳の音色に驚き、その腕を褒めそやすだろう。楽人の道を断たれて初めて得られる、琵琶の上手の名声。それこそがこの千歳にふさわしい永劫《えいごう》の罰だ。

（そして、わたくしもまた——）

秀郷はしばらくの間、瞬きもせずに寛朝を睨みつけていた。しかしやがて、厳《いか》つい肩がすぼむほどに深い息をつくと、刀の柄から手を放した。

「分かりました。ただ申しておきますが、それがしは決して、そ奴を許したわけではありませぬ。されどそれがしは結局は、この坂東の無骨者。寛朝さまがそ奴にふさわしい罪科をお考えであれば、ご意志に従うのみでございます」

とはいえ、両の目の光を失った衝撃がよほど大きいのだろう。それから間もなく目を覚ました千歳は、言葉にならぬ唸りを上げて七転八倒するばかりで、寛朝の声にもろくに耳を傾けない。間違って壊さぬようにと寛朝が預かっている有明を抱かせれば、ほんの一時はおとなしくなるが、目の前に広がる一面の闇に恐怖を覚えるのか、すぐにまた人語を解さぬ獣の如く暴れ出す。

それは一夜が経っても変わらず、しかたなく秀郷は常陸国府への撤収に際し、千歳を縛り上げ、戸板に乗せて運ぶように配下に命じたのであった。

「千歳、千歳。暴れるな。これ、おとなしくするのだ」

よほど興奮しているのだろう。芋虫のように転がったままもがく千歳のせいで、戸板は今にも真ん中から真っ二つに割れてしまいそうだ。

「どうなさいます、寛朝さま」

やはり殺しましょうかと言いたげな秀郷には応じぬまま、寛朝は袋から有明を取り出した。

朝露に濡れた草に安坐して絃の調子を整え、明るむ空を仰《あお》ぐ。黒煙はなおも空の一角を汚しているが、それでも空は刻々と青みを増し、鳥たちが眼下の亡骸も喧騒も知らぬ顔で、囀《さえず》りながら群れを成して空を翔けてゆく。

撥面《ばちめん》に嵌《は》め込まれた満月形の螺鈿《らでん》を軽く指先で撫でてから、ゆっくりと絃に撥を当てる。千歳の咆哮に寄り添うように、静かに琵琶をかき鳴らした。

寛朝はさして、琵琶は得意ではない。しかしさすがは天下十逸物の一つ、たどたどしい撥の動きにつれて流れ出すその音は嫋々《じょうじょう》として、静かに地を濡らす春雨の如く、丘をゆるやかになだれ下って行く。

ほう、と息をついて、撤収の支度を急いでいた兵たちが身動きを止める。千歳もまたばたつかせていた手足を宙に浮かせたまま、音の出どころを探るかのように、布で覆われた目をさまよわせた。

荒ぶる男たちの喊声《かんせい》、宙を切る刃の音。将門が全身全霊で以《もっ》て奏でた戦の音は、彼の死と共に吹き消えた。だが空を仰ぎ、耳を澄ませば、坂東の大地すらをどよもした将門の楽は、いまも耳に鮮やかに甦る。

自分が死んでも手向《たむ》けの経《きょう》はいらぬ、ただ歌《うと》うてくれ、と将門はかつて微笑んだ。さりながら華やかなる心慶の至誠の声を、荒ぶる坂東の戦の声を聞いてもなお、愚かなる自分の中にあるはずの至誠の声は見出せない。

しかし少なくとも胸の中には、坂東の野を駆ける将門が、何ものにも縛られずに放埒《ほうらつ》に諸国を漂う傀儡女たちが、僦馬《しゅうば》の党たちの姿が、今もありありと刻みつけられている。もしかしたら自分は彼らの激しくも直向《ひたむき》なる生き様と愛憎をこの目で見んがために、この地にやってきたのではなかろうか。

いつしか千歳の呻《うめ》きは、しめやかなすすり泣きに変わっている。寛朝は大きく胸を反《そ》らし、はるかなる広野に目を投げた。

新緑に覆われた坂東の大地は無数の死骸を擁しながらも杳々《ようよう》と広く、どうと音を立てて吹いた風が伸び始めた若草をなびかせる。

その風の先に、雄々しく馬で駆ける将門の姿がある気がして、寛朝は目を細めた。いや、違う。それは白く冴え始めた春陽が野面に描いた、ただの幻影だ。

だが、寛朝は知っている。この地を愛し、ここに暮らす人々を愛おしんだ将門が、坂東の大地に寿《ことほ》がれながら眩《まばゆ》い落花の中に散ったことを。

第一第二の絃は、戦場に響くもののふの喊声、第三第四の絃は空を切り裂く弓矢のうなり。そうだ、いつか自分は歌うだろう。国にも法にも従わぬまま己の義を貫いた、あの益《ます》荒男《らお》の生き様を。それが自分がいずれ手にする至誠の声だ。

今日のうちに常陸国にたどり着くのは諦めたのか、秀郷がやれやれと言わんばかりの口調で、「せっかくでございます。なにか一節、歌うてくだされ」とうながす。

「なにがよろしゅうございますか。朗詠でも、催馬楽《さいばら》でも」

「何でも構いませぬ。御坊《ごぼう》のお好きな曲を」

寛朝は目だけで小さくうなずき、再び撥を構えた。

また風が吹き、野面を揺らす。そのただなかに舞った花を追うかのように、寛朝は空を仰ぎ、大きく胸を膨らませた。

主要参考文献

【書籍】

『音声表現思想史の基礎的研究　信仰・学問・支配構造の連関』清水眞澄　三弥井書店　二〇〇七年
『院政期音楽説話の研究』磯水絵　和泉書院　二〇〇三年
『仏教の声の技　悟りの身体性』大内典　法藏館　二〇一六年
『雅楽「源氏物語」のうたまい』佐藤浩司　天理教道友社　二〇一二年
『中世の天皇と音楽』豊永聡美　吉川弘文館　二〇〇六年
『天皇の音楽史　古代・中世の帝王学』豊永聡美　吉川弘文館　二〇一七年
『説話と横笛　平安京の管絃と楽人』磯水絵　勉誠出版　二〇一六年
『よくわかる声明入門』大栗道榮　国書刊行会　二〇〇一年
『日本古代音楽史論』荻美津夫　吉川弘文館　一九七七年
『岩波講座　日本の音楽・アジアの音楽６』蒲生郷昭ほか編　岩波書店　一九八八年
『戦争の日本史４　平将門の乱』川尻秋生　吉川弘文館　二〇〇七年
『古代東国史の基礎的研究』川尻秋生　塙書房　二〇〇三年

『古代東国社会と交通』佐々木虔一　校倉書房　一九九五年
『地域の中世2　中世関東の内海世界』鈴木哲雄　岩田書院　二〇〇五年
『動乱の東国史1　平将門と東国武士団』鈴木哲雄　吉川弘文館　二〇一三年
『中世東国の内海世界　霞ヶ浦・筑波山・利根川』市村高男監修　茨城県立歴史館編　高志書院　二〇〇七年
『ものと人間の文化史　和船Ⅱ』石井謙治　法政大学出版局　一九九五年
『日本古代水上交通史の研究』松原弘宣　吉川弘文館　一九八五年
『古代王権と交流2　古代東国の民衆と社会』関和彦編　名著出版　一九九四年
『古代を考える　古代道路』木下良編　吉川弘文館　一九九六年
『遊行女婦・遊女・傀儡女　江口・神崎の遊里』滝川政次郎　至文堂　一九六五年
『武士の成立』元木泰雄　吉川弘文館　一九九四年
『古河の歴史を歩く　古代・中世史に学ぶ』古河歴史シンポジウム実行委員会編　高志書院　二〇一二年
『常府石岡の歴史』石岡市教育委員会　一九九七年
『女性芸能の源流　傀儡子・曲舞・白拍子』脇田晴子　ＫＡＤＯＫＡＷＡ　二〇一四年
『国司の館　古代の地方官人たち』田中広明　学生社　二〇〇六年

【調査報告書および図録】
「結城廃寺　発掘調査概報　第1次」結城市教育委員会編　一九八九年
「古代霞ヶ浦事情　常陸国府とその周辺」（上高津貝塚ふるさと歴史の広場　第6回企画展図録）二〇〇〇年

【論文】
「隋文帝「亡国の音」考――中国古代における新音程の正統化」戸川貴行『歴史学研究』二〇一六年
「亡国の音――承久の乱の解釈をめぐって」弓削繁『岐阜大学国語国文学』一九八九年
「「一心敬礼声澄みて」考――法文の歌が生みだされる場」小島裕子『文学』一九九九年
「密教に於ける声明成仏思想の展開」櫛田良洪『歴史教育』一九六六年
「琵琶秘曲伝授作法の成立と背景」磯水絵『東洋音楽研究』一九八二年
「寛朝僧正の事績について（一）」中山照玲『成田山仏教研究所紀要』二〇一四年
「蟬丸伝承考」安田夕希子『芸能史研究』一九九〇年
「蟬丸説話の源流と平安朝時代の俗樂俚謠に就いて」吉川理吉『京都帝国大学国文学会二十五周年記念論文集』一九三四年
「蟬丸の周辺――その名義について」平井喜信『和洋國文研究』一九七二年

「「ことのかたりごと」の系譜――琴と琵琶」山上伊豆母『文学』一九六二年
「将門の乱と藤原秀郷」森公章『東洋大学文学部紀要　史学科篇』二〇一〇年
「武蔵国足立郡司武蔵武芝とその行方」森公章『日本律令制の展開』笹山晴生編　吉川弘文館　二〇〇三年
「二瓦考――平安・鎌倉時代の船舶構造の一考察」石井謙治『海事史研究』一九七六年
「傀儡女の登場と変容――日本における買売春」服藤早苗『埼玉学園大学紀要』二〇一〇年

【史料】

『豊山聲明大成』新井弘順監修・解説　豊山聲明大成刊行会　二〇〇六年
『日本思想大系23　古代中世藝術論』林屋辰三郎校注　岩波書店　一九七三年
『密教経典　大日経・理趣経・大日経疏・理趣釈』宮坂宥勝訳注　講談社　二〇一一年
『将門記1・2』梶原正昭訳注　平凡社東洋文庫　一九七五〜七六年
『新編日本古典文学全集42　神楽歌　催馬楽　梁塵秘抄　閑吟集』臼田甚五郎、新間進一、外村南都子、徳江元正校注・訳　小学館　二〇〇〇年
『李長吉歌詩集』鈴木虎雄注釈　岩波書店　一九六一年
『和漢朗詠集　現代語訳付き』三木雅博訳注　角川学芸出版　二〇一三年

真言宗豊山派宝玉院の新井弘順先生と天理大学（当時）の佐藤浩司先生に謝意を記します
（著者）

解説

新井弘順

この作品は、平安時代の中期（十世紀）、真言宗の声明（梵唄・仏教音楽）を中興し大成した、御室仁和寺の寛朝（九一六〜九九八）の、声明曲〈中曲《ちゅうきょく》理趣経《りしゅきょう》〉感得の求法の旅を、関東の雄、国家叛逆の将、平将門（？〜九四〇）との出会いと別れの中に重ね、将門へのオマージュと鎮魂を朗詠〈落花〉の調べに乗せて描いた雄渾《ゆうこん》な歴史小説である。

作者の澤田瞳子氏との出会いは、二〇一六年の夏、読売新聞からの伝言の電話であった。次回の夕刊の連載小説に、澤田氏の寛朝を主人公とした『落花』という作品を予定している。ついては声明のお話を伺いたいという。澤田氏の作品は、『若冲』を読んだだけであったが、主人公の寛朝の名を聞いて、一瞬『理趣経』の「善哉《せんざい》善哉大薩埵《たいさった》」の旋律が耳に響いた。

寛朝は、私の伝承している真言声明の大成者である。彼が、その中核をなす〈中曲理趣経〉を作曲することにより真言声明は完成した。とくにその終曲部の〈讃歎偈《さんたんげ》〉「善哉」と〈大日合殺《だいにちかっさつ》〉「毘盧遮那仏《ひろしゃだふ》」は、大歓喜心をもって大日如来を讃歎する真言声明を代表する名曲である。一オクターブ以上にわたる広い音域を、変化に富んだ旋律で三十分以上も唱え続ける難曲である。相当の気力と歌唱力を必要とする。それゆえ普段は、〈切々経《ぜぜぎょう》〉という短い節で唱えており、実にもったいないことである。

声明は、雅楽と共に日本音楽の中核をなしてきた。しかし明治維新以後ほとんど忘れ去られ、寛朝の名も遠くなった。それでも、読者の中には、初詣でと護摩《ごま》で有名な成田山新勝寺の開山として寛朝の名を知っておられる方もいよう。平将門の乱に際して、京都から不動明王とともに海路坂東へ下り、調伏護摩を修した広沢遍照寺の大僧正として。

史料の乏しい寛朝について、一体澤田氏はどのような作品を書かれるのか興味を覚えた。

その夏、毎年出講している京都の種智院大学の声明の集中講義に来聴していただいた。この講義で、私の伝承している真言宗豊山派総本山（西国三十三所観音霊場第八番）の南山進流新義方豊山声明を通じて、インド・中国・日本の三国伝来の声明曲や、寛朝作曲の〈中曲理趣経〉等を、伝統的な楽譜（博士）を用いて一緒に唱えて味わっていただいた。

『落花』は、翌年の二月から連載が始まった。そこには、全く予期せぬ寛朝の姿があった。作者は、こともあろうに二十二歳の寛朝を、異境の地坂東への旅に送り出した。

寛朝は、当代一の音曲の名手敦実親王の子と生まれながら、父親に疎まれ、祖父の寛平法皇（宇多天皇）に従って十一歳で出家した。声明に励み、それ相応の評判を得たが、得心できずにいた。かつて法皇の観桜の宴で聴いた楽人豊原是緒の朗詠〈落花〉の中に〈至誠の声〉を感じた寛朝は、是緒が常陸の国分寺にあると聞くや、急遽坂東へと旅立った。

寛朝の〈至誠の声〉を求めての坂東の旅は、わが国最初の軍記物語である『将門記』をベースに展開されている。この物語は、坂東の雄である平将門の乱を、一族との私闘の由来から、新皇と称した朝廷への反逆、そして戦死までの経緯を詳細に記録している。その作者は不明であるが、坂東で将門の乱を直接目撃したと思われる人物の実録をもとに、朝廷へ届いた将門の奏状や官符・国解などの記録文書を参照し作品としてまとめられた可能性が高いといわれ、京都在住の仏教や漢籍の素養のある貴族あるいは僧侶の手になると推測されている。澤田氏は、その作者に成り代わって寛朝を登場させ、この作品を績《つむ》ぎ出された。寛朝による将門調伏とは真逆のこの発想こそ、歴史小説家としての澤田氏の才かと、声明家の立場を忘れて読ませていただいた。

（あらい・こうじゅん　声明家、真言宗豊山派宝玉院住職）

地図製作　平面惑星

『落花』二〇一九年三月　中央公論新社刊

初出　『読売新聞』夕刊　二〇一七年二月三日〜十一月十八日に連載

中公文庫

落《らっ》花《か》

2021年12月25日　初版発行

著　者　澤《さわ》田《だ》瞳《とう》子《こ》

発行者　松田陽三

発行所　中央公論新社
〒100-8152　東京都千代田区大手町1-7-1
電話　販売　03-5299-1730　編集　03-5299-1890
URL http://www.chuko.co.jp/

DTP　平面惑星
印　刷　大日本印刷
製　本　大日本印刷

Published by CHUOKORON-SHINSHA, INC.
Printed in Japan　ISBN978-4-12-207153-7 C1193

中公文庫既刊より

各書目の下段の数字はISBNコードです。978－4－12が省略してあります。

さ-74-1
夢も定かに　澤田瞳子
翔べ、平城京のワーキングガール！　聖武天皇の御世、後宮の同室に暮らす若子、笠女、春世の日常は恋と友情と政争に彩られ……。〈宮廷青春小説〉開幕！
206298-6

あ-59-4
一路（上）　浅田次郎
父の死により江戸から国元に帰参した小野寺一路は、参勤道中御供頭のお役目を仰せつかる。家伝の行軍録を唯一の手がかりに、いざ江戸見参の道中へ！
206100-2

あ-59-5
一路（下）　浅田次郎
蒔坂左京大夫一行の前に、中山道の難所、御家乗っ取りの企てなど難題が降りかかる。果たして、行列は期日通りに江戸へ到着できるのか――。〈解説〉檀ふみ
206101-9

あ-59-7
新装版　お腹召しませ　浅田次郎
幕末期、変革の波に翻弄される武士の悲哀を描く傑作時代短編集。書き下ろしエッセイを特別収録。司馬遼太郎賞・中央公論文芸賞受賞作。〈解説〉橋本五郎
206916-9

あ-83-1
闇医者おゑん秘録帖　あさのあつこ
「闇医者」おゑんが住む、竹林のしもた屋。江戸の女たちにとって、そこは最後の駆け込み寺だった――。女たちの再生の物語。〈解説〉吉田伸子
206202-3

あ-83-2
闇医者おゑん秘録帖　花冷えて　あさのあつこ
子堕ろしを請け負う「闇医者」おゑんのもとには、今日も事情を抱えた女たちがやってくる。「診察」は、やがて「事件」に発展し……。好評シリーズ第二弾。
206668-7

あ-32-11
出雲の阿国《おくに》（上）　有吉佐和子
歌舞伎の創始者として不滅の名を謳われる出雲の阿国《おくに》だが、その一生は謎に包まれている。日本芸能史の一頁を活写し、阿国に躍動する生命を与えた渾身の大河巨篇。
205966-5

あ-32-12
出雲の阿国（下） 有吉佐和子
数奇な運命の綾に身もだえながらも、阿国は踊り続ける。歓喜も悲哀も慟哭もすべてをこめて。桃山の大輪の華を描き、息もつかせぬ感動のうちに完結する長篇ロマン。
205967-2

き-17-4
道誉なり（上） 北方謙三
「毀すこと、それがばさら」。後醍醐帝との暗闘、実弟直義との対立で苦悩する将軍足利尊氏を常に支え南北朝動乱を勝ち抜いたばさら大名佐々木道誉とは。
203346-7

き-17-5
道誉なり（下） 北方謙三
足利尊氏・高師直派と尊氏の実弟直義派との抗争は一触即発の情勢に。熾烈極まる骨肉の争いに道誉は……。「ばさら太平記」堂々の完結！〈解説〉縄田一男
203347-4

き-37-1
浮世女房洒落日記 木内昇
お江戸は神田の小間物屋、女房・お葛は二十七。あっけらかんと可笑しくて、しみじみ愛しい、市井の女房が本音でつづる日々の記録。〈解説〉堀江敏幸
205560-5

き-37-2
よこまち余話 木内昇
ここは、「この世」の境が溶け出す場所——ある秘密を抱えた路地を舞台に、お針子の齣江と長屋の住人たちが繰り広げる、追憶とはじまりの物語。
206734-9

す-3-1
華の碑文 世阿弥元清 杉本苑子
時は室町時代、大和猿楽座に生まれた世阿弥が、暗い世俗の桎梏に縛られながらも辛苦して能を大成してゆく感動の生涯を描く。〈解説〉小松伸六
200462-7

す-3-6
檀林皇后私譜（上） 杉本苑子
闇に怨霊が跳梁し、陰謀渦巻く平安京に、美貌のゆえに一族の衆望を担って宮中に入り、権勢の暗闘の修羅に生きた皇后嘉智子の一生を描く歴史長篇。
201168-7

す-3-7
檀林皇后私譜（下） 杉本苑子
飢餓と疫病に呻吟する都、藤原氏内部の苛烈な権力争いの渦中に橘嘉智子は皇后位につく。藤原時代の開幕を彩る皇后の一生を鮮やかに描く。〈解説〉神谷次郎
201169-4

各書目の下段の数字はISBNコードです。978－4－12が省略してあります。

な-12-3
氷　輪（上）　永井路子
波濤を越えて渡来した鑑真と権謀術策に生きた藤原仲麻呂、孝謙女帝、道鏡たち——奈良の都の政争渦巻く狂瀾の日々を綴る歴史大作。女流文学賞受賞作。
201159-5

な-12-4
氷　輪（下）　永井路子
藤原仲麻呂と孝謙女帝の抗争が続くうち女帝は病に。その平癒に心魂かたむける道鏡の愛に溺れる女帝。奈良の都の狂瀾の日々を綴る。〈解説〉佐伯彰一
201160-1

な-12-5
波のかたみ　清盛の妻　永井路子
政争と陰謀の渦中に栄華をきわめ、西海に消えた平家一門を、頭領の妻を軸に綴る。公家・乳母制度の側面から捉え直す新平家物語。〈解説〉清原康正
201585-2

な-12-15
雲と風と　伝教大師最澄の生涯　永井路子
苦悩する帝王桓武との魂の交わり、唐への求法の旅、空海との疎隔——。最澄の思想と人間像に迫った歴史長篇。吉川英治文学賞受賞作。〈解説〉末木文美士
207114-8

み-18-14
鬼龍院花子の生涯　宮尾登美子
鬼政こと鬼龍院政五郎は高知に男稼業の看板を掲げ、相撲興行や労働争議で男をうる。鬼政をめぐる女たちと男達の世界を描いた傑作。〈解説〉安宅夏夫
203034-3

み-18-18
錦　宮尾登美子
西陣の呉服商・菱村吉蔵は斬新な織物を開発し高い評価を得る。さらに法隆寺の錦の復元に成功し、織物を芸術へと昇華させるが……絢爛たる錦に魅入られた男の生涯を描く。
205558-2

み-36-11
呉　漢（上）　宮城谷昌光
貧家に生まれた呉漢は、運命の変転により、天下統一を目指す劉秀の将となるが……。後漢を建国し、中国統一を果たした光武帝が最も信頼した武将を描く。
206805-6

み-36-12
呉　漢（下）　宮城谷昌光
王莽の圧政に叛旗を翻す武将たちとの戦いの中で、光武帝・劉秀の信頼を得た呉漢。天下の平定と光武帝のためにすべてを捧げた生涯を描く。〈解説〉湯川　豊
206806-3